# AUS FEUER UND LICHT

*Bündnis der Sieben 02*

SWANTJE BERNDT

Copyright © 2016 Swantje Berndt
Alle Rechte vorbehalten
www.swantje-berndt.de
Bildmaterial: pixelio.de: 66591-R_K_by_qay,
126338-R_K_B_by_110stefan
shutterstock.com ID: 125691890
Lektorat: Alexandra Balzer
Korrektorat: Ingrid Kunantz

Herstellung und Verlag: BoD – Books on Demand, Norderstedt

Bibliografische Information der Deutschen Nationalbibliothek:
Die Deutsche Nationalbibliothek verzeichnet diese Publikation in der
Deutschen Nationalbibliografie; detaillierte bibliografische Daten sind im
Internet über http://dnb.dnb.de abrufbar.
ISBN 978-3-7347-3470-0

# INHALTSVERZEICHNIS

| | |
|---|---|
| PROLOG | 5 |
| KALTE GRÄBER | 29 |
| ZEHN SCHWERTER | 129 |
| ERZWUNGENE LUST | 171 |
| FEUER UND ASCHE | 255 |
| EPILOG | 297 |
| DANKE | 299 |

# PROLOG

Die Schellen aus gehärtetem Silber reflektierten das Sonnenlicht. Unerträglich hell stachen die gebrochenen Strahlen in Shemhazais Augen. Er wischte über sein Gesicht. Verteilte dabei nicht nur Tränen, sondern auch das Blut des Gebundenen.

»Hab Erbarmen, Heerführer!« Caym reckte seine Hände zu ihm hinauf. Die silbernen Fesseln klirrten.

»Erbarmen?« Für die Tochter des Ziegenhirten kam jegliches Erbarmen zu spät. Die Reste ihres Körpers lagen aufgebahrt inmitten ihrer trauernden Familie und warteten auf die Flammen. »Du vergehst dich an ihren Frauen und ignorierst, dass sie zerbrechlich und sterblich sind.«

»Wir sind hier, um sie zu knechten«, brüllte Caym. »Um ihre Seelen für die Geflügelten gefügig zu machen. Deswegen plagen wir uns mit ihrer Dummheit und ihrem Gestank.« Der Geifer rann ihm aus dem Mund. Camael musste umnachtet gewesen sein, als er Caym in das Heer der Grigori befohlen hatte. Trotz seiner Hülle aus Fleisch und Knochen glich er viel eher einem der verbannten Dämonen aus den Schattenreichen als einem Grigori des zehnten Chores.

Sie waren zweihundert. Ein Stoßtrupp, mehr nicht. Die Triaden rechneten mit keinem ernst zu nehmenden Widerstand. Sie gingen davon aus, dass allein die beeindruckende Größe und Vollkommenheit der Krieger den Menschen Respekt einflößte.

Shemhazai zügelte seine Verachtung, um dem Verurteilten nicht sofort den Kopf abzuschlagen und ihn als haltlosen Geist in dieser Welt zurückzulassen. Ein Blick zu Kepheqiah half ihm dabei. Wie immer blieb sein Freund gelassen und zeigte das mit einer beinahe arroganten Miene. Ungewöhnlich für einen Grigori. Keph hielt sich in vielen Dingen abseits.

»Eine Ziege gibt bessere Milch, wenn man sie krault, statt sie zu schlagen.« Hoch aufgerichtet ging Keph mit geschmeidigen Schritten um den Gefangenen herum und betrachtete die tiefen Wunden. Er steckte sich dabei eine Strähne zurück in den Haarknoten, als sähe er derlei täglich. »Was dir geschieht, hast du dir selbst zuzuschreiben. Shemhazai ist verpflichtet, Vergehen wie deine aufs Härteste zu bestrafen.« Gemächlich schlenderte er zu ihm zurück. »Ich könnte es nicht«, flüsterte er. »Es ist widerlich, wenn mir Blut ins Gesicht spritzt.« Er tippte an die Seite seiner Nase, um Shem zu zeigen, dass dort offenbar ein Fleck war. Shem wischte mit dem Ärmel darüber.

Ihr Auftrag lautete lernen und lehren. Bis die Menschen die nötige Reife und das Vertrauen erlangten, um ihnen ihre Seelen zu überlassen. Die Triaden wollten Sklaven. Die dritte weniger, die erste und zweite mehr. Um sie zu bekommen, mussten die Grigori die Welt aus Feuer und Licht verlassen, um im Schatten grober Körper nach brauchbarem Material zu suchen. Sie gehörten zum zehnten Engels-Chor und standen damit abseits der Triaden-Hierarchie.

Söldner. Effizient, doch für die Vielgeflügelten nicht wertvoll genug, um sich über ihr Leben Gedanken zu machen. Der Widerwille gegen das starre System dreigeteilter Macht stieß ihm bitter auf. Alle, von den Seraphim bis hinab zu den Engeln des neunten Chores, blickten mit Hochmut auf sie. Bis zu dem Zeitpunkt, an dem sie die Kraft und den Mut der Grigori benötigten. Shem schüttelte den Kopf und die Gedanken an eine Heimat, die ihre Liebe ungerecht an ihre Kinder verteilte, flog mit den Schweißtropfen in die glutheiße Luft. »Du hätschelst sie!« Caym spukte Blut. Es gerann, bevor es im glühenden Sand versickerte. »Warum hat Camael dich als Heerführer ernannt und nicht Asasel? Der wäre mit diesem Pack schneller fertig geworden.«

Ein Disput mit einem Büßer? »Du vergisst dich.« Asasel gehörte in die Riege der zwölf Anführer. Für einen Waffenschmied war das eine Ehre.

Shem massierte sein Handgelenk. Weitere fünf Hiebe standen ihm bevor.

»Hätte Asasel für die Handschellen nicht schlichtes Erz schmieden können?« Kepheqiah rümpfte die Nase. »So wie das Silber glänzt, hat er Licht zwischen die Schichten gebannt.« Er reichte ihm ein Tuch. »Wisch dich ab. Das Blut dieses Mistkerls klebt immer noch an dir.«

»Er prahlt mit seiner Kunst.« Der Schmied lockte Feuerfunken in Schwertklingen und Sonnenlicht in Geschmeide. »Wenn es nach ihm ginge, wäre auch die Schaufel aus Gold, mit der wir unseren Dreck im Sand vergraben.«

Kepheqiah lachte. »Arroganter Fatzke. Kein Wunder, dass die Triaden ihm misstrauen.«

»Sie misstrauen jedem von uns.« Die oberen Chöre hielten sie für renitent. Was sie auch waren. »Sie nutzen unsere Stärke für ihre Zwecke und danken uns mit einem huldvollen Kopfnicken.« Shem spuckte aus. Der bittere Geschmack im Mund blieb.

»Nicht nur.« Keph drehte sich mit ausgestreckten Armen einmal im Kreis. »Diesmal bekommen wir wenigstens eine Aufwandsentschädigung. Auch wenn das Land nicht viel hergibt, es gehört nun uns.«

Es gab viel her – Licht, Hitze, ein rotes Glühen am Abend, ein silbernes Leuchten, bevor die Sonne aufging.

»Mein Diener nennt es die Ebene von Ninive.« Keph wies zu einem alten Mann, der mit finsterer Miene unter den Schaulustigen stand. »Er sagt, sein Urgroßvater hätte es seiner jüngsten Tochter geschenkt. Damals gehörte es niemand anderem. Wenn ich ihm erkläre, dass sich das jetzt geändert hat, spuckt er mir vor die Füße.« Seinem Lachen nach störte ihn die Bockigkeit seines Dieners nicht.

Ninive. Ein schöner Name für ein Mädchen. Er passte zu der Ebene. »Hier sind wir Herrscher, Shem. Keine Geächteten. Solange wir Sklaven liefern, lassen sie uns freie Hand.«

»Sie wussten, dass außer uns kein Chor bereit wäre, sich in diese Welt zu stürzen.« Macht ging nicht zwingend mit Mut Hand in Hand.

Shem wischte sich den nie versiegenden Schweiß ab. Dass ein materieller Körper aus sämtlichen Öffnungen leckte, war schlimm genug. Musste ihm das Wasser auch noch aus den Poren dringen?

Keph nahm mit vor Ekel verzogenem Mund das Tuch zurück. »Du bist stolz darauf, ein Grigori zu sein. Erstaunlich, wenn man bedenkt, dass du die Frauen der Menschen vögelst. Von deinem Status als Heerführer abgesehen, was unterscheidet dich von Caym?«

»Ich frage vorher.« Außerdem wälzte er sich nach dem Akt nicht in ihrem Blut. Caym war besessen von dem roten Körpersaft. Seine eigenen Leute hielten ihn für wahnsinnig und gingen ihm aus dem Weg.

»Und wenn deine Auserwählte dankend ablehnt?«

»Keine Ahnung.« Das war ihm bisher nie passiert. Frauen waren bezaubernd. Sie schmiegten sich an, dufteten. Wenn sie ihre Schenkel für ihn spreizten und er in eine Welt aus Gefühl und Sinnlichkeit eintauchte, vergaß er seine wahre Existenz.

Zwischen Kepheqiahs Brauen wuchs eine tiefe Falte. »Unsere Körper sind uns ausschließlich zu diplomatischen und im Notfall kämpferischen Zwecken überlassen worden. Das weißt du.«

»Sie taugen zu mehr. Probiere es aus.«

Keph zuckte zusammen, als hätte ihn die Geißel gestreift. »Niemals werde ich so tief sinken.«

»Ich sinke gerne tief.« Jede Nacht erneut. »Und ich schätze diesen Körper.« Vor allem, wenn er sich zuckend in einem Schoß ergoss. Kaum zu ertragende Empfindungen erschütterten und entzückten ihn immer wieder aufs Neue.

»Du bist vernarrt in den Haufen aus Fleisch und Knochen, weil du ihn durch deine hellen Augen begaffen kannst.« Kephs Mund verzog sich zu einem Spottgrinsen. »Die Menschen nennen dich hinter deinem Rücken Nebelmann.«

»Ich bilde mir nicht nur etwas auf meine Augen ein.« Auch wenn Anath das helle Grau faszinierte. Sie behauptete, die Wolken des Himmels spiegelten sich in ihnen.

Anath fiel es leicht, ihm zu schmeicheln. Sie kannte den Dank dafür und verlangte ihn oft. Lust.

Seit er sie in einem weichen Frauenkörper gekostet hatte, wichen er und seine Männer vom Plan ab. Sie sollten Licht in die Finsternis der Menschen bringen. Das hatten sie getan. Bis in die dunklen Schöße der Frauen hinein. Und damit verstießen sie gegen den obersten Befehl – keine intimen Kontakte zu dem zu unterwerfenden Volk.

Ein Frevel, gefolgt von einem Schwur, ihn gemeinsam zu begehen. Bis auf Kepheqiah hatte ihn jeder Krieger seines Heeres geleistet. Eine Verschwörung der aufsässigen Grigori gegen ihre geflügelten Brüder. Shem lachte. Brüder. In den Augen der ersten Triade waren sie kaum wertvoller als die Menschen dieser heißen, steinigen Welt.

Der Verrat kümmerte ihn nicht. Reue? Wenn, vergaß er sie zwischen Anaths Schenkeln.

In seiner Heimat existierte keine Lust. Eine Welt aus Licht und Feuer brauchte dieses Gefühl nicht, das dem Fleisch und Blut und damit den Menschen gehörte. Jetzt, da er die Sinnenreize kannte und genoss, konnte er nicht mehr auf sie verzichten.

Doch das bedeutete nicht, dass Vergewaltigung und Mord ungesühnt blieben. Er fixierte eine Stelle an Cayms Rücken, an der die Haut noch unversehrt im Schweiß glänzte. Aus den sieben Lederriemen tropfte es längst. Shem wrang die Geißel aus, legte sie sich über die Schulter und schüttelte Cayms Blut von den Händen.

»Ich werde mich rächen!« Caym versuchte vergeblich, seine Angst vor dem nächsten Schlag zu überbrüllen. »Hüte dich vor dem Tag, an dem du auch für einen Moment allein bist. Ohne deinen treuen Kepheqiah, ohne deine Männer.«

»Ich werde deine Herausforderung annehmen.« Shem holte aus. »Und dir ohne Reue das Schwert bis zum Heft in die Brust rammen.« Als Geist konnte er den Frauen kein Leid mehr zufügen.

Nach weiteren fünf Schlägen hing Caym still in den Fesseln.

Shem warf die Geißel Ramin zu. Einem von Asasels Söhnen. Er stand in der vordersten Reihe der Schaulustigen und beobachtete das Geschehen mit verschlossener Miene. Vom kantigen Gesicht bis zu den schwarzen Haaren glich er seinem Vater.

»Reinige sie für mich und bring sie danach zu meinem Zelt.«

Der Junge rümpfte die Nase. »Mach es selbst.«

Mutig und ungehorsam, wie jeder der Bastarde.

»Willst du enden wie er?« Shem nickte zu dem Verurteilten. Ramin zog die Brauen zusammen. »Ich sage meinem Vater, dass du einen seiner Männer geißelst.«

Shem verkniff sich ein Grinsen. Der Kleine machte Asasel alle Ehre.

»Dein Vater untersteht mir. Ebenso seine Männer und Söhne.«

In den nachtschwarzen Augen glomm Zweifel. Oder gar Angst? »Meinetwegen.« Ramin hielt die tropfenden Lederriemen weit von sich entfernt. »Aber ich sage es meinem Vater trotzdem!«

»Mistbalg.« Kepheqiah blickte dem Jungen grimmig nach. »Mahawaj hat dich vor Situationen wie dieser gewarnt.«

Der Herold des sechsten Chores hatte ihn vor vielem gewarnt. Doch er wusste nicht, wovon er sprach und kannte die Menschen lediglich von den Berichten der ersten Späher.

»Vermisst du die weisen Ratschläge deines ehrwürdigen Freundes?« Wie sich Kepheqiah mit einem Triadenmitglied hatte anfreunden können, war ihm ein Rätsel. Diese Tatsache sprach allerdings für Mahawajs Charakter. Keph war ein hervorragender Krieger.

»Das tue ich.« Kephs Miene verfinsterte sich noch mehr. »Er wäre den fleischlichen Verlockungen der Menschen niemals verfallen.«

»Weil er keinen Körper besitzt.« Ohne Materie fiel Askese leicht. »Gib ihm einen und bitte die erstbeste Frau in sein Zelt. Dann weißt du, wie es mit seiner Enthaltsamkeit bestellt ist.«

Sein Freund winkte ab. »Wir treffen uns später, sollte dich Anath aus ihren Fängen lassen.« Er schnippte nach einem der Hirten. »Bring dem hier Wasser und reinige seine Wunden.« Flüchtig streifte sein Blick über Cayms zerschundenen Rücken. »Pass auf, dass du nicht eines Tages deine eigenen Söhne auspeitschen musst, Shem.«

So weit würde es niemals kommen.

Die Menge teilte sich, als Shem den Richtplatz verließ.

Bevor er Anath besuchte, musste er den Sand und Dreck von sich abwaschen. Er pfiff nach seinem Hund. Der Geruch nach Blut hatte das Tier am Büßerpfahl verweilen lassen.

Tigris trabte schwanzwedelnd zu ihm. Kniehoch, graubraun und für ein wildes Tier recht zutraulich, war er ihm eines Tages zugelaufen. Keph hatte ihn fortjagen wollen. Ihm ging das Gekläff der zahllosen, halbwilden Hunde auf die Nerven, die die Hirten begleiteten. Aber in Tigris' braunen Augen lag etwas Sanftes, das Shem mochte.

Der Hund folgte ihm bis zum Ufer des Flusses, der die Ebene teilte.

Shem entledigte sich der Kurta und stieg in das lauwarme, träge Wasser. Tigris legte sich neben das Kleiderbündel und sah ihm nach.

Untertauchen und sich mit dem Schmutz die Erinnerungen an den Tag abwaschen. Es gab angenehmere Pflichten, als einen seiner Männer bis aufs Blut zu bestrafen.

In Anaths Armen würde er die Schreie des Verurteilten vergessen.

Er ließ sich auf dem Rücken treiben. Über ihm wurde der Himmel dunkel. Abertausend Sterne durchbrachen bald das Schwarz. Ihr mattes Licht machte ihm die Finsternis erträglich, die diese Welt täglich verschlang.

»Lasst mich zu Shemhazai!«
Asasels schneidende Stimme störte Shems Träume.
»Er knechtet einen meiner Männer!«
Tigris sprang auf, rannte aus dem Zelt. Asasels Fluchen übertönte sein wütendes Kläffen.

»Mach dich nicht lächerlich«, versuchte Kepheqiah gegen den Lärm anzureden. »Caym verdient jeden einzelnen Schlag.«

»Caym ist mir unterstellt.« Asasel knurrte vor Ärger. »Ich entscheide, ob ihn das Leder küsst.«

»Warum bist du nicht früher gekommen, um ihn zu retten?«

»Weil Shemhazai meinem Sohn gedroht hat und der Junge erst vorhin mit der Sprache rausrückte.«

Shem drehte sich auf den Rücken und rieb die Müdigkeit einer zu kurzen Nacht aus dem Gesicht. Obwohl die Sonne kaum aufgegangen war, herrschte drückende Hitze unter den Zeltbahnen.

»Ich verlange eine Entschuldigung.« Asasels Grollen klang wie Hundeknurren.

»Wieso?«, fragte Keph. Seine Stimme vibrierte vor unterdrücktem Hohn. »Shem hat Caym ausgepeitscht. Nicht dich. Wenn du das Schicksal deines Lakaien teilen möchtest, richte ich es ein.«

Asasels Fluchen weckte Anath. »Bleib bei mir.« Sie schmiegte ihre Üppigkeit an seinen schlaftrunkenen Körper. »Deine erste Lust gehört mir.« Ihre Finger wanderten über seine Brust bis hinunter zu der Stelle, wo bei einem Menschen die Geburtsnarbe die Bauchdecke eindellte. »Ich vermisse dieses Grübchen.« Ihrem Lächeln nach schmerzte sie der Verlust nicht allzu sehr. »Ich möchte meine Zunge hineinstecken und glauben können, dass du ein Mensch bist wie ich.«

»Du weißt, dass ich das nicht bin.« Sie war klug. Doch nicht klug genug, um seine Existenz zu begreifen.

Shem nahm ihre Hand. Es gab Stellen an ihm, die sensibler reagierten als sein Bauch und sich nach Zärtlichkeit sehnten. Dorthin führte er sie. In dieser Hinsicht glich er jedem anderen Mann, ob menschlich oder nicht.

Anath umschloss mit geschickten Fingern den Körperteil, der ihr am besten an ihm gefiel. Ihre Liebkosungen lockten das Blut in seine Lenden.

Anschwellen, Pulsieren, sich in weiche Wärme ergießen. Wie er seinen Körper liebte.

Wäre den Triaden vor der Mission klar gewesen, zu was der Fortsatz zwischen den Schenkeln neben dem Wasserlassen taugte, wären sie beim Modellieren nach Originalvorbildern auch an dieser Stelle abgewichen.

Der Tumult vor dem Zelt schwoll an. Kepheqiah drohte mit dem Büßerpfahl, was ihm nicht zustand. Dennoch verstummte Asasels wütendes Gebrüll und ging in unflätige Verwünschungen über.

»Vergiss den Schmied.« Anath neckte seine geschwollene Männlichkeit. »Deine erste Lust. Du hast sie mir versprochen.« Dem Mädchen mit den köstlichen Lippen gebührte nicht nur seine erste Lust, die ihm drängend zwischen den Beinen pochte. Auch jede andere, die ihn heute überfiel.

Plötzlich zuckte sie zusammen. »Es boxt!« Ihre Augen strahlten, als sie seine Hand nahm und sich auf den prallen Leib legte. Ein kleiner Fuß stupste in seine Handflächen. Sein erstes Kind mit ihr. Sein vierzehntes insgesamt. Dass aus den Verbindungen zwischen ihnen und den Menschen Nachwuchs hervorging, geschah selten. Die meisten der Grigori erfüllte es mit Stolz, wenn ihre Geliebten schwanger wurden. Sie prahlten mit ihrer Männlichkeit, die es vermochte, selbst in mageren Böden Leben zu zeugen.

Shem streichelte mit der freien Hand zwischen ihren Schenkeln hinauf, bis seine Fingerspitzen feuchte Locken berührten. Ihr Schoß war kein magerer Boden. Wenn sie die Geburt überstand, pflanzte er neues Leben in seine Tiefe.

Der Gedanke beglückte ihn und hinterließ gleichzeitig einen Stich in seinem Herz. Die Engelsbastarde waren stark und groß. Dank dem Erbe ihrer Väter lebten sie übermäßig lang. Doch ihre

Mütter starben zu früh. Entweder bei der Geburt oder wenige Jahre danach.

Anath war jung. Wenn sie lachte, sah man ihr die Kindheit noch an.

Liebe. So nannten die Menschen die schwere, heiße Empfindung, die sein Innerstes versengte.

Er küsste ihren Hals, leckte behutsam über die empfindlichen Brustwarzen. »Spreize deine Beine für mich.« Nicht allein sein Herz fühlte sich heiß und schwer an. Er kniete sich vor das Lager, fasste sie an der Hüfte und zog sie zu sich. Das Kind sollte den Vater spüren.

Eilige Schritte vor dem Zelt. Hastiges Flüstern.

Shemhazai blendete die störenden Geräusche aus. Nur Anaths feuchte Enge fand Platz in seinem Bewusstsein.

»Shem?«

»Jetzt nicht, Keph!«

Sanfte, lang gezogene Stöße. Anaths Stöhnen wurde zu seinem.

»Unser Ungehorsam wurde entdeckt. Sie kommen im Auftrag der ersten Triade.«

Nein.

»Camael führt sie an. Sie erreichen die Grenzen der Ebene morgen Abend.«

Gott, nein!

»Mahawaj ist hier. Er spricht von tausend Kriegern. Alle in Körpern wie wir.«

Wer hatte sie verraten?

»Shem? Sie wollen die Bastarde töten.«

»Nein!« Er zog sich aus Anath zurück, presste seinen Mund auf den runden Bauch. Ja, die Engelskinder waren gefährlich, ordneten sich niemandem unter. Sie würden ihnen eines Tages die Herrschaft über diesen Außenposten streitig machen. Doch das war das Problem der Väter, nicht der Geflügelten.

»Shem, sag mir, was passiert ist.« Anaths Stimme zitterte.

Er nahm ihre Hand, führte sie zu seiner Stirn. »Fürchte dich nicht.« Ihm musste ein Weg einfallen, sie und das Kind zu schützen.

»Und was ist mit dir?« Sie versuchte zu lächeln. Es misslang ihr.
»Du hast Angst. Ich sehe es an dem dunkler werdenden Grau deiner Augen.«

»Nicht um mich.« Kampf gehörte seit jeher zu seinem Leben. »Ich werde einen meiner Männer abkommandieren, euch von hier fortzuführen.« Camael durfte sie nicht in die Finger bekommen. Keine der Frauen. Keines der Kinder.

Ihre Augen füllten sich mit Tränen. »Wer droht uns?«

Shem schloss die Augen. Flammen peitschten durch Dunkelheit, erhellten Räume ohne Grenzen. Augen aus Licht, Herzen aus Feuer. Anath durfte nicht ahnen, was sich hinter makellosen Körpern verbarg. Er senkte seine Stimme, um den Schrecken darin zu verbergen. »Ein Heer aus meiner Heimat. Wir sind ihm unterstellt. Sein Anführer ist erzürnt, dass wir seine Befehle missachtet haben.« Sie hatten sie mit Füßen getreten. An jedem heißen Tag in dieser kargen Ebene.

Anaths Tränen würzten ihre Lippen. Shem küsste sie zärtlicher als sonst. »Ihr werdet in den Westen fliehen. In den Bergen versteckt ihr euch, bis die Schlacht vorbei ist.« Eine versengte Ebene, ausgelöschtes Leben. Nach dem Kampf würde nichts mehr an die Siedlung zwischen Felsen und Wasser erinnern.

»Was ist mit dir und den anderen?«

»Du fürchtest dich um das Schicksal der Grigori?« Sein Lachen machte weder ihm noch ihr etwas vor. Gegen den sechsten Chor konnten sie nichts ausrichten. Die Gewalten waren der Schwertarm der ersten Triade und duldeten keinen Ungehorsam.

Ein letzter, inniger Kuss. Ein letztes Berühren des prallen Bauches. »Pass auf das Kind auf.« Seine Kehle wurde eng. Es würde ohne ihn aufwachsen.

»Shemhazai!« Anath sank vor ihm nieder, umfasste seine Knie. »Lass es nicht vorbei sein.«

Eine Handvoll Jahre. Mehr besaßen die Menschen nicht. Das Glück in ihren Armen glich einer Illusion von Ewigkeit, die nach wenigen Atemzügen endete. Shem löste Anaths zitternde Hände von sich. Kepheqiah wartete auf Befehle.

Vor dem Zelt empfing ihn das erste Gleißen des Tages. Allein die Augen seines Freundes überstrahlten es in kaltem Feuer.

»Die Männer wollen kämpfen.« Keph wies zu den zehn Anführern, die mit ihren Kriegern den Platz umstanden. Jeder von ihnen schenkte ihm ein entschlossenes Nicken. »Gott, ich hasse sie dafür, aber sie werden dieses Land nicht aufgeben.«

Das hatte er erwartet. »Asasel und seine Knechte sollen die Schwerter schärfen.« Die fleischlichen Hüllen ihrer Gegner machten sie verletzlich.

Keph nickte. »Ihre Körper können wir zerstören. Doch sie werden sich mit neuen versorgen und uns nach spätestens zwei Dekaden wieder angreifen.«

Eine Galgenfrist.

Ein Mann mit schulterlangem, weißblondem Haar trat vor. Er überragte Shem um eine Kopflänge. Sein muskulöser Körper beeindruckte durch perfekte Harmonie der Proportionen. Dasselbe traf auf sein Gesicht zu. »Heerführer Shemhazai.« Höflich neigte er den Kopf. »Ich bin Mahawaj Baraq'el.«

Shem erkannte den Herold nur am unsteten Funkeln seiner Augen. Das Blau überdeckte deren Licht nur unvollständig.

Die Cherubim hatten sich übertroffen, wenn sie ein Konstrukt solcher Perfektion hervorbringen konnten. Es hieß, die Vierflügeligen hätten Menschen besetzt, die Art und Weise ihrer Moleküle erforscht und die ersten Körper nach diesem Vorbild geschaffen.

»Nenne deine Botschaft.« Für Höflichkeiten war der falsche Zeitpunkt. Mahawaj wechselte mit Keph einen besorgten Blick.

»Camael fordert eure Kapitulation. Euch wird die Materie genommen, ihr werdet gebunden und in die Heimat gebracht.«

»Als was?«

»Als Gefangene der Dunkelheit.«

»Niemals.« Die Grigori lebten am Rand zur Dämmerung. In völliger Finsternis würden sie einer nach dem anderen den Verstand verlieren. »Die Triaden vergessen, dass auch wir Wesen des Lichtes und des Feuers sind. Wir kämpfen.«

»Um das hier?« Mahawaj wies um sich.

»Es ist hell, heiß und gehört uns.«

»Nicht mehr.«

»Dieses Land ist mein Eigentum.« Er spürte, wie die Flammen sein fleischliches Herz versengten. »Mit ihm jeder Mensch und jedes

Vieh. Versucht, es uns wegzunehmen und ihr werdet es bitter bereuen.« In ihm loderte die Wut heißer als die Feuer um Metatron.

»Wir wünschen gefügige Seelen.« Mahawaj hob beschwichtigend die Hand. »Ihr erschafft mit eurer Unzucht ein Volk mit Kraft und Willen.«

»Sie wollen Freiheit. Wie wir.«

»Zu jedem Preis?« Der Herold seufzte. »Weder die Seraphim noch die Cherubim werden eine Kriegerkaste dulden.«

»Die Kinder leben.« Waren seine Augen blind, dass er das Wunder nicht sah? »Geschöpfe aus Licht und Fleisch. Sie werden der Welt ihr Siegel aufdrücken.«

»Sie werden sie zerstören.«

»Sie werden in ihr leben. Sie sich zu eigen machen.« Glühender Stolz auf die Engelskinder floss durch seinen Geist. »Ihr dürft ihr Leben nicht auslöschen.«

»Genau das werden wir tun.« Gemäßigte Glut im Blick. Mahawaj trug einen Körper, doch er verstand ihn nicht. »Deine Antwort?«

Wie konnte er fragen?

»Überdenke sie gut. Du führst deine Männer in den Schatten. Wen wir nicht binden, wird in dieser Welt als frei schwebender Geist zurückbleiben.«

Dämonen. Shem rang um Beherrschung. Sie besiedelten die äußersten Grenzen seiner alten Heimat. Von den Triaden-Richtern wegen ihrer Vergehen ins Dunkle gedrängt, verloren sie ihr Licht. Was zurückblieb, war weniger als ein Echo einstiger Kraft.

Angst, durch die Finsternis geschürt, wandelte Stolz und Mut in Grausamkeit und Niedertracht. Sie durchsetzten die Grenzgebiete mit ihrer Bosheit und lechzten nach dem Leid der Lebenden.

Wollte er dieses Schicksal für seine Männer?

»Sie werden ihre Frauen und Kinder nicht im Stich lassen«, beantwortete Kepheqiah seine stumme Frage. »Solange auch nur ein Funken Hoffnung glimmt, werden sie kämpfen.«

Jeder einzelne Grigori reckte die Faust gegen den Himmel.

Tausend Krieger gegen zweihundert. Einer solchen Übermacht hatten sie noch nie gegenübergestanden. Keine Herausforderung. Ein Todesurteil. Aus Stolz geboren, mit Verzweiflung genährt.

»Du hast Keph gehört.« Shem trat neben seinen Freund. »Geh und berichte Camael, dass die Grigori bereit sind.« Er führte seine Männer in den Untergang. Gott möge ihm vergeben, wenn sie es nicht mehr konnten.

Mahawaj trat vor Kepheqiah und legte ihm die Hand auf die Schulter. »Wir sehen uns heute zum letzten Mal. Du sollst wissen, dass mir die Freundschaft zu dir viel bedeutet hat.« Er grüße Shem, pfiff und ein Pferd trabte zu ihm. Ohne ein weiteres Wort saß er auf und galoppierte davon.

Keph raufte sich die Haare. Er brüllte seine Angst in den roten Himmel. Keiner seiner Männer verzog eine Miene. Sie teilten seine Gefühle, wenn auch auf eine stillere Weise.

Was war Angst? Nur eine Emotion. Es begleitete die Grigori in ihrer alten Heimat Tag für Tag. In der Nähe zur Finsternis wuchs es ebenso schnell wie Mut.

Keph würde in der ersten Reihe neben ihm kämpfen. Wie er es in vielen Welten und unzähligen Schlachten bereits getan hatte. Wie sie alle kontrollierte er seine Angst. Kein Grigori war ihr Sklave.

Wussten die Menschen, wie dankbar sie für den Tod sein konnten? Er ersparte ihnen unsägliches Leid.

Shem blickte seinem Freund nach, der mit geballten Fäusten zwischen den Zelten verschwand. »Es tut mir leid.« Er sprach zu leise, um von Keph gehört zu werden. »Was dir bevorsteht, hast du mir zu verdanken.«

»Reue?«

Asasel. Wo kam er plötzlich her?

»Sie kommt zu spät.«

»Warum bist du nicht bei deinen Männern?« Sie brauchten ihren Anführer kurz vor dem Kampf.

»Weil ich die Bastarde retten will.« Asasels Mundwinkel wiesen zum Kinn. »Ich werde sie nicht den Triadenkriegern überlassen.«

Asasel besaß fünf Kinder. Wie sie alle hing er an ihnen.

»Du bist mein Waffenschmied.« Für die Schlacht war er unverzichtbar.

Asasel nickte grimmig. »Werte meine Bitte nicht als Feigheit. Ich scheue nicht die Schlacht. Aber ich weigere mich, hinzunehmen, wie meine Brut gemeuchelt wird. Meine Jüngste ist drei Jahre alt. Ich will ein glückliches Leben für sie.«

»Mein Jüngstes ist noch ungeboren.«

»Dann wollen wir dasselbe.«

»Wie viele Krieger brauchst du?« Mehr als zehn konnte er nicht entbehren.

»Keine. Ich verlasse mich im Fall eines Angriffs auf die Stärke der erwachsenen Söhne und mein Schwert.« Mit dem Daumen fuhr er sich am Kinn entlang. »Kann sein, dass ich für dich ein Abschiedsgeschenk habe. Es könnte dir und dem Heer einen Vorteil im Kampf verschaffen.«

Dass er einen seiner Männer blutig gepeitscht hatte, schien ihm Asasel nicht nachzutragen.

»Komm zu meiner Schmiede.« Er grüßte knapp und verschwand zwischen den Zelten.

Ein Abschiedsgeschenk? Shem traute dem Schmied nicht über den Weg.

Er winkte einen jungen Grigori zu sich, der mit großen Augen dem Gespräch gelauscht hatte. »Du reitest Mahawaj hinterher. Sieh zu, dass du nah ans feindliche Heer herankommst. Ich will jedes Detail, das du aufschnappen kannst.«

Mahawaj war und blieb ein Krieger des sechsten Chores. Was, wenn er ihm wesentliche Details verschwiegen hatte?

Der Junge nickte, biss sich auf die Lippen. »Ich kann mir eine Existenz in vollkommener Finsternis nicht vorstellen.« Ein Schauder überlief den jungen Körper. »Wir atmen Licht, leben in ihm. Ich werde sterben, wenn es mir genommen wird.«

»Nein.« Ihr Schicksal kannte keine Gnade. Ewiges Dasein. Ob im Licht oder in endloser Nacht. »Du wirst die Dunkelheit ertragen müssen.«

Der Krieger senkte den Blick, schluckte. Um seine Nase wurde es weiß.

»Willst du Asasel mit den Bastarden beistehen?« Eine ehrenhafte Flucht zu einem sinnvollen Zweck. »Er kann jede Hilfe gebrauchen.«

Wie ein Wetterleuchten erschien Hoffnung in den Augen des anderen. Dennoch schüttelte er den Kopf. »Kepheqiah ist mein

Anführer. Ich folge ihm. Wenn er mit dir in die Schlacht zieht, werde ich es auch tun.« Er straffte die Schultern, grüßte und schlug den Weg zur Pferdekoppel ein.

Es dauerte nicht lange und Reiter und Pferd waren eine Staubwolke vor dem gleißenden Himmel.

Shems Herz wurde bei jedem Schritt schwerer, als er den Zelten den Rücken kehrte, um die Schmiede aufzusuchen. Tigris trabte hinter ihm her. Als ihn das Tier erreichte, sprang es ihm um die Beine.

»Geh zurück zu Anath. Sie wird sich einsam fühlen.« Er kraulte die weichen Ohren und wies den Weg zurück. »Ab!«

Der Hund gehorchte widerwillig. Alle paar Schritte blieb er stehen und sah sich nach seinem Herrn um.

Er würde Anath in die Berge begleiten. Sie vor wilden Tieren schützen und in kalten Nächten wärmen.

Shem schluckte gegen die Enge in seiner Kehle an. Menschen gehörten nicht der Ewigkeit, wie die Grigori. Sie füllten lediglich einen kurzen Zeitraum mit ihrem Leben. Er wusste das. Dennoch schmerzte es ihn, Anath so schnell hergeben zu müssen.

Schon von Weitem erklangen die rhythmischen Schläge des Hammers. Asasels Schmiede bestand nur aus wenigen Steinen und Balken. Unter dem freien Himmel schürte der Wind die Glut öfter, als es der Blasebalg tat. Der Schmied bemerkte ihn nicht.

Er betrachtete eine glühende, sehr schmale Klinge, legte sie erneut auf den Amboss und ließ das Eisen unter dem Hammer singen. Schließlich tauchte er sie in den Wasserbottich und härtete sie zischend aus.

Shem trat in sein Blickfeld. »Willst du die Bastarde bewaffnen?« Das Schwert passte mühelos in Kinderhände.

Asasel reichte ihm die Klinge. Sie lag perfekt in der Hand, wog fast nichts. In der Mitte des Griffstücks prangte ein Saphir. Auch für Asasels Verhältnisse war dieses Schwert ein Prachtstück.

Shem führte einige Streiche in der Luft aus. Seine Zweifel verschwanden mit jedem Einzelnen.

»Das ist eine ganz besondere Waffe.« Asasel zeigte zu einer Laterne, die neben der Esse hing. »Geschmiedet in der Glut, die ich mit dieser Flamme entzündete. Sie stammt von Metatron. Während einer Audienz habe ich sie unbemerkt an mich genommen. Es gibt kein Feuer, das heißer brennt.«

Asasel bestahl den Fürsten der Seraphim? Eine beachtliche Leistung. »Das Schwert ist scharf genug, um Licht zu schneiden.« Kalter Stolz lag in seiner Stimme. »Rate, was es noch beherrscht.«

»Singen? Tanzen?« Die Arroganz des Schmieds ging ihm auf die Nerven. Zweifelsfrei übertrieb er maßlos.

»Spare dir deinen Spott, Heerführer. Was du in der Hand hältst, kann dein Leben retten und das deiner Feinde für die Ewigkeit auslöschen.«

»Meine Feinde sind die Gewalten. Engel wie wir. Nichts kann ihr Leben beenden.«

»Das schon.« Asasel schnippte mit dem Fingernagel an die Klinge. Sie sang in hellen Tönen. »Was Licht schneidet, durchdringt auch den Geist. Ich schenke dir die Möglichkeit, unseresgleichen zu töten.«

Ein Scherz? Shem ließ das Schwert ein weiters Mal durch die Luft gleiten. »Wissen die Triaden von deiner Kunst?«

Asasel lachte auf. »Metatron zeigt sich im Glanz seiner Flammen, ohne deren Macht auch nur zu ahnen.«

Den Fürsten des ersten Chores interessierte keinerlei Materie. Warum sollte er sich für Waffen begeistern? Shem fuhr sacht mit dem Finger an der Schneide entlang. Sein Blut tropfte aus einem tiefen Schnitt. »Warum vertraust du mir das Schwert an?« *Und wer garantiert mir, dass du die Wahrheit sagst?*

Er konnte die Fähigkeit der Klinge kaum an einem seiner Männer ausprobieren.

Asasels Blick verfinsterte sich. »Du bedeutest mir nichts. Wenn du unter Camaels Klinge deine Hülle verlierst und von ihm gebannt wirst, werde ich dennoch glücklich weiterleben.«

Immerhin war er ehrlich.

»Doch ich bin ein Grigori, und wenn ich meinem Chor gegen die Gewalten beistehen kann, werde ich es tun. Du bist der beste Schwertkämpfer im Heer. Wem, wenn nicht dir, sollte ich so eine Waffe anvertrauen?«

Shems Herz schlug höher. Auch wenn ihm der Schmied eine Lüge auftischte, das Schwert war unsagbar schön. »Ich danke dir.«

Der erste Stich in den Leib seines Gegners würde die Lüge enttarnen oder die Wahrheit bezeugen.

Der Schmied wischte sich die Hände an der Kurta ab und streifte seinen Siegelring über den Finger. Im Schein des flackernden Feuers glänzte der Rubin übernatürlich hell.

Asasel bemerkte seinen Blick. »Willst du Anath ein Abschiedsgeschenk überreichen oder warum starrst du auf meinen Schmuck?«

Sein Stolz wich Arroganz.

»Wenn du ihn mit einem Zauber versiehst, der ihr Leben und das unseres Kindes schützt, ja.« Ansonsten hatte er für schnöden Tand in dieser bitteren Situation keine Verwendung. Shem wandte sich zum Gehen. Er musste sich noch mit den anderen Anführern besprechen und ein wenig mit der ungewohnt leichten Waffe üben.

»Nicht so schnell, Shemhazai.« Asasel legte ihm vertraut die Hand auf die Schulter. »Was würdest du mir dafür geben, wenn ich deinen Wunsch erfülle?«

»Das könntest du?«

In gespielter Demut neigte er den Kopf. »Ich prahle ungern mit meinen Talenten, doch ich beherrsche einiges an Wissen, um das mich selbst die Schmiede der Gewalten beneiden.« Er wies auf das Schwert.

Auch diese Kunst ließ sich nicht vor der Schlacht beweisen.

Shem fragte sich zum wiederholten Mal, inwieweit er dem Schmied trauen konnte. »Du stiehlst mehr als Flammen?«

Mit einem schmalen Lächeln schüttelte Asasel den Kopf. »Nein, ich stehle Informationen, Möglichkeiten, wo auch immer sie sich mir offenbaren.«

»Dann fertige einen Schmuck für Anath.« Sie trug das Kind eines Engels. Dann stand ihr auch die Magie der Chöre zu.

»Ich frage dich ein zweites Mal.« In Asasels Lächeln schlich sich Heimtücke. »Was gibst du mir dafür?«

»Was willst du haben?« Er besaß nicht mehr als jeder andere Krieger im Heer.

»Deinen Rang.« Asasel zuckte mit keiner Wimper. »Geht ihr als Sieger aus der Schlacht hervor, trittst du deine Rechte und Würden an mich ab.«

»Du willst die Grigori anführen?« Wenn ihn Camael für fähig gehalten hätte, hätte er den Posten bekommen. »Ich kann dir das Heer nicht anvertrauen. Die Männer gehören mir. Sie folgen mir.« Ebenso gut hätte ihn Asasel um sein Flammenherz bitten können. Es brannte nur in ihm. In der Brust des Schmiedes würde es erlöschen.

Langsam strich sich Asasel übers rußgeschwärzte Kinn. »Dann tut es mir leid. Du wirst mit dem Wissen leben müssen, dass Anath einen frühen Tod erleiden wird.« Gelassen betrachtete er seine Armreifen. »Und dein Kind mit ihr.«

Shem verbot seiner Faust, das schmutzige Kinn zu zertrümmern. »Du bist ein Söldner.«

Asasel grinste. »Das sind wir alle. Töte diejenigen, die uns dazu gemacht haben.«

Das Heft des Schwertes schnitt ihm in die Hand, so fest umfasste er es. »Das werde ich.«

*Schütze Anath. Auch wenn du ein Schuft bist.* Shem kehrte Asasel den Rücken. Sein Herz brannte vor Sehnsucht, Anath noch ein letztes Mal zu umarmen.

Gefangen in der Ewigkeit. Mit dem Wissen, alles, was ihm lieb war, verloren zu haben.

Shem stieß die Klinge in die Luft. Sein Schrei durchschnitt den Abend.

~*~

Die Erde glühte in demselben Rot, das den Himmel erleuchtete. So schön, so unerreichbar für seine Zukunft. Auch wenn er vor seinen Männern Hoffnung heuchelte, er wusste, dass er diesen Anblick nie wieder genießen konnte. Kepheqiah legte die Hand auf sein Herz, spürte dessen Hitze durch Knochen und Fleisch. In der Finsternis der Gefangenschaft erlosch das Feuer. Würde sein Geist folgen? Oder kalt und dunkel die Jahrtausende zählen?

Angst fraß sich durch die Hülle, die ihm nichts bedeutete.

Tausend gegen zweihundert. Er hatte nie zuvor gegen die Gewalten gekämpft.

Shem legte ihm für einen tröstenden Moment die Hand auf die Schulter. Ein kurzes Zudrücken, ein Lächeln. Es genügte, um ihm Mut einzuflößen.

Der Heerführer verlor so viel mehr als er. Sein Herz gehörte nicht nur diesem Land und seinen Männern, sondern auch einer Frau. Kindern. Er ließ sie zurück.

Shem beschirmte seine Augen. Er suchte den Horizont nach der Ankunft des Feindes ab. Trotz der hoffnungslosen Situation strahlte er eine Entschlossenheit aus, um die ihn Kepheqiah beneidete.

Ob es an dem Schwert lag, das an seiner Seite hing? Shem hatte ihm mitgeteilt, welche Fähigkeiten ihm der Schmied zuschrieb. Zweifelsfrei war es die schönste Waffe, die er je gesehen hatte, doch Schönheit tötete keine Engelkrieger.

Der Wind löste das Band aus den langen Haaren. Sie wehten Shem um das scharf geschnittene Gesicht. Fühlte er Reue, dass er sie alle wegen seines Vergehens in die Dunkelheit führte?

Shemhazai hatte nach der ersten Nacht mit einer Frau die ohnehin schon brüchige Loyalität zu den Triaden wie eine zerschlissene Robe abgelegt.

Das Jauchzen der Sinne während der Vereinigung sei jeden Ungehorsam wert.

Auch jede Strafe? Kepheqiah ballte die Fäuste gegen die Angst, die sein Herz umklammerte. Finsternis. Ohne Aussicht, jemals wieder die Sonne zu sehen. Der Gedanke schnürte ihm die Luft ab.

»Sie singen.« Ein junger Grigori galoppierte auf sie zu. Shem hatte ihn als Späher ausgeschickt. Er schenkte den Worten eines Triadenmitglieds nur wenig Glauben. Auch wenn es sich um Mahawaj handelte.

»Die Melodie gefriert das Blut.« Der Junge sprang aus dem Sattel und verneigte sich eilig. »Mir wurde übel, als ich sie hörte.« Das Entsetzen stand ihm im Gesicht wie eine zweite Nase.

Die Lieder der Seraphim.

Eine Kette aus Worten, geschmiedet in Licht. Geschlungen zu einer Melodie, die den Geist in Fesseln legte. Kepheqiah rann es eisig über den Rücken. »Konntest du die Worte verstehen?«

Der Junge schüttelte den Kopf. »Keine Silbe. Doch mich überkam das Gefühl, als würde ich aus meinem Körper gezogen. Herr?«

Er trat zaghaft einen Schritt näher zu Shem. »Nimm mir meine Angst, wenn du willst, dass ich mein Leben für dich opfern soll.«

Kepheqiah tauschte einen Blick mit dem Heerführer. Das helle Grau in dessen Augen verdunkelte sich.

»Du wusstest, dass sie uns bannen wollen.« Er fasste dem Späher ins Haar. Zwischen seinen Fingern quollen schwarze Locken hervor. »Für deine Angst ist es zu spät. Aber nicht für deinen Mut.«

Wie er ein aufmunterndes Lächeln zustande brachte, war Kepheqiah schleierhaft. Ihm selbst war nach hemmungslosem Weinen.

»Denkst du, die Seraphim werden vor dem Angriff dazustoßen?« Die Stimme des Jungen zitterte. »Ich habe gehört, in der Nähe der Vielgeflügelten werden Wille und Geist versengt.«

»Diese Welt gehört der Materie.« Shem ließ den Arm sinken. »Sie müssten ihre sechs Flammenflügel in einen Körper quetschen, um uns schaden zu können.«

»Können die das?« Die Pupillen des Boten wuchsen sich zu Teichen aus.

Shem warf ihm einen zweifelnden Blick zu doch auch Kepheqiah konnte die Frage nicht beantworten. Metatrons Gefolgsleute besaßen eine kaum zu ahnende Macht. Doch diese Tatsache würde den Jungen nicht beruhigen.

»Du nimmst uns zu wichtig.« Er versuchte sich an einem ähnlich unbekümmerten Lächeln wie Shem. »Um einen Haufen Grigori einzufangen, besudelt sich der erste Chor nicht mit nach Schweiß stinkendem Fleisch.«

Stille. Für einen Moment. Kepheqiah warf seine gesamte Existenz in diesen Moment. Dann war es vorbei. Noch bevor er sie hörte, ahnte er die Gefahr.

Sanfte Töne wehten in der Luft. Der Bote zuckte zusammen. »Hört ihr? Das meine ich!«

Der Wind trug das Lied der Seraphim wie einen Seidenschleier zu ihnen. Zart. Leicht.

Eine Täuschung. Es würde sie unerbittlich vernichten.

Shemhazai lächelte nur mit den Lippen. »Bedauerst du es, heute an meiner Seite zu stehen?«

»Ich gehöre hierher.« Shem war sein Heerführer. »Dennoch weiß ich, dass wir uns für Bastarde opfern.«

Wesen mit dem Wissen und der Kraft ihrer Väter und der Gier ihrer Mütter. Das Nie-Genug lag in ihren Kinderaugen ebenso wie das Gib-Mir-Mehr. Sie würden jedes Volk der Erde unterwerfen, bis die Menschheit unter ihrer Grausamkeit zusammenbrach.

Shem berührte ihn am Arm. Sein Blick haftete am Horizont. Die Luft über der Ödnis begann zu flimmern.

»Sie kommen.«

~*~

Das Klirren aufeinanderschlagender Schwerter verstummte. Die geistzersetzende Melodie, die über dem Schlachtgetümmel brauste, wurde leiser, erstarb. Stille. Caym leckte sie aus der staubigen Luft. Er robbte zum Ausgang der Felsenhöhle. Bei jeder Bewegung schmerzte sein Rücken, erinnerte ihn an den Mann, den er abgrundtief hasste.

Der Heerführer hatte ihm das Fleisch von den Knochen geschlagen. Dafür sollte ihn die Finsternis fressen.

Er kroch um die Felsnase. Sie schützte die Höhle vor der Neugierde der Gewalten. Der Wind wehte heiß über der Ebene. Er roch nach Blut und Schmerz, zerrte an Kleiderfetzen und Haaren.

Kadaver. Sie lagen dicht an dicht.

Caym sog die Luft tief in die Lungen, kostete das Leid heraus.

Der Fluss schlängelte sich am Rande des Schlachtfeldes entlang und wusch das Blut aus den verstümmelten Hüllen.

Am Horizont ballte sich Staub. Die Wolke zog nach Westen und mit ihr die Sieger der Schlacht. Sie führten die Gefangenen an Lichtbändern mit sich. Körperlos, verzweifelt. Nur ein mattes Glimmen. Mehr war von dem flammenden Heer des zehnten Chores nicht übrig. Wie war es, von oben auf zerfetztes Fleisch hinabzusehen? Warme Schauder rannen über seinen Rücken. Sein eigenes Blut riechen, sein faulendes Fleisch kosten.

Er leckte sich über die Lippen.

Seine Zähne in die Körper schlagen. Sich in der gerinnenden Nässe wälzen.

Er bezwang das Drängen danach.

Der letzte Grigori. Der einzige Engel in dieser verdammten Welt. Die Menschen würden vor ihm im Staub kriechen.

Er brauchte eine Waffe. Dann einen Weg.

Nach Norden? Nach Süden? Der Wind verriet es ihm. Roch er nach Angst, ging Caym ihm entgegen. Um sie zu schüren, wo immer er auf das geistfressende Gefühl traf.

Speichel sammelte sich in seinem Mund, als er den Schutz der Felsen verließ. Ihm lag eine Welt zu Füßen.

Er schlitterte den Hang hinab, rannte über Geröll bis seine wunden Sohlen dürres Gras spürten. Köpfe ohne Körper, Körper ohne Gliedmaßen. Caym stakste durch Blutlachen, suchte unter zerfetzten Gewändern.

Der Sand überzog die Kadaver und verwischte Unterschiede und Ähnlichkeiten. Von Asasel oder einem seiner Männer fand er keine Spur.

Ein Schwert. Breit, groß. Kaum schartig. Es steckte zwischen Rippen. Caym zog es heraus.

Über ihm kreisten Geier, gierig nach Futter.

Er hockte sich neben einen Leichnam, den eine Klinge in zwei ungleiche Teile zerschnitten hatte. Der Geruch nach Eisen und Süße hing über ihm. Doch nicht halb so intensiv, wie der rote Saft der Menschen duftete. Dennoch tauchte er seinen Finger in weiches Gewebe. Er färbte sich kaum, schmeckte schal, als er ihn ableckte. Das Blut war längst in den Sand gesickert.

Auch vom Fluss stieg der Geruch nach Tod auf. Caym bahnte sich einen Weg zum Ufer. Rotes Wasser. Hinknien, trinken, bis sein Durst gestillt war.

»Kepheqiah!«

Eine fremde Stimme.

»Keph!«

Caym duckte sich in blutigen Schlamm.

Ein Reiter lenkte sein Pferd zwischen den Leichen hindurch.

Blonde Haare, der Mantel hing ihm in Fetzen von der Schulter. Ein langes Ding, in Lumpen gewickelt, trug er mit einem Riemen auf den Rücken geschnallt.

Der Krieger war kein Grigori.

Er kam näher, sprang er aus dem Sattel, kniete sich neben einen reglosen Haufen.

»Keph?« Ein Ächzen antwortete ihm. »Camael möge mir vergeben, aber ich konnte dich nicht bannen.« Vorsichtig hob er Kepheqiah auf seinen Arm. »Wir müssen fliehen, bevor der Fürst mein Fehlen bemerkt.« Der Fremde neigte seinen Kopf näher zu dem blutüberströmten Mann. »Nein, wir haben nur die Anführer gefangen genommen. Den Rest von euch ließen wir körperlos im Wind zurück.« Er half dem Verletzten aufs Pferd, schwang sich hinter ihm in den Sattel.

Caym wühlte sich tiefer in den Morast. Erst als die Reiter zu einem winzigen Punkt zwischen den Felsen schrumpften, richtete er sich auf. Ein Triadenkrieger hätschelte einen Grigori? Caym spuckte das klebrig-süße Gefühl in den Dreck.

Sie würden ihm den Anspruch auf diese Welt streitig machen. Kepheqiah hatte seinen Schmerz am Büßerpfahl bespottet. Er ließ nicht zu, dass einer aus dem Fußvolk Macht erlangte. Caym musste ihn töten. Ihn und den Fremden.

Allein?

Caym umklammerte das Heft seines Schwertes.

Er brauchte Hilfe.

Von seinem Herrn.

Die Staubwolke dünnte im Morgenlicht aus. Er musste ihr folgen.

Wo sie hinführte, fand er Asasel.

Mit ausgreifenden Sprüngen setzte er über die Kadaver.

Besser sich in den Schatten der Macht ducken, als weit ab von ihr ein Leben in Schwäche fristen.

# KALTE GRÄBER

(London, Gegenwart)
Eingestürzte Wände, marode Lagerhallen, ein leichter bis mittelpenetranter Geruch nach Urin. Werbeplakate hingen halb abgerissen und voll gesprüht an Betonmauern, Chipstüten taumelten im nasskalten Wind.

Freiwillig hätte sich Jade niemals in dieser Gegend herumgetrieben. Zu wenig Grün. Keine Bäume. Auch die Nähe zur Themse machte das nicht wett.

Durch die ersten Nebelschwaden der beginnenden Nacht leuchtete das Werbeschild des Clink Inn. Jade kannte die Kneipe aus Daniels Erzählungen. Früher war sie ein Rückzugsort für ihn gewesen. Seltsam, dass er seinem neuen Klienten ausgerechnet dort auf den Zahn fühlen wollte.

Ihre Freundin Lucy und Ives, Daniels Chauffeur, begleiteten sie. Kein Großeinsatz.

Aber auch nichts Unbedeutendes.

Jade sprang über eine Schneematschpfütze und hakte sich bei Daniel unter. »Wie groß ist die Wahrscheinlichkeit, dass du diesem Mann ein Angebot machst?« Immerhin galt er als nekrophil und stand nicht umsonst auf der Todesliste der Anonymen Meister.

»Dreißig zu siebzig.« Er verzog den Mund zu einem Lächeln, das seine Augen ausließ. »Du bist das Zünglein an der Waage.« Mit der freien Hand zog er die Tür der Kneipe auf. »Wenn ihn seine Gedanken denunzieren, ist er fällig.«

Die Entscheidung über Leben und Tod vollkommen Fremder traf sie, seit sie für den ehemaligen Auftragskiller arbeitete.

Daniel und sie waren längere Zeit befreundet gewesen, ohne dass sie etwas von seinem Job geahnt hatte. Dass sie auch Lucy zu ihren engsten Vertraute zählte, war reiner Zufall.

Nein, es gab keine Zufälle. Es war Schicksal.

Daniel vertraute ihrer Intuition und er verließ sich auf ihre neu erworbene Fähigkeit, Gedanken zu visualisieren. Heute Nacht beschlich sie eine leise Ahnung, dass die Gabe auch ein Fluch sein könnte. Schon beim Durchsehen der Akte hatte sich ein ungutes Gefühl aufgedrängt, obwohl es sich auf dem ersten Blick lediglich um einen Juwelier mit extravaganten Sehnsüchten handelte

»Wollen wir?« Daniel hielt die Tür auf.

Ein dunkles Loch, aus dem laute Stimmen und der Geruch nach Bier drangen. Eine Treppe führte nach unten. Sie glich einem Schlund.

Ausgetretene Steinstufen, die Wände waren feucht und schmierig. Jade verdrängte diffuse Ängste und stellte die Sinne auf Input.

Auf der gegenüberliegenden Seite des Geländers steckten Köpfe auf Pfählen. Originell. Und traurig. Bevor der Tower zu einer Touristenattraktion wurde, vermoderten unzählige Gefangene hinter seinen Mauern. Zur Abschreckung hatte man die Brücke zur Festung mit den gepfählten Köpfen gespickt. Daniel erzählte in trübsinnigen Momenten davon. Er war in einem seiner vergangenen Leben Zeuge dieser Barbarei geworden. Als Insasse des Towers. Nicht als Wärter.

Er ging vor, ohne den Kopfattrappen einen Blick zu gönnen. Lucy und Jade folgten, zuletzt trat mit einem leisen Stöhnen Ives ins Dunkle.

Jade spielte mit dem Smaragdring in ihrer Hosentasche. Wenn sie ihn auf den Daumen steckte, stürzten sich die Köpfe garantiert auf sie. Dennoch benötigte der Ring eine Vorglühphase, bevor sie Dinge sah, die sonst niemand erblickte.

In ihrem Magen kribbelte es. Eine flirrende Aura, Visionen voll Schrecken und Schönheit. Eine Wirklichkeit, die haarfein hinter der Realität auf Entdeckung wartete. Dank des Ringes schob sie sich in den Vordergrund.

Obwohl Nephilim-Ringe für Menschen als gefährlich galten, liebte sie ihn. Er überhäufte sie mit mentalen Wundern und war ihr persönliches Fenster in eine verborgene Welt.

»Zieh ihn an.« Daniel tippte gegen ihre Hosentasche, die der Schmuck ausbeulte. »Steigere dich nicht rein. Der Kerl ist unheimlich. Wenn es dir zu viel wird, klink dich rechtzeitig aus seinem Geist aus.«

Der Ring flutschte fast von allein auf ihren Daumen.

Lucy hatte ihr den in Gold gefassten Smaragd geschenkt, als sie bemerkte, dass Jade mit der verborgenen Macht umgehen konnte. Das Schmuckstück hatte Lucy regelmäßig mit Energieentladungen gequält.

Vor einem Jahr hatte es ihre Freundin dem Nachfahren eines Nephilim gestohlen – Kolja Grigorjew.

Fast hätte sie dafür mit dem Leben bezahlt.

Das Schmuckstück war grandios, magisch, wunderschön. Doch das Beste: Es sensibilisierte sie auf ungeahnte Weise.

Kartenlegen, Pendeln, als Meditation getarntes Tagträumen, alles gelang ihr mit Leichtigkeit. Auch ohne den vorherigen Genuss der niedlichen Pilze mit den dünnen Stielen und den Kegelköpfchen.

»Ich hasse dieses Loch.« Ives, Daniels Chauffeur und Freund aus längst vergangenen Leben, blickte sich in dem nur durch Kerzenlicht erhellten Gewölbe um. »Wie früher. Das weckt mehr als ein Trauma in mir.« Der Blick zu Daniel strotzte vor hilfloser Panik. »Ehrlich, Mann. Ich saß zu oft in solchen Löchern mit stinkenden Leichenteilen.«

»Das ist eine Kneipe, Ives«, versuchte Lucy zu trösten. »Kein Kerker.«

Ives schüttelte den Kopf. »Ist mir egal. Ich gehe.« Um seine Nase wurde es weiß.

Daniel nickte seinem jungen alten Freund zu. Voll Verständnis und Mitgefühl. »Gut. Warte im Wagen.«

»Danke.« Ives gönnte dem Ring an ihrem Daumen einen grimmigen Blick. »Spionierst du jetzt meine Gedanken aus?« Seine Ohrläppchen färbten sich rot. »Wenn, dann guck weg.«

Wenn sie nicht selbst bis zum Anschlag angespannt gewesen wäre, hätte sie gelacht. Ives war süß in seiner Unsicherheit. »Keine Angst. Solange ich nicht ein bisschen schielend durch dich hindurchsehe, bist du vor mir sicher.« Statt zu fokussieren, musste der Blick streuen. Verschwamm die Realität, traten die Gedanken ihres Gegenübers umso schärfer in den Vordergrund.

»Okay«, murmelte er und brachte ein halbherziges Lächeln zustande. »Ich hau ab.« Er stapfte die Stufen hinauf und schlug die Tür hinter sich zu.

»Er ist in dich verliebt, Jade.« Lucy seufzte. »Ich finde es mutig von ihm, zu seinen Gefühlen zu stehen.«

Ives war mutig.

Und sie war beziehungsresistent.

»Tu ihm und dir einen Gefallen und gib ihm eine Chance.«

Nett von ihrer Freundin, sich um ihr Privatleben zu sorgen. Aber bis auf kleine Ausrutscher bekam sie es hin. Auch ohne Mann an ihrer Seite. Und Ives war noch weit davon entfernt, ein Mann zu sein.

Bei ihm hatten sich ihre Fähigkeiten zum ersten Mal gezeigt.

Er war bei ihr gewesen, um sich die Karten legen zu lassen. Plötzlich hatte es begonnen. Wie ein brüchiger Film hatten sich seine Gedanken über die Wirklichkeit geschoben.

Ives hatte sich zu ihr geneigt, ihr Haar berührt und sacht seine Lippen auf ihren Mund gelegt. Jade hatte die Wärme und den Druck des Kusses deutlich gespürt, obwohl der echte Ives stockstreif vor ihr gesessen und auf die Karten gestarrt hatte.

Auf die Konfrontation mit dieser Erscheinung reagierte er mit flammend rotem Kopf und hilflosem Stammeln. Bei der zweiten Tasse Melissentee, den sie mit einem Schuss selbst angesetztem Kräuterschnaps verfeinert hatte, gestand er seine zärtlichen Gefühle für sie. Er gab zu, beim Kartenlegen tatsächlich daran gedacht zu haben, sie zu küssen. Es sei über ihn gekommen. Einfach so.

Nach zahlreicher Trost-Reflexzonenmassagen, in denen sie die Reflexzonen von den Fußsohlen auf den Rest seines Körpers ausgedehnt und die sensibelsten Stellen miteinbezogen hatte, konnte Ives mit der Situation vernünftig, da tiefenentspannt und rundum befriedigt, umgehen.

Die Visionen blieben ihr treu. Anfangs störten sie ihren Alltag beträchtlich. Dem Postboten dabei zusehen zu müssen, wie er mit einer Kettensäge auf den bellenden Hund des Nachbarn losging, war kein Geschenk. Auch nervten die Sehnsüchte der Kassiererin im Supermarkt. Besser als ein Judoka legte sie jeden halbwegs attraktiven Kunden aufs Rollband, um ihm die Kleider vom Leib zu reißen.

Jade gewöhnte sich schnell an, den Ring nur noch zu tragen, wenn sie seine Macht bewusst nutzen wollte.

Zum Beispiel wenn sie einen neuen Klienten checkte.

Jedes Mal, wenn Daniel Levant, Ex-Anonymer Meiser und Wiedergeborener, seinem früheren Boss die Aufträge versaute, indem er die potenziellen Opfer den beauftragten Killern vor der Nase wegschnappte, erbat er ihren Rat.

Mahawaj Baraq'el. Hinter dem geheimnisvollen Namen versteckte sich das Oberhaupt der Bruderschaft der Anonymen Meister. Daniel hasste ihn, obwohl er ihm nie begegnet war. Leben für Leben hatte ihn dieser Mann zum Töten gezwungen.

Empfand er es als eine Art befriedigende Rache, seinem ehemaligen Boss ins Handwerk zu pfuschen? Daniel sprach ihr gegenüber nie über seine Motive.

José, ein Mann aus Daniels Cleaner-Team, seelenlos aber begnadet im Umgang mit allem, was nur entfernt nach Computer aussah, hackte erfolgreich die Server der Bruderschaft und spähte die Teilnehmer auf der Abschussliste aus. Waren sie harmlos genug, um mit gutem Gewissen ihr Leben zu retten, unterbreitete Daniel ihnen ein Angebot, um genau das zu tun. Waren sie es nicht, überließ er sie ihrem Schicksal. Er selbst hatte dem Morden abgeschworen.

Ihr heutiges Ziel: Ashton Walbrick, Inhaber eines Juwelierladens, Goldschmied und Sammler antiker Schwerter.

Der Auftraggeber: unbekannt.

Die Gründe: fanden keine Erwähnung. Daniel meinte, das sei unüblich, aber möglich. Die Bruderschaft agierte diskret. Manchmal so sehr, dass selbst der beauftragte Meister nicht wüsste, warum er sein Ziel töten sollte. In solchen Fällen hätte die Absprache ausschließlich zwischen Mahawaj Baraq'el und dem Klienten stattgefunden.

Neben den Vermögensverhältnissen und Einkaufsgewohnheiten war José bei seiner Recherche auf hilfreiche Informationen gestoßen.

Mr. Walbrick besaß eine Vorliebe für Unterordnung und Schläge einerseits und dem Tod an sich und im Besonderen andererseits. Daniels Hang zur Düsternis verleitete ihn, die eventuell rettende Falle auf der Seite der Vergänglichkeit auszulegen. Über entsprechende Internetforen und mit Josés Hilfe war er mit Walbrick in Kontakt getreten. Sein Klient schmückte sich mit fantasievollen

Nicknamen: *Carcassguzzler und Deadslurper.* Jade wusste nicht, ob sie amüsiert oder erschrocken sein sollte.

Eine hübsche, wenn auch in die Jahre gekommene Blondine, segelte um den Tresen auf sie zu. Der Blick der von falschen Wimpern verschatteten Augen ruhte auf Daniel. Statt ihm die Hand zu reichen, fasste sie in sein langes Haar. Statt ihn mit einem *Hallo* zu begrüßen, verschlang ihr überschminkter Mund seine Lippen.

Neben ihr dachte Lucy nicht daran, ihr wütendes Schnauben zu unterdrücken.

Es war gnadenlos indiskret, doch Jade musste ihren Blick auf Weichzeichnermodus stellen.

Das Gemurmel der Gäste verstummte. Stühle, Fässer, der Tresen, alles floss auseinander.

Daniel als Teenager. Er kniete Haare raufend in einer dunklen Ecke. Die blonde Frau, um Jahre jünger, richtete ihn lächelnd auf. Sie führte ihn in einen Raum mit Kerzenlicht und rot bezogenem Bett. Daniel redete unter Tränen. Was gestand er? Die Blondine tröstete zuerst mit Zuhören, schließlich mit Küssen. Sie zog Daniel Stück für Stück aus. Ließ ihre Finger über seinen Körper wandern und lockte ihn mit ihren Liebkosungen auf sich.

Daniel nahm die Küsse der Frau gierig, als könnten sie ihn vor dem Tod bewahren. Seine Verzweiflung, sein Sehnen, alles offenbarte er ihr. Sie liebte es ihm von der Seele. Schmerz wechselte mit Ekstase. Angst mit leidenschaftlicher Dankbarkeit.

Sie musste Daniels erste Geliebte in seinem jetzigen Leben gewesen sein. Wurde ihm damals bewusst, wer und was er war? Hatten die Anonymen Meister Kontakt mit ihm aufgenommen, um ihn erneut zu rekrutieren? Ihn an seine bitteren Pflichten gegenüber der Bruderschaft zu erinnern?

Töten. Es gab bessere Jobs für einen Teenager.

Ein harter Stoß in die Rippen, und der Gedankenfilm flackerte, bis er verschwand.

»Hör sofort zu seufzen auf.« Zwischen Lucys Brauen wuchs ein Krater. »Das ist nicht wonnig. Die Alte spielt mit ihrer Existenz.« Dem Funkeln ihrer Augen nach durchlebte Lucy bereits die köstlichen Momente nach dem Spiel.

»Grace, ich möchte dir jemanden vorstellen.« Daniel zog die fremden Hände aus seinen Strähnen. Er küsste sie, bevor er sie losließ. Mit einer eleganten Geste wies er zu Lucy. »Das ist Lucinde Sorokin, die Liebe meines Lebens.«

Keine Spur von Kitsch. Die Erde stand still und lauschte.

*Die Liebe meines Lebens.* Die Worte schwangen in ihr nach, zogen ihr Herz in eine Richtung, in die sie sich nie vorgewagt hatte.

Wusste Lucy, wie gut sie es hatte?

Grace nickte Lucy freundlich zu. Lucy hingegen strahlte sie mit einem Lächeln an, das einen langen und qualvollen Tod versprach.

»Und das ist Jade.« Daniel legte ihr die Hand auf die Schulter. »Eine Freundin und talentierte Mitarbeiterin.«

»Eine Fee.« Grace klappte eines der mit schweren Wimpern geschmückten Lider zu. »Süße, wenn dir der Job bei ihm zu langweilig wird, steige bei mir ein. Mädchen wie du gehen wie frisches Guinness über den Tresen.«

Die Gedanken, die schwarmweise hinter der gepuderten Stirn hervorströmten, vertrieb Jade mit nervösem Blinzeln. Sie wollte keinesfalls wissen, was diese offensichtlich geschäftstüchtige Frau für Jobs für sie bereithielt.

»Ihre Aufgaben bei mir langweilen sie nicht.« Lag in Daniels Stimme eine gewisse Strenge oder bildete sie sich das ein?

»Schade«, murmelte die blonde Frau und strich eine Locke aus der Stirn. »Das Zierlich-Zerbrechliche turnt viele Kerle an. Es weckt ihren Beschützerinstinkt. Beim Sex träumen sie davon, der Erste zu sein, der die süß duftende Unschuldsblume pflückt.«

Sie war mit dreizehn gepflückt worden. Von dem Freund ihres Vaters und im Bett ihrer Eltern.

Lester Mills.

Einen Abend, bevor er mit Malcolm und Alice Conway nach Madras aufbrach, um mit ihnen gemeinsam eine Yoga-Schule zu eröffnen.

Sie hatte damals zum ersten Mal Wein getrunken. Aus vorweggenommenem Abschiedsschmerz und weil das Zeug einfach überall herumgestanden hatte.

Nach einer Nacht, überfüllt mit bedrängenden Träumen, die sie von einer Angst in die nächste jagten, war sie am Morgen mit heftigen Schmerzen im Unterleib und Blut auf dem Laken erwacht. Lester fing sie auf dem Weg zum Badezimmer ab. Es wäre ihre Idee gewesen, ob sie das vergessen hätte? Wie eine Wilde wäre sie auf ihn losgegangen und hätte ihm regelrecht die Kleider vom Leib gerissen. Er habe ihr die Sache ausreden wollen, aber hey! – Keine Chance.

Wollte sie wirklich ihre Eltern kurz vor der Abreise mit der Tatsache belasten, dass sie eine kleine Schlampe großgezogen hatten? Er hatte sie ins Kinn gekniffen und danach ihre Eltern geweckt. Sie waren auf dem Wohnzimmerteppich eingeschlafen. Umgeben von Weinflaschen und abgebrannten Räucherstäbchen.

Noch am selben Tag hatte sie die Wohnung auf Hochglanz poliert und sämtliche Flaschen, ob leer, halb leer oder voll, weggeworfen.

Eine Teenagerzeit bei Tante Esther, die Einführung in die Kunst des Kartenlegens und Pendelns. Die ersten Kontakte mit weiblichen Medien, die größtenteils früher oder später zu Esthers Lebensabschnittsgefährtinnen wurden. Blicke in den Bereich hinter der Realität. Anfangs beängstigend, später süchtig machend. Die Hoffnung, in dem Wirrwarr, das sich seit jenem Morgen in ihrem Leben ausbreitete, eine tiefere Ordnung zu finden, wurde nie erfüllt.

Das Chaos in ihrem Inneren war ihr zuverlässiger Begleiter. Gleichgültig, was sie dagegen unternahm. Aber wenn sie lächelte und sich hinter einer leicht versponnenen, doch glücklichen Jade Conway versteckte, die ihren Freunden die Karten legte, oder ihnen zur Entspannung eine Tantramassage verpasste, war es auszuhalten.

Anderen Lust zu bereiten funktionierte. Sie tat es gern, genoss das Prickeln, das dabei auf sie überprang. Wenn es um ihre eigenen Bedürfnisse ging, wurde es kompliziert.

Wenn sich Männerfinger ihrem Jeansknopf näherten, sogar schwierig.

Dabei sehnte sie sich nach dem, was sie in Daniels Gedanken aufgeschnappt hatte. Gemeinsam die Sinne in heller Glut verschmelzen lassen. Sich hingeben, die Hingabe des anderen genießen. Ihm in die Augen sehen, wenn er vor Lust verging, und wissen, dass sie selbst nur noch einen Atemzug davon entfernt war.

Sehnsucht.

Daniel bestellte eine Flasche Absinth, während Graces Blick an Jade kleben blieb und Lucys Grace erstach.

»Wir setzen uns zu dem Herrn dort drüben.« Er wies zu einem Weinfass, an dem ein Mann mit Anzug und zurückgekämmten Haaren auf sie wartete. Er nippte an einem Whisky und sah zu ihnen hinüber. Schnurgerade Brauen zogen eine Linie über der schmalen Nase. Ein verschatteter Blick, dünne Lippen, ein vorspringendes Kinn.

»Denke dran«, flüsterte Daniel. »Wenn mit dem Kerl etwas nicht stimmt ...«

»Du meinst außer, dass er Leichen vögelt?«

Daniels Mundwinkel zuckten. »Er liebt den Tod. Auf welche Weise, hat er mir im Chat verschwiegen. Er ist ein Künstler. Eventuell lässt er sich von den Kadavern auch bloß zu neuen Werken inspirieren.«

Jades Toleranz schrammte dicht an der Grenze entlang. »Wie auch immer. Sollte ich Bedenken hegen, teile ich es dir in angemessener Form mit.«

Schwer und warm umschloss der Ring ihren Daumen. Er beschützte sie. Albern, das von einem Schmuckstück anzunehmen, aber nicht alberner, als an Tarotkarten, Ouijabretter oder Pendel zu glauben.

Walbrick erhob sich, als sie auf ihn zusteuerten. »Mr. Overkill, nehme ich an?«

Lucys knapp verkniffenes Kichern entging ihm offenbar. Jedenfalls verzog er keine Miene.

»Ich freue mich, Sie persönlich zu treffen. In den von uns präferierten Kreisen ist das unüblich.«

Seine Stimme klang hart. Die Worte brachen nach der letzten Silbe scharfkantig ab.

»Mr. Carcassguzzler.« Daniel lächelte wie ein höflicher Haifisch. »Darf ich Ihnen meine Seelenhüterinnen vorstellen?«

Jade wurde es warm ums Herz.

Wie kam Daniel auf die Idee, sie und Lucy so zu bezeichnen? Ein Scherz?
Eine Floskel für Walbrick?

Es musste wundervoll sein, die Seele eines anderen Menschen hüten zu dürfen.

»Angenehm.« Mr. Walbrick, alias Carcassguzzler, alias Deadslurper, begrüßte sie nacheinander. An seinem Mittelfinger trug er einen auffälligen Rubin. Lucy hatte es ebenfalls bemerkt. Unter ihren zuckenden Brauen funkelte Sportsgeist.

Schließlich war die Reihe an ihr. Walbricks Lächeln gefror auf den dünnen Lippen, als seine Finger ihre Hand umschlossen. Sein Blick glitt an ihr hinab. Erfasste ihre linke Hand, die auf der Stuhllehne ruhte. Seine Pupillen verengten sich. Jade versteckte den Schmuck samt Hand hinter ihrem Rücken. Es war zu spät.

Fässer und Kerzen verblassten. Walbricks Anzug streckte sich zu einer Tunika. Seine Haare wehten offen um ein Gesicht, das ihm nicht gehörte. Mit beiden Händen umfasste er das Heft eines Schwertes. Jade erkannte verschlungene Gravuren auf der Klinge.

Wind wirbelte Staub auf. Unter dem Braungrau wurden ausgeblichene Stofffetzen sichtbar. Knochen zwischen Steinen, spröde Haare auf ledriger Haut. Keine Augen mehr. Nur noch Höhlen.

So viele Leichen. So viel Tod. Mit dem Sand legte sich eine erstickende Einsamkeit über die Gerippe. Jade schmeckte sie mit dem Staub auf der Zunge.

Der Druck zwischen ihren Augenbrauen grenzte an Schmerz. Sie blinzelte. Es wurde nicht besser. Die Vision erstickte die Realität.

Walbrick führte sie zwischen die Körper. Unter ihren Tritten zerbrachen Knochen wie Glas. Der Schrei wartete in ihrer Kehle, wuchs, bis sie kaum noch atmen konnte, aber sie durfte ihn nicht ausstoßen.

Eine Vision.

In Wirklichkeit stand sie in einer Kellerkneipe und schüttelte einem Mann im Anzug und mit Pferdeschwanz die Hand.

Aus den Wirbeln aus Sand und Staub traten Gestalten. Mit hängenden Köpfen und müden Schritten erklommen sie einen steilen Bergpfad. Ein Hund trottete neben einer Frau. Die Kapuze des Umhangs verdeckte ihr Gesicht. Die Hände lagen auf ihrem schwangeren Bauch. Am Mittelfinger trug sie einen Ring. Groß, leuchtend grün, in warmes Gold gefasst.

Der Ring der Grigorjewsippe. Überdeutlich spürte Jade das Gewicht ihres eigenen.

Ihr Herz galoppierte.

Wer war diese Frau? Jade berührte sie an der Schulter, wollte sie zu sich drehen, sie fragen, was mit den Männern geschehen war, in welchem Krieg sie gefallen waren. Ihre Finger griffen in Stoff. Er löste sich auf, flatterte wie ein unsteter Gedanke davon.

Das Gebirge, der Sand und die Toten verschwanden. Walbrick ließ sie los.

Jade wurde schlecht. Dummerweise musste sie diese Tatsache hinter einem höflichen Lächeln verbergen.

»Zum Geschäftlichen.« Daniel rückte für sie und Lucy die Schemel zurecht. Gott sei Dank. Ihre Puddingbeine trugen sie kaum noch.

»Als Bestatter kann ich Ihnen vielerlei unbelebte Dates verschaffen«, plauderte er. »Die zwei Säulen unserer geschäftlichen Beziehung heißen Diskretion und Geld. Beides in ausreichender Menge.«

Das Gespräch driftete ins Abseits, als sich hinter Walbrick schwarze Wellen auftürmten und an schroffen Berghängen brachen. Auf ihnen tanzte ein Schiff. In den dunklen Wassermassen wirkte es verloren wie eine Nussschale. Bleiche Hände klammerten sich an Planken, zu schwach, um die Illusion von Sicherheit länger als einen Augenblick halten zu können.

Sie würden ertrinken. Warum half ihnen niemand? Die verzweifelte Wut der Sterbenden sprang sie an, fraß sich durch ihr Herz.

Jade biss sich auf die Innenseite der Lippen. Wie sollte sie die Massen an fremder Todesangst still bewältigen?

Als sich eine Wasserwand vor ihr auftürmte und sie unter sich zu zerschmettern drohte, sprang sie auf. Es ging nicht mehr. Keinen Moment.

»Entschuldigen Sie bitte, Mr. Guzzler, aber ich muss sofort nach Hause.« Innerlich schnappte sie nach Luft und atmete Wasser.

»Ich habe vergessen ...« Was?

»Die Tür zum Vogelkäfig ...«

»... ist offen?«, half Daniel mit den ihr fehlenden Worten aus.

»Richtig. Und die Katze ist auf Diät.«

Warum waren Walbricks Iriden plötzlich so schwarz wie die Pupillen?

»Gönnen Sie Ihrer Katze den Schmaus und mir Ihre angenehme Gesellschaft.«

Schwierig, über eine Panikattacke hinweg zu lächeln. Ihr war nach Schnappatmung und nicht nach geheuchelter Freundlichkeit.

Daniel deutete ein Nicken an. »Brauchst du Hilfe beim Einfangen?«

»Was?« Eine schäumende Welle schleuderte sie auf den Grund eines Ozeans aus Angst und Verzweiflung. Sie riss den Ring vom Finger, versenkte ihn in der Hosentasche. Walbricks Strichbrauen wanderten zum hohen Haaransatz.

»Der Vogel«, sagte Daniel geduldig.

Welcher Vogel? Sie besaß lediglich eine Spinne.

Er nickte Lucy zu, die im Gegensatz zu ihr seine kryptischen Worte zu verstehen schien.

»Ich begleite dich ein Stück.« Mit zuckersüßem Lächeln neigte sie sich zu Walbrick und gab ihm artig die Hand. Ihre andere verschwand kurz im Jackett seines Ermenegildo Zegna-Anzugs.

»Scheint, als sei Ihre Seele nun unbehütet, Mr. Overkill.« Er hatte Lucys Eingriff in seine privateste Sphäre offenbar nicht bemerkt. »Angst?«

Daniels Antwort versickerte in einem lauter werdenden Rauschen. Die Weinfässer um sie her schwankten, die Schemel ebenfalls. Lucy fasste sie unter und schob sie energisch die Treppe hinauf.

Erst als nasskalte Luft in ihre Lungen stach, konnte Jade wieder frei atmen.

Ihre Freundin legte den Arm um sie. »Ich habe Daniel gleich gesagt, dass er den Kerl seinen ehemaligen Kollegen überlassen soll.«

»Nein. Seine Gedanken sind nicht böse im herkömmlichen Sinn.« Alt, hoffnungslos, von Wut unterspült und von Kälte getragen. Jade schauderte, dass ihre Zähne dabei klapperten. »Ich muss ein paar Nächte darüber schlafen. Dann bekommt Daniel meinen Bericht.«

»Mach dir keine Sorgen.« Lucy winkte ein Taxi heran. »Er wird Walbrick einen Besichtigungstermin nächste Woche aufschwatzen und ihm verschweigen, dass er ihn im Zweifel nicht erleben wird. Abgabetermin für Walbricks Leiche ist laut Auftragsdatei der Bruderschaft in drei Tagen.« Sie zog ein Bündel Pfundnoten aus der Manteltasche. »Ein Trostpflaster?«

»Stammt das von Walbrick?«

»Da war noch mehr, aber in der Eile habe ich nicht alles greifen können. Ich hätte ihm sonst das Portemonnaie stehlen müssen und das wäre zu auffällig gewesen.« Lucy zählte das Geld. Eine kleine Karte kam zwischen zwei Geldscheinen zum Vorschein. »F & T Club.« Sie pfiff durch die Zähne. »Dem zig-schwänzigen Peitschending im Hintergrund nach, scheint das ein Etablissement für spezielle Freuden zu sein.« Sie steckte sie zusammen mit dem Geld in ihre Jackentasche. »Wir fahren zu Ethan, dezimieren seine Whiskyvorräte, und wenn du weniger blass, dafür aber glücklicher bist, bringe ich dich nach Hause.«

»Ich trinke nicht. Das weißt du.«

Lucy verzog das Gesicht. »Heute würde es dir gut tun. Außerdem sind deine selbstgebrauten Tees garantiert bedrohlicher für deine Gesundheit.«

Der Wagen hielt, ihre Freundin nannte dem Fahrer Ethans Adresse und kletterte zu ihr auf die Rückbank. Während der Fahrt nach Clerkenwell blieb Jade das erstickende Gefühl, von Wassermassen erdrückt zu werden, treu.

Das Licht aus den Schaufenstern des Antiquitätenladens verzauberte die Regentropfen in goldene Funken. Ethan Scarborough ging zwischen einem Kistenstapel und einem Regal hin und her. Mal mit einem Bücherberg in der Hand, mal ohne. Seine Brille hatte er über die Stirn geschoben.

Sie mochte ihn. Auch wenn er jedes Mal die Augen rollte, wenn sie sich begegneten. Ethan hielt sie für versponnen bis durchgeknallt. Vom ersten Moment an.

Für Lucy war er eine Art Ziehvater geworden, nachdem ihre Eltern bei einem Unfall umgekommen waren und sie aus dem Heim geflohen war. Ihr diebisches Talent verdankte sie ihm. Im Gegenzug brachte er ihre Beute unauffällig bei gut zahlenden Kunden unter.

Lucy bezahlte den Fahrer mit Walbricks Geld, nahm sie an der Hand und zusammen betraten sie den nach Staub, altem Leder und Holzwurmfraß riechenden Laden.

»Was soll die Invasion?« Ethan rutschte die Brille mit leisem Plopp auf den Nasenrücken. »Überfallt mich morgen. Da bin ich allein und habe für euch Zeit.«

Er klang traurig.

»Wir brauchen aber jetzt einen Stimmungsaufheller.« Lucy verschwand hinter dem Tresen und tauchte mit einer staubigen Flasche auf. »Daniels neuer Klient macht Jade zu schaffen. Ich habe angeboten, dass wir uns gemeinsam den Abend schön trinken.«

»Nehmt die Flasche und tut das woanders.«

»Wieso?« Lucy wählte drei Gläser aus dem Regal hinter ihr und blies hinein.

»Für mich auch«, ertönte es gleichmütig. José trat aus dem Treppengang, der hoch in die Privaträume führte. Über seiner Schulter hing eine Reisetasche.

Nachdem Kolja Grigorjew Ethan mit seinen Gorillas heimgesucht hatte, stand der Antiquar auf Daniels Liste der durch Nephilimangriffe gefährdeten Personen ganz oben. Da Ethan seinen Antiquitätenladen als Wohnstätte nicht aufgeben wollte, zwang ihm Daniel einen Bodyguard auf. Von den Cleanern stach José als menschlichstes Exemplar heraus. Manchmal lächelte er sogar. Das kam bei dem Rest von Rubens seelenlosem Team niemals vor.

»Du willst verreisen?« Schwungvoll füllte Lucy ein viertes Glas und reichte es ihm. »Weiß der Boss Bescheid?«

»Meine Mutter ist krank.« Der Cleaner leerte das Glas in einem Zug, was ihm von Lucy einen leisen Pfiff einbrachte. »Sie lebt in Barcelona und ich muss für ein paar Tage dorthin.«

Armer José. Sicher war es schwer, seiner Mutter Normalität und Gefühle vorzuspielen. Warum tat dieser geheimnisvolle Mahawaj Baraq'el seinen Mitarbeitern solche Grausamkeiten an? Die knapp bekämpfte Panik flackerte erneut auf. Wie, um alles in der Welt, stahl man Seelen?

»Markus wird meinen Job bei dir übernehmen.«

»Das hat der sich so gedacht.« Ethan schnappte sein Glas vom Tresen. »Dein Kollege darf gern mal zum Schaufenster reingucken. Mehr nicht.«

»Ich bin bald wieder da.« Für jemanden, der zu keinen Emotionen fähig war, lächelte José ausgesprochen warmherzig.

Die Anspannung wich aus Ethans Miene und in seinen Mundwinkeln wuchs ein verträumtes Lächeln. Er liebte den Cleaner. Um das zu erkennen, brauchte sie keinen sinnesschärfenden Zauberring. Zwischen den Wuschelbrauen des Antiquars bildete sich eine fingerdicke Falte. »Was starrst du mich an? Hast du nicht über eine Waldlichtung zu tanzen oder mit Blütenstaub zu gurgeln?«

»Erst im Frühling.« Sie ging zu ihm, schlang die Arme um ihn. Sofort versteifte er sich wie ein Brett. Er hasste es, wenn sie ihm zu nah kam. Als ob ihre Verrücktheit auf ihn abfärben konnte. Doch für seinen Spott hatte er sich eine Strafe verdient.

»Du liebst einen Seelenlosen?« Allein dafür sah sie ihm den maßlosen Konsum umweltschädlichen Kapselkaffees nach.

Er schob sie von sich. »Und wenn schon. Josés sachlicher Zugang zum Sex ist für mich erfrischend unkompliziert. Außerdem funktioniert sein hervorragend ausgestatteter Körper auch ohne Seele perfekt. Vor allem in mir.« Sein Blick blieb entschlossen, die Farbe seiner Wangen driftete in ein warmes Rosa.

»Ich muss los.« José stellte das Glas zurück. »Ich melde mich, sobald ich die Lage einschätzen kann.« Beim Vorbeigehen küsste er Ethan flüchtig auf die Wange.

Der sah seinem Liebsten nach und seufzte tief. »So, wenn es unbedingt sein muss, können wir uns jetzt betrinken.« Er prostete Lucy und ihr zu. »Ist mir übrigens egal, ob ihr Daniel von uns erzählt. Mein Privatleben geht ihn nichts an.«

»Ein Mann, der sich in seinen seelisch kastrierten Bodyguard verliebt.« Lucy rollte mit den Augen. »Der Gipfel an Kitsch und Klischeeerfüllung.«

»Na und? Wahre Liebe steht über Kleinlichkeiten wie Seelenverlust oder beruflich bedingtes Abhängigkeitsverhältnis.« Er wischte sich über den Mund und reckte stolz das bärtige Kinn in die Luft. »Immerhin sorgt er sich auch um seine arme Mutter.«

»Ja genau.« Lucy runzelte die Stirn. »Wieso eigentlich? Strenggenommen müsste es ihm schnurz sein.«

Jade war zu verwirrt, um der Frage tiefer nachzugehen. Zumal Ethan sie mit einer Geste aus der Luft wedelte, bevor er sein Glas hob. »Auf die Liebe und ihre verschlungenen Pfade!«

Zwei Stunden später, in denen die Flasche nach und nach leerer wurde und lediglich Jades Glas unberührt auf dem Tresen stand, verabschiedete sie sich von den beiden.

Sie lieh sich Lucys Fahrrad aus und radelte durch die nasskalte Nacht. Zum Glück hatte sie es nicht weit. Als sie in die Hatton Wall Street einbog, waren ihre Finger dennoch steif vor Kälte. Sie schulterte das Rad und trug es die wenigen Stufen zu ihrer Souterrainwohnung hinab. Dort stand es sicherer als auf der Straße.

Auf dem Boden hinter der Tür lagen ein Magazin, zwei Umschläge, die nach Rechnungen aussahen und eine Postkarte mit Ruinen-Schlingpflanzen-Motiv.

*Süße Jade!*
*Sei nicht traurig, dass wir uns an Weihnachten nicht treffen können, aber unsere Arbeit hier ist unendlich wichtig. Täglich kommen neue Menschen, die sich von ihrem geistigen und körperlichen Ballast befreien wollen.*
*... Schwieriger spiritueller Weg ... Wir müssen uns kümmern ... Malcom hat einen neuen Yogalehrer eingestellt ... Lester sendet dir Grüße ... Wir wissen, dass du Verständnis hast ... Gedanklich sind wir immer bei dir ... Melde dich, wenn du etwas auf dem Herzen hast ... Wir können ja mal wieder skypen ... Kuss, deine dich liebenden Eltern, Alice und Malcom.*

Die letzten Zeilen überflog sie.

Sätze wie diese hatte sie seit ihrem dreizehnten Lebensjahr zu oft gelesen.

Sie pinnte die Karte zu den anderen an den Kühlschrank.

Auch ohne Ethans Whisky zugesprochen zu haben, war sie müde genug fürs Bett. Sie goss sich noch ein Glas Wasser ein und prostete der Karte zu. »Auf die Liebe und ihre verschlungenen Pfade.«

~*~

Was für ein gottverdammter Vater.

Und was für eine gottverdammte Tat, ihn umzubringen.

Ramuell Grigorjew. Die Lettern standen in Gold auf dunklem Grau.

Konstantin hockte sich vor den Grabstein. Eiskristalle überzogen den Granit.

Kein Jahr war es her, dass Kolja ihrem Vater aufgelauert und ihm mit dessen eigenem Dolch die Kehle durchgeschnitten hatte.

Ein verdienter Tod. Konstantin vergrub seine Hände im Schnee und wartete, bis die Kälte in seine Finger biss. Der Schmerz lenkte ihn von der Tatsache ab, dass er seinen Bruder für den Mord an ihrem Vater nicht hassen konnte. Doch für alles andere, was er ihm und seinem Leben antat.

Weiß und kahl lag die Landschaft in einem verfrühten Winterschlaf. Sie wirkte trostlos wie das Leben auf dem Gut. Kolja hatte das Patriarchat an sich gerissen. Der älteste Sohn musste dem Vater folgen. Ob er sein Mörder war oder nicht.

Konstantin presste die Hand auf die Steinplatte.

Kalt, grausam, unerbittlich. Ramuell hatte die begehrtesten Eigenschaften eines Oberhauptes der alten Familien in seiner Person gebündelt. Kolja übertraf ihn, seit ihm der Ring gestohlen worden war. Anfangs nah am Tod, erholte er sich unnatürlich schnell von seinem Siechtum.

Konstantin zog die Hände aus dem Schnee. Sie waren blau vor Kälte. Er nahm den Smaragd vom Mittelfinger, befreite eine Stelle des Grabes von den weißen Flocken und bettete ihn darauf.

Seine Hand fühlte sich nackt an. Schutzlos wie er selbst in diesem Moment. Verlor er den Schmuck, wich innerhalb von wenigen Tagen das Leben aus ihm. Der Preis, den jeder Nachkomme eines Nephilim für seine lange Existenz zahlte.

Wozu?

Die Chronik der Familie Grigorjew quoll über vor Größenwahn und Grausamkeit. Ein Tyrann folgte dem nächsten. Zog die Fäden in Kriegen, geiferte um jeden Fetzen Ruhm.

Herrscher, die ihre Hände in das Blut Tausender tauchten. Verräter, die über den Tod anderer Macht erlangten. Die Familiengeschichten der Grigorjews, Orszuloks, Abrahamssons, Callahans,

Montoires, Navarretes und Sanguinis glichen sich wie eine Pestbeule der anderen.

Sein Volk, das Übel der Welt.

Kälte kroch in sein Herz. Oder floss das Leben aus ihm heraus und nahm die Wärme mit?

Ein Ziehen bis in die Fingerspitzen. Ein taubes Kribbeln bis in die Zehen.

Konstantin legte die Hand auf die Brust. Sein Herz stolperte, fing sich wieder, um in einen schleppenden, flachen Rhythmus zu verfallen.

Wie beschämend. Seine Vitalität hing von einem Schmuckstück ab.

Hundertundvier Jahre. Mit etwas Glück stand ihm das Vierfache seiner bisherigen Lebenszeit zur Verfügung. Erst dann geriet die in Gold geschmiedete Macht an ihre Grenzen. Konstantin rieb sich die Hände. Das Gefühl kehrte zurück.

Verdammt. Der Ring gehörte zu ihm wie sein Herz oder seine Seele. Warum störte es ihn plötzlich? Weil sein Bruder frei war und den Verlust seiner Lebenskraft nicht mehr fürchten musste? Zu welchem Preis? Um Kolja lauerte eine Dunkelheit, die er früher nie wahrgenommen hatte. Sie kroch aus den stets kalt blickenden Augen und verschlang jeden, der sich ihr aussetzte.

Konstantin steckte den Ring zurück an seinen Finger.

Wärme, kaum dass das Gold seine Haut berührte.

*Der Vorfahr ist ein Held.* Die sumerischen Zeichen beherrschte er seit seinem siebzehnten Lebensjahr.

Er verachtete den Ursprung seiner Familie. Sein Vater hatte ihn die Gerte spüren lassen, als Konstantin ihm in einem Anflug von Mut und Verbitterung die Gründe dafür genannt hatte.

Im Vergleich zu dem, was er Kolja angetan hatte, war dieser Zwischenfall ein Scherz gewesen.

»Du warst ein erbärmlicher Vater!« Der Schlag auf den Stein brachte Schmerz statt Befriedigung.

Kolja blutend am Boden.

Ramuell über ihm.

Das Pfeifen vor dem Aufschlag, die aufplatzende Haut.

Strafe für was? Dass Kolja den Ring verloren oder bei dessen Versuch, ihn zurückzuholen, versagt hatte? Keinerlei Mitgefühl in dem strengen Gesicht.

Die einzigen Tränen, die an diesem Tag vergossen worden waren, stammten aus Konstantins Augen.

Koljas waren längst von der fremden Dunkelheit verschlungen worden. Dieselbe Dunkelheit, die einem der Hausmädchen vor aller Augen die Kleider vom Leib riss und sie mit Gewalt nahm. Er war ihr zu Hilfe gekommen. Die Knöchel seiner Hand hatten geknirscht, als er seinen Bruder niederschlug. Kolja brüllte vor Zorn. Konstantin solle sich nie wieder zwischen ihn und seine Wünsche stellen.

Am selben Abend fand er das Mädchen tot hinter der Sickergrube. Klaffende Wunden übersäten den Körper.

Einer von vielen Gründen für ihn, das Gut zu verlassen.

Die Verträge mit einer Firma aus Seattle waren unterschrieben, das Ticket für den Flug längst bezahlt. Vor ihm lag die Zukunft eines hoffentlich erfolgreichen Architekten. Er war stolz darauf, sein Studium mit Auszeichnung beendet zu haben.

In wenigen Stunden brach er auf. Der Abschied schmerzte ihn nur wegen Fee. Sobald sein Leben in Amerika in vernünftigen Bahnen lief, würde er seine Stute nachholen.

Das gusseiserne Tor des Friedhofs quietschte.

Kolja schlenderte Arm in Arm mit Galina an den Gräbern vorbei.

Demnach befriedigte sie nun auch seine Bedürfnisse.

Unter Galinas Händen kam die Lust erst nach dem Schmerz. Ihre nächtlichen Besuche glichen Überfällen. Dennoch entspannte es, von ihr in den Rausch gezwungen zu werden. An manchen Tagen konnte sie nicht grob genug mit ihm sein. Erst wenn ihre Nägel blutige Streifen über seinen Rücken zogen und die Lust wie ein Tier in seine Lenden biss, fühlte er sich von der Last befreit, Mitglied der Familie Grigorjew sein zu müssen.

»Du willst deine Familie verlassen.« Kolja verzog den Mund zu einem schiefen Grinsen. »Ich bedauere das.«

Es war ein Fehler gewesen, ihn von seiner Abreise zu informieren. Gleichgültig, was er an Argumenten vorbrachte, Konstantins Plan stand fest.

Kolja breitete die Arme aus. »Gönne mir das Vergnügen und feiere deinen Abschied mit mir.«
Ihm war nicht nach feiern. Ihm war nach Aufbruch.
Sein Bruder fasste Galina ins Genick und zwang ihr Gesicht zu seinem. Ein Flüstern, ein kaltes, abgehacktes Lachen.
Galina verzerrte ihre vollen Lippen zu einem gelogenen Lächeln. Hinter ihrem Rücken zog sie einen Henkelkorb hervor. Aus dem Tuch lugte der Hals einer Sektflasche. Dachte Kolja, sie könnten wie früher unbeschwert miteinander trinken und lachen?
Kolja ließ den Korken knallen und der Krimsekt schäumte in den Gläsern. »Auf Kostja! Den Pferdeliebhaber und Dirnenbuhler.«
Sein Blick zog eine Spur aus Eis durch Konstantins Inneres. Bald war er in Nischni Nowgorod. Das kranke Gefasel seines Bruders verschwand dann ebenso in der Vergangenheit, wie der Rest seines Lebens auf dem Gut.
Kolja trank und ließ ihn dabei keinen Moment aus den Augen. Konstantin hob sein Glas. Seine Lippen weigerten sich, zu lächeln und er weigerte sich, sie zu zwingen.
Wenn Kolja diese Farce zufriedenstellte, bitte. Nicht mehr lange und er konnte ohne ihn seine Umgebung tyrannisieren.
»Mein Geschenk für dich.« Sein Bruder warf das Glas hinter sich und nickte Galina zu. Sie streifte den Mantel ab. Darunter war sie nackt.
»Lehn dich an den Stein, Konstantin«, befahl er mit kalter Stimme. »Den Rest erledigt unsere gemeinsame Freundin.«
»Spiel deine Spielchen ohne mich.« Nichts gegen Galinas Fertigkeiten, aber hier war der falsche Ort dafür.
Hinter Galinas Lächeln versteckte sich Angst. »Bitte«, flüsterte sie, als sie sich an ihn schmiegte. »Verärgere ihn nicht.« Sie drängte ihn auf Ramuells Grab.
Konstantin schob sie von sich. »Das ist die letzte Ruhestätte unseres Vaters, Kolja. Auch wenn du ihn gehasst hast, nichts gibt dir das Recht, seine Totenruhe zu schänden.« Obwohl es Momente gab, in denen er ihren Vater selbst gerne aus der Erde gezogen und häppchenweise an die Krähen verfüttert hätte.
Koljas Lächeln war widerlich, als er zu ihm kam und seine eisigen Finger in Konstantins Hosenbund schob. »Spielst du nicht mit

dieser Schlampe, werde ich es tun.« Mit den Nägeln fuhr Kolja an seiner Leiste entlang, bevor er langsam Gürtel und Knöpfe öffnete. »Auch auf dem Grab unseres lieben Herrn Vaters.« Er schob Konstantins Hemd hoch, betrachtete seufzend nackte Haut. »Doch ich werde es ganz sicherlich dabei schänden.«

Ihn niederschlagen und gehen. Die Sachen packen und fahren. Nie mehr zurückkommen. Die Reise nach Seattle war eine als Zukunft getarnte Flucht. Wozu sie schämen? Vor Kolja fliehen zu wollen, war legitim. Die Alternative hieß, ihn zu töten.

Galina sah ihn flehend an. Vor seiner Abreise musste er ihr einen anderen Arbeitsplatz verschaffen. Weit weg von Kolja. Er kannte genug einflussreiche Menschen, die ihm diesen Gefallen tun würden.

»Du verschmähst mein Geschenk?« Der Zorn in Koljas Stimme tarnte sich als Enttäuschung. »Wenn Galina für dich nicht gut genug ist, wie sollte sie es für mich sein?«

»Konstantin, bitte!« Mit zitternden Fingern streichelte Galina über seine Unterlippe. »Ich will nicht wie Tasja an der Sickergrube enden.«

Wut ballte sich in seinem Bauch. Konstantin zwang sich zu einem Nicken. Noch einmal nach Koljas Pfeife tanzten. Für Galina.

»So ist es brav.« Sein Bruder stieß sie zur Seite, fasste an Konstantins Hosenbund und zog ihm mit einem Ruck Jeans und Pants in die Kniekehlen. Sein Gesicht streifte dabei über den Bauch.

Konstantin biss die Zähne zusammen.

Kolja richtete sich auf, nahm Galina das Glas aus der Hand und hielt es Konstantin an die Lippen. Einhändig riss er ihm das Hemd auf. Der Sekt floss über Konstantins Kinn, seine Brust und sickerte in den Stoff der Jeans.

Kolja drückte die Frau gegen ihn. »Fangt an.«

An einem anderen Ort und ohne Zeugen hätte es Konstantin genossen.

»Bitte.« Galina erbleichte vor Angst.

Schon um sie zu trösten, küsste er ihre zitternden Lippen.

»Er lässt mich kaum noch zu dir«, flüsterte sie. »Es gibt Tage, da hält er mich wie eine Gefangene.« Ihre Hände strichen über seinen Oberkörper, ihre Nägel kratzten über seine Brustwarzen. Konstantin keuchte über Schmerz und Ärger hinweg. Galina nahm seinen

Oberschenkel in ihre Mitte und rieb sich an ihm. Sie war hart im Nehmen, wenn sie unter Koljas Knute noch Lust empfinden konnte.

»Sofia wimmelt mich ab, wenn ich mich bei ihr beklage. Sie fürchtet Kolja mehr als ich.« Ihre Zunge leckte den Sekt aus dem Grübchen zwischen den Schlüsselbeinen.

»Ich lasse mir etwas einfallen«, wisperte er in ihr Haar. »Aber nimm mich in deinen Mund.« Je schneller sie ihn zum Ziel führte, umso besser für sie beide.

Sein Bruder lehnte an einem Baumstamm und sah ihnen mit einem arroganten Lächeln zu.

In Konstantins Mund bildete sich ein bitterer Geschmack.

Galina küsste ihn fort, während sich ihre Hand den Weg zwischen seine Beine suchte. Er lehnte sich an den kalten Stein, nahm Galinas Gesicht in seine Hände und führte ihren Kopf dahin, wo er ihn wollte. Auf dem Weg nach unten leckte ihre Zunge über die Sektschlieren auf seinem Bauch.

Entspannen.

Den Tanz der geübten Zungenspitze genießen und sich nach der feuchten Wärme in ihrem Mund sehnen.

Nicht an Kolja denken.

Nicht das widerlich triumphierende Lächeln bemerken.

Nasse Hitze.

Galina hatte ihr Ziel erreicht.

Sie nahm ihn tief.

Kein sanftes Saugen.

Kein zärtliches Lecken.

Sie krallte sich mit den Fingern an seinem Hintern fest und ließ ihn ihre Zähne spüren.

Konstantin presste die Lippen zusammen. Kein Stöhnen für die gierigen Ohren seines Bruders.

Galina verschlang ihn. Zwang ihm die Lust in die Lenden, die heiß durch seinen Körper nach unten floss.

»Ich sehe, du genießt mein Geschenk.«

Höhnisches Lachen.

Hass, den Galina im Moment des Entstehens in ihren Mund saugte.

Konstantin griff in ihre vollen Haare und drückte ihr Gesicht näher an sich. Sie atmete schwer, überwand ein Würgen und nahm ihn tiefer.

Kein Denken mehr.

Zu viel lieblose Erregung, die sich einen Dreck um Koljas Geschwafel scherte.

Seine Lust explodierte an Galinas Rachen.

Konstantin krümmte sich keuchend zusammen, hörte Galinas Stöhnen unter sich, fühlte ihr Schlucken.

Bis sein Zucken nachließ, behielt sie ihn in ihrem Mund.

Als sein Herz langsamer schlug, zog er sie zu sich hoch. Sie war kalt und zitterte. Er entledigte sich seiner Jacke und wickelte Galina darin ein.

»Danke.« Ihre Lippen rochen nach ihm. Er küsste sie dennoch.

»Ich mache das jeden Tag mit dir, wenn du mich hier wegbringst.« Ihre Angst vor Kolja schwang in ihrem Flüstern.

»Warst du schon in Nischni Nowgorod?« Er würde sie mitnehmen, und wenn er sie im Kofferraum verstecken musste. Galina schüttelte unter Koljas misstrauischem Blick kaum merklich den Kopf.

»Von dort kannst du gehen, wohin du willst.«

»Geld?«, fragte sie leise.

»Bekommst du von mir.«

Sie seufzte erleichtert. »Danke.«

»Genug gefeiert.« Kolja sprang mit zwei Sätzen auf das Grab. »Für den Rest des Tages gehört sie mir.« Er zog sie zu sich, wischte Konstantins Jacke von ihren Schultern und ließ sie nackt neben sich zum Haus gehen.

Konstantin rutschte an Ramuells Grabstein hinab. »Fahr zur Hölle, Bruder.«

Er richtete seine Kleidung, band seine Haare im Nacken zusammen. Je zeitiger er nach Nischni Nowgorod aufbrach, desto besser. Noch einmal ließ er den Blick über die Felder und Wiesen gleiten.

Der Landsitz lag zwischen Twer und Moskau weitab der gängigen Straßen. Als Kind liebte er die Einsamkeit.

Jetzt engte sie ihn ein. Er folgte dem Weg hoch zum Gutshaus, überquerte den Hof.

Aus dem Stall drang leises Wiehern. Fee hatte ihn gehört. Ein letzter Ritt mit ihr über die Felder, bevor er sie zu einem Bauern brachte, der sich um sie kümmern würde. Wenn er daran dachte, sie zu verlassen, zog es in seinem Herz.

Die weiße Stute schnaubte, als er den Stall betrat.

»Ich stinke nach Sekt und rieche zu streng nach mir und Galina. Nimm es mir nicht übel.«

Die samtige Pferdeschnauze schnupperte sich über seine Haare bis zu seinem Ohr. »Heute Nachmittag werde ich nur noch nach dir duften. Wir feiern meinen Geburtstag zu zweit, weit weg vom Gut.« Bevor Kolja auf andere Ideen kam.

Fees Nüstern blähten sich an seiner Brust. Sie hatte den Ursprung des fremden Geruchs gefunden. »Schnuppere bloß nicht tiefer. Du bist das einzige Wesen, in dessen Nähe mein Schamgefühl noch greift.« Er lehnte die Stirn gegen den Pferdekopf und atmete den vertrauten Duft ein. Es war leicht, ein Tier einem Familienmitglied vorzuziehen, wenn man zu dem Clan der Grigorjews gehörte. »Ich bin gleich zurück.« Umziehen und auf dem Pferderücken alles Dunkle der vergangenen Monate vergessen.

Vor dem Stall lehnte ein Fremder an Ramuells Hummer. »Konstantin Grigorjew?« Der Mann kam auf ihn zu und neigte den Kopf. »Ich bin dein neuer Chauffeur. Bitte steige ein. Dein Bruder hat einen Ausflug für dich geplant.«

Verdammt! »Sage meinem Bruder, dass ich weder einen Chauffeur benötige, noch gewillt bin, an seinen erbärmlichen Spielchen teilzunehmen.«

Der Fremde nickte. »Kolja hat mit deiner Absage gerechnet.« Er sah knapp an Konstantin vorbei, nickte erneut.

Ein Tuch auf seinem Mund. Keine Luft mehr, bloß ein süßer Geruch. Konstantin wollte um sich schlagen, den Angreifer abwehren, doch seine Arme und Beine gehorchten ihm nicht mehr.

»Dachtest du, du könntest mir entkommen?«

Koljas Stimme. Leise, schneidend.

Grauer Schnee, Himmel, wieder Schnee. Dann Dunkelheit.

~*~

Die Larve sackte zusammen, schlug auf den mit Schneematsch verschmierten Pflastersteinen auf. Caym warf den Lappen beiseite. Niemand konnte vor ihm fliehen. Er war nicht Kolja. Er war Caym. Grigorjews Hülle besaß er seit dem Kampf in Tintagel.

Im Moment des Todes, vor dem letzten Herzschlag, wenn die Seele ihren Platz aufgab und sich aus dem Mund küssen und ausspeien ließ, hatte er Koljas Körper gestohlen.

»Ein wunderschöner Mann.« Der Verräter verzog keine Miene.

»Ist seine Seele ebenso?«

»Das wirst du wissen, wenn du sie geschluckt hast.« Ein Handel, ein Verrat, ein Lohn.

Jiménez nickte. Eine Hülle, mit Geist und Blut gefüllt. Zu wenig für einen Menschen. Genug für einen Dämon.

Caym sog die Luft ein, die den Nacken des Verräters berührte. Ein Duft. Ohne Intensität, ohne Tiefe. Keine Angst, keine Leidenschaft.

»Der Jet wartet startbereit am Rollfeld.« Der Seelenlose hob die Larve aus dem Dreck und legte sie auf den Rücksitz des Wagens. »Ich schlage vor, dass wir ihn bis zur Ankunft in Sofia bewusstlos halten.«

Er war klug, der Verräter.

Jiménez hatte Mahawaj Baraq'el zugunsten Daniel Levants hintergangen. Jetzt verriet er Levant für ein läppisches Schmiergeld.

Ein wertvoller Fang.

Ein Meister im Morden über viele Leben hinweg. Er kannte Mahawajs Schlangengrube. Der Triadenkrieger mischte sich in die Geschicke der Welt. Wühlte im Schicksal der Menschheit.

Caym hatte ihm ins Handwerk gepfuscht. Einige Male.

Anonym und unter der Knute der Grigorjews.

Wilde Hunde hatten seinen Körper in Fetzen gerissen. Noch bevor die Flut ihre kalten Finger nach den Bastarden ausstreckte.

Ein willenloser Geist, dazu verdammt, unsichtbar in einer Welt zu wandeln, die vor Menschen ächzte. Verurteilt, Zeuge ihrer trägen Existenz zu sein. Machtlos den Anrufungen der Magier ausgesetzt. Von ihnen in stinkende Wirte gequetscht.

Caym setzte sich in den Wagen. Kaltes Leder an seinem Nacken.

Er vermisste die Hitze der Ebene. Nun, in einem Körper, konnte er sie spüren. Vielleicht kehrte er eines Tages dorthin zurück. Unter dem Schutz Asasels.

Caym lauschte dem Lachen aus Kolja Grigorjews Kehle. Seine Zeit brach an. Endlich.

In der karstigen Felslandschaft des Rhodopengebirges wartete sein Herr auf Befreiung. Dieses Mal musste Caym nicht unverrichteter Dinge vor Felsmassen stehen.

Er besaß den Bannbrecher. Jiménez hatte ihn aus Mahawajs Datenbank gestohlen.

Der Seelenlose reichte ihm einen Aktenkoffer. »Ich nehme an, du willst die Dokumente auf dem Weg noch einmal studieren.«

Caym strich über Glätte. Kälte auch hier. Er klappte den Kasten auf, mit dem sich Menschen trotz ihrer Schwäche stark fühlten.

Ausgedruckte Fotografien. Verloren geglaubte Schriften. Geheime Texte in den Zeichen seines Volkes. Wissen in alten Sprachen.

Sie alle verrieten dasselbe.

Den Ort der Verbannung.

Den Weg in die Freiheit.

Eine Schlucht. Durchzogen von Höhlen. Im Dyavolsko Garlo – dem Teufelsrachen, wartete hinter meterdicken Felswänden Asasel auf ihn.

Caym wühlte in dünnem Papier.

Nur eine Sage für die Menschen.

Für den Anführer sollte sie zu Rettung werden.

Salomo. Dritter König Israels. Dämonenbeschwörer, Geliebter der Königin von Saba und Träger des Siegelringes Asasels.

Ein Nachfahre der Engelsbrut. Wie war er an den Schmuck seines Herrn gelangt?

Komplizierte Befehle. Verworrene Andeutungen. Warnungen, was geschah, wenn die Fesseln der Grigori gelöst würden. Dann endlich das Ritual.

Ein Herz als Opfergabe. Das Namenszeichen des Gebannten in Blut geschrieben. Seltsame Laute in dem Dialekt der Seraphim. Stundenlang hatte er sie mit seiner Zunge hin und hergewälzt, bis er sie beherrschte.

Eine Hülle für den befreiten Geist. Caym blickte durch den schmalen Spiegel. Auf der Bank hinter ihm lag Grigorjew. Er war stark. Schön.
*Ich bringe dir eine würdige Hülle, Herr.*

~*~

Ein leises Rascheln huschte durch ihre Träume. Die Stille danach weckte sie auf.

Krümel. Eine halb leer getrunkene Teetasse, Spucke auf ihrem Unterarm. Für einige Zeit war das das Einzige, was sie sah. Ihr steifes Genick verbot ihr jeden anderen Blickwinkel.

Sie war am Küchentisch eingeschlafen.

Bevor sie den Kopf heben konnte, musste sie ihren Nacken massieren. Draußen klebte die Dunkelheit an den Scheiben. Das bisschen Licht von den Straßenlaternen zählte nicht.

Bis zum späten Abend hatte sie mit Daniel darüber diskutiert, wie sie mit dem Walbrickfall umgehen sollten. Die Tatsache, dass er mit einem Schwert in der Hand zwischen zahllosen Leichen stand, hatte das Zünglein an der Waage in die für ihn ungünstigste Richtung geschubst. Daniel entschied, sich nicht weiter in das Leben des Juweliers einzumischen und überließ ihn damit einem wiedergeborenen Auftragskiller.

Jade hatte nur halbherzig versucht, es ihm auszureden. Walbrick war außergewöhnlich.

Die Dunkelheit, die von ihm ausging, seine Neigungen, einfach alles.

Dennoch wusste sie nicht, ob Daniels Entscheidung richtig war.

Heute Nacht löste sie das Problem sicher nicht mehr und spätestens morgen erledigte es sich von allein.

Mit knirschenden Muskeln stand sie auf, tappte zum Kühlschrank. Bevor sie in ihr Bett kroch, brauchte sie etwas zu essen.

Die Karte ihrer Eltern war heruntergefallen. Das musste das Rascheln gewesen sein. Jade hob sie auf und pinnte sie zurück an die Korkplatte.

Ein schönes Motiv. An die halb eingestürzte Wand einer Tempelruine lehnte zwischen Schlingpflanzen und Blüten eine Steinfigur.

Das Gesicht halb verwittert, die ernsten Züge jedoch noch erkennbar. Die Arme waren über der Brust gekreuzt, der Kopf leicht gesenkt.
Demütig? Traurig? Oder erfüllt von tiefer Ruhe.
Jade strich mit dem Finger über das Steingesicht.
Über den Schultern, fast vollständig von Blättern und Ranken bedeckt, breiteten sich Flügeln aus.

~*~

Drei Stunden nach Südosten. Die Fahrt über die Gebirgsstraße nach Trigrad schürte Cayms Ungeduld.
Er war ewig nicht mehr in Bulgarien gewesen. Von der rauen Schönheit des Landes sah er nur das, was ihm das Licht der Scheinwerfer preisgab.
Wie die Felswände.
Rechts und links ragten sie senkrecht in den Nachthimmel. Dazwischen die schlauchschmale Schlucht, durchschnitten von einem reißenden Fluss.
Ein düsterer Pfad zur Hölle. Sie befand sich vor ihnen.
»Wir sind da.« Jiménez lenkte den Wagen auf ein Wiesenstück. Der Höhleneingang gähnte in die Nacht.
»Wo müssen wir hin?« Seine teilnahmslos blickenden Augen suchten die Landschaft im Scheinwerferlicht ab.
An den Felswänden rankten sich Geländer. Gehhilfen für die Menschen. Keiner von ihnen ahnte, was sich hinter dickem Gestein, weit hinter dem unterirdischen Wasserfall verbarg.
Kälte rann Caym durch die Adern.
Der Bannbrecher war stark, durchdrang Steine und Wasser. Er zwang ihn nicht in die Dunkelheit des Gefängnisses.
Ein dumpfes Stöhnen aus dem Kofferraum trennte Caym von der aufsteigenden Angst.
Ein Mönch. Aufgelesen am Straßenrand hinter Devin. Ein Wanderer, Büßer. Ein perfektes Opfer.
Der Cleaner schaltete die Scheinwerfer aus. »Wir sollten es hinter uns bringen. Der alte Mann hält nicht lange durch.«

»Wir brauchen sein Herz.« Was mit dem Rest des Mannes geschah, interessierte nicht.

»Es wird bald Morgen.« Der Seelenlose reichte ihm aus dem Handschuhfach eine Taschenlampe. »Willst du einem Touristen erklären, warum du einem Mönch Organe entnimmst?«

Bis zum Sonnenaufgang befanden sie sich längst auf dem Rückweg. »Schaff die Nephilimlarve auf das Plateau.« Caym leuchtete gegen die Felswand. Der Lichtkegel tanzte oberhalb des Höhleneinganges.

Wortlos stieg Jiménez aus, zerrte den Gefangenen aus dem Fond.

Grigorjew erwachte stöhnend aus seiner Ohnmacht. »Kolja?« Er sah ihn an, blickte sich um. »Was zur Hölle tun wir hier?«

Wozu antworten? In wenigen Momenten wusste er es. Nein, Asasel wusste es. Die Larve hauste nur noch für wenige Momente in der Hülle.

Grigorjew fluchte.

Die Wut weckte seine Kraft. Jiménez bezwang ihn mit Mühe, schleppte ihn zu der Felswand.

Der Wirt war bereit. Was fehlte, war das Opfer.

Caym öffnete den Kofferraum.

Zusammengekrümmt starrte ihm der alte Mann entgegen. Caym hievte ihn aus der Enge und riss ihm das Klebeband vom Mund. »Schrei zum letzten Mal.« Niemand würde sich darum scheren.

Keine Kraft in den alten Knochen. Die dürren Beine knickten ein.

Eine brüchige Stimme flehte Unverständliches.

Caym konzentrierte sich auf die Silben. Die Sprachen der Menschen waren simpel wie ihre Geister. Leicht zu lernen, leicht zu beherrschen. Zuhören genügte.

Wieder brabbelte der Mönch. »Herr, bitte. Um Gottes Willen, tut mir nichts.«

Gott? »Du weißt nichts von ihm. Sonst würdest du dir dein Flehen sparen.« Er packte den Alten an den Haaren. Dünne Strähnen, starr vor Fett. Er zog ihn hinter sich her. Auf dem Plateau wartete die Larve auf eine neue Existenz.

Ein Tritt gegen die knochigen Beine. Der Mönch fiel auf den Rücken wie ein ungelenkes Insekt.

»Tun Sie mir nichts, ich flehe Sie an.« Stammeln mit bebenden Lippen. Er rief Engel an, seinen Weg zu behüten, seine Sünden zu vergeben. Auferstehung aus der Nacht. Gerettet vom Tod.

Caym schlug dem Kerl auf die faltige Wange. Die Chöre vergaben nicht. Sie retteten nicht. Sie bannten und verschlangen.

Der zerzauste Bart zitterte in dem vor Entsetzen verzerrtem Gesicht.

Caym legte Daumen und Zeigefinger aneinander und zeichnete über seinen Mund einen unsichtbaren Strich. Die welken Lippen schlossen sich.

»Kolja!« Die Larve wehrte sich in Jiménez' Griff. »Lass den Mann in Ruhe!«

Auf ein Zeichen von ihm riss der Seelenlose einen Fetzen aus dem Hemd und stopfte es ihm in den Mund.

Wie der junge Grigorjew kämpfte, wie er sich aufbäumte. Der Duft nach Angst und glühender Wut breitete sich um ihn aus. Caym fing ihn aus der Nachtluft und ließ ihn sich auf der Zunge zergehen. Erst danach zog er den Dolch. Ramuell Grigorjews Blut klebte an ihm.

Der Mönch keuchte. Die Augen traten ihm aus den Höhlen.

Caym stemmte sein Knie auf die Brust des Alten und zerschnitt die Kutte. Eine grau behaarte, Angst schwitzende Haut kam zum Vorschein.

Er versenkte den Dolch unter dem Brustbein. Ein Schnitt nach rechts, einer nach links.

Ein letztes Luftholen des Mannes, bevor ihm der Atem für immer entwich. Tief tauchte Caym die Hand in die Wunde.

Erst im Moment der Berührung erstarrte das Herz zu einem toten Klumpen Fleisch – glitschig zwischen den Fingern. Ein Ruck, und es glitt aus der Enge.

Wenige Schnitte genügten, um es zu befreien.

Aus den Adern quoll es rot, tropfte auf die Steine.

Für den Engel Licht und Feuer.

Für den Dämon Blut und Gier.

Konstantin würgte an seinem Knebel, starrte in die Augen, die er für die seines Bruders hielt.

Gnadenlos schön, wie er vergeblich im Griff des Seelenlosen kämpfte. Das hellbraune Haar hing ihm verschwitzt ins Gesicht, die braunen Augen flackerten wild hin und her.

Oh ja, Asasel würde seinen Wirt lieben.

Caym kniete sich vor den Felsen.

Heiße Nässe rann ihm über die Hand, floss zu einem Kreis. Groß genug, um das Symbol aus Zacken und Bögen zu bergen.

Mit dem letzten Tropfen schloss er die Lücke zwischen den Kreisenden.

Vollbracht.

Laute wie Schnitte im Stein. Sie verließen seine Lippen zögernd.

Ein Windhauch, Stille, bis auf die gemurmelten Silben.

Ein kaum spürbares Beben unter ihm.

Ein Riss, haarfein. Er wurde breiter.

Caym legte seine Hände auf das feuchte Zeichen.

Unter seinen Fingern vibrierte es. Antworten auf die Rufe aus Blut und Sehnsucht.

Aus Grigorjews überdehnter Kehle drang dumpfes Keuchen.

»Halte ihn ruhig«, gebot er Jiménez. »Sobald ich jetzt sage, ziehst du ihm den Knebel aus dem Mund.«

Der Mann nickte. »Soll ich auch die Fesseln entfernen?«

»Noch nicht.« Die Gefangenschaft musste Asasels Flammenherz in ein nach Rache lechzendes Inferno verwandelt haben. Es war sicherer, ihn vorerst gebunden zu lassen.

Konstantin riss die Augen auf. Er starrte zu dem Felsspalt.

Silbern flimmernder Nebel quoll daraus hervor. Wie zerstreutes Sternenlicht.

»Ich kann ihn kaum halten.« Dem Cleaner stand der Schweiß auf der Stirn. »Beeile dich.«

»Still!« Schon verdichteten sich die Schlieren. Sie verharrten in der Dunkelheit, unschlüssig, wohin sie sich wenden sollten.

»Nimm ihm den Knebel ab und drücke seinen Mund auf.« Diesen Moment durfte er nicht verpassen.

Jiménez gehorchte. »Wann bekomme ich die Seele?«

»Dann, wenn Asasel sie ausspuckt.« Im Augenblick des Sterbens. Keine Sekunde vorher. Caym umfasste den Dolch. Bevor er ihn heute Nacht zum zweiten Mal benutzte, sollte Asasel seinen Wirt in voller Lebendigkeit bewundern.

Die Schemen glitten zu Grigorjew. Die Nähe des Engels musste er wie knisternde Elektrizität auf der Haut fühlen.

Konstantin seufzte, neigte den Kopf, als lauschte er auf eine Stimme.

Mondlichtgleich umfloss Asasels Geist den Körper. Grigorjews Zittern ließ nach. Sein angstvolles Atmen wurde leiser. Langsam drehte er sich aus Jiménez' Griff heraus.

Das war der Moment. Caym sprang vor, bohrte ihm den Dolch bis zum Anschlag in den Rücken. Dunkle Nässe kroch durch groben Stoff. Der Kopf der Larve fiel in den Nacken. Weit offene Lippen. Ein stummer Schrei. Caym lauschte ihm in seinen Gedanken.

Er durchschnitt die Fesseln, streifte Grigorjew den Ring vom Finger. Er brauchte ihn nicht mehr.

Das schimmernde Licht floss in den weit geöffneten Mund. Ein Beben erschütterte den Körper. Er taumelte in die Arme des Seelenlosen.

Dieser fing ihn auf, drückte seine Lippen auf den sterbenden Mund.

Das Seufzen schien von beiden zu kommen. Der Cleaner schlang die Arme um den Wirt, hielt ihn aufrecht, als dessen Beine nachgaben. Braune Augen starrten ins Leere.

Caym sank auf die Knie. Demut als Zeichen des Gehorsams.

Bald würde Asasel dem geschenkten Körper neues Leben einflößen.

Jiménez taumelte zurück, sah sich um, als wäre er aus einem Traum erwacht. Er schlug die Hand vor den Mund. Aus seinen Augen rannen Tränen.

Erbärmlich.

Ein Leben lang ächzten die Menschen unter Seelenqualen. Kaum waren sie von der Ursache des Übels befreit, jammerten sie dem flüchtigen Ding hinterher.

Der blutende Körper fiel auf die Knie, erstarrte. Zeit verstrich. Nichts geschah.

Caym zitterte vor Nervosität. Hatte er den Dolch zu tief versenkt?
Da! Konstantin – nein – Asasel – atmete zischend ein. Er spannte die Schultern, betrachtete seine Hände. Langsam schloss er die Finger zur Faust, öffnete sie wieder, wiederholte es.
Caym biss sich auf die Lippen. Schweigen und warten, bis sich Asasel in dem neuen Wirt zurechtfand.
Mühsam richtete sich sein Herr auf, schwankte zu Jiménez. Er umarmte ihn wie einen Freund.
Unmöglich. War das sein Herr? Er stützte den Mann, flüsterte mit ihm. Zu leise. Caym verstand kein Wort.
»Herr!« Diese Farce musste enden. »Begrüße mich! Dein neues Leben verdankst du mir.«
Langsam drehte sich Asasel zu ihm herum. Grigorjews Gestalt wirkte unter seinem Einfluss größer, erhabener. Die Augen glänzten im Schein des vollen Mondes. Helles Grau durchstach warmes Braun.
Kein Schwarz.
Cayms Magen krampfte.
Unsichere Schritte. Asasel berührte sein Gesicht. »Wer bist du?«
Er erkannte ihn nicht. Natürlich nicht. Ewigkeiten gefangen. Sein Geist war verwirrt.
»Herr, ich bin Caym.«
Ein Blick aus schmalen Augen. Erkennen? Dankbarkeit?
»Ich stecke in dem Körper eines Engelsbastards. Wie du.« Die Zeit in der Finsternis musste seinen Verstand gefressen haben. »Ich bin dein Retter!« Er zeigte auf das Engelssiegel, nickte zu dem toten Mönch.
»Caym?«
Er begriff. Caym kniete nieder, drückte seine Stirn in den Dreck. Kalte Finger legten sich in sein Genick. »Du hast mich gerufen.«
»Ja, Herr. Nach Ewigkeiten der Suche habe ich ...«
»... nicht Asasel.«
Was? Sein Herzschlag setzte aus.
»Das ist mein Zeichen.« Der Grigori taumelte zu dem Felsen. Ein blasser Finger zog rote Linien nach. »Unsere Siegel ähneln einander. Doch Asasels entbehrt die Silbe für groß.«

Die Berge schwankten. Der Boden gab nach.

Das falsche Siegel.

Wessen?

Der Engel wandte sein Gesicht dem Mond zu. Silbern floss der Schein über ihn hinweg. »Licht.« Ein Wispern. »Ich dachte, es nie wieder sehen zu können.«

»Wer bist du?« Angst vor der Antwort. Sie nagte in Cayms Gedärm.

»Schreie.« Ein leerer Blick aus zu grauen Augen. »Sie töteten jeden Gedanken. Bis sie verstummten.« Zitternde Finger glitten über Grigorjews Wangen, wühlten in den langen Haaren. »Sie sind tot.« Ächzen hinter Händen. »Die Dunkelheit hat sie ausgelöscht.«

Kein Engel starb. »Du lügst!«

Kopfschütteln. »Ich empfand es als Gnade, sterben zu dürfen.«

»Aber du lebst!« Caym ballte die Fäuste. Wut versengte seine Pläne, seine Hoffnungen.

»Ich lebe.« Träge hoben sich schwere Lider. »So wie du. So wie dein Herr.«

»Was?« Caym stürzte auf ihn zu, packte ihn am Kragen. »Wo ist er?«

»Mit den Engelskindern geflohen.«

»Wohin?«

»Ich schickte ihn in den Westen.«

Er schickte ihn?

»Wer bist du?« Sein Herr lebte! »Rede, oder ich schneide dir jede Silbe einzeln aus der Kehle!« Seine Finger krampften um den Kragen der Jacke. Er kannte die Antwort.

Shemhazai.

Wut, bis er zitterte. Sie wollte sich auf den Mann vor ihm stürzen. Ihm das geschenkte Fleisch von den Knochen reißen. Stattdessen steckte Schwäche in seinen Beinen und Zittern in seinen Händen.

Shemhazai wischte sie von sich, sank auf die Knie. Er legte die Stirn auf den Boden. Seine Schultern zuckten, seine Finger gruben sich in steinige Erde.

Der Heerführer würde ihn erneut knechten. Ihm seine Vergnügen untersagen, ihn prügeln, bis das Fleisch von ihm abfiel.

Ein silberner Schimmer im Nacken. Kein Mondlicht. Filigrane Ovale schlangen ineinander, wanden sich um Shemhazais Hals. Eine seraphische Kette.

Geschmiedet, um zu zwingen. Statt Eisen Licht. Statt Hammer und Amboss gesungene Worte.

Es führte in den Felsspalt. Caym ging ihm nach. Das Ende vibrierte unter seiner Berührung, löste sich aus dem Stein. Lebendig wie eine Schlange kroch es um sein Gelenk, legte sich ihm in die Hand.

Irrsinn, flirrendes Glück, ein Netz aus Verzweiflung und Resignation. Schwarz und klebrig wie Teer. Dazwischen explodierende Hoffnung, gleißend hell.

Sein Herz schlug gegen die Rippen. Jeder Nerv stand in Flammen. Empfindungen solchen Ausmaßes hatte er nie zuvor erlitten. Ein Chaos an Gefühlen. Schmerzhaft, verlockend intensiv.

Es flutete ihn. Strömte ihm aus den Augen. Die Kette wand sich fester um sein Handgelenk.

Weg! Zu viele Empfindungen! Sie zogen ihn in Abgründe.

Er wollte an den Ovalen aus Licht reißen. Seine Finger glitten hindurch. Kein Widerstand. Kein Entkommen.

»Nicht mit Gewalt.« Jiménez wischte sich über die Augen. »Eine seraphische Kette duldet keine Freiheit. Sie bindet ihren Gefangenen. Egal woran oder an wen. Hast du die Randnotizen überlesen?« Er legte seinen Unterarm auf Cayms. »Ist sie hier?«

Caym nickte. Der Cleaner sah die Kette nicht. Wie sollte er? Er war ein Mensch.

Sie löste sich von ihm. Umschlang das fremde Handgelenk.

Leer und kahl. Das Wenige an Gefühl, was ihm blieb, bedeutete nichts. Das Chaos musste zurück zu ihm. Musste sich schmecken, ertragen lassen.

Ein Seufzen verließ die Lippen des Cleaners. »Wenn du willst, werde ich ihn für dich bewachen. Es wäre mir eine Ehre, der Hüter eines Engels zu sein.« Erneut quollen Tränen unter den Lidern hervor.

Niemals. »Gib mir die Kette.« Der Heerführer hatte nur einen Wärter verdient. Ihn.

Caym umfasste Jiménez' Arm. Sofort floss das Licht zu ihm.

Die überbordenden Empfindungen nahmen ihm den Atem. Sie sickerten in seine Handfläche, von dort in sein gestohlenes Herz. Zu viel! Er ließ los.

Das Chaos beruhigte sich.

Wieder umfasste er die Glieder aus Licht. Ein Meer aus Empfindungen schwappte über ihn hinweg.

Er öffnete die Hand. In ihm wurde es ruhig.

Eine Tür zu Shemhazais Geist. Sie ließ sich öffnen und schließen.

»Ich kann sie nicht lösen.« Der Engel blickte auf, fasste sich an die Kehle. »Nimm sie mir ab.«

»Die Nabelschnur zu deinem Innersten?« Niemals.

Caym umfasste sie mit ganzer Kraft, holte aus.

Ein hohes Klirren, wie Kreischen in leeren Räumen.

Er schleuderte die Kette auf den verhassten Rücken.

Shemhazai zuckte zusammen, verzerrte das Gesicht.

Caym lenkte das Bewusstsein in das silberne Flimmern. Fremder Schmerz. Er vibrierte in den Nerven, spannte die Sinne. Doch der Körper blieb unversehrt.

Er riss an der Kette. Sie glomm gleißend auf.

Shemhazai würgte, krallte sich an Licht.

»Caym!«

»Du flehst um Gnade?« *Tu es!*

»Niemals!«

Kalte Entschlossenheit. Umsonst.

Caym lachte, dass es von den Felswänden widerhallte.

Wie das Licht über den Rücken tanzte! Wie sich der Heerführer krümmte! Fremder Schmerz quälte nicht. Er befriedigte. Caym sog ihn auf, bis nichts anderes mehr in ihm Platz fand.

»Es ist genug.« Hände an seinen Schläfen. Fest wie Schraubzwingen. »Ich werde nicht zulassen, dass du einen Engel quälst.«

Ein Ruck nach links.

Knacken.

Ein Zerren, wirbelnde Leichtigkeit. Oben, unten. Gleichgültig. Keine Kälte, keine Wärme. Kein Körper.

~*~

Mr. Deadslurper trieb sich in den Nekro-Foren herum, plauderte gelassen über abgestorbene Sehnsüchte und versuchte einem Kerl namens Lunatic die Vorteile der Gefriertrocknung zu erläutern. Walbrick war tot. Er hatte weder zu chatten noch zu beraten. Erst recht nicht um fünf Uhr früh.

Daniel goss sich mit der einen Hand einen Kaffee ein und mit der anderen wählte er Josés Nummer auf dem Handy. Auch von Barcelona aus konnte er für ihn arbeiten.

»Boss?«, kam es schleppend aus dem Mikrofon. »Was kann ich für dich tun?«

»Walbrick lebt. Finde heraus, warum.« Ziele wurden eliminiert. Wenn nicht, gab es dafür triftige Gründe. Bei Walbrick wollte er sie erfahren. Auch wenn ihn Mahawaj gewähren ließ, trauen konnte er dem obersten Meister der Bruderschaft keinesfalls.

»Ich setze mich dran, wenn ich geschlafen habe.« Er klang wie frisch aus dem Grab gezogen. »Ich habe eine dreißigstündige Autofahrt hinter mir und falle gleich ins Koma.«

»Warum nimmst du nicht das Flugzeug?«

»Ich war nicht in Spanien«, sagte der Cleaner kleinlaut. »Kommst du bitte in den Heizungskeller? Ich muss mit dir reden.«

»Du bist in London?«

»Ja. Komm einfach.«

Seufzend verabschiedete er sich von seinem Kaffee. Lieber wäre er zu Lucy ins Bett gekrochen, um sich dicht an ihren schlafwarmen Körper zu schmiegen. Doch sie leistete Ethan Gesellschaft und war die Nacht nicht nach Hause gekommen. Daniel hasste es, allein zu schlafen, weshalb er es in diesen Fällen meist ganz bleiben ließ.

Der Fahrstuhl beförderte ihn tiefer als gewöhnlich. Im Keller trieb es sich nie herum. Ruben nutzte die Räume für die Server und sein Sicherheitsequipment.

Die Gitter schoben sich auseinander und der fettig-schwere Geruch der Ölheizung drang ihm entgegen.

»Fein, dass du da bist.« Roope stand breitbeinig vor der Stahltür, hinter der die Tanks lagerten. »Der spanische Golem hatte ein Souvenir dabei.« Er reichte ihm eine Brieftasche. Daniel klappte das Lederetui auf. Kyrillisch.

Ein Konstantin Grigorjew aus Nischni Nowgorod. Sechsundzwanzig Jahre alt. Augen: braun. Haare: hellbraun. Gut aussehender Mann. Sicher liefen ihm die Mädchen schwarmweise hinterher.

»Der Spanier sagt, er sei der Bruder von Kolja Grigorjew.« Sturmwolken brauten sich auf Roopes Stirn zusammen. »Und er hat ihn mitgebracht. Aus Bulgarien. Den Rest der Geschichte will er erzählen, wenn du dabei bist.«

Ein Grigorjew hatte sich nicht in London aufzuhalten. Das war zu nah an Lucy. Viel zu nah. José wusste das, was fiel ihm ein?

Roope drückte die Klinke. »Ich hab den Kerl gefesselt. Jiménez hat protestiert. Was schert mich das?«

»Wo ist José?«

»Seinem Mitbringsel etwas zum Anziehen holen.« Er stemmte die Tür auf.

Auf dem Boden lag ein Landstreicher. Strähnige Haare, eine alte Jacke, klobige Stiefel. »Das soll ein Grigorjew sein?« Kolja hatte bei ihrem Zusammentreffen in Tintagel in edelstem Tuch gesteckt.

»Laut seines Ausweises – ja.« Roope packte den Mann am Kragen und zog ihn hoch. »Setz dich und plaudere mit uns.« Er lehnte ihn mit dem Rücken gegen die Betonwannen. Grigorjews Augen blieben geschlossen. Sein Gesicht war aschfahl.

»Der hat was hinter sich, Daniel. Seine Jacke ist im Rücken durchstochen worden und dem Blutfleck nach ging das Messer tiefer.«

»Aber er lebt?«

Roope nickte. »Gerade mal so, schätze ich.«

»Weck ihn auf.« Es gab nur eine Schwachstelle in Daniels Leben: Lucy. War Grigorjew wegen ihr hier, erlebte er seine letzten Momente.

Der Finne verpasste dem Gefangenen einen Schlag auf die Wange. Flatternd öffneten sich dessen Lider.

»Was willst du in London?«

Der Mann sah auf, schwieg.

»Warum hat dich einer meiner Leute hierher gebracht?«

Ein Blick aus seltsam gefärbten Augen war die einzige Antwort.

»Dein Schweigen wird dir außer Schmerzen nichts bringen.«

Schon ließ Roope seine Fingergelenke knacken und boxte sich motiviert in die Handfläche. Das winzige Blinzeln galt Daniel. Er würde niemals Hand an einen Gefesselten legen. Aber das wusste der Fremde nicht.

Der Mann warf ihm einen Blick zu, der zwischen Arroganz und Resignation oszillierte. Seine Lippen blieben geschlossen.

»Komm schon, Kleiner«, versuchte Roope die Kumpelmasche. »Wäre doch schade um deine hübsche Visage.«

Statt zu reden, ließ er sich zur Seite fallen und rollte sich mit dem Rücken ihnen zugewandt zusammen.

»Der zieht's durch.« Roope tippte ihn mit der Schuhspitze an.

»Hey! Rede! Mir egal in welcher Sprache. Ich versteh 'ne Menge.« Er ratterte *Mach's Maul auf* in fast allen relevanten osteuropäischen Mundarten. Ohne auch nur die geringste Reaktion zu provozieren.

»Was macht ihr da?« José stand in der Tür. Mit zwei Schritten war er bei Roope und stieß ihn zur Seite. Unter dem Arm klemmte ein dickes Bündel. Er kniete sich zu Grigorjew. »Ich hatte Mühe, ihn lebendig zu euch zu bringen und ihr foltert ihn?«

»Mal langsam«, brummte der Finne. »Folter läuft anders. Ich habe ihn bloß geweckt, um zu plaudern.«

»Du hast ihn getreten!«

»Ich habe ihn sanft daran erinnert, dass er nicht allein im Raum ist.«

»Mit deinem Fuß?« Eine Reihe spanischer Flüche schloss sich an. Roope verdrehte die Augen. »Los, Golem. Packs aus. Was macht ein Nephilimbalg hier?«

»Er ist kein Nephilim.« Der Cleaner richtete den Gefangenen auf und half ihm aus der nassen Jacke und dem blutbefleckten Hemd. »Er ist einer der Väter.«

Keine Wunde auf dem Rücken. Lediglich eine frisch verheilte Narbe.

»Welche Väter?« Roope fuhr mit den Fingern über die Stelle. Der Mann zuckte zusammen. »Auf seinem Pass steht ...«

»Verdammt! Ich weiß, was dort steht! Aber es ist eine Lüge. Sein wahrer Name ist Shemhazai. Er ist der Anführer des Grigori-Heeres.«

»Dass die Grigorjew-Bande sich *Heer* nennen darf, ist mir neu.« Roope verschränkte die Arme vor der Brust. »Beschissene Bastarde!«

»Die Wächter sind Engel«, fauchte der Cleaner gänzlich ungelassen. »Sie widersetzten sich ihren Befehlen und wurden dafür verbannt. Scheiße, Roope! Das weiß jedes Kind!«

»Hat der eben geflucht?« Mit hochgezogenen Brauen sah ihn sein Freund an. »Kein Cleaner flucht, weil keiner wütend werden kann.«

José klang außerordentlich wütend.

»Rede.« In Daniels Kopf schrillten sämtliche Alarmglocken. Entweder verlor Jiménez den Verstand, oder in den Sagen über die Nephilim steckte mehr Wahrheit, als ihm lieb sein konnte.

Grigorjew, oder wer immer auch vor ihm saß, starrte schweigend geradeaus. In seinem Blick lag eine Finsternis, die sich nicht aus Bosheit speiste. Auf den Schlachtfeldern dieser Welt hatten oft Soldaten nach dem Kampf ins Leere gestarrt.

»Ich muss zu Ethan.« José legte eine Decke um den Mann. »Was ich dir zu sagen habe, geht auch ihn etwas an.« »Warum wirkst du auf mich wie ein geprügelter Hund?« Keiner aus Rubens Team zeigte auch nur entfernt Emotionen, doch José blickte verzweifelt zu ihm hoch.

»Weil ich einer bin.«

»Inwiefern?«

»Später«, sagte der Cleaner leise. »Ich habe Jade hergebeten. Sicher wird sie aus seinen Gedanken schlauer als wir durch sein Schweigen. Während der gesamten Fahrt sprach er kein einziges Wort.«

»Die Elfe bleibt keinen Moment mit dem da allein.« Roope verschränkte die Arme vor der Brust.

»Dann pass auf sie auf.« José ging zur Tür, hielt sich mit gesenktem Kopf an einem der Wasserrohre fest. »Auf sie beide. Und versprich mir, dass du ihn nicht verletzt.«

»Schau'n wir mal«, murmelte der Finne. Hinter seiner breiten Stirn hörte Daniel die Zahnräder ineinandergreifen. Seinem Freund gefiel die Situation genauso wenig wie ihm.

Daniel ließ den Spanier vorgehen. Was er gleich zu hören bekam, würde ihm nicht gefallen. Was konnte gravierend genug sein, um einen Seelenlosen aus der Bahn zu werfen?«

~*~

Halb sechs.
Hatte José einen Vogel, sie um diese Zeit zu wecken? Er habe einen Engel aus der Hand eines Dämons befreit. Der steckte jetzt in dem Körper eines Nephilim und läge gefesselt im Heizungskeller der Zentrale. Kein Cleaner scherzte. Kein Cleaner log. Also entschied sie sich im Halbschlaf und noch mit dem Handy am Ohr, José vorläufig nicht für verrückt zu halten. Unter der Dusche kamen ihr jedoch Bedenken. Eventuell setzte José die Erkrankung seiner Mutter zu und das Echo seiner verloren gegangenen Seele reagierte darauf. Und zog gleichzeitig seinen Verstand in Mitleidenschaft.

Es war ihr Job, die Spreu vom Weizen zu trennen. Gleichgültig um welche Uhrzeit.

Für einen Kaffee blieb keine Zeit. Jade band sich die Haare im Nacken zusammen, zog sich an und überredete ihren schlaftrunkenen Körper zu einer Fahrradtour durchs nasskalte London.

Ein Engel.

Um zu lachen war sie zu müde. Mit den Nachkommen der Nephilim hatte sie zumindest indirekt schon zu tun gehabt. Über Lucy. Auch Dämonen billigte sie ihre Existenzberechtigung zu. Immerhin hatte einer von ihnen Lucy angegriffen. Ihre Freundin schien auch ohne eine Ausbildung bei Tante Esther übernatürliche Wesen anzuziehen.

Jade erreichte die Shaftesbury Avenue mit steif gefrorenen Fingern. Sie fuhr durch die Toreinfahrt auf den Hinterhof und lehnte das Fahrrad an die Hauswand. Aus dem Kellereingang kamen ihr Daniel und José entgegen. Daniel begrüßte sie mit einem Kuss auf die Wange. Zwischen seinen Brauen grub sich eine Falte ein. »Berichte mir nachher das kleinste Detail. Wenn uns ein Betrüger oder Irrer in die Maschen gegangen ist, will ich das wissen.«

»Er ist kein Betrüger.« José ballte die Fäuste. Nicht aus Zorn, sondern aus Anspannung. »Wenn du gesehen hättest, was ich ...« Er biss sich auf die Lippen. In seinem Blick lag eine unergründliche Angst. Er ging an ihr vorbei und streifte ihre Hand mit seinen Fingern. Sein Unglück schwappte mit elementarer Intensität zu ihr herüber. Keine Einbildung. Er fühlte.

Daniel schien es ebenso zu bemerken. »Sei vorsichtig«, ermahnte er sie, bevor er José zu einem der Wagen folgte.

Jade rannte die Stufen hinunter und eilte zwischen Betonwänden entlang. An einer grauen Tür lehnte Roope. Sein breites Grinsen munterte sie auf.

Sie mochte ihn. Sein Hang, jeglicher Autorität ans Bein zu pissen und sich aus Prinzip von nichts einschüchtern zu lassen, imponierte ihr.

»Guck nicht so ängstlich, ich bin ja da.«

»Nervös, Roope. Nicht ängstlich.« Das war ein Unterschied. »Bisher bin ich noch keinem Engel begegnet.« Zumindest nicht in Fleisch und Blut.

»Wenn der Kerl mal einer ist.« Er öffnete die Tür und ließ sie vorgehen.

Zusammengesunken und in eine Decke gehüllt saß ein Mann auf dem Boden. Obwohl ihm Roope zwei halb gebrüllte finnische Worte entgegenschleuderte, blickte er nicht auf.

Haare bis zu den Schultern. Ein helles Braun, fast blond. Mit Klebeband gefesselte Hände, eine dreckige Jeans, abgetragene Stiefel.

Ein gefallener Engel.

Oder ein Obdachloser mit Größenwahn.

»Ich tippe auf Hochstapler mit nephilimischem Erbe im Blut.« Mit einem Hauch Mitleid in der Miene sah Roope auf ihn hinab. »Laut Pass ist er der Bruder von Kolja Grigorjew.«

»Aber er trägt keinen Ring.« Die Finger des Fremden waren nackt.

Grigorjew beherrschte es, Dämonen zu bannen. Was, wenn er es wieder getan hatte? Diese Wesen wechselten die Hüllen. Caym, der Dämon, der Lucy angegriffen hatte, hatte sich in dem Körper eines jungen Mannes verborgen.

»Kommt mir auch komisch vor.« Roope wackelte mit dem Kopf. »Der Spanier behandelt ihn wie ein rohes Ei. Das spricht nicht gerade für meine Theorie.«

»Bis auf die Fesseln.«

»Die stammen von mir.« Daniels Freund aus vielen Leben schob die Hände in die Taschen. »Ich traue keinem Nephilim. Dann werde ich einem Engel erst recht nicht vertrauen. Hey!« Er stieß den Mann mit dem Fuß an. »Kennst du den Satz, *Eltern haften für ihre Kinder?* Nein? Schade.«

Seltsam. Die Ausstrahlung des Mannes passte nicht zu seinem geschwächten Äußeren. Sie umgab ihn wie einen Schutzschild. Darunter flackerten sich widersprechende Empfindungen. Verwirrung, Traurigkeit, und etwas Helleres, Leichteres – Hoffnung.

Bevor sie tiefer in das Innerste des Fremden eintauchte, musste sie sich zumindest vorstellen.

»Ich bin Jade Conway.«

Der Gefangene reagierte nicht.

»Kannst du mich verstehen?«

Sie hockte sich zu ihm, berührte die gefesselten Hände. Sie waren eiskalt.

»Habt ihr ihm etwas zu essen und zu trinken gegeben?«

Roope zischte einen Fluch. Jedenfalls vermutete sie das. »Hab ich vergessen.« Er telefonierte mit Philipp, einem von Rubens Leuten, er solle eine Thermoskanne mit Tee und ein paar Sandwiches in den Keller bringen.

»Er braucht auch mehr Decken, wenn ihr vorhabt, ihn hier unten länger festzuhalten.«

Der Finne rollte mit den Augen, bat den Cleaner auch darum.

»Und wo soll er sich waschen?« Und pinkeln? Nicht einmal an einen Eimer hatten Roope und Daniel gedacht.

Seufzend ließ der Finne die Arme sinken. »Das ist kein Hotel, Elfe. Der Typ ist gefährlich.«

»So wirkt er nicht.« Nur erschöpft und krank.

»Hast du Hunger?«

Sein Kinn lag auf der Brust, die Haare überdeckten seine Augen.

»Der ist stumm wie ein Fisch«, murrte ihr blonder Beschützer, denn zu diesem Zweck teilte Roope das ungewöhnliche Gefängnis.

Seine Sorge um sie hing schwerer in der Luft als der Geruch nach Heizöl.

»Leg los.« Roope ging neben ihr in die Hocke. »Ich will wissen, mit wem oder mit was wir es zu tun haben.«

Jade brauchte einige Zeit, bis sich ihre noch müden Augen auf den Tagtraumblick einließen.

Unverändert saß der Gefangene vor ihr. Bis auf den hellen Schein, der sich von seinem Hals bis zum Wasserrohr an der Kellerwand zog. Jade rieb sich die Augen. Das Licht verschwand.

Ein zweiter Versuch. Sie hätte vorher einen Kaffee trinken sollen. Endlich zerfiel die Realität in feinen Staub.

Die Ölwannen verwandelten sich in Felsen, der Betonboden in eine schmale Passstraße. In der Nähe rauschte Wasser. Reiter schlängelten sich auf ihr hintereinander eng an die Bergwand gedrückt. Von ihnen gingen Lichtbänder aus, die sacht im Wind hin und herwehten. Sie endeten in schimmernden Nebelfetzen. Wehklagen erfüllten die Luft. Sie klangen so schmerzerfüllt, dass sich Jade die Ohren zuhielt. Plötzlich raste sie von einer fremden Kraft getrieben auf den Eingang einer Höhle zu. Das Klagen und Ächzen wurde lauter. Angst, wohin sie ihre Antennen ausstreckte. Mehr noch: blanke Verzweiflung, irrsinnige Panik. Die Gefühle nahmen von ihr Besitz, zwängten sie in einen engen Felsspalt. Dicht gedrängt mit dem Entsetzen fremder Wesen, die sie nicht sehen, aber spüren konnte. Über ihr glänzten die Sterne. Ein voller Mond tauchte die Felsen in ein fahles Licht.

Leises Murmeln. Es drang von außerhalb in ihren Geist. Obwohl sie die Worte nicht verstand, schnürten sie ihr die Kehle zu. Schwärze schob sich vor den Nachthimmel. Schluckte das Licht der Sterne, verschlang den Mond. Kälte, das dumpfe Krachen aneinanderreibender Steine.

Finsternis. In ihr und um sie herum.

Zu viel, um ertragen zu werden.

»Jade?« Roope packte sie an den Schultern und zog sie auf die Beine. Zwei riesige Pranken umfassten ihr Gesicht. »Alles klar?«

»Nein.« Sie starb, eingeklemmt zwischen Felsmassen. Ihr Herz schlug jenseits aller Grenzen. Schweiß auf der Stirn. Jade fror, zitterte. »Nimm mir den Berg von der Brust!« So eng. So schwer.

Roope verpasste ihr eine Ohrfeige, dass es klatschte. »Besser?«
Keine Felsen. Keine Enge. Lediglich ein stinkender Heizungskeller. Ihre Wange pochte vor Hitze.

»Tut mir leid, Elfe«, sagte Roope zerknirscht. »Aber du warst völlig neben dir.«

Die beklemmende Angst zu ersticken, kroch langsam aus ihr heraus. »Da waren Berge, eine Schlucht.« Wieder schüttelte es sie. »Er war eingesperrt. Inmitten von Angst.« So entsetzlicher Angst. Jade schluckte an den Tränen. Wo war ihre Professionalität?

»Das passt zu dem, was José angedeutet hat.« Mit einem schmatzenden Geräusch schürzte er die Lippen. »Scheint, als wäre an seiner krumpligen Geschichte was dran.«

Eine Gänsehaut überzog sie nach wie vor. »Dieser Mann hat Furchtbares ausgestanden. Er steht unter Schock, deshalb reagiert er nicht.« Wie lange? Die Frage kreiste in ihrem Hirn. Wenn er wirklich zu den gefallenen Engeln gehörte, hatte seine Gefangenschaft viele Tausend Jahre gedauert. Wie sollte er sich in der Gegenwart zurechtfinden? Vorher musste er aus seiner Starre erwachen. Er war vollkommen in sie versunken. Jade hockte sich zu ihm und streichelte über die kalten Hände. Ihr Herz war bleischwer vor fremdem Leid.

»Bitte, rede mit mir.« Wie sollte sie ihm begreiflich machen, dass sie ihm helfen wollte? Er schien sie nicht zu verstehen.

»Der ist völlig weg«, murrte Roope. »Ob sein Oberstübchen noch im richtigen Takt schlägt?«

»Es steckt voller dunkler Bilder und schrecklicher Erinnerungen.« Für ihn wäre es leichter, wenn es nicht funktionieren würde.

»Hey, sieh mich wenigstens an.« Sie strich die Haare zur Seite, die ihm ins Gesicht hingen.

Langsam hob er den Kopf. Was für einzigartige Augen. Eissplitter in warmem Braun.

Sein Blick glitt träge über sie hinweg, erfasste Roope, kehrte wieder zu ihr zurück. Zögernd streckte er die Hand aus, berührte eine Strähne, die sich aus ihrem Zopfgummi gelöst hatte. Ein kaum wahrnehmbares Lächeln huschte über die trockenen Lippen.

~*~

Goldenes Haar. Ein Duft von Wildblumen und Kräutern. Augen, so grün wie das Gras am Ufer des Flusses. Das Lächeln des Mädchens berührte ihn ebenso zart wie ihre Finger. Sie strichen sanft über seine Hände.

Die dunklen Träume verschwanden. Auch die Erinnerung an den Schmerz. Cayms Hiebe hinterließen keine Spuren. Die seraphische Kette knechtete den Geist, nicht die Materie. Die letzten Schläge hatte er vor langer Zeit gespürt. Camael hatte ihn nach einem Fluchtversuch bestraft.

Das Mädchen redete mit ihm. Leise und freundlich. Das Lächeln verließ für keinen Moment die geschwungenen Lippen. Ein wenig zu groß, doch überaus sinnlich. Er berührte sie mit der Fingerspitze. Der blonde Riese knurrte, aber das Lächeln des Mädchens strahlte auf. Sie war zierlicher als Anath. Aber wunderschön. Sie anzusehen milderte das Chaos in ihm.

Seitdem ihn Caym aus der Felsenkluft befreit hatte, beherrschte es ununterbrochen sein Denken und Fühlen. Zwischen albtraumhaftem Wachsein und rastlosem Schlaf glitt er hin und her.

Der Mann mit der fremden Seele hatte Cayms Hülle getötet und Shem in ein Vehikel mit vier Rädern gesetzt. Tag und Nacht waren sie durch eine Welt gefahren, die vor grellen Lichtern und Lärm strotzte. Nahrung aus knisternden Beuteln, zu süße Getränke aus federleichten Bechern. Ab und an eine Rast zwischen eckigen Säulen, umgeben von noch mehr Vehikeln. Und Gestank. Die Welt schien erfüllt davon zu sein.

Ein Blick aufs Meer. Shem wusste nicht, welches. Ein Schlund in einem Ungetüm aus buntem Metall, der sie zusammen mit der Sänfte ohne Stangen schluckte und nach einer Weile wieder ausspuckte. Hohe, glänzende Gebäude, Fenster, verschlossen mit Glasflächen. Die Menschen hatten den Umgang mit geschmolzenem Sand gelernt. Wie viel Jahre waren vergangen? Es war nicht mehr seine Welt. Zu viel monströse Gebilde, zu viel Geschwindigkeit.

Irgendwann hatte er nur noch zitternd auf der Liege gelegen und sich geweigert, die Augen zu öffnen. Bis ihn der Mann hierher brachte und der Große ihn fesselte.

Träumte er den Irrsinn? Befand er sich noch in nassen Felsen und Finsternis? Die Angst sprang ihn an, krallte ihre Klauen in sein neues Herz.

Laute, wie sie auch der Mann mit der fremden Seele gebraucht hatte, verließen den schönen Mund. Er hatte ständig auf ihn eingeredet. Bis seine Worte langsam einen Sinn ergaben.

Es war wie damals, als sie die Ebene besiedelten und auf die ersten Hirten trafen.

Zuhören, um die Struktur zu erkennen und die Bedeutung der Worte erfassen zu können.

Das Mädchen sprach eindringlich.

Sie fragte ihn etwas, denn sie hob die Stimme am Ende der Sätze. Shem konzentrierte sich auf jede Silbe. Menschliche Sprachen zu lernen war ihm nie schwergefallen und diese schien schlichter strukturiert zu sein als der Dialekt der Hirtenstämme.

Logik, Rhythmus. Die Zusammenhänge erschlossen sich mehr und mehr.

Die junge Frau schwieg. Shem tippte auf ihre Lippen. Sie musste weitersprechen, damit er lernen konnte.

Sie redete noch langsamer und betonte die Worte stärker als vorher.

Die Struktur wurde klarer.

Sacht wie fallendes Laub sanken Bedeutungen auf das Konstrukt und füllten es mit Sinn.

Eine simple Sprache. Seltsam fürs Ohr, an einigen Stellen mühsam für die Zunge. Shem legte die Zungenspitze an die Innenseite der Schneidezähne und ahmte einen zischenden Laut nach.

Ein Lächeln huschte über das hübsche Gesicht. »Du verstehst mich.«

Ja, er verstand. Es war um vieles leichter als bei den Hirten.

»Mein Name ist Jade.« Sie machte einen kleinen Schlenker mit der Hand. An ihrem Daumen steckte ein Ring. Leuchtend grün. Sehr groß. Doch das Licht ihrer Augen überstrahlte ihn.

»Lernen alle Engel so schnell?«

Woher wusste sie, dass er zu den Chören gehörte?

Shem legte sich die Antwort gedanklich zurecht, bevor er sie aussprach. »Deine Sprache ist einfach.« Sie variierte wenige Laute.

Der Dialekt der ersten Triade erforderte dagegen ein mehrjähriges Studium, vor dem er sich stets gedrückt hatte. Kepheqiah war bei den seltenen Gelegenheiten sein Dolmetscher gewesen. Jetzt schwieg sein Geist für immer. Der Irrsinn der Situation sprang ihn an. Er müsste tot sein, wie seine Brüder.

Verzweifelte Schreie um Gnade. Gewimmerte Flüche. Aber das Entsetzlichste war das Kreischen kurz vor dem Moment, bevor sie ihren Geist aufgaben. Das Grauen griff um sich, je länger die Finsternis währte. Keinem seiner Brüder hatte er helfen können. Seine Worte, sein Trost, war von ihrer Angst verschluckt worden. Dann war es still geworden.

Er hörte das Schreien dennoch.

Fühlte die Schwere der Felsen, verzweifelte in Finsternis.

~*~

Der Mann kippte mit dem Oberkörper nach vorn, presste die Fäuste an die Stirn. Ein erstickter Laut drang aus seinem Mund.

Roope hockte sich neben ihn, legte ihm die Hand auf den Rücken. »Ganz ruhig, Junge.« Sein Blick zu ihr verriet, dass er sich ebenso um ihn sorgte wie sie. »Gefällt mir nicht«, murmelte er. »Daniel hat solche Nummern früher öfter gebracht. Wenn er Menschen verlor, die er liebte, oder wenn's mal wieder ein Mord zu viel auf seiner Liste war.«

In seiner Muttersprache schimpfte er eine Litanei nach der anderen. Sie hörte den Namen *Baraq'el* heraus.

»Ist nie gut ausgegangen.«

»Was meinst du damit?«

Roope neigte den Kopf und rümpfte die Nase. »Dass es oft mehr als ein Leben brauchte, bis er seelisch wieder Fuß fassen konnte.«

»Ich will ihm helfen.« So dringend. Seine Erinnerungen waren zu schrecklich, um darin ein Leben lang gefangen zu bleiben. »Weißt du, wie er heißt?« Sie wollte ihn mit seinem Namen ansprechen. Vielleicht beruhigte ihn das.

»Ach verdammt.« Zwischen weißblonden Strähnen bildeten sich Krater auf der Stirn. »Klang ganz komisch.« Roope versank ihn Brüten. »Shemhazai.« Er nickte entschieden. »Versuch es mal.«

Ein schöner Name. Er passte zu einem Engel. Jade beugte sich näher zu ihm. »Shemhazai?«

Das Beben der Schultern ließ nach.

Sie berührte seine Wange. Sie war kratzig, fühlte sich kalt an. »Bitte rede mit mir.«

Der Atem des Mannes ging ruhiger.

»Machst du gut.« Roope reckte den Daumen in die Luft. »Mach weiter. Doch lass dich kein zweites Mal auf seine Gedanken ein.«

Wenn sie die Bilder aus seinem Kopf locken und wegjagen könnte! »Ich will dir helfen«, sagte sie leise. »Aber dazu musst du mir vertrauen.« Das war viel verlangt. Sie war für ihn ebenso fremd wie er für sie.

Langsam richtete er sich auf. Seine Miene war ausdruckslos. Sein Leid lag allein in seinem Blick. »Binde mich los.«

Was für ein seltsamer Akzent. Eben war er ihr bereits aufgefallen. Jade konnte ihn nicht einordnen.

Shemhazai hielt ihr die gefesselten Hände hin. »Lass mich gehen.«

Roope schüttelte entschieden den Kopf.

»Das kann ich nicht.« Wie sollte sie es ihm erklären, dass Daniel ihn für extrem gefährlich hielt? »Du findest dich in der Welt, so wie sie jetzt ist, nicht zurecht.«

»Dann zeige sie mir.« Er neigte sich zu ihr. Ihre Hände berührten sich. »Ich will kein Gefangener mehr sein. Ich war es zu lange.«

Dieser Blick. Niemals zuvor hatte sie jemand mit dieser Intensität angesehen.

»Erzähle uns was von dir.« Roope setzte sich ihnen gegenüber und lehnte sich mit dem Rücken an die Wand. »Immerhin besteht die Möglichkeit, dass du uns einen mächtigen Bären aufbindest.«

»Einen Bären?« Shemhazai hob die Brauen. »Warum sollte ich das tun?«

In Roopes Mundwinkeln zuckte es. »Weil du uns glauben machst, ein Engel zu sein, aber im Körper eines von uns ganz und gar nicht geschätzten Nephilim steckst.«

Shemhazai zog die Beine enger an den Körper. »Hier drin bin ich.« Er legte sich die Hände auf die Brust. »Ein Grigori. Geboren aus Feuer und Licht, von den Vielgeflügelten in die Dämmerung verstoßen und von dem sechsten Chor zusammen mit den Anführern meines Heeres zwischen Felsen gebannt.«

Jade wurde kalt.

»Eine Strafe?« Sollte Roope auch nur das geringste Erstaunen empfinden, verbarg er es perfekt.

Shemhazai nickte.

»Lass mich raten. Du hast dich in eine Menschenfrau verliebt und mit ihr Kinder gezeugt.«

Die seltsam gefärbten Augen weiteten sich. »Das weißt du?«

»Fast jeder kennt die Geschichte.«

»Woher?« Der Engel starrte Roope fassungslos an.

»Aus alten Büchern.« Roope klang nach erzwungener Geduld. »Eure Kinder werden dort Riesen und Titanen genannt. Wir nennen sie Nephilim.«

»Die Gewaltigen?«

Der Finne nickte. »Zurzeit haben wir viel Ärger mit ihnen. Deshalb will ich ganz genau von dir wissen, wie du in einen ihrer Körper gekommen bist.«

»Er war da.« Shemhazai sah zu Jade. »Caym vertrieb seine Seele und ich hatte Platz in ihm.«

Caym? Ihr Herzschlag verdoppelte sich.

Roope wechselte mit ihr einen ernsten Blick. »Caym. So, so.« Er musterte den Gefangenen mit tiefstem Misstrauen. »Seit wann lässt sich ein Engel mit einem Dämon ein?«

»Ein Missgeschick.«

Roopes trockenes Lachen rief ein Echo. »Ich will alles von dir und Caym erfahren.«

Shemhazais Lider senkten sich. »Du weißt mehr als genug von uns.«

»Nicht unbedingt.«

Schweigend hob der Engel die Hände. »Binde mich los.«

»Und dann?«

»Werde ich gehen.«

»Knick das.«

»Roope!« Jade fuhr sich mit dem Zeigefinger über die Kehle. Der Finne verstand das Zeichen, dass er den Mund halten sollte. Er murrte etwas Unverständliches und wies mit einer angedeuteten Geste zu ihr. Sie hatte das Wort. Das wurde auch Zeit. Shemhazai blockierte. Zu Recht. Wie sollte er während eines Verhörs Vertrauen entwickeln?

»Hör mir zu.« Am besten legte sie die Karten, so weit sie sie kannte, auf den Tisch. »Wir können dich nicht gehen lassen. Aber ich werde Daniel meinen Eindruck von dir schildern. Danach kannst du diesen Raum verlassen und deine Fesseln wirst du auch los.«

Roope räusperte sich. Seinem Blick nach hielt er das für unwahrscheinlich.

Jade zog ihr Handy aus der Jackentasche. Eine Nachricht für Daniel. Sie mussten sofort miteinander reden. So verrückt es auch klang, sie glaubte Shemhazai jedes Wort.

~*~

»So früh schläft Ethan noch.« José schloss die Seitentür zum Antiquitätengeschäft auf. Die Hand, die den Schlüssel drehte, zitterte.

Konnten Cleaner nervös sein? Oder gar ängstlich? Daniel folgte ihm durch einen engen Flur in den Laden. José schaltete das Licht an und rief nach Ethan. Dass der Alte ein Auge auf den Spanier geworfen hatte, verwunderte ihn nicht. Aber Scarborough schien auch José wichtig zu sein und das wunderte ihn allerdings. In einen karierten Flanellmorgenmantel gehüllt schlurfte Ethan die Treppe hinunter. Kaum sah er seinen Bodyguard, leuchteten seine Augen. »Du bist wieder da! Geht es deiner Mutter ...«

»Ich muss mit dir reden. Mit dir und Daniel.«

»Und mit mir.« Lucy tauchte hinter Scarboroughs Rücken auf. »Was ist los, dass ihr in aller Herrgottsfrühe hier auftaucht?« Sie drängte sich an ihrem ehemaligen Mentor vorbei und schmiegte sich an Daniel. Ihr Haar war zerzaust, ihr Blick noch müde. »Tut mir leid, dass ich gestern Abend nicht mehr zu dir gekommen bin.« Ihr Lächeln entschädigte ihn für einiges. »Wir haben zusammen einen Whiskey getrunken und plötzlich wollte ich nur noch ins Bett.«

»Schlaf heute Nacht bei mir.«

Sie runzelte die Stirn, fuhr mit dem Finger unter seinen Augen entlang. »Bist du die ganze Nacht wach geblieben?«

Er verschloss ihre Lippen mit einem Kuss. Von Walbrick konnte er ihr später berichten. Auch von dem Grund, warum er nie ohne sie einschlief; die Angst, sie zu verlieren. Die Angst, dass, wenn sie nicht in seiner Nähe war und er sie nicht beschützen konnte, etwas Furchtbares geschah, das sie ihm wegnahm.

»Erinnert ihr euch an Caym?« José stellte sich dich neben Ethan an den Verkaufstresen. Daniel fuhr es kalt ins Herz. Den Dämon, der beinahe seine Liebste getötet hatte, würde er nie vergessen.

Lucy schob ihre Hand in seine. »Jade hat damals ein Ouijabrett benutzt, um den Namen herauszufinden. Angeblich befehligt er zig Legionen.« Ihr Lächeln überspielte die Angst in ihren Augen. Lucy sprach kaum noch von dem Dämonenangriff, aber manchmal träumte sie davon und schrie im Schlaf. Daniel legte den Arm um sie.

»Nein.« José senkte die Lider. »Caym ist keiner der Anführer. Deshalb ist er auf der Suche nach seinem Herrn – Asasel.«

»Liebster?« Ethan legte seine Hand auf Josés Stirn. »Fühlst du dich krank?«

»Caym bewohnt den Körper von Kolja Grigorjew.« Zögernd pflückte José Ethans Hand von sich. »Doch das ist nicht das Schlimmste.«

»Nicht?« Scarboroughs Stimme piepste.

»Er versuchte Asasel zu beschwören, den er in der Verbannung vermutete. Er wird es wieder versuchen.«

Engel, Strafe, eine Felsengrotte in Bulgarien, ein Mord an einem Mönch, ein Beschwörungsritual mit einem herausgeschnittenen Herz.

José ratterte Informationen hinunter, die unmöglich wahr sein konnten.

»Woher weißt du das alles und was hat der Kerl im Heizungskeller damit zu tun?«

»Ich war dort.« Die Wangen des Spaniers glühten. »Caym hat einen Engel beschworen und ihm Konstantin Grigorjews Körper zur Verfügung gestellt. Er dachte, es sei Asasel. Das war ein Irrtum.«

»Was hast du bei den Grigorjews zu suchen?« Der Mistkerl hatte den Mord an Lucy beauftragt.

»Ein Deal.«

Daniel wurde kalt.

»Du bist nicht der Einzige, der an Mahawajs Daten interessiert ist. Ich habe für Caym die Anweisung eines Beschwörungsrituals kopiert.«

»Warum?« Der Cleaner erlebte gerade seine letzten lebendigen Momente.

Scarborough schob sich zwischen ihn und den spanischen Verräter. »Tu ihm nichts, Daniel. Lass ihn erklären«, stammelte er panisch. »Bitte, ich liebe diesen Mann. Du musst das nicht verstehen. Respektiere es einfach.«

Im nächsten Augenblick hing Ethan keuchend in einem Regal. Tiegel und antike Bügeleisen polterten von den Brettern.

»Du hast mich verraten.« Daniel schnappte sich José und schleuderte ihn neben Scarborough. »Für was?«

Der Kerl rieb sich den Oberarm, mit dem er die Bretter zuerst begrüßt hatte. »Merkst du es mir nicht an?«

Wie bekam er das verdammte schiefe Grinsen hin?

»Ich muss ausholen.« Diesmal gelang ihm kein Lächeln. »Darf ich?«

»Du musst.« Jeder Nerv in Daniels Körper vibrierte vor Wut.

Tief holte der Verräter Luft. »Während ich Baraq'els Dateien für dich durchsuchte, stieß ich auf seinen privaten Blog. Er war verschlüsselt und nur für ihn einzusehen.«

»Das Oberhaupt der Bruderschaft ist ein Blogger?« Lächerlich.

»Er führt ein Tagebuch«, sagte José schnell. »Die Bruderschaft nutzt ein getunneltes System und zahlt an eine renommierte Firma Unsummen für Lizenzen und Sicherheitschecks. Die gescannten und abgespeicherten Dokumente hält Baraq'el für sicher. Seinen Blog anscheinend auch. Doch er rechnete nicht mit mir.«

Im Unterton klang deutlich Stolz mit.

»Ich hatte zu meiner Zeit in der Bruderschaft aus persönlichen Gründen die Serverdienste der Fileserver gescannt.«

Aha.

»Unter Zuhilfenahme eines fast unbekannten Exploids erzeugte ich einen buffer overflow und erlangte den Zugriff auf Baraq'els Server, den ich nach wie vor besitze.«
Bitte?
»Guter Mann.« Ethan sah hochzufrieden aus. »Hast du eine reverse shell gespawnt?«
Welche Muschel? Da der Alte nach dem prompten Ja wissend und vor allem zustimmend nickte, verzichtete Daniel darauf, die Stirn in Falten zu legen und damit Ahnungslosigkeit zu demonstrieren.
»Damals stahl ich tonnenweise persönliche Dateien von Baraq'el«, fuhr José fort.
»Warum?«, fragte Lucy.
»Weil ich es konnte!«, blaffte der Cleaner ungewohnt aufgebracht. »Ich wollte schnüffeln, nicht auswerten. Doch der Job bei Daniel hat mich wieder darauf gestoßen.«
»Und? Komm zur Sache.« Daniels Anspannung wuchs im Sekundentakt. Was versuchte José, ihm zu gestehen?
»Ich fand einen Eintrag, Kolja Grigorjew betreffend. Sein Bruder, Konstantin, hat sich bei Baraq'el gemeldet und Ramuell Grigorjews Tod mitgeteilt und den Mörder genannt: Kolja.«
»Grigorjew ist ein Vatermörder?« Ethan klang panisch.
José nahm seine Hand. »Baraq'el wusste von Kepheqiah, dass Kolja hätte tot sein müssen, zumal ihm nach wie vor der Ring fehlte. Er vermutete das Einwirken des Dämons, der schon einmal im Rahmen eines Grigorjewauftrages dazwischen gepfuscht hat. Folgenden Absatz habe ich mir gemerkt:
*Er ist einer von uns, wenn er fähig ist, Seelen zu vertreiben und Körper zu besetzen. Die Frage ist nur, wer? Ein Krieger aus dem sechsten Chor oder einer der Grigori? Kepheqiah vermutet, dass Caym dahinter steckt. Wahrscheinlich hat er recht. Immerhin dienten sie im selben Heer.*
Wer, zum Teufel, waren die Grigori?
»Baraq'el spielte mit dem Gedanken, den Dämon zu bannen«, fuhr José fort. »Er erwähnte ein uraltes Ritual. Das Stichwort ›Seraphische Kette‹ fiel. Ich forschte danach und entdeckte eingescannte Fotografien von alten Tontafeln. Ich lud mir ein Übersetzungsprogramm für Altphilologen aus dem Netz und schließlich konnte ich

die sumerischen Zeichen entziffern. Die Texte verrieten, wo die Grigori gebannt worden waren. Aber sie verrieten auch, wie sie befreit werden konnten. Damit hatte ich etwas in der Hand.«

»Baraq'el war ein Dämon? Kepheqiah ebenfalls? Nein. Engel. Ein dumpfes Rauschen umhüllte Daniel.

»Ich stöberte in den Grigorjewberichten, fand eine Kontaktadresse und mailte Kolja Grigorjew, oder besser: Caym an.«

»Warum habe ich das Gefühl, dich erschlagen zu wollen, José?« Daniels Fäuste ballten sich.

»Lass mich beichten«, bat der Spanier. »Später fehlt mir dazu der Mut.« Er rutschte an dem Regal hinab und schlug die Beine übereinander. Er wirkte nicht wie ein Beichtender. Eher wie ein Mönch, der sich auf seine Meditation vorbereitet.

»Ich bot meine Dienste an, erwähnte, dass ich Zugang zu den Dateien der Bruderschaft hätte und ihn vor Baraq'els Plänen warnen wollte. Als Bezahlung verlangte ich eine Seele. Nach langem Zögern arrangierte Caym ein Treffen hier in London. Er interessierte sich brennend für das Ritual. Ich besorgte ihm die Informationen, er ließ mich abholen und eh ich mich versah, saß ich in einem Privatjet.

Ich wusste, es ging nach Russland, aber nicht, wohin genau. Wir landeten auf einer kleinen Rollbahn inmitten von Feldern. Der Weg zum Wohnsitz der Familie war kurz. Kein Ortsschild oder irgendetwas anderes, das mir einen Hinweis hätte geben können, wo genau ich mich befand.

Bereits am nächsten Tag wollte er mit mir nach Bulgarien aufbrechen. Dort sollte ich die Seele bekommen.« José verschwand hinter seinen Händen. »Wir luden den betäubten Konstantin Grigorjew ein und flogen nach Sofia. Anschließend fuhren wir nach Trigrad. Die Grigori werden in einer der Höhlen gefangen gehalten.«

»Dyavolsko Garlo.« Lucy hob die Brauen.

»Woher weißt du das?« Der Cleaner tauchte aus seiner Verschanzung auf.

»War nur ein Tipp. Ich habe die Gerüchte über das Tor zur Unterwelt immer für Blödsinn gehalten.«

»Weiter«, bat Ethan und stieß José sacht an.

Der räusperte sich. »Caym tötete einen Mann, schnitt ihm das Herz heraus und beschwor Asasel. Der erschien allerdings nicht, sondern ein Geist mit Namen Shemhazai. Er lockte Konstantins Seele aus dem Körper und überließ sie mir.« Plötzlich rann ihm eine Träne über die Wange. »Als mich die fremde Seele ausfüllte und ich ihren Schmerz und ihre Angst fühlte, wusste ich, dass es das wert gewesen war. Doch als ich begriff, was er mit Shemhazai vorhatte ...« Er fuhr mit der Hand über sein Gesicht. »Ich habe noch nie so viel Hass in den Augen eines Wesens gesehen. Er entlud sich an dem hilflosen Mann, der von seiner langen Gefangenschaft noch vollkommen benommen war.«

»Und dann?«, fragte Ethan.

»Habe ich Cayms Schädel gepackt, ihm das Genick gebrochen und bin mit Shemhazai zu euch geflohen.«

»Ist Caym jetzt tot?« Lucy schmiegte sich enger an Daniel. José schüttelte den Kopf. »Niemand kann einen Dämon töten. Ich habe ihm bloß den Körper genommen. Er wird sich einen neuen suchen.« Er presste die Lippen zusammen. »Caym weiß, dass ich für dich arbeite. Er wird früher oder später hier auftauchen und sich Shemhazai zurückholen. Wir müssen den Engel an einem sicheren Ort verstecken.«

Ethan war totenbleich. »Wer ist dieser Shemhazai überhaupt?«

»Der Heerführer der 200 Wächter. Baraq'els, Asasels, Cayms und Kepheqiahs Vorgesetzter, wenn du so willst.«

»Kepheqiah ist ...« Das konnte nicht sein.

»Ein Engel.« José seufzte. »Mahawaj erwähnt ihn oft in seinen Berichten.«

Daniel wurde schwindelig.

Langsam sortierte sich der Wirrwarr an Informationen in seinem Hirn. Er musste mit Keph sprechen. Auch wenn er Mahawaj untergeben war, vertraute er ihm mehr als dem spanischen Verräter.

»Noch vor einem Jahr wusste ich nichts von den Nephilim, bis mich einer von ihnen in die Mangel genommen hat«, sagte Ethan in Daniels Wut. »Jetzt jongliere ich mit dem Wissen von Dämonen, Engeln, Wiedergeborenen und Seelenlosen. Kann mir einer sagen, wie ich das verarbeiten soll?«

»Ich bin nicht mehr seelenlos.« José hauchte dem Alten einen Kuss auf die stoppelige Wange.

»Wie hast du sie verloren?« Lucy kniete sich zu den beiden. »Eine Seele kann einem nicht gestohlen werden.«

»Nein.« Um Josés Nase wurde es weiß. »Aber sie kann getötet werden.«

In Daniels Nacken stellten sich die Härchen auf. Der Hass auf Mahawaj bekam neues Futter.

»Deine Augen werden verbunden.« Jiménez sprach so leise, dass er ihn kaum verstand. »Jemand legt dir Fesseln an. So eng, dass du kaum noch atmen kannst. Dein Kopf wird in den Nacken gezogen. Du denkst, dein Genick bricht.« Er starrte auf einen Punkt vor sich. »Schließlich musst du ein Schwert schlucken. ›Tu es, oder dein Körper stirbt mit deiner Seele‹ lautet die Anweisung, die du nicht glauben kannst. Plötzlich spürst du Stahl in deinem Mund, wie es sich Stück für Stück in deinen Rachen schiebt.«

Ethan schauderte.

»Ein glühender Schmerz frisst sich durch dich hindurch. Du kannst deine Angst nicht herausschreien, wenn dir eine Klinge im Hals steckt.«

Gott, was tat Mahawaj den verurteilten Meistern an?

José zitterte. »Du spürst es, wie sie in dir verglüht. Du bist ein letztes Mal verzweifelt, verlierst vor Entsetzen den Verstand. Doch dann ...« Er blickte zu Ethan. »... ist alles vorbei. Du bist ganz ruhig. Keine Angst, keine Wut. Die Fesseln werden gelöst, die Binde wird abgenommen. Das Rezept für einen heilenden Tee wird dir in die Hand gedrückt. Drei Mal täglich gurgeln.« Er lachte trocken. »Um die Verletzungen im Hals auszuheilen. Anschließend musst du die Klinge polieren, die eben noch in dir gesteckt hat und du wirst in dein neues Aufgabenfeld als Cleaner eingewiesen.

Deine Seele gibt dir niemand zurück. Du realisierst, dass du ohne sie nie mehr wiedergeboren werden kannst. Das Seltsame ist, es macht dir nichts aus.«

Scarborough liefen die Tränen in den Bart. Auch Daniels Kehle schnürte sich zu.

»Erst als ich dich getroffen habe, Ethan, und du mich berührt hast und dich von mir hast vögeln lassen, habe ich restlos begriffen, was mir genommen worden war. Ich wollte wieder fühlen. Nicht für mich, dazu fehlte mir der Egoismus. Aber für dich.«

Daniel reichte Scarborough eine der zum Verkauf stehenden Spitzendeckchen. Was ihm aus Augen und Nase lief, drohte den Laden unter Wasser zu setzen.

»Ich bereue es nicht, Boss.« Der Spanier sah zu ihm auf. »Jeder noch so winzige Moment mit Ethan ist es mir wert.«

»Die Frage bleibt, was machen wir mit Shemhazai?« Himmel, klang seine Stimme belegt.

»Wir sollten Kepheqiah informieren. Er wird Rat wissen.«

Lucy schniefte. »Oder ihn an Mahawaj verraten, damit der ihn noch einmal bannt.«

José schüttelte den Kopf. »Das darf er nicht. Ihr wart nicht dabei, als der Engel zum ersten Mal seit langer Zeit wieder das Mondlicht erblickte.«

»Und wenn es einen Grund gab, die Grigori vor der Menschheit wegzusperren?«, fragte Scarborough vorsichtig. »So was macht man nicht zum Spaß.«

In Daniels Tasche vibrierte es. Eine Nachricht von Jade. Sie bat um ein Treffen. Sofort. Er sei das, was er vorgab. Keine Lüge in seinen Gedanken, keine in seinen Worten. Er bräuchte Hilfe und einen anderen Ort als den Heizungskeller.

»Wir fahren zurück.«

Josés Pupillen wurden riesig. »Glaubt sie ihm?«

Am liebsten hätte Daniel den Cleaner noch einmal ins Regal geschleudert. Wegen ihm klebte ihnen ein Engel am Bein.

~*~

Die Nephilim waren die Nachkommen der Engelsbastarde. Asasel hatte es geschafft, lebte unter ihnen. Er musste ihn finden.

Shem drückte mit den Händen gegen die Brust. Das fremde Herz schlug zu schnell.

Ein Klopfen an der Tür. Der Blonde verließ den Raum, kam mit einem schmalen Krug zurück. Er lief durch die Kette, ohne die Glieder zu trennen.

Gefangen. Doch nicht so, wie die beiden es annahmen. Der Mann mit der fremden Seele hatte ihn an eine Säule am Mauerwerk gebannt. Weil er ihm misstraute.

Wie der mit den Bartzöpfen.

Auch in dem Blick der Frau lagen Zweifel. Und Mitgefühl. Es tat gut, dennoch beschämte es ihn.

Sie tippte auf einen kleinen, flachen Kasten, redete damit wie mit einem Freund. Sie wandte sich ab, sprach leise. Er verstand genug, um zu wissen, dass es um ihn ging.

Er war und blieb ein Gefangener. Die Menschen würden ihn nicht gehen lassen. Sie fürchteten ihn.

Jade steckte den Kasten zurück in die Tasche. Ihr Lächeln zu ihm war aufrichtig.

»Trink etwas. Danach geht es dir besser.« Sie schraubte den Deckel von dem Krug, goss etwas Heißes hinein. »Schaffst du es trotz der zusammengebundenen Hände?«

Die klebenden Fesseln waren nicht das Problem. Nur das Zittern. Shem versuchte, es zu beherrschen. Er musste fliehen. Wie? Die Kette ließ sich nicht zerreißen.

Versteckte sich in dem Chaos dieser Welt, das aus Lärm, blinkenden Lichtern und Geschwindigkeit zu bestehen schien, die Möglichkeit, sie auf eine andere Weise zu zerstören? Er musste einen Weg finden. Das konnte er nicht allein.

Er brauchte jemanden, der ihn durch die komplizierten Strukturen dieser Welt führte.

»Er wird es schaffen müssen.« Der bärtige Mann stellte sich dicht hinter Jade. Seine Miene sagte klar und deutlich, dass er nicht bereit war, die Bänder wegen eines Bechers Tee zu lösen.

Er war zu glatt für Holz, zu warm für Ton. Aber nicht so leicht wie die Gefäße, die ihm José während der Reise gegeben hatte.

»Schwarzer Tee mit Zucker und Sahne.« Jade rümpfte die Nase. »Ist nicht mein Ding.«

Sehr heiß. Sehr süß.

Jade sah ihm beim Schlürfen zu. Sie mochte ihn. Ihr Lächeln verriet es. Würde sie ihm helfen? Nicht gegen den Willen ihrer Freunde.

Er musste sie dazu zwingen.

An dem Riesen kam er in seiner momentanen Verfassung nicht vorbei. Wegen der gefesselten Hände, und weil er die neue Hülle noch nicht beherrschte. Außerdem war sie kleiner als seine alte und schwächer.

Die Kette war für Jade unsichtbar. Sie würde sie nicht spüren.

Es wurde Zeit, dass er seinen Wärter auswechselte.

Jade statt José.

Das Mädchen würde es nicht einmal bemerken.

~*~

»Ich muss mich erleichtern.« Shemhazai stellte den Becher weg und stand auf. »Und mich reinigen. Dieser Körper stinkt.«

Roope zuckte mit der Schulter. »Zwei Eimer müssen dir genügen. Einer mit, einer ohne Wasser.«

»Roope!« Dieser finnische Klotz! »Wir leben nicht mehr im Mittelalter.«

»Ich schon.« Für seine Verhältnisse war sein Lächeln gemein. »Die Eimer oder du pinkelst in die Ecke. Bevor ich von Daniel keine klaren Anweisungen bekomme, bleibst du hier.«

Shemhazai löste den Gürtel, pfriemelte an dem Reißverschluss der Jeans. »Soll sie mir zusehen?« Er nickte zu Jade. »Vielleicht gefällt es ihr. Für ein menschliches Glied ist es groß. Leider fehlt ihm vorne ein Stück Haut. Ist das bei dir auch so?«

Roope entglitten die Gesichtszüge.

Jade biss sich auf die Lippen. Nicht lachen! Die Situation war ernst.

Shemhazai stand mit hochgerecktem Kinn und beiden Händen am Hosenlatz vor Roope. Provokation. Sein Blick, seine Haltung. Die Schwäche schien von ihm abgefallen zu sein. Die Decke würde ihr folgen. Sie hing kaum noch an seinen Schultern und klaffte weit genug auseinander, um einen muskulösen Oberkörper zu zeigen.

Die rosa Brustwarzen wirkten umgeben von rauem Stoff empfindlich. Ihre Fingerspitzen wollten ertasten, wie sensibel sie auf zarte Berührungen reagierten.

Oberhalb des breiten Gürtels zog sich eine ausdünnende Spur hellbrauner Härchen bis zum Bauchnabel. Diese Kleinigkeiten beschleunigten ihren Puls.

Innerlich verpasste sie sich eine schallende Ohrfeige. Es war der völlig falsche Zeitpunkt, um ihren Hormonen Freilauf zu lassen.

»Warte.« Mit einem resignierten Seufzen hob Roope die Hand. »Ich hole dir, was du brauchst. Komm, Jade.« Er winkte sie zu sich. »Du erklärst Daniel, was Sache ist und ich betüddele unseren Gast.«

Sie wollte bleiben. Mit Shemhazai reden. Er war ein Engel, auch wenn er in dem Körper eines Nephilims gefangen war. In einem extrem attraktiven Körper.

Dass er stank, nahm sie ihm nicht ab. Wenn überhaupt, roch er intensiv. Jade schnupperte unauffällig. Ein herber, schwerer Schweißgeruch – durchaus ansprechend. Plötzlich sammelte sich Spucke in ihrem Mund.

»Mach schon«, murrte Roope ungeduldig. »Sonst pisst der echt in die Ecke.«

»Wir sehen uns später.« Das Versprechen gab sie in erster Linie sich selbst.

»Das werden wir.« Shemhazai lächelte. Oder verzog er lediglich den Mund? Seine Augen blieben ernst. Jade stand auf, klopfte den Staub von der Hose. Roope hielt ihr die Tür auf.

Plötzlich sprang der Engel auf sie zu. Er stieß sie an die Wand, drückte ihren Arm an eines der Rohre.

»Perkele!« Roope schlug ihm auf die Handgelenke, riss ihn an der Schulter zurück. Shemhazai krachte mit dem Rücken an die Betoneinfassung der Tanks.

»Streck deine Finger noch einmal nach der Elfe aus, und José kann dich vom Boden aufwischen.«

»Elfe?« Wieder ein winziges Lächeln. Diesmal war es echt.

Roope schob sie fluchend aus der Tür und verschloss sie, kaum dass sie ins Schloss gefallen war. »Den Hals werde ich dem Spanier herumdrehen. Bis es knackt.«

Jade rieb sich den Arm. Er prickelte von dem Aufprall. Was hatte Shemhazai bezweckt? Dachte er ernsthaft, flüchten zu können?

Ratternd glitten die Gitter des Fahrstuhls auseinander.

Meister Levant.

Daniels schwarze Haare wehten im Luftzug des Schachtes wie ein Trauerflor.

Ives verkniff sich eine Bemerkung. Wenn der Boss in dunklen Anwandlungen schwelgte, war man besser unsichtbar.

»Was weißt du über Engel, Ives?« Der verschattete Blick traf ihn quer durch die Küche.

»Keine Ahnung.« Bisher war er nur einem Nachfahren ihrer Brut begegnet. Kolja Grigorjew. Der Mistsack hatte ihn als Pfand eingefordert, weil Daniel seinen Job verweigert hatte. Ohne Kepheqiahs Eingreifen wäre er gewiss Würmerfraß.

Ives stapelte die Teller aus dem Geschirrspüler zu schwungvoll auf den Unterarm. Als es schepperte, bildeten sich Krater auf Daniels Stirn.

»Im Keller hockt ein Mann, der behauptet, einer zu sein.«

Ives fing den obersten Teller auf, der im Begriff war, sich von seinen Freunden zu verabschieden. »Der verarscht dich.« Engel waren Geschichte. Wann auch immer sie mit ihren Genen die Welt aufgemischt hatten, jetzt existierten sie nicht mehr. Wäre schön, wenn man das von den Nachkommen ihrer Blagen auch sagen könnte.

Der Boss lehnte sich an den Küchentresen. Seine langen Beine standen im Weg. »Jade hat ihn sich vorgenommen. Bin gespannt auf ihren Bericht.« Seufzend legte er den Kopf in den Nacken. »Aber das ist nicht unser einziges Problem. Da gibt es auch noch Ashton Walbrick.«

»Meinst du diesen Leichenfresser? Der ist längst hinüber.« Und wirbelte im Eliminator der Bruderschaft als Zellschwarm im Kreis. Angetrieben von einem breiten Schwenkarm.

»Ist er nicht. Und ich will wissen, warum.«

»Pfusch?«

Daniel hob eine Braue. »Wir reden von den Anonymen Meistern.«

»Wenn dir sein Überleben nicht passt, erledige ihn selbst.«

»Und mein Schwur?«

Himmelherrgott noch mal! »Scheiß drauf! Kill den Kerl heimlich. Ich werd's nicht petzen.«

»Lucy hintergehen?« Daniel schnaubte. »Unmöglich.«

»Sie bestiehlt dich!« Darüber klagte sein Boss in schöner Regelmäßigkeit.

Daniel schüttelte betrübt den Kopf. »Das ist was anderes.« Er machte es sich auf dem Küchentresen gemütlich und schaute Ives bei der Arbeit zu.

Musste toll sein, ununterbrochen auf Wolke sieben zu schweben. Das Gefühl konnte er leider kaum nachvollziehen. Für gewöhnlich starb er kurz vor dem ersten richtigen Date.

Jungfrau seit Jahrhunderten. Mieses Schicksal.

Nach einer Weile zweckfreien Löcher-in-die-Luft-Starrens räusperte sich Daniel. »Wo steckt Susanna?« Er checkte den Fußboden und die Zimmerecken ab. Er suchte George. Die Ratte des Punkmädchens. War das Vieh nicht in der schützenden Nähe seiner Besitzerin, spielte es mit dem Leben, wenn es Ives oder Daniel über den Weg lief. Wer die Pest wiederholt hautnah erlebt hatte, kannte Ratten gegenüber keinerlei Erbarmen. Dummerweise war das Tier überdurchschnittlich intelligent und ging ihnen aus dem Weg.

»Haare färben.« Er nickte in Richtung Badezimmer.

Sie war hübsch.

Eigentlich.

Theoretisch eine gute Ergänzung zu seinem Plan, sich in diesem Leben geschickter anzustellen und sich vor seinem Ableben entjungfern zu lassen. Leider stand das Punkmädchen auf ältere Typen. Daniel zum Beispiel.

Diesbezüglich teilten sie dasselbe Schicksal. Der, den sie vergötterten, wollte sie nicht.

Ives wollte Jade.

Sie war süß. Mit Mühe unterdrückte er ein vor Sehnsucht triefendes Seufzen. Allein die Massen blonder Haare. Und erst die Augen! Jade war schön, klug, witzig, talentiert, geheimnisvoll wie eine Sommerelfe, ab und an leicht versponnen, doch das machte sie nur umso attraktiver. Sie kannte sein Herz, liebte es aber leider nicht.

Auch ein mieser Scherz seines Schicksals: Die Frauen in Daniels Team behandelten ihn wie einen kleinen Bruder.

Tätscheln statt heißer Küsse, Lächeln statt gieriger Griffe in seinen Schritt. So kläglich sah es da nicht aus. Sein Werkzeug purer Männlichkeit überzeugte rein optisch entspannt und ausgefahren.

»Susanna färbt sich die Haare?« Daniel straffte die Schultern, als müsste er sich auf einen Schock vorbereiten. »Welche Farbe ist es diesmal?«

»Ist sie deine Tochter?«

»Nein.«

»Eben.«

»Aber sie gehört ins Team. Einen Funken Seriosität darf ich mir ausbitten.«

Das Bündnis der Sieben.

Der Name ihrer Oppositionsorganisation zu den Anonymen Meistern war lächerlich dramatisch. Anfangs hielt ihn Ives für einen schlechten Scherz. Bis ihn Roope zur Seite nahm und ihm unter einem väterlich strengen Blick anvertraute, dass die Namenschöpfung auf seinem Mist gewachsen war. Beim nächsten Lästern würde er ihn mit dem Kopf zuerst aus Daniels Loft hängen.

Seit diesem Moment fand Ives aus Prinzip jeden Vorschlag genial, der über Roopes breite Zunge kam.

»Hi Daniel!« Mit einem Handtuch auf den Schultern trat Susanna aus dem Badezimmer. »Was ist los?«

Daniel zuckte zusammen und stieß sich den Kopf am Oberschrank. »Grün?«

»Petrol«, sagte Susanna spitz. »Es muss dir nicht gefallen.«

»Gut. Es sieht abscheulich aus.«

Aus ihren Augen schossen Funken.

»Komm mal her.« Der Boss spreizte die Beine und wartete, bis seine frisch lackierte Mitarbeiterin dazwischen stand. So nah vor ihm konnte sich keine Strähne verbergen. Er nahm ihr Kinn zwischen Daumen und Zeigefinger und drehte ihr Gesicht zum Licht. »Ich könnte behaupten, diese Farbe verliehe deinem Teint etwas Ätherisches. Fakt ist aber, dass dein Haar leichengrüne Schatten auf deine Wangen wirft. Kann man die Farbe rauswaschen?«

Susanna schnaubte und schlug seine Hand weg. Die extrem umgangssprachliche Aufforderung, sich selbst ins Knie zu befriedigen, verbiss sie sich erst vor der letzten Silbe.

Daniel zuckte keine Braue. Er kannte Susanna.

Ives hätte sich eine derartige Entgleisung niemals getraut.

»Ich muss einkaufen und George ausführen«, sagte Susanna schnippisch. »Und danach will ich von dir wissen, warum du die anspruchsvolleren Arbeiten wie Passfälschen und Visummodifizieren an José delegierst und nicht an mich.«

Sie fischte die Ratte aus der Tasche ihrer Strickjacke und steckte sie in ihren Ausschnitt. »Das ist Mobbing!«

»Er ist besser.« Der Boss tippte an eine von Susannas steifen Strähnen. »Hast du Beton unter die Farbe gemischt?«

»Er ist besser?« Diesmal waren es keine Funken, sondern Giftpfeile. Sie nagelten Daniel an die Küchenblende.

»Er macht den Job bereits ziemlich lang, Susanna. Seine ersten Gehversuche auf dem Gebiet unternahm er auf einer Zuse Z3. Wann hast du begonnen, mit Nullen und Einsen zu jonglieren?«

»Können wir, Ives?« Statt eine Antwort abzuwarten, schnappte sie ihn am Ärmel.

Ob der Boss ihr das unangemessene Benehmen nachsah, weil er um ihre Kindheit wusste? Leicht hatte es kein Wiedergeborener. Susanna wurde von den Erinnerungen an ihre früheren Leben schlagartig überfallen und war sicher, verrückt zu sein. Daniel fand sie zusammengekauert unter einer Brücke. Erwachte Seelen erkannten einander. Behutsam erklärte er ihr die Art ihrer Existenz. Seitdem lebte sie in seinem Windschatten und er versuchte, sie vor Mahawajs Zugriff zu schützen. Auch wenn sie schnoddrig mit ihm umsprang, Ives wusste, was der Boss ihr bedeutete.

»Ives bleibt hier.« Daniels Stimme beendete Ives Gedankengang. »Ich brauche ihn dringender.«

Das Punkmädchen senkte die Lider. »So?«

»Ich habe einen Job für ihn. Vor dem Heizungskeller.«

Keller? Ives Herz rutschte in die Hose. Von seinen zahlreichen Traumata, die er aus seinen Leben zurückbehalten hatte, war die Angst vor dunklen Gewölben eines der hervorstechendsten.

»Kann Ruben das nicht machen?« Der Boss des Cleanerteams konnte wenigstens keine Beklemmungen bekommen.

Daniel schüttelte den Kopf. »Ich muss mich mit ihm und seinen Leuten besprechen, aber ich will nicht, dass Shemhazai unbewacht bleibt.«

»Shemhazai?« Ein fast ebenso bekloppter Name wie *Kepheqiah* oder *Mahawaj Baraq'el.*
»Ich schicke ihn dir zum Ablösen, sobald wir mit der Krisensitzung durch sind.«
»Danke.« Diese Aussicht milderte das eng-panische Gefühl um sein Herz nur ein wenig. Er kickte die Klappe des Geschirrspülers zu und konzentrierte sich auf dem Weg nach unten auf ein selten benutztes Gefühl: Mut.

Statt des Aufzugs entschied er sich für die Treppe. So konnte er die Geschwindigkeit des Herannahens des Unausweichlichen selbst bestimmen. Kaum setzte er den Fuß von der untersten Stufe auf den grauen Betonboden, kroch diffuse Angst aus den dunklen Ecken. Bis sie sich zu blanker Panik auswuchs, dauerte es höchstens ein paar Minuten. Seine Schritte hallten dumpf von den Wänden und aus den Türen drangen erstickte Schmerzlaute und Hilferufe. Das flackernde Licht von den Neonröhren spendete Helligkeit, aber keinen Trost. Keller blieb Keller. Und jeder Keller war nichts anderes als ein besseres Verlies.

Ratten huschten in lichtlosen Winkeln und überall herrschte Gestank nach Pisse, Angst und Erbrochenem.

Ives blieb stehen, kämpfte mit einer Panikwelle. Einbildung. Alles. Die Gänge waren sauber, weil Ruben in den Kellerräumen sündhaft teure Technik lagerte. Bis auf einen unangenehmen Geruch nach Öl stank nichts. Keine Ratten, kaum Spinnen und vor allem keine Hilferufe. Das einzige Geräusch stammte von der Heizungsanlage.

»Wird's langsam?« Roope lehnte an der Sicherheitstür. Seine baumdicken Arme verschränkte er vor der Brust. Beneidenswert, so groß und stark zu sein. Jede Wette, er hatte in seinen Leben niemals peinliche, kleinmachende Angst kennengelernt. Ives riss sich zusammen und stapfte trotz des schwachen Gefühls in den Beinen auf den Finnen zu. »Was soll ich mit dem Kerl da drin machen?« Halbherzig boxte er sich in die Handfläche. »Zum Reden bringen?«

Unter Mengen blonder Haare spannten sich Roopes Mundwinkel von einem Ohr bis zum anderen. »Bleib einfach vor der Tür stehen. Später kommt Ruben, dann kannst du flüchten, Hasenherz.«

Im Reflex streckte ihm Ives den Mittelfinger hin. Scheiße! Was machte er da? Die Entschuldigung wollte ihm nicht über die Lippen, dazu war er von seiner eigenen Tat zu erschrocken. Der Finne zuckte bloß mit den Brauen, was Ives eher ahnte als sah, da in dem breiten Gesicht zu viel Haare wuchsen.

»Tut mir leid.« Himmel! Selbst sein Stammeln klang erbärmlicher als sonst.

»Ist keiner als Held geboren worden«, brummte Roope und klatschte ihm die Hand auf die Schulter. Ives Knie gaben nach. »Du brauchst noch ein paar Leben. Das wird noch.«

»Roope?« Ives schluckte an einem Kloß im Hals. »Danke.«

Noch ein Grinsen zwischen Bartzotteln, weit ausgreifende Schritte, die sich leider von ihm entfernten, und er war allein mit seiner Angst.

~*~

Schemen. Lichter. Lachende Fratzen, ernste Fratzen. Caym glitt zwischen ihnen hindurch. Zu viele Seelen. Keine Hülle war bereit für den Tausch. Regen rieselte durch seine Gedanken. London war nass. Er spürte es nicht. Der Verlust schmerzte unendlich. Einen Körper und Shemhazai. Das wollte er. Beides. Schnell. Danach einen Tod. Er sollte Jiménez gehören. Er hatte ihn betrogen. Einen Dämon zu hintergehen war einfältig.

Das Haus des ehemaligen Meisters. Lange zuvor hatte er ihn mit seiner Liebsten belauscht. Auf Grigorjews Anweisung. Grigorjews Hülle lag jetzt zwischen Felsen mit gebrochenem Genick.

Wo versteckte Levant den Heerführer? Der Cleaner hatte ihn hierher geschleppt. Caym war ihnen gefolgt.

Was er besaß, nahm ihm niemand weg. Shemhazai gehörte ihm. Sein Schmerz, sein Verzweifeln. Caym wollte sich über die Lippen lecken, doch da war nichts. Das musste er zuerst ändern.

Er glitt von Fenster zu Fenster. Fühlte Seelen und ihr kläglich Zaudern. Aufgebrachte Menschen. Levant war unter ihnen. Sie umstanden eine junge Frau. Sehr schön, sehr zerbrechlich. Es drängte ihn in einen Körper, nur um die Zierlichkeit zerreißen zu können. Die Mauer stellte kein Hindernis dar. Caym glitt durch Mörtel und

Stein, schwebte hinter der Frau. Sie schauderte, blickte sich um. Spürte sie ihn?
 Levant fragte nach dem Engel.
 Sie hatten ihn.
 Gerede, ob ihm zu trauen wäre, ob sie Kepheqiah informieren sollten.
 Die Frau mochte ihn. Er hörte es ihrer besorgten Stimme an.
 Gesten mit ihren schlanken Händen. Sie überzeugten die anderen nicht.
 Ein silbernes Glimmen um ihr Handgelenk.
 Sie hütete Shemhazai? Jiménez musste ihr die Kette aufgezwungen haben.
 Die Frau beachtete sie nicht. Schlaff hing sie herunter, verschwand im Boden. An ihrem anderen Ende würde er den Heerführer finden.
 Hätte Caym Stimmbänder besessen, hätte er laut gelacht. So einfach!
 Er glitt durch Mauern und Balken. Tiefer und tiefer in das Gebäude. Immer dem silbernen Schein hinterher.
 Dicke Wände. Ein Gang.
 Grelles Licht. Vor einer Tür stand ein Junge. Seine Angst würzte die kalte Atmosphäre. Sie zitterte durch die Luft und prickelte durch Caym hindurch. Körperlos konnte er ihm nichts anhaben.
 Er brauchte eine Hülle.
 Ohne Seele.
 Lebendig.

~*~

Wehe hier trieben sich Mäuse herum. Oder Ratten! Ives kämpfte mit einer pausenlosen Gänsehaut.
 Aus dem Gang neben ihm quiekte es. Verdammt!
 Und wenn schon. Vielleicht hatte sich George in den Keller verirrt.
 Es quiekte wieder. War da ein Trappeln kleiner Füße? Huschte dort etwas an der Wand entlang? Keine Ratte. Eher ein Schatten.

Den Kloß im Hals hinunterschlucken und den trommelnden Herzschlag überhören. Alles gut. Er bekam das hin. Keine Ratten, keine Gefolterten, keine Gespenster. Der Schatten glitt näher. Verweilte an der Tür zum Fahrradkeller, setzte sich erneut in Bewegung. Ives rieb sich die Augen. Erbärmlich, was ein angstkrankes Hirn ausbrütete.

Er fröstelte. Es wurde stärker, als von der anderen Seite der Sicherheitstür ein leises Stöhnen zu ihm drang. Hoffentlich rief der Kerl nicht um Hilfe. Und Wimmern und um Gnade flehen durfte er auch nicht. In wie vielen Kerkern hatte er eingesessen? An seinen zitternden Fingern ließ es sich nicht abzählen. Kein Wunder, dass Baraq'el ihn nie in den Meisterstand erhoben hat. Neben dem Töten fehlte ihm eines der wichtigsten Talente: überleben oder sich wenigstens aus Schwierigkeiten heraushalten.

Ives streckte den Rücken durch und verschränkte wie Roope vorhin die Arme vor der Brust. Kein Problem. Nur ein Keller. Modern, zweckmäßig. Keine rostigen Ketten, keine verwesenden Leichenteile.

Pochen hinter ihm. Ives sprang von der Tür weg.

»Hilf mir!«

Oh nein! Der Typ klang, als zählte er jeden Moment die Radieschen von unten.

»Bitte!«

Röcheln, Wimmern, das volle Programm.

Ein lang gezogener, erbärmlich trostloser Schrei. In welchem Zustand hinterließ Roope seine Gefangenen?

»Du bist ein Held«, sprach er sich leise Mut zu. »Du riskierst einen Blick. Nur einen. Liegt der Kerl ausblutend in seinen Gedärmen, rufst du Ruben zu Hilfe. Wenn nicht, trittst du dem Mistsack ins Gehänge und fragst ihn, was das Gejammere soll.«

Krasse Erfindung, diese Selbstgespräche. Schon fühlte man sich weniger einsam.

Mit rasendem Herzschlag drehte er den Schlüssel.

»Hey, Junge!«

Gott sei Dank! Ruben trabte durch den Gang auf ihn zu. Seine grauen Haare glänzten im Lampenlicht wie Lametta.

»Finger weg von dem Gefangenen.« Der Cleaner zerrte ihn grob von der Tür weg. »Überlass ihn mir.«

»Gern, aber deswegen musst du nicht ...« Warum holte der Kerl aus?

Schmerz.

Blitze vor den Augen.

~*~

Ein Junge? Shem presste das Ohr an die Tür. Die Stimme klang unreif, nach Flaum am Kinn und Pickeln im Gesicht. Hoffentlich tappte er in die Falle.

Eine zweite Stimme. Tiefer, wesentlich älter.

Poltern.

Das Schloss klackte. Langsam senkte sich die Klinke.

Lautlos drückte sich Shem an die Wand hinter der Tür. Schwang sie auf, verbarg sie ihn. Er musste schnell sein.

Er faltete die Finger ineinander, holte aus. *Tut mir leid, Junge. Aber das ist mir meine Freiheit wert.*

Ein grauer Haarschopf.

Der Mann drehte sich um, Shem sprang aus dem Schatten, schlug ihm mit ganzer Kraft gegen die Schläfe. Ächzend brach er zusammen.

Die Kette führte nach oben. Wo sie endete, war Jade. Doch vorher musste er die klebrigen Fesseln loswerden. Die Jacke des Mannes strotzte vor Taschen. Shem durchwühlte jede einzelne.

Ein Umschlag aus Leder, ein eckiges, kleines Päckchen. Es roch nach Minze. Ein etwas größeres Päckchen aus einer glatten, durchsichtigen Haut mit Bildern darauf.

Ein Messer in einer Lederscheide.

Fast hätte er vor Erleichterung gebrüllt. Er zog die Klinge aus der Hülle.

Die Stichwaffen hatten sich kaum verändert. Beruhigend.

Er klemmte es zwischen seine Knie, schnitt sich durch zähe Schichten. Endlich war er frei.

Halb nackt konnte er durch die riesige Stadt nicht laufen. Die Jacke des Grauhaarigen war ein wenig zu klein, aber warm und besser als nichts.

Er musste Jade finden. Ihr verständlich machen, dass sie nichts von ihm zu befürchten hatte. In der lärmenden, unübersichtlichen Welt war sie der einzige Mensch, der ihm helfen konnte.

~*~

»Du hältst dich vom Keller fern!« Daniel fasste sie an den Schultern. Seine Lider hingen auf Halbmast. »Der Kerl hat dich grundlos angegriffen.«
»Er ist nicht böse!« José lief rot an. »Er war lange gefangen. Er muss sich orientieren.«
»Nicht mit meiner Mitarbeiterin.« Daniel warf dem Cleaner einen Blick zu, der selbst Jade strammstehen ließ. Rührend, seine Sorge um sie. Dennoch hatte José recht. Shemhazai war nicht böse. Den Angriff konnte sie sich nicht erklären, aber sie hatte keinerlei Aggression dahinter gespürt. »Lass ihn mich morgen wieder besuchen«, bat sie. »Er braucht Hilfe, um sich zurechtzufinden und er scheint mich zu mögen.« Bei dem Gedanken schlug ihr Herz schneller. Auch wenn er kein Engel gewesen wäre, würde sie einem Treffen entgegenfiebern. Shemhazai besaß eine Ausstrahlung, die sie fesselte. Sie rieb sich das Handgelenk. Es prickelte nach wie vor.
»Wir werden einen anderen Platz für ihn finden.« Daniels Strenge ging ihr langsam auf die Nerven. »Und wenn ich es endlich geschafft habe, Keph zu erreichen ...« Wütend warf er das Handy auf den Tisch. In der vergangenen Stunde hatte er zig Mal versucht, Kepheqiah anzurufen, doch nur die Mailbox erreicht. »... halse ich ihm seinen Kumpel auf und wir sind ihn los. Um Caym kann er sich auch gleich kümmern.«
Jade fühlte sich schwer wie Blei.
Die hitzige Diskussion und die bedrückenden Gedanken des Engels hatten sie erschöpft. Sie wollte nach Hause und sich über die wirren Gefühle klar werden, die Shemhazai in ihr auslöste.
Daniel nickte, als sie sich verabschiedete. Morgen wollte er sie anrufen. Vielleicht wusste er bis dahin mehr.
Roope bot ihr an, sie nach Hause zu fahren. Aber sie brauchte den Weg, um zur Ruhe zu kommen.

José lächelte traurig, als sie an ihm vorbeiging. Sie konnte Ethan verstehen. Jetzt, wo der Spanier eine Seele besaß, wirkte er unglaublich charmant und attraktiv. Während der Krisensitzung hatte sie Lucy über seine Beichte informiert. Jades Herz stach vor Mitgefühl. Zum ersten Mal verstand sie Daniels Hass auf seinen früheren Boss.

Ein dunkelgrauer Nachmittag schleuderte ihr dicke Regentropfen ins Gesicht, kaum dass sie die Tür zum Hinterhof aufgedrückt hatte. Sie wischte Wasserlachen von ihrem Sattel und verkroch sich tiefer in die Jacke.

Hätte sie Roopes Angebot bloß angenommen.

Jade biss die Zähne zusammen und kämpfte sich durchs wintertriste London.

Sie hatte einen Engel kennengelernt.

Sie schüttelte den Kopf, Wassertropfen spritzten von ihrer Kapuze. Die Tatsache blieb. Es gab Engel. Oder zumindest ein körperwechselndes oder körperloses Volk, das sich so nannte. Obwohl Shemhazai dieses Wort nicht benutzt hatte.

Grigori, Chöre, Heere, Strafen und Verbannung. In ihr kribbelte die Anspannung vom Kopf bis zu den immer nasser werdenden Füßen.

Kalt und steif bog sie in die Hatton Wall Street ein. Das zweistöckige Haus mit den wenigen großen Fenstern kam ihr schäbiger vor als sonst. Im Regenprasseln überhörte sie ihr eigenes Seufzen. Die Wohnung war billig.

Obwohl ... Seit sie für Daniel Aufträge übernahm, ging es ihrem Konto gut. Ob sie umziehen sollte?

Sie schulterte das Rad, schloss auf, und schob es in den Flur. Mit vielen leisen Plopps tropfte es den Teppich nass.

Ein heller Schimmer. Er reichte von ihr bis zur Wohnungstür. Jade blinzelte, der Schimmer verschwand. Entweder waren ihre Augen nicht in Ordnung, oder der Ring entwickelte ein Eigenleben. Sie musste die Sache beobachten. Aber nicht mehr heute. Jade hing ihre Jacke an den Garderobenbaum. Der abgeschnittene Ast reichte vom Fußboden bis zur Decke. Die abstehenden Zweige dienten als Kleiderhaken. Er war ein Souvenir aus dem Sherwood Forrest. Ein Stück der Seele des Waldes wohnte in ihm.

Durch die Erschütterung zitterte Rosalie zwei Astgabeln höher in ihrem Netz.

»Bleib brav, wo du bist.« Hoffentlich fand die handtellergroße Spinne niemals den Weg ins Schlafzimmer.

Sie zog ihre nassen Sachen aus, verteilte sie zum Trocknen auf die Heizkörper und schlüpfte in dicke Socken und ihren flauschigen Morgenmantel.

Tee kochen, aufs Sofa kuscheln, träumen. Ein guter Plan für den restlichen Tag.

In der Küche füllte sie den Teekocher und hörte dem lauter werdenden Blubbern zu. Draußen versank die Welt in grauem Dämmer. Nasse Hosenbeine mit noch nasseren Schuhen eilten am Fenster vorbei. Bei jedem Tritt spritzte Wasser hoch.

Die Tropfen schleudernden Reifen eines Kinderwagens, aus engen Schuhen quellende Füße.

Das Wasser im Kocher blubberte lauter.

Hatte sie bei Daniel zu schnell klein beigegeben? Sie hätte noch einmal zu Shemhazai gehen sollen. Ob ihm Ruben die Decken gegeben hatte?

Ein paar Stiefel. Dunkel vor Nässe und abgetragen. Sie rannten nicht durch die Pfützen, sondern verharrten vor der Scheibe.

Jeans, lange Beine. Sie gingen in die Hocke. Eine olivfarbene Jacke. Regentropfen an Fingerspitzen. Hellbraune Strähnen, nass über braunen Augen.

Eissplitter. Jade sah sie nicht, sie wusste, dass sie dort waren.

Shemhazai. Ihr Herz blieb stehen, holperte, schlug hektisch weiter.

Eine blau gefrorene Hand klopfte ans Fenster.

Gott, was sollte sie tun?

*Er ist gefährlich,* hörte sie Daniels Worte. In dem Blick lag keine Gefahr. Fragen, Verwirrung, die Bitte, ins Warme zu dürfen. Bevor sie es sich ausreden konnte, öffnete sie. Geschmeidig kletterte er hinein, rutschte über den Tresen. »Danke.« Sein Lächeln wärmte die Küche auf. Auch wenn es mehr als eine Ahnung als eine Tat war.

»Fürchte dich nicht vor mir. Ich werde dir nichts tun.«

»Und was war das im Heizungskeller?« Wut half prima gegen aufkommende Angst.

»Ich hätte dich sonst nicht finden können.« Ihn schauderte in seinen nassen Sachen. »Ich kann es dir nicht erklären.«

Ein geflohener Engel stand tropfend in ihrer Küche.

Jade wich zurück.

Daniel anrufen. Dem Typ eins mit der Bratpfanne überziehen, schreien, bis einer der Nachbarn die Polizei rief. Oder ihm eine heiße Dusche und einen Platz zum Erholen anbieten. Beides hatte er seinem Äußeren nach dringend nötig.

»Ich brauche deine Hilfe.« Sein Blick schmolz Eisberge. »Ich verstehe das da draußen nicht. Ich habe es kaum zu dir geschafft. Ständig dröhnten laute Töne. Und die ...« Er schloss die Augen und runzelte die Stirn. »... Autos fahren so schnell. Ich bin kaum unversehrt über die ...« Mit den Fingern schnippte er ein paar Mal. »... Straßen gekommen.«

»Wie machst du das?« Unglaublich, wie schnell er lernte.

»Es war meine Aufgabe.« Zitternd schlang er die Arme um den Oberkörper. »Von den Menschen zu lernen und sie zu lehren. Auf der Fahrt hierher hat der Mann mit der fremden Seele viel mit mir geredet. Ich wollte nicht antworten, aber ich habe dennoch gelernt.« Er blies einen Tropfen von der Nasenspitze. »Es gibt jemanden aus meinem Heer, der vielleicht noch am Leben ist. Ich muss ihn finden, aber als Gefangener kann ich das nicht und dein Freund mit den Bartzöpfen schien mir kaum gewillt, mich laufen zu lassen.«

Kepheqiah, Baraq'el und letztendlich Caym. Doch den meinte er sicherlich nicht. Jade biss sich auf die Zunge. Sie durfte ihm von den anderen seiner Art vorläufig nichts erzählen. Daniel würde sie aufs Rad flechten.

»Weise mich in das Chaos deiner Welt ein.« Sein Daumen zeigte über die Schulter zum Fenster. »Bring mich so weit, dass ich mich darin sicher bewegen kann.«

»Wer garantiert mir ...« *dass du nicht ein Monster wie Caym bist und schreckliche Dinge anstellen wirst.*

Er nahm ihre Hand in seine. Jade kämpfte für den Bruchteil einer Sekunde gegen den Impuls an, sie wegzuschlagen.

Langsam führte er sie zu seiner Stirn. Sie war kalt und nass wie der Rest von ihm. »Fürchte dich nicht.«

Jade schluckte trocken. Winzige Impulse, Tausende davon, strömten von ihren Fingerspitzen bis zu ihrem Herz.

Sie spürte sein Zittern an ihren Fingern. In ihrer Brust wurde es eng. Atmen? Guter Gedanke.

»Bleib«, hörte sie sich sagen. »Ich koche uns etwas und wir reden beim Essen. Du kannst dich ausschlafen, doch morgen musst du gehen.« Letztendlich hatte sie sich genau das gewünscht. Vom ersten Moment an. Ihm zu helfen. Ihm nah zu sein. Wenn es nach ihr ginge, könnte er wesentlich länger bei ihr bleiben. Hinter Daniels Rücken? Das war kaum möglich.

»Danke.« Shemhazais Blick glitt mühelos in ihr Innerstes. Dort richtete er etwas an, das sie tief einatmen ließ.

»Ich zeige dir, wo das Bad ist.« Sie erkannte ihre Stimme kaum. Zu rau. Sie nahm sich ihre Hand zurück und bereute es im selben Augenblick.

Shemhazai ließ die Arme sinken. »Danke.« Es kam aus vollem Herzen.

»Zieh die nassen Sachen aus.« In ihre Pullover passte er niemals hinein. Von ihren Jeans ganz zu schweigen. Aber in ein großes Badehandtuch – nach einer ausgiebigen, heißen Dusche. Eine angespannte Wärme breitete sich vom Bauch bis zu den Wangen aus. Sie wurde zu Hitze, als Shemhazai ihrem Vorschlag nachkam. Allerdings bebte er jetzt noch mehr. Unter der Jacke trug er nichts.

Die Kälte spielte mit seinen Muskeln, ließ sie zucken und anschwellen.

Ihre Hände wollten die Nässe von seiner Haut streicheln. Ihre Lippen sehnten sich nach seinem Mund.

Die Gefühle sprangen sie aus dem Hinterhalt an, zerrten sie in eine Richtung, vor der sie sich fürchtete. Ihr Verstand klammerte sich unterwegs fest und schüttelte panisch den Kopf.

»Ein Bad?« Aus nassen Strähnen traf sie ein hoffnungsvoller Blick. Er schmolz ihre Angst zu einem überschaubaren Klumpen. »Ist das warm oder kalt?«

»So heiß, wie du es möchtest.«

»Sehr heiß.«

Jade musste lächeln. Süß, wie er vor Kälte zitternd vor ihr stand und sich auf die erste Dusche seines Lebens freute. »Komm mit.«

Er folgte ihr zum Badezimmer. Im Vorbeigehen stieß sie die Wohnzimmertür auf und zeigte auf das zweitgemütlichste Möbel ihrer Wohnung. »Hier kannst du schlafen.«

Sein Blick streifte durchs Zimmer. Am Fernseher und am aufgeklappten Laptop blieb er kurz hängen. »Technik«, murmelte er. Er nickte zu der Deckenlampe. »Das auch?«

»Ja. Unsere Welt quillt über vor solchen Dingen.«

»Spannend.« In seinen Augen funkelte es. »Kannst du mir diese Dinge erklären?«

»Nur mit Dr. Googels Hilfe.« Ihr Physikunterricht war leise weinend an ihr vorbeigeschlichen.

»Dann ist Dr. Google klug?«

»Er weiß so ziemlich alles.«

»Gut. Wo lebt dieser Mann?«

»In diesem Kasten da.« Sie wies auf den Laptop. Es war ein Erlebnis, die Fragen und Zweifel in seinen Augen dabei zu beobachten, wie sie einander die Hand reichten.

Ein Hauch schlechten Gewissens klopfte an.

»Ich zeige es dir später. Mach dich erst einmal frisch.«

Im Bad drehte sie die Heizung hoch. »Das Wasser kommt von oben.« Sie wies auf den Duschkopf. »Hier regelst du, ob du es wärmer oder kälter willst.« Sie demonstrierte ihm die Funktion der Mischbatterie. Der Engel starrte abwechselnd auf den Wasserstrahl und den Hebel.

»Handtücher sind im Regal und den Föhn benutzt du lieber nicht.«

»Föhn?« Er klang leicht überfordert.

Jade zeigte auf das Gerät. »Die meiste Technik mag kein Wasser. Wenn du deine Haare damit trocknen willst, ruf mich einfach.«

Irgendwo musste noch eine frische Zahnbürste herumliegen. Sie durchstöberte die Schubladen des Hängeregals. Was sie suchte, steckte in einer Reisehülle.

Fast frisch. Mehr als zweimal hatte sie sie nicht benutzt. »Damit kannst du dir die Zähne putzen.« Wie in Trance nahm der Engel die kleine Bürste in die Hand. »Und das tust du darauf.« Die Tube mit der Zahnpasta folgte. »Schmeckt gut. Versuch es.« Sie stand zu nah an ihm. Schlechte Idee. Sie flüchtete zur Tür, ließ ihn allein und wünschte sich, es nicht getan zu haben.

Statt in die Küche zu gehen und ein schnelles Essen zuzubereiten, rutschte sie mit dem Rücken an der Wand hinunter und umklammerte ihre Knie. Alles war diffus in ihrem Kopf ... Sie hörte der Dusche beim Rauschen zu und schloss die Augen. Gefühle ... Sie war voll davon. Angst war nicht das Geringste.

Heiß. Und gut. Unendlich gut. Das Wasser prickelte auf seiner Haut, strömte über ihn hinweg. Kopf, Schultern, Bauch. Hitze, Kribbeln überall. Shem atmete gegen die Intensität an, mit der ihn die Empfindungen überfielen. Der Körper des Nephilim reagierte erschreckend sensibel.

Oder hatte er nur vergessen, wie es sich anfühlte, eine Hülle zu tragen?

Er ließ sich das Wasser in den Mund laufen, auf die Kehle spritzen. Er hielt die Hände dicht unter den frisch austretenden Strahl. Der Tanz der harten Tropfen vibrierte in den Handflächen.

Sein Lachen durchdrang kaum das Rauschen. Zu duschen war fantastisch.

Er schob den Wasser sprühenden Griff aus der Halterung und hielt in sich direkt auf die Brust. So gut. Auf dem Bauch war es noch besser.

In seinem Schritt begann es zu pochen. Langsam richtete sich seine Männlichkeit auf. Auch das fühlte sich anders an als in seinem alten Körper. Besser, intensiver. Beinahe schmerzte es. Der Wasserstrahl näherte sich der rosa Spitze, die auch hervorschaute, wenn sein Glied schlaff herabhing.

Wie Hagel. Shem stöhnte auf. Schmerz? Beinahe. Noch näher, noch härter trafen die Tropfen. Sein Kopf fiel in den Nacken.

Wie lange lagen diese Empfindungen zurück?

Shem biss sich auf die Innenseite der Lippen. Vergebens. Er konnte nicht still sein.

~*~

Der Engel lachte. Jade tauchte aus der Versenkung zwischen ihren Knien und Armen auf und lauschte in den Raum hinter ihr.

Das Lachen verstummte, dafür vernahm sie ganz deutlich ein Stöhnen. Es schwoll an, ebbte ab, wechselte mit Worten in der fremden Sprache. »Shemhazai?« Statt einer Antwort erklang das tiefe Stöhnen erneut. »Alles okay bei dir?« Womöglich hatte er sich verbrüht. Sie hätte ihn nicht allein lassen sollen. Zum Glück war er nicht auf die Idee gekommen, die Tür abzuschließen.

Vor Wasserdampf sah sie kaum die Hand vor Augen. Wollte sich der Engel garen?

»Shem!« Verflixt, das war respektlos. Klang aber auf eine gute Weise normal. Fast cool. Oder verwegen. Es passte zu dem Engel. Und auch wieder nicht. »Shemhazai!«

Das Rauschen verstummte. Der Vorhang glitt zur Seite. Rothäutig und keuchend trat er schwerfällig aus der Kabine.

»Jade.« Sein Blick wanderte glühend über sie hinweg. Sie spürte ihn auf und unter ihrer Haut. Auch das sichtbare Zeichen seiner Erregung.

»Es tut mir leid, ich wusste nicht ...« *Sieh weg, Jade Conway!* Unmöglich. Die sehnige, vor Hitze dampfende Erscheinung fesselte sie.

»Dieser Körper ist anders als das Konstrukt, das ich vorher bewohnte.« Shem lächelte.

»Anders?« Von welchem Konstrukt sprach er?

»Ich fühle in ihm mehr.« Tief in seinen Augen glomm etwas auf, das ihren Mund trocken werden ließ. »Viel mehr.« Er kam näher. Sie spürte seine Wärme auf ihrer Wange. Sacht streichelte er darüber. Sie vergaß zu atmen.

»Es ist lange her, dass ich einen Körper besaß.« Zeige- und Mittelfinger legten sich auf ihre Lippen. »Ich habe vergessen, was er mir bedeutet.«

Ihr Herz verschluckte sich. In ihrem Bauch breitete sich Hitze aus.

Die leise, raue Stimme.

Die Eissplitter in den Augen, die an den Rändern schmolzen. Wärme. Sie kam näher, brachte ihre Haut zum Glühen.

Feste Lippen legten sich auf ihre. Kosteten sacht, schlossen sich, öffneten sich. Samtig tastete sich eine Zunge vor. Seufzen, geschlossene Lider. Ein kratziges Kinn, es störte nicht, verlieh dem Kuss etwas Raues, Verwegenes, das die unendliche Sanftheit vervollkommnete.

Keine Angst. Eine Vision. Wie ein Traum. Der einzige Ort, an dem sie ihre Zügel losließ und jede Sehnsucht willkommen hieß. Blieb sie in ihrem Kopf, war alles gut.

Eine rote Sonne am Horizont. Ihre Strahlen liebkosten karges Land. Sand und Felsen, überall. Weit entfernt ein grüner Streifen, die Ahnung von Wasser und Leben. Hoffnung. Sie berührte Jades Herz. Zeltplanen flatterten im Wind. Krieger in Waffen und bunten Gewändern. Sehr groß, sehr stark mit leuchtenden Augen und einer Entschlossenheit im Blick, die ihr fremd war.

Wie sie sich zu den Zelten hinwünschte. Wie sehr sie den Sand unter ihren Füßen spüren wollte.

Dämmerlicht in stickiger Hitze. Shemhazai beugte sich über sie. Er ähnelte nicht dem Mann, dem sie im Heizungskeller begegnet war und der nun in ihrer Wohnung stand. Lediglich die Augen. Das Eisgrau erstrahlte klar und kalt, doch das Braun fehlte. Mit träger Eleganz streifte er sein Gewand ab. Muskeln tanzten unter Schweiß. Sein Atem strich über ihren nackten Körper. Dann seine Hände. Fest, begehrend. Der Duft erlangte eine Intensität, die ihre Sinne berauschte. Herb, mit einer untergründigen, süßen Schwere. Ein wenig orientalisch, nach Leder und Gewürzen.

Gedanken.

Keine Realität.

Kein Grund, sich zu fürchten.

Ein ziehendes Sehnen. Es schwoll an, löschte ihr Denken. Ein tiefer Kuss. Er erforschte nicht nur ihren Mund, auch ihre Seele, ihr Fühlen. Ein geschmeidiger Tanz, oft unterbrochen, um sie in Eisgrau ertrinken zu lassen. Kalte Glut. Sie schmolz ihren letzten Widerstand.

Shemhazai drückte ihre Schenkel auseinander. Stöhnend versenkte sich seine Lust in ihren Schoß. Panik lauerte weit hinten in ihrem Bewusstsein. Der Engel küsste sie fort.

Langsame Stöße wurden zu schnellen. Behutsame zu drängenden.

Keine Flucht. Gedanken?

Fest presste er seine Lippen auf ihre, verhinderte ihre Schreie, leckte jeden Zweifel aus ihr.

Sie taumelte zu einem Rausch, der ihr machtvoll und tief in die Seele gestoßen wurde. Hilflos. Blind vor Sehnsucht nach fremden Berührungen. Sie verbrannte wimmernd in den Flammen, die sie von innen verzehrten. Der Wind hob graue Flocken in den glutroten Himmel. Mehr war sie nicht.

Asche. Leicht, schwebend.

»Jade.« Seine Lippen lösten sich von ihrem Mund. Keine Zelte. Kein Sand. Sie stand in ihrem Badezimmer. Mit weichen Knien.

Shem hielt sie an den Schultern. »Du hast es gesehen?« Eine Hand an ihrer Wange. Ein sanfter Kuss auf ihre zitternden Lippen.

»Und gespürt.« Gott, so intensiv. »Du hast mich geliebt. In einem anderen Leben. Da waren Zelte. Männer mit Schwertern.« Sie konnte kaum reden. Ihre Stimme zitterte wie der Rest von ihr. Nie war sie so tief berührt worden. Dabei waren es ... Gedanken?

~*~

Mit einer rührenden Fahrigkeit strich sie sich eine Strähne hinters Ohr. Ihr Blick huschte über seinen Körper. Ihre Pupillen weiteten sich, als er an seiner Mitte verharrte. Ein verträumtes Lächeln. So flüchtig wie ein Traumgespinst.

Jade mochte, was sie sah. Stolz reckte es sich ihr entgegen. Auch ungestillte Lust fühlte sich auf eine quälende Weise gut an. Shem konzentrierte sich auf das Gefühl. Das Pochen zwischen seinen Beinen wurde stärker, seine Männlichkeit praller.

Jade bemerkte es.

Ihre Wangen verfärbten sich. Anscheinend hatte Caym eine gute Wahl getroffen, als er den Wirt für Asasel ausgesucht hatte.

Sie reichte ihm ein Handtuch. »Hier, wickele es um dich. Sonst frierst du noch.«

Ihm war nicht kalt. Seine Haut dampfte vor Hitze.

»Bitte.« Beim Sprechen runzelte sie leicht die Nase. »Oder ich starre dich die ganze Zeit an.« Ihr Lächeln flehte und neckte gleichzeitig. Was für eine bezaubernde Frau.

Shem wickelte sich das weiche, duftende Tuch um die Hüfte. Es bezwang seine Lust lediglich von außen.

Jade atmete dennoch auf. »Hunger?«

»Ja.« *Auf dich.*

»Ich schau mal, was ich finde.« Ein weiteres Lächeln, und sie huschte aus dem Nebelraum.

Er war allein mit seiner wiederentdeckten Lust. Sich selbst erlösen?

Shem atmete gegen den drängenden Wunsch an und wartete, bis sich seine übersensible Hülle etwas beruhigt hatte. Erst danach folgte er Jade.

Sie saß in dem Raum mit der Technik auf dem Boden. Vor ihr lag ein ausgebreitetes, buntes Tuch mit Schüsseln und kleinen Platten. Obst, Oliven, ein paar kleine Flaschen, Becher, aus denen es dampfte und anregend nach Kräutern duftete, eine bauchige Kanne.

»Leider nichts Warmes.« Sie lächelte zu ihm hoch. »Bis auf den Tee.« Ein Hauch Rot hatte ihr schönes Gesicht noch nicht verlassen. Shem setzte sich zu ihr. Die seltsamen Dinge im Zimmer erfasste er nur flüchtig. Das sanfte Glühen in den grünen Augen drängte sie an den Rand seines Bewusstseins.

»Wo hast du früher gelebt?« Jade pickte sich eine Olive aus der Schale. »In deinen Gedanken gibt es viel Sand und Hitze.«

Das Lächeln verzauberte ihren Mund. Shem wollte ihn mit seinen Lippen umschließen, das Aroma der öligen Frucht weglecken, bis Jades Geschmack übrig blieb. Shem musste einen Schluck trinken, bevor er reden konnte. Der Tee schmeckte köstlich.

»Inmitten zweier Flüsse. Unter einem wolkenlosen Himmel. Umgeben von Felsen und Wüste.« Wie sehr er die Ebene vermisste.

»Ich rate mal.« Jade stand auf, durchsuchte ein Fach unter einem Tisch und kam mit einer gefalteten Mappe zurück. »Das Zweistromland? Es gilt als die Wiege der Kultur.«

Sie faltete ein großes Bild auseinander und breitete es auf dem Boden aus. »Mesopotamien.«

Der Eifer verlieh ihrer Stimme eine etwas höhere Tonlage. Shem ließ ihre Sprachmelodie in sich nachschwingen.

»Hier, diese Flüsse heißen Euphrat und Tigris.« Mit dem Finger fuhr sie über blaue, gewundene Linien. »Kommen sie dir bekannt vor?«

»Mein Hund hieß Tigris.«

Ihr Lächeln senkte sich in sein Herz. »Wirklich?« Eine zweite Olive verschwand hinter ihren Lippen.

Seine Zunge wurde feucht. Sie wollte der Näscherei folgen.

»Was erkennst du noch?« Sie schob das Bild näher zu ihm.

Grüne und braune Flächen, blaue Bänder. Jade las Namen vor. Ihre Finger zeigten auf die Schriftzeichen. »Ninive.« Sie tippte auf einen Punkt nah am Hundenamenfluss. »Kennst du die Stadt?«

»Ich weiß von einem Mädchen, dem die Ebene früher gehörte, bevor wir sie besiedelt haben. Sie hieß Ninive.« Ein Punkt für eine Stadt. Der Name einer Ziegenhirtin für seine Heimat.

»Erstaunlich.« Versonnen strich sie sich eine Strähne hinters Ohr. »Du kennst die Welt aus einer Zeit, die ich mir kaum noch vorstellen kann.« Der lange Mantel schmiegte sich im Rhythmus ihrer Bewegung an ihre Haut. Er war zu weich, um darunter Kleidung zu tragen.

Shem berührte den Kragen, strich über ihn hinweg bis zu ihrem Hals. Samtig, weich. Verlockend.

Der Gürtel war unnötig. Er löste den Knoten.

Ihr Duft stieg von der nackten Haut auf, verführte ihn.

Unter seinen Fingern pochte ihr Puls schneller. Leicht öffnete sich ihr Mund, sie atmete zu schnell.

Angst?

Sie kannte seine Gedanken. Wusste um seine Wünsche.

In seinem Unterleib begann es zu ziehen.

Es war so lange her. So unendlich lang her.

~*~

Shemhazai fing ihre Hand ein, die den Morgenmantel über der Brust zusammenhalten wollte. Seine Pupillen weiteten sich.

Das Eis ertrank im Braun. Geschmeidig stand er auf, zog sie mit sich hoch. Das Handtuch glitt von seinen Hüften.

Er stand vor ihr.

Zu nah. Viel zu nah. Nicht nah genug?

Angst, der Wunsch, zu fliehen, Sehnsucht nach der nächsten Berührung. Ihre Empfindungen rankten sich um sie, zogen sich fester, bis sie kaum noch atmen konnte.

Sein Arm um ihre Taille. Er hielt ihren Körper fest. Sein Blick fesselte ihre Seele.

Sie versuchte erst gar nicht, sich aus der Umklammerung zu winden.

Wie ein Tänzer führte er sie rückwärts durch den Raum.

Kälte an ihrem Rücken. Shem drückte sie gegen die Wand. Nicht zu fest, aber auch nicht sanft. Er musste ihr Herzrasen spüren. Ihre Angst ahnen.

Eine Hand schob sich in ihren Nacken, die andere legte sich auf ihren Schenkel. Sie glitt höher. Jade versiegte der Atem.

»Lass mich zu dir.« In seinen Augen brannten seine Wünsche. »Ich will deine Nässe fühlen.«

Wenn er sie doch küssen würde, sie ablenken würde von der Hitze, die ihren Schoß versengte. Er tat es nicht. Verschlang ihren Mund nur mit dem Blick.

Zwischen ihren Beinen pochte es unerträglich.

Seine Finger wanderten höher, erreichten ihr Ziel. Jade zuckte zurück. Ein Reflex. Er brachte nichts. Hinter ihr die Wand, vor ihr Shemhazai.

»Du hast gesehen, was ich will.« Seine Finger streichelten zarte Haut. Glitten in ihre Enge. »Gib es mir.«

Sie biss sich auf die Lippen. Unterdrückte ein zu lautes Stöhnen.

Er dehnte sie, bewegte sich in ihr. Jade spürte ihre eigene Nässe. Keine Flucht möglich. Angst? Ja. Und nein.

Shem presste sich an sie, rieb seine harte, heiße Lust an ihrer nackten Haut. Im selben Takt, wie seine Finger ihren Schoß nahmen.

»Ich will es hören.« Ein zarter Biss in ihre Unterlippe. »Den Laut, den du in deinem köstlichen Mund versteckst.« Der gewisperte Befehl löste ein Beben in ihr aus. Ihr Körper, ihre Seele, alles wurde davon erfasst. Das Stöhnen drang befreit aus ihrer Kehle. Laut. Heiser. Ihre Sicht verschwamm. Fest schloss sich Shems Griff in ihrem Genick.

»Schau mich an.«

Jade gehorchte der rauen Stimme, die überall in ihr nachhallte. Sie hielt sie fest, obwohl sich der Boden unter ihr auftat. »Lass mich sehen, wie dein Blick im Rausch bricht.« Sein Daumen fuhr über ihre Lippen. »Die ganze Zeit.«

Seine Finger in ihr. Rau, gierig. Begehren, das sie nicht kontrollieren konnte.

Gott, was tat er ihrem Schoß an? Er dehnte sie, zu weit. Sein Daumen massierte ihre sensibelste Stelle nicht sanft genug.

Lust, schmerzdurchtränkt. Glühend intensiv. Sie riss Jade aus sich heraus, schleuderte sie an einen Ort aus sengender Hitze.

Schreien. Gegen das kaum zu ertragende Zuviel.

Shemhazais heiseres Aufstöhnen, fließende Glut an ihrer Hüfte, der Geruch seines Samens.

Ihr Kopf sank gegen seine Brust. Jeder Nerv in ihr zitterte. Sie taumelte in die Nachbeben, fand keinen Halt.

»Jade.« Wie unendlich sanft er ihren Namen aussprach. Er legte seine Arme um sie, drückte sie an sich.

Ihre Existenz versank in seinem Duft.

Geborgenheit.

Das Gefühl war ihr fremd geworden. Jetzt umhüllte sie Shem damit.

Er nahm ihre Hand. Langsam führte er sie zu seiner Stirn. Er senkte die Lider, flüsterte. Die Silben berührten ihr Herz, obwohl sie sie nicht verstand.

Keine Zeit, keine Sorgen. Nur sie und der Mann, der ihre Seele zum Singen und ihr Herz zum Glühen brachte.

»Jade?« Roopes Bassstimme wurde von einem infernalischen Klopfen begleitet.

Sie zuckten beide zusammen wie ertappte Teenager.

Shem legte seinen Zeigefinger auf ihre Lippen. »Verrate mich nicht.«

Niemals.

»Warte auf mich. Ich frage ihn, was er will, und komme dann zurück. Aber bleibe hier und halte dich von den Fenstern fern.«

Shem nickte. Bevor er sie gehen ließ, küsste er ihre Fingerspitzen.

Ihr Herz jubilierte. Es hatte sich von einem nackten Engel verführen lassen.

Ein Gedanken verscheuchendes Pochen tat genau das: ihre Gedanken verscheuchen. Jade übte vorm Garderobenspiegel ein Unschuldslächeln. Schwierig, mit der Restglut, die sie noch immer durchströmte.

Tief ein- und ausatmen. Mundwinkel leicht nach oben, den Blick fragend-naiv. Roope durfte von dem, was eben geschehen war, nichts ahnen.

Sie öffnete die Tür.

»Hi Elfe.« Zwischen Schulter und Ohr klemmte ein Handy. Er winkte sie hinaus, zeigte mit dem Daumen auf einen parkenden Wagen. »Sollst mitkommen«, brummte er, während er mit Kratern auf der Stirn seinem Gesprächspartner lauschte. »Ist dringend.«

»Ich bin gerade nach Hause gekommen!«

»Dauert nicht lang.«

»Um was geht es?«

»Um den Engel.«

Verdammt!

»Haistattelu!« Er stopfte das Handy in die Hosentasche. »Dieser mistige Zombie!« Für einen Moment sah es so aus, als wollte er auf die Schwelle spucken. »Wie kann Daniel den Kerlen bloß vertrauen?«

»Die Cleaner sind keine Zombies.« Sie als solche zu bezeichnen war grausam. »Weil einem Menschen die Seele abhandengekommen ist, darfst du ihn nicht diskriminieren. Denk an José.«

»Ich diskriminiere wen ich will.« Er pflückte ihre Jacke vom Garderobenbaum und drückte sie ihr in den Arm. »Die Seelenkastraten wissen das und haben kein Problem damit.«

»Wie auch?« Ohne Seele war es schwierig, emotional involviert zu sein. Im Gegensatz zu ihr. Vor Emotionen wusste sie nicht wohin. Am liebsten hätte sie Roope zum Teufel gejagt, aber sie musste mit ihm zu Daniel fahren, schon damit er keinen Verdacht schöpfte.

Hoffentlich verhielt sich Shem in der Zwischenzeit unauffällig und stellte nichts Katastrophales mit dem Toaster oder dem Herd an.
Der Finne nahm sie Maß. »Dich schüttelt es, Elfe. Was ist los?«
Sie bebte innen und außen und stand kurz davor, Roope die Tür vor der Nase zuzuschlagen, zu Shem zu rennen und ihn anzuflehen, sie nicht nur mit seinen Fingern zu nehmen.
Die Angst, die sie bis eben betrogen hatte, biss Stücke aus ihrem Herz. Die Sehnsucht nach dem, was sie seit Jahren zu vermeiden versuchte, scheuchte sie davon. Mit Shem würde sie es schaffen. Sie hatte sich ihm in Gedanken hingegeben, sie hatte sich seiner Hand ausgeliefert. Sie würde ihm nicht von der Bettkante springen. Immerhin war er ein Engel.
Gott!
In diesem Gefühlsspagat hielt sie es keinen Moment länger aus.
Roopes Pranke landete schwer in ihrem Genick und schob sie unerbittlich von dem Mann weg, den sie eben noch in sich gespürt hatte. Nässe im Mund, bei der kein Schlucken mehr half. Shemhazai wollte sie. Sie hatte es gesehen, gefühlt. Mit einer Intensität, die ihr Angst machte. »Ich hab was vergessen.« Sie musste ihm sagen, dass es länger dauern würde. Er durfte nicht weggehen.
Roopes Protestfluchen verhallte auf der anderen Straßenseite. Schnell reinhuschen, Bescheid geben und ...
Ein Schatten neben ihr. Ein Kerl in Parka und hochgezogenen Schultern rempelte sie an. Jade stolperte, er hielt sie fest. Aus dem Dunkeln unter der Kapuze murmelte er eine Entschuldigung.
»Hey!«, brüllte Roope hinter ihm her. In wenigen Sätzen sprang er zu ihr. »Komm schon, Elfe.« Dem Beben der Bartzöpfe nach schrammte er knapp an einem Wutanfall vorbei. »Wir haben Probleme. Ruben ist verschwunden. Zusammen mit dem Engel.«
»Ruben?« Was hatte der damit zu tun?
Buschige Brauen schossen in die Höhe. »Ich hätte wetten können, das mit dem Engel interessiert dich mehr.«
»Tut es.« Ihre Stimme klang nicht erschrocken genug. Sie schraubte die Tonlage höher. »Oh Gott! Wie konnte das passieren?« Besser.
Roope gönnte ihr einen Seitenblick, der eindeutig ihre Intelligenz hinterfragte. Er stopfte sie ins Auto, flankte über die Motorhaube

auf die andere Seite. Dass seine Hand beim Abstützen eine Delle ins Blech drückte, ignorierte er. Fluchend schlug er die Wagentür zu und startete den Motor. »Ruben sollte Ives ablösen, weil der kleine Schisser sonst ins Hemd gemacht hätte. Aber der Junge sagt, Ruben hätte ihn niedergeschlagen, und als er aufgewacht war, war der Engel verschwunden.«
»Werdet ihr die beiden suchen?« Okay, die Frage war naiv. Der Finne überging sie und pflügte schweigend durch die Rushhour.

~*~

Jade.
Sanft wie das Licht des Mondes und ebenso schön. Verwundbar wie die zarten Blüten der Dornensträucher in der Ebene. Doch glühend in ihrer Lust.
Shem strich sich über die Leisten, berührte zufällig die Stelle, die sich an den Ort sehnte, den seine Finger bereits erforscht hatten.
Noch einmal seine Lippen auf ihren Mund legen. Warten, bis sie den Kuss erwiderte. Sie sacht zurückdrücken, ihr den Zweifel fortküssen. Bis zu dem Moment, wo sie entbrannte.
Jade. Ihren Namen zu denken, schenkte dem fremd schlagenden Herz einen schnelleren Rhythmus.
Sie gehörte ihm. Ab dem Moment, als sie ihm ihren Lustschrei geschenkt hatte.
Sie würde ihm helfen. Würde ihn auf der Suche nach Asasel begleiten. Er würde sie lieben. Jeden Tag, jede Nacht.
So fühlte sich Glück an. Shem lehnte sich zurück, genoss die Empfindung eines rasend schnell wachsenden Herzens.
Ein Scharren. Es kam aus dem Gang, der zum Eingang führte.
»Jade?«
Die Tür schwang auf. Ein Mann mit grauen Haaren trat in den Raum. »Dachtest du, du könntest mir entkommen?«
Caym. Eine andere Hülle, doch dieselbe Niedertracht in der Stimme. Shem sprang auf. Wie hatte er ihn finden können?
Langsam glitt der Blick der schwarzen Augen über Shems Blöße. »Wie früher.« Cayms Lachen erstickte an zu viel Dunkelheit. »Du wirfst Herz und Schwanz einem Menschenweib zu.« Der Grauhaari-

ge kam näher, hob seine Linke. Um das Handgelenk schlang Licht. »Deine kleine Hure ist wieder frei.« Er senkte die Lider. »Ihre groben Sinne haben nicht bemerkt, dass sie für kurze Zeit die Verantwortung für einen Grigori besaß. Nun fährt sie mit dem Riesen davon und freut sich auf ein Wiedersehen mit dir.« Erneut fixierte er Shems Mitte. »Es wird nicht stattfinden.«

Das gezischte Lachen würde er Caym in den Rachen zurückstoßen.

Shem stürzte sich auf ihn.

Hohes Klirren, nur in seinem Kopf. Gleißendes Licht. Es schnürte ihm den Atem ab.

Der Widerstand sickerte aus seinem Geist, ließ kalte Härte zurück. Sie stammte von Caym, bohrte sich tief in Shems Bewusstsein.

»Ich befehle. Du folgst.« Der Dämon wickelte das Ende der Kette fest um seine Faust, riss daran. Shem stolperte nach vorn. Hielt sich im letzten Moment am Türrahmen fest.

Keine Gedanken mehr, die ihm gehörten.

Kein Wille, Caym niederzuschmettern.

Schwäche. Sie durchdrang Körper und Geist.

»Zieh dich an.«

Der Befehl hallte in seinem leeren Kopf. Shem irrte durch die Räume, sammelte nasse Kleidung auf. Kälte auf der Haut. Der Stoff klebte an ihm.

Ein Umschlag aus Leder tauchte vor ihm auf.

»Konstantin Grigorjew fliegt mit Ruben van Hingsen nach Moskau.« Ein höhnisches Grinsen. Wo waren seine Gedanken? Wo war er?

Unfähig, einen Laut auszustoßen, taumelte er hinter Caym her.

Regen durch Dunkelheit.
Lichter.
Ein Auto. Schwarz.
Caym öffnete es, stieß ihn hinein.

~*~

Kurz vor der Shaftesbury Avenue schnitt Roope einem Doppelstöcker den Weg ab und riskierte fluchend einen Unfall. Als er vor Daniels Lofthouse hielt, war Jade dankbar, noch am Leben zu sein.

»Los!« Er zog sie aus dem Wagen, dass der Schwung sie mühelos bis zum Eingang trug. Mit der Faust traktierte er den obersten Knopf des Fahrstuhls. Aus der Fassung stoben Funken.

Heute kam ihr dieses antiquierte Ding doppelt langsam vor. Endlich erschienen hinter den Eisenstangen mehrere Paar Schuhe samt Inhalt, einige Hosenbeine und schließlich der Rest der Bündnismitglieder.

Ives hockte wie ein Häuflein Elend in der Ecke und sah nicht einmal auf, als sie den Raum betrat. Susanna hatte den Arm um ihn gelegt und redete auf ihn ein.

Daniel sah Jade auf eine Weise entgegen, die sie nicht deuten konnte. Er winkte Roope zu sich. Die beiden tuschelten, wobei Roope mehr als einmal wütend in Ives' Richtung starrte.

»Der Mistsack hat zugeschlagen«, sagte der mit schwacher Stimme zu Susanna. »Und plötzlich war alles weg. Plötzlich stand Daniel vor mir und hat mich angebrüllt. Die Tür zum Heizungskeller stand auf. Er war leer.«

»Ives!« Daniel schüttelte den Kopf. »Nicht jetzt.«

Der Junge zuckte zusammen. »Scheiße«, murmelte er kläglich. »Ich hab's versaut. Wieder einmal.«

»Hast du nicht.« Daniel klang weitaus weniger streng, als es sein Blick vermuten ließ. »Ruben ist um Längen fähiger als du. Er hätte fast jeden von uns überwältigen können.«

»Und kein anderer wäre in der Lage gewesen, den Gefangenen unbemerkt an den Überwachungssystemen vorbeizuschleusen.« José gönnte Ives ein winziges, dafür tröstendes Lächeln. »Ruben hat die Kameras installiert und programmiert. Für ihn war die Entführung ein Kinderspiel. Fragt sich nur, was er mit Shemhazai vorhat.« Er glitt neben Ethan auf die Sessellehne. Josés Stirn warf Falten vor Sorgen. Der ungewohnte Anblick bescherte ihm erstauntes Gemurmel, obwohl er sich vor dem gesamten Team während der Versammlung geoutet hatte. Ein Cleaner mit Seele. Für die Wiedergeborenen unter ihnen musste das ein Paradoxon sein.

Jeder schien davon auszugehen, dass der Cleaner Shem entführt hatte. Offenbar hatte er ihm lediglich bei der Flucht geholfen. Warum?

Und warum ließ er ihn anschließend allein?

Nachher musste sie mit Shem darüber reden. Sie konnte seinen Aufenthalt nicht ewig vor ihren Freunden geheim halten.

»Markus, Elija und Philipp suchen die beiden. Bis wir Näheres erfahren, will ich wissen, was du über Walbrick herausgefunden hast.« Daniel wandte sich zu José. Ihm war anzuhören, dass sein Zorn auf ihn noch längst nicht verflogen war.

»Ich mache es kurz.« Der Cleaner zog einen Laptop aus seinem Rucksack und klappte ihn auf dem Schoß auf. »Walbrick lebt.« Er drehte den Bildschirm zu ihnen. »Ein Screenshot von der Dokumentennotiz seines Tötungsauftrags.«

Unter dem Foto des Mannes stand: *Abgebrochen. Ziel genießt Immunität.*

»Was soll das denn?«, platzte Lucy heraus. »Der Kerl sollte längst tot sein.«

»Sollte er. Kein Auftrag unter den Hunderten, die ich eingesehen habe, trägt den Hinweis auf Immunität.«

»Wir müssen herausfinden, warum die Bruderschaft plötzlich die Finger von ihm lässt und ihren zuverlässigen Ruf riskiert.« Roope zwirbelte einen vierten Zopf in seinen Bart.

»Das ist noch nicht alles.« Der Cleaner legte nebenbei den Arm auf Ethans Schulter. »Unser Ex-Klient gehört zu den alten Familien. Genauer gesagt zu einem Seitenzweig der Callahans.«

»Der Ring!« Lucy schnippte mit den Fingern. »Deshalb kam er mir bekannt vor.«

Aiden Callahan hatte wegen Lucy sein Leben und seinen Schmuck gelassen.

Der Rubin befand sich in Daniels Safe.

Das überrascht bis empörte Gemurmel würgte José mit einer raschen Handbewegung ab. »Was er auch für Gründe hatte, es an diesem Abend nicht zu tun, Fakt ist, dass er in Baraq'els Dateien im Stammbaum der Callahans vorkommt. Aber das ist noch nicht alles. Baraq'el mischt sich in die Belange der Nachkommen der Nephilim. Achtzig Prozent der Fälle, die ich untersucht habe, hängen mit ihnen zusammen. Selten sind sie die Auftraggeber, meistens die Ziele. Ich habe viele Leben für die Bruderschaft gearbeitete, aber bis heute Morgen wusste ich nichts davon. Ich bin sicher, dass auch kein anderer Meister eingeweiht wurde. Jedenfalls nicht aus dem zweiten und dritten Kreis.«

Daniels Miene versteinerte. »Waren die Grigorjews kein Einzelfall?«

»Durchaus nicht.« Er suchte mit seinem Unterarm Kontakt zu Ethans Wange. So flüchtig, so nebenbei, dass es wie ein Zufall wirkte. »Ich habe ein paar Namen prominenter Ziele notiert. Jedes von ihnen wird von Baraq'el auf eine der bekannten Nephilimsippen zurückgeführt. Zu diesem Zweck legte er komplizierte, sich durch die Jahrhunderte rankende Stammbäume an.«

»Fang endlich mit deinem Vortrag an, Zombie.« Roope stand in ein Fell gehüllt mit gehörtem Helm und ledernen Schienbeinschonern vor José und wetzte eine Axt. Jade musste zweimal blinzeln, um die Vision zu vertreiben.

»Hipparchos, Julius Caesar, Commodus, Vlad III.« José neigte den Kopf. »Verzeiht, dass ich die Chronologie nicht wahre.«

»Gestattet«, brummte Roope. »Mach weiter.«

»Sanherib, Caligula, Raimund II., Papst Sixtus IV, Benito Mussolini, Konrad de Montferrat, Zar Ivan IV, ach ja, Pharao Pepi II, Joseph Stalin ...«

»Adolf Hitler«, ergänzte Lucy gelangweilt.

»Nein.« Der Spanier sah sie erstaunt an. »Wie kommst du auf den? Kennst du Bilder von ihm? Der ist viel zu krepelig gewesen, um auch nur einen Tropfen Nephilimblut im Körper zu haben.«

Lucy zuckte die Schultern. »Hätte ja sein können.«

José warf Daniel einen Speicherstick zu. »Hier ist die vollständige Liste.«

»Ich will wissen, was Mahawaj vorhat.« Daniels Daumen trommelten auf der Tischplatte. »Und ich will wissen, inwieweit Keph mit ihm unter einer Decke steckt.«

»Ich bezweifle, dass der seinen geliebten Herren und Meister hintergeht und vor dir über dessen Jahrtausende alte Pläne plaudert.« Roopes schmale Lippen bildeten eine Schlangenlinie. »Außerdem traue ich ihm nicht. Er hat uns verschwiegen, dass er ein Engel ist. Halte ich mit meiner Nationalität hinterm Berg?«

»Ist schwer möglich«, murmelte Daniel. »Du bist der einzige Wiedergeborene, den ich kenne, der Leben für Leben im selben Land geboren wird.«

Roope reckte das Kinn in die Luft. »Konsequente Treue.«

»Starrsinn«, sagte Daniel sehr leise. »Dennoch gebe ich Keph eine Chance. Er hasst es, wenn ich ihn hasse. Und da ich zahlreiche Gründe dafür habe, wird er alles tun, um Lieb Kind mit mir zu sein.«

Der Sarkasmus war gelogen. Er mochte Kepheqiah und vertraute ihm. Jade hörte diese Tatsache aus den Spottworten heraus wie einen falschen Ton in einem bekannten Klavierstück.

Die Diskussion brandete los. Baraq'els Beweggründe wurden ebenso hinterfragt wie Kepheqiahs Treue zur Bruderschaft und sein Status als Engel. Ob er ihnen Informationen zu Shemhazai geben könnte, ob er es überhaupt wollte. Inwieweit er den Heerführer kannte, warum nicht auch er und Mahawaj von dem mysteriösen Heer gefangen genommen worden waren.

Das Reden um sie her wurde leiser. Vermutungen, Verdächtigungen, Ethans Sehnsucht nach Josés Umarmung, Josés Wunsch nach ... nein, das war indiskret. Jade blinzelte die Realität zurück, die sich heimlich wegschleichen wollte.

Ihre Gedanken drifteten ab und fanden sich in den Armen eines vertrauten Fremden wieder.

Angst und etwas unendlich Leichtes und Wundervolles flatterten in ihrem Magen umeinander wie betrunkene Schmetterlinge.

Fast hätte sie laut geseufzt, um sich in ihrer plötzlich engen Brust Platz zu schaffen. Shem wartete auf sie. Was geschah, wenn sie zurückkam?

Ihr Herz verschluckte sich. Hoffentlich schmolz ihre Angst in der Realität ebenso schnell, wie in Gedanken.

Zum Ablenken spielte sie mit dem Smaragdring. Im Lampenlicht glomm er in grellem Grün.

Und Braun.

Hellgraues Eis.

Der Kopf fiel zur Seite. Die Fäuste gingen auf. Schweißperlen auf nackter Haut. Blut, das in Wunden stockte.

»Jade?«

Aus nassen Strähnen blickte er zu ihr auf. In seinen Augen lag keine Angst, lediglich dumpfe Resignation. Er gab sich auf.

»Jade!«

Ein Wirbel aus Licht, Schläge, die nur noch ein Zucken in seiner Miene auslösten.

»Jade! Um Himmels willen, sieh mich an!«

Shemhazai streckte eine Hand nach ihr aus. Sie war zu weit weg. Jade reckte sich – umsonst.

»Jade!«

Daniel rüttelte sie an den Schultern, zog sie hoch in seinen Arm. Ihr Herz schlug völlig aus dem Takt, beruhigte sich erst mit Daniels zusammen.

»Was war das denn eben?«

Shem litt. Starb? Oh Gott, nein!

»Eine Vision?« Vor Misstrauen senkten sich seine Lider. »Betraf sie den Engel? Walbrick?«

»Ich kann nicht darüber reden.« Sie musste nach Hause. Sofort.

»Doch, das kannst du.«

Verflixt! Lucy konnte lügen, ohne rot zu werden. Sie konnte vorne herum küssen und gleichzeitig aus der Gesäßtasche Brieftaschen ziehen. Für einen guten Fang war sie bereit, ihre Seele zu setzen. Sie beklaute Ethan, der besser als ein Vater zu ihr war, sie bestahl nach wie vor Daniel, dabei liebte sie ihn.

Jade war nicht Lucy. Bei einer Lüge faulte ihr die Zunge ab.

»Er ist bei mir.«

Daniels Unterkiefer klappte auf.

»Er sucht jemanden und braucht meine Hilfe, mit der Welt zurechtzukommen. Aber ...« Verflixte Tränen! »Es passiert etwas mit ihm. Ich habe es gesehen.«

»Roope!« Daniel winkte ihm. »Du kommst mit.«

Jade rannte zum Fahrstuhl. Auch wenn sie Shem verraten hatte, Daniel konnte ihm helfen.

»Du nicht!« Er zog sie an der Schulter zurück. »Wir reden darüber, wenn wir zurück sind.«

»Daniel!«

Sein Blick schleuderte sie geistig quer durch die Etage. Er warf ihr den Verrat vor, bis der Aufzug ihn in die Tiefe gleiten ließ.

Jade taumelte zurück, stieß an Lucy, die ihre Arme um sie schlang. »Der kriegt sich schon wieder ein.«

Nein, tat er nicht.

Sie hatte ihn verraten. Ihn und Shem.

~*~

Er sank zur Seite. Jeder Gedanke zerspritzte wie Regentropfen auf Steinen. Sie sickerten in bizarre Träume.

Sein Körper war eine rohe Masse aus Blut und verbissenen Tränen. Öffnete er die Lider, sah er heile Haut. Schloss er sie, klaffte das Fleisch. Caym hatte jeden Hieb genossen.

Lichter, tiefes Brummen, Menschen, die ihn anstarrten. Eine Frage nach seinem Befinden, die Caym beantwortete. Die Frage nach einem Pass, den Caym vorzeigte. Eckige Säulen, Glas, teilnahmslose Gesichter.

Ein silberner Vogel. Er brummte lauter als die Autos. Er öffnete den Schnabel, verschlang ihn. Schwerfällig schwang er sich in die Luft ohne einen einzigen Flügelschlag.

Sterne, graues Licht, Sonne.

Die Traumfetzen stoben an ihm vorbei.

Wenn er erwachte, steckte er in der Enge. Eingeklemmt in Dunkelheit und Verzagen.

Der Silbervogel spuckte ihn aus.

Ein Wagen. Blau statt schwarz. Shem fielen die Augen zu, kaum dass ihn Caym hineingestoßen hatte. Wieder ging er in dem Labyrinth verworrener Träume verloren.

Caym, gefesselt an dem Büßerpfahl. Das Leder zerschnitt den Rücken, das Blut spritzte Shem bei jedem Hieb in feinen Tropfen ins Gesicht. Es gab einen Grund für die Bestrafung. Welchen, hatte er vergessen.

Das Brummen verstummte. Er wurde in eisiges Licht gezogen. Die Sonne schien. Warum fror er?

Weißer Sand. Er lag auf den Dächern der Gebäude, brach die Sonnenstrahlen.

Shem legte die Hand vor die Augen.

»Sieh hin!« Caym stieß ihn in die Seite. »Und sei mir dankbar! Ich habe dich zum zweiten Mal befreit.«

Shem empfand nichts, bis auf eine dumpfe Müdigkeit und das Echo unerträglicher Schmerzen. Der Dämon trat vor ihn. Beide Hände legte er ihm an die Kehle. »Wage es nicht, mir deine Gefühle vorzuenthalten.« Misstrauisch durchforschte er seinen Geist. »Ich will sie. Jedes Einzelne.«

»Nimm sie dir.« Wenn ihm die schale Leere schmeckte, nur zu. Alle anderen Empfindungen hatte er in dem Raum mit der Decke und den Oliven zurückgelassen. Dort warteten sie auf Jade.

Caym knurrte, griff fester zu. »Ich werde dich zwingen, mir Futter zu geben.«

»Du willst Gefühle?« Die einzige körperliche Empfindung war der Druck einer vollen Blase.

»Oh ja.« Der Dämon leckte sich über die Lippen.

Shem pfriemelte an dem Verschluss der steifen Beinkleider. Ein kleiner Griff mit vielen ineinander verkeilten Häkchen. Sie trennten sich beim Hinabziehen des Griffes und schlossen sich beim Hinaufziehen. Unter dem groben blauen Stoff erschien ein weicherer, hellgrauer. Er war geschlitzt. Auch wenn er dieses Prozedere schon einige Male hinter sich gebracht hatte. Es faszinierte ihn nach der langen Körperlosigkeit.

»Tritt beiseite, sonst pisse ich auf deine Stiefel.«

»Wag es!« Caym sprang zurück.

»Ich werde es nicht verhindern können.« Der Druck war massiv. Shem befreite sein Glied. Er hätte es gern Jade in die Hand gelegt. Es von ihr streicheln, es von ihr küssen lassen. Verrückte Gedanken ersetzten die Empfindungslosigkeit.

Er strich mit dem Daumennagel über die Spitze. Ein Schaudern fuhr ihm durch den Unterleib und schoss das Rückgrat hinauf. Interessant, er konnte sich zu Emotionen zwingen.

Caym betrachtete die anschwellenden Adern des Schaftes mit einem Funkeln in den Augen. Er schlang die im Sonnenlicht fast unsichtbare Kette um die Faust.

»Willst du meine Erleichterung beim Pinkeln teilen?«

»Ich will und werde alles mit dir teilen. Halte dich nicht zurück.«

Das konnte er auch nicht mehr.

Der warme Strahl schmolz den Sand zu seinen Füßen. Shem atmete erleichtert aus. Unglaublich, wie gut simple Handlungen taten.

Genießend schloss Caym die Augen. Seine Finger glitten sanft über die Kettenglieder.

Widerlich.

Shem wandte sich ab, einen gelben Neumond im Weiß erschaffend. Nachdem er den letzten Tropfen abgeschüttelt hatte, verstaute er sich in den unterschiedlichen Stoffschichten.

»Kostja?« Eine Frau rannte aus dem größten der Gebäude. Ihre weizengelben Haare lagen in einem Kranz um den Kopf. Wenige Schritte vor ihm blieb sie stehen. Sie redete schneller auf ihn ein als es José und Jade getan hatten. Die Sprache klang grundsätzlich anders, war komplizierter. Auch bewegte die Frau die Hände beim Sprechen, als wollte sie auf Caym einschlagen. Wenige, knappe Worte genügten, um sie wenigstens für einen Augenblick zum Schweigen zu bringen. Mit aufgerissenen Augen starrte sie Caym an. Was hatte er ihr gesagt?

»Das Pfingstgeheimnis.« Caym verzog die Mundwinkel nach unten. »So wird unsere Fähigkeit von den Menschen genannt. Sie haben darüber geschrieben. Auch von Flammenzungen und Gottes Geist. Scheint so, als ob die Bastarde unser Sprachtalent geerbt hätten. Viel ist bei ihren Nachkommen jedoch nicht davon übrig geblieben.« Er schnaubte. »Auch Engelsblut verwässert sich.«

Was war Pfingsten?

»Mach schon«, knurrte der Dämon. »Ich brauchte Sekunden, um diese Sprache zu verstehen.«

»Tatsächlich? Mir bist du nie durch Intelligenz aufgefallen. Camael offenbar auch nicht, sonst hätte er dich in die Riege der Anführer befohlen und nicht ins Heer gesteckt.«

Auf Cayms Hals bildeten sich rote Flecken. »Pass auf, was du sagst.«

Vorläufig interessierte ihn mehr, was die Frau sagte. Ihr Blick huschte zwischen ihm und dem Dämon hin und her. Der Stimmlage nach war sie verzweifelt.

Sohn, kaputtes Herz. Nein. Gebrochenes Herz. Mörder des Vaters. Mörder des Sohnes. Shem sortierte die Grammatik. Noch ein paar Sätze, dann hatte er es.

Sie holte Luft. Zeigte mit dem Finger auf ihn. »Du bist nicht Konstantin.« Sie schlug mit Fäusten auf ihn ein. »Du bist es nicht!« Shem hielt sie fest. »Wer ist Konstantin?«

»Mein Sohn.« Tränen strömten über ihre Wangen. »Mein Kostja!« Die Frau starrte ihn mit hervorquellenden Augen an. »Du bist ein Dämon. Wie Caym. Er nahm mir Ramuell. Jetzt auch noch Konstantin.« Sie fuhr zu Caym herum. »Wo ist Kolja?«

»Tot«, kam es gelassen. »Das war er schon, als ich ihn aufgesammelt habe. Du wolltest es nicht bemerken.«

Die Frau presste die Hand vor den Mund. Caym zog angewidert die Mundwinkel nach unten. »Aber diese Hülle erfüllt ebenfalls ihren Zweck. Wir werden hierbleiben. Mich interessiert nicht, ob dir das passt.« Langsam schlossen sich seine Finger um ihren Hals. »Füge dich mir, Nachkomme einer Engelslarve. Und der Albtraum geht vielleicht gut für dich aus.«

Sie entstammte den Bastarden? Sie war groß, schön. Die Härte in ihren Augen vermochte auch ihre Trauer nicht zu verdecken. An ihrer Hand trug sie denselben Ring wie Jade. Nur mit einem Rubin statt eines Smaragds.

»Was ist das für ein Schmuck?«

Sie röchelte in Cayms Griff.

»Lass sie los!« Er musste wissen, was es damit auf sich hatte.

Der Dämon öffnete seine Finger und die Frau rang nach Atem. »Was geht es dich an?«, keuchte sie. »Du brauchst ihn nicht.« Sie kehrte ihm den Rücken und eilte mit geballten Fäusten ins Haus zurück.

Cayms Lachen war kälter als der weiße Sand. Shem wischte ihn von einem Pfosten. Kleine Sterne zerrannen auf seinen Fingerspitzen. »Weißt du etwas darüber?«

»Über die Nephilimringe?« Caym schnaubte. »Sie verlängern das sinnlose Leben der Bastarde. Weiß der Teufel, woher sie die Dinger haben.«

Einen Schmuck wie diesen hatte er für Anath erbeten. Stammten die Ringe von Asasel? Wollte er die Nachkommen seiner Kinder damit schützen? Wo war er?

Caym stieß ihn in den Rücken. »Geh!« Er zeigte auf ein Nebengebäude.

Er ging vor, zog ihn an der Kette mit sich. Das Haus war dunkel. Ein Geruch nach Staub und altem Holz wehte ihnen entgegen. Ein Gang mit eingesperrten Flammen an den Wänden führte an Türen vorbei. Sie waren technisch, wie die in Jades Zimmer. Vor einer der Türen blieb Caym stehen. »Verschwende deine Zeit nicht mit Fluchtversuchen, Shem. Das ist sinnlos.«

»Shemhazai.« Die Kurzform seines Namens existierte lediglich für seine engsten Freunde. Caym gehörte nicht dazu.

»Ich nenne dich, wie ich will.« Mit geballten Fäusten baute er sich vor ihm auf. »Shem, Arschloch, Drecksack. Wie gefällt dir das?«

Das Arschloch brannte darauf, in das vor Häme verzerrte Gesicht zu springen.

»Liege vor mir im Dreck. Bettele mich um Gnade an.« Vor Wut geiferte Caym. »Ich will dein Winseln hören.«

»Ich kenne deine Wünsche.« Sie nisteten wie ein Geschwür in seinem Kopf. Shem fasste die Kette unterhalb von Cayms Handgelenk. »Weder werde ich betteln, noch flehen. Gleichgültig, was du mir antust.«

Die schwarzen Augen verengten sich. »Das wird sich ändern.« Er drängte ihn in einen kleinen Raum. Es roch nach feuchtem Putz und abgestandener Kälte. »Du gehörst mir. Ich kann alles mit dir tun, was ich will.«

Selbst Camael hatte sich nicht zu solch primitiver Grausamkeit hinreißen lassen. Der Fürst des sechsten Chores hatte ihm den Körper vom Leib geschnitten. Nach einem endlos scheinenden Kampf gegen zu viele, zu gut bewaffnete Krieger. Sein Zorn war pausenlos durch das seraphische Lied geflossen. Aber er hatte seine Wut nicht sinnlos an ihm oder einem anderen der Gefangenen ausgetobt.

Caym musterte ihn mit höhnischem Blick. »Wenn du dich erleichtern musst: Zwei Türen weiter findest du ein Badezimmer. Wir verscharren unsere Scheiße nicht mehr im Sand.« Er schlenkerte mit der Hand, über Shem klirrte es laut. Ein brennender Schmerz auf seinem Rücken.

Für das erschrockene Keuchen hasste er sich.

Caym fasste ihn hart am Kinn. »Ich will alles von dir. Deinen Körper, dein Leid, deine Lust. Auch deinen Hass auf mich.« Er spuckte ihm vor die Füße. »Vom Heerführer zum Knecht. Du wirst jeden einzelnen Schlag bereuen.«

Ein Traum. Hasserfüllt und dunkel. Shem legte die Hände aufs Herz. Der fremde Rhythmus pochte ihm ins Bewusstsein, dass dies kein Gespinst, sondern seine neue Existenz war.

Caym schlug ihm die Tür vor der Nase zu.

In dem dämmrigen Raum flimmerte die Kette wie ein Gebilde aus Spinnweben und Mondlicht. Sie durchdrang die Tür. Shem öffnete sie. Durch den dunklen Gang führte das Glimmen nach draußen.

Im grellen Sonnenlicht auf dem Hof verlor es sich.

Die Kette löste sich nicht auf. Nach wie vor umschlang sie stramm seinen Hals.

Dicht an die Wand gepresst schlich er bis zur Hausecke. Niemand bemerkte ihn. Warum sollte eine Flucht unmöglich sein? Noch spürte er Cayms Willen nicht. Riss die Kette in einem unbemerkten Moment? Eine Möglichkeit. Gleichgültig wie gering. Er musste sie ergreifen.

Hinter dem Haus lag eine kleine Oase. Büsche und verwelkte Blumenstauden ragten aus der Schicht weißer Sterne. Shem rannte zwischen ihnen entlang bis zu einer Pforte. Er schwang sich darüber, rannte weiter. Bäume, eingefasst in einen Zaun aus Eisen. Aufrecht stehende Steine mit Inschriften. Weiter. Die eisige Luft stach in die Lunge. Um die Füße stoben weiße Flocken. Er rutschte aus, schlug hin. Kälte biss ihm ins Gesicht. Aufstehen, weiterrennen.

Am Horizont markierte ein Holzzaun eine Grenze. Eine Weide? Nicht nach hinten sehen. Hoffen, dass hinter dem Zaun die Freiheit auf ihn wartete.

Noch den Hügel hinauf. Kein Geräusch außer seinem Keuchen. Er streckte die Hände nach den Holzplanken aus, wollte sie greifen, sich darüber schwingen. Mitten im Sprung zog sich die Kette zu. Sie riss ihn zurück. Er schlug mit dem Rücken auf.

Helles Flackern vor den Augen.
Kein Atem mehr.

# ZEHN SCHWERTER

Auf eins lag der Mond.
Auf zwei der Stern, aber der spielte im Kleinen Kreuz keine Rolle. Ein Jammer. Sorglosigkeit und Harmonie hätte sie gut gebrauchen können. Shemhazai spukte in ihrem Kopf herum. Drei grausige Monate lag der leidenschaftlichste Moment ihres Lebens zurück. Von dem Verursacher fand sich keine Spur.
Nur die aufgebrochene Wohnungstür.
Der Boss hatte ihren Bericht samt Entschuldigung zur Kenntnis genommen und sie dann aus dem Fall ausgeschlossen. Wegen ihrer Beichte, dass sie den Gefangenen geküsst und er sie, auf welche Weise auch immer, geliebt hatte. Sie konnte nicht lügen und Wesentliches verschweigen war dasselbe. Also hatte sie ihm diesen intimen Zwischenfall gestanden. Sie schlug sich mit der Hand vor die Stirn. Zum gefühlten tausendsten Mal. Langsam tat es weh.
Wo war Shem? Was geschah mit ihm? Was plante Daniel?
Sollte sie ihn anrufen und um Informationen bitten?
Sie konnte kaum noch schlafen. Jeder Gedanke, jeder Traum kreiste um den Engel.
Nicht nur die Erinnerung an seine Berührungen schickte heiße Wellen durch ihren Körper. Seine Sinnlichkeit, seine fantastischen Augen, die tiefe, sanfte Stimme, seine unverhohlene Sehnsucht. Das Bedürfnis, sie bis zum Letzten zu stillen, nahm sie vollständig gefangen.
*Bist du verrückt?*, zischte ihr Verstand wütend. *Du weißt, wohin das führt. Außerdem ist der Kerl ein Hochstapler.*
Wenn es Dämonen gab, existierten auch Engel.
Sie hatte nach Shemhazai gegoogelt.
Die Informationen aus dem Buch Enoch und diversen Esoterikseiten schmeichelten ihm nicht. Die Beschreibungen als Charakter eines Rollenspiels noch weniger.
Wen wunderte es? Keiner der Autoren hatte ihn gekannt. Zum Zeitpunkt sämtlicher Aufzeichnungen war er längst ein Gefangener gewesen. Weitab von jedem Menschen. Von Licht. Von Leben. Kalt

rann es über ihren Rücken. Die Eindrücke aus seinen Erinnerungen würde sie niemals vergessen können.

Sie starrte auf die Tarotkarten vor sich. Sie verschwammen.

Zu wenig Schlaf mit zu vielen bösen Träumen.

Nein, es war immer derselbe Traum.

Ein Pferd galoppierte durch Blut. Wiehernd warf es den Kopf in den Nacken.

Vor ihm lag Shemhazai mit dem Gesicht am Boden. Er zitterte vor Kälte. Nein, nicht vor Kälte. Vor Schmerz. Seine Seite, sein Rücken, selbst über seine Schläfe floss es rot.

Jade massierte ihre eigenen Schläfen. Das Bild blieb klar. Wegsehen, die Augen öffnen. Nein. Gekniffen wurde nicht. Wie im Traum, so glänzte es auch jetzt silbern um seinen Hals. Über ihm thronte ein Schatten. Das Gebilde aus Licht zog sich bis in seine Dunkelheit.

Die Szene verblasste. Wechselte mit einer neuen. Wo eben leere Felder bis zum Horizont reichten, türmten sich Berge auf. Zwischen ihnen hing dichter Nebel.

Eine Frau rannte einen Pfad entlang. Ihre blonden Haare klebten vor Nässe auf ihrem Rücken. Gehetzt sah sie über die Schulter, dann schluckte sie der Nebel.

Jade öffnete die Augen. Ihr Herz trommelte vor Angst. Sie war die Frau. Und sie ging verloren. Wo? Warum? Wer verfolgte sie?

Was für ein schrecklicher Traum!

Sie goss sich den Rest des längst kalten Jasmintees in die Tasse. Würde sie doch damit diese Trugbilder aus ihrem Hirn schütten können!

Sie musste das Kleine Kreuz beenden, auch wenn sie sich davor fürchtete. Eine leise, gemeine Stimme wisperte ihr zu, dass der Traum von elementarer Bedeutung für sie war.

Oder sollte sie sich an Roopes Runen versuchen? Allerdings kam sie mit den ovalen Steinchen schlecht klar und verwechselte ständig die zackigen Zeichen.

Der Finne lachte sie deswegen aus. Nicht wegen ihrer Unfähigkeit, sondern weil sie sich einbildete, mit Runen oder Karten oder sonst etwas einen Blick in die Zukunft werfen zu können.

Roope warf die Runen nur, um Frauen zu beeindrucken oder sich über leichtgläubige Gestalten wie Ives oder Susanna lustig zu machen. Oder über sie.

Jade schlug die Beine unter und streckte den Rücken durch. Statt an den Finnen zu denken, musste sie sich auf die nächste Karte konzentrieren. Nicht zwanghaft verbissen, doch zumindest motiviert. Immerhin versteckten sich Schicksale hinter den Bildern.

*Schwachsinn!*, hörte sie Roopes Bassstimme in ihrem Kopf. *Schicksale werden seit jeher von Breitäxten geschaffen und nicht von Sammelbildchen geistig umnachteter Künstler.*

Draußen riss der Wind an den kahlen Zweigen der Bäume.

Jade zündete eine weitere Kerze an, zog sich ein einzelnes Haar aus und knotete den Smaragdring daran. Um die letzten beiden Karten zu ziehen, brauchte sie seine Hilfe.

Die Kombination aus Intuitivpendeln und Spontankartenlegen passte zu der Schwere des Problems. Ihre Tante lehnte jegliche Innovation ab und empfand Jades Methoden als Ketzerei. Aber sie funktionierten.

Der Ring zog das Haar stramm, bis es zitterte. Ruhe. Sie stützte ihren Ellbogen auf und atmete so gleichmäßig wie möglich und so erschütterungsfrei wie nötig.

Das Zittern ließ nach. Der Ring begann, langsam über den verstreuten Bildern zu schwingen.

Beinahe lautlos krabbelten acht Beine dicht an ihrem Knie vorbei. Sie schauderte und der Ring mit ihr. Verdammte Spinne! Rosalie wohnte im Garderobenbaum. Warum blieb sie nicht da? Um kreuz und quer durch die Wohnung zu huschen, war sie zu groß. Den Haustierstatus hatte sie längst erreicht. Auf den Dielen tappte es schnell und sehr leise, als Rosalie den Teppich hinter sich ließ. Eine zweite Gänsehaut floss über Jades Rücken. Bis ihre Untermieterin den Schatten der Heizung oder die Nische zwischen Schrank und Wand erreicht hatte, war es aus mit der Konzentration.

Die Spinne verschwand unter der Kommode. Auch gut. Hauptsache sie blieb dort. Das Pendel schlug aus.

Der Teufel.

Auch das noch.

Angst, Eifersucht, Misstrauen.

Widerliche Kombinationen aus widerlichen Gefühlen.

»Los jetzt, die Nächste reißt es raus.« Das Pendel schwebte über den Rückseiten der Karten.

Da!

Der Gehängte.

In dieser düsteren Konstellation bedeutete er unter Garantie Furchtbares.

Scheißblatt!

Und nun?

Mit der Kleinen Arkana ins Detail gehen? Oder die gelegten Karten so positiv wie möglich deuten. Sie wischte das zweite Kartendeck zu einem Halbkreis auseinander, stützte den Ellbogen auf und wartete, bis ihr Smaragdpendel mit dem Zittern aufhörte.

»Einen Hinweis.« Nur ein Versuch. Unkonventionell? Sicher, aber deshalb genau ihr Ding. Magie war Leben, Veränderung. Keine Tradition. Letztendlich zählte das Ergebnis.

Karte für Karte zog sie unter das Pendel. Es schwang leicht und ruhig. Die Auswahl schrumpfte. Jade tränten die Augen vom Starren.

Es schlug aus. Vor Schreck zuckte sie und der Ring hopste auf und ab, bis das Haar durchriss.

*Mir wird nicht gefallen, was ich gleich sehe.*

Auf drei. Eins, zwei, zweieinhalb, drei.

Die zehn Schwerter.

Sie ragten aus dem Rücken eines Mannes, der mit dem Gesicht nach unten lag.

»Scheiße!«

Jade raffte die Karten zusammen und schleuderte sie gegen die Kommode. Auf der anderen Seite flüchtete Rosalie erschrocken über die Wand.

Ende, Depression, Abbruch. Gab es ein grässlicheres Blatt? Ihr Herz schlug eingeschüchtert, ihr Atem traute sich nicht, tief zu sein. Das Übel breitete sich aus. Ihr Ausgangspunkt war der Mann am Boden. Er war Shemhazai. Sie wusste es. In ihrer Vision blutete er aus dem Rücken, hier steckten zehn Schwerter in ihm. Ursache und Wirkung waren lediglich unbedeutend auf der temporalen Achse verschoben. Visionen interessierten keine physikalischen Fakten.

Sie brauchte Hilfe. Jemandem, dem sie vertrauen und der ihre Nerven beruhigen konnte. Ihretwegen auch mit Spott und Augenrollen. Aber sie blieb keine Sekunde mit diesem Blatt und einer sportlichen Spinne allein.

Roope!

Jade tippte seine Nummer auf dem Handy. Noch wohnte er bei Daniel, doch der Finne blieb nie länger als nötig in London. Er vermisste seine kalte Heimat zu schnell.

»Hey Elfe!«

Schon seine Stimme zu hören beruhige bereits.

»Hat dir einer dein Karma geklaut oder hast du das Tagesmantra vergessen?«

»Ist es legitim, lieb gewonnene Tarotkarten im Hinterhof zu verbrennen, wenn der Kartenleger die Hoffnung hegt, dass sich ihre beschissene Vorhersage mit dem entweichenden Rauch auflöst?«

»Wirst du morgen auf dein Haustier treten?«

»Ich träume ständig von Shemhazai. Ihm geschieht etwas Furchtbares. Ich wollte wissen, was genau und habe mit der Arkana meine Angst bestätigt.«

»Nephilimhokuspokus«, brummte Roope. »Das liegt am Ring. Schmeiß das Drecksding weg.«

»Den Boten für seine schlechten Nachrichten töten?«

»Mache ich seit dem fünften Jahrhundert so. Funktioniert jedes Mal. Brauchst du meine Axt?«

Sie liebte den Finnen. Von ganzem Herzen. Er war der einzige Mensch auf der Welt, dem sie einen aus Fleisch bestehenden Speiseplan verzieh.

»Soll ich vorbeikommen?«, fragte er ungewöhnlich sanft. »Wenn Daniel in einer Krise festhängt, trinken wir Bier und sehen schweigend ins Feuer. Das hilft.«

»Komm.« Die Methode musste auch mit Kräutertee und Kerzenflammen funktionieren.

~*~

Ein leises Klirren. Shem rang nach Atem, schlug um sich, traf das Kopfkissen. Das schrille Geräusch wurde lauter.

Tanzender Staub im Licht, eine Assel huschte hinter abblätterndem Putz hervor.
Kälte.
Zu wenig Luft.
»Verdammt, Caym!«
Seinem Sklaventreiber gefiel es, ihn auf diese Weise aus dem Schlaf zu reißen. Seit drei Monaten begann jeder Tag mit einem Quäntchen Todesangst.
Er angelte nach dem Kleiderhaufen neben dem Bett. Angezogen demütigten ihn Cayms Schikanen weniger.
Jeans. Das Wort klang seltsam. Hemd. Schon vertrauter. Pullover. Unmöglich. Ein kratziger Sack mit Löchern.
Shem massierte seine Kehle. Sie fühlte sich von innen und außen wund an.
»Guten Morgen, Arschloch!« Auch die Magd benutzte dieses Wort, wenn sie abfällig über jemanden sprach. Galina war freundlich zu ihm. Wenn ihn Caym in Ruhe ließ, starrten sie gemeinsam in ein Rechteck mit bewegten Bildern. Flatscreen. Auch ein interessantes Wort. Mithilfe der Technik lernte er am schnellsten.
Fernseher, Radio.
Der Fortschritt der Menschen war beachtlich. Ebenso wie ihre eklatanten Fehler.
Kriege, Atomkraftwerke, Müllverbrennungsanlagen, Flugzeugtreibstoff, Flüchtlingsproblematik. Die Stichworte der letzten Nachrichtensendungen schwirrten in seinem sauerstoffunterversorgten Gehirn. Radioaktive Bedrohung, Seuchenbekämpfung, Altpapier, Trinkwasserknappheit in der Dritten Welt. Warum teilten die Menschen ihre Welt in drei Bereiche? Warum nicht in neun, oder fünf?
Er zog Jeans und Pullover über. Beides roch nach Pferd. Caym verbot ihm die Verwendung der Waschmaschine, dabei hatte Galina ihm die Funktion längst erklärt. Seinem Peiniger ging es nicht um Logik, sondern darum, ihn zu demütigen. Deshalb besaß Shem nichts zum Wechseln. Während die Wäsche trocknete, lief er mit einer Pferdedecke um den Leib geschlungen herum. Zu Cayms Ärger lachte ihn niemand deswegen aus. Die Köchin sah betreten zu Boden, Sofia ging ihm aus dem Weg und Galina lächelte mitfühlend. Helfen durfte ihm niemand.

Er schnüffelte an den Socken.

Dem Zustand der Kleidung nach begann der Tag mit Wäschewaschen.

Viel lieber wäre er in einem unbemerkten Moment in die Bibliothek geschlichen, um in Ramuell Grigorjews Schätzen zu stöbern. Was ihm Galina und die Fernsehsendungen nicht beibrachten, erfuhr er dort. Kunstwerke aus Leder und prachtvollen Zeichnungen. Texte, die die Zeit seiner Existenz als Heerführer bis zum Beginn der technischen Hoheit über die Menschen in vielen Sprachen überbrückte. Caym hatte ihn häufig dort erwischt, ihn manchmal dafür bestraft, oft aber auch seinen Wissensdurst geduldet. Caym war einsam unter den Menschen. Daraus machte er keinen Hehl. Wenn er angetrunken war, sprachen sie beinahe wie Brüder miteinander – wie zwei sich hassende Brüder.

An einem solchen Abend hatte er ihm geholfen, die Schriften lesen zu lernen.

Bücher.

Sie bargen alle erdenklichen Schattierungen der Magie, durchdrungen von Historie und Wissenschaft. Und sie waren wesentlich handlicher als Schriftrollen oder bedruckte Tontafeln.

Außerdem lachten nicht, wenn er dumme Fragen stellte, aber sie brachten ihm auch heimlich keinen Tee und steckten ihm kein Gebäck zu.

Galina schon.

Mittlerweile konnte er dank ihr sogar Autofahren.

Anfangs hatte sie sich vor seinem rasanten Lerntempo gefürchtet. Nun schüttelte sie bloß noch den Kopf und nahm es hin.

Für ihn war es normal. Es war nicht sein Problem, wenn die Menschen zum Erkennen simpler Zusammenhänge Jahrzehnte brauchten.

Versagt hatte er nur ein einziges Mal. Caym bestand darauf, von ihm durch Moskau kutschiert zu werden. Die Masse an Menschen und Fahrzeugen, Gebäuden und Abgasen fesselten seine Aufmerksamkeit. Die vier aufeinanderfolgenden Unfälle mit massiven Blechschäden ließ ihn Caym am Abend büßen. Shem hatte seinen Arm blutig gebissen, um nicht um Gnade zu flehen.

Ein Ruck und das Gefühl, der Kehlkopf würde nach innen gedrückt. Das Klirren schrillte in den Ohren. Auch ohne den Nerven tötenden Ton spürte er die geistige Anwesenheit seines Wächters.

Shem drückte das Gesicht ins Kopfkissen. Wann wurde Caym endlich dieses widerlichen Spieles überdrüssig?

*Niemals*, wisperte es in ihm. *Dazu genießt er die Sensibilität deines menschlichen Körpers zu sehr.*

Er boxte in den klumpigen Sack. Aus dem brüchigen Stoff stoben Federn.

Nein, er beugte sich nicht. Nicht sofort. Tag für Tag hielt er länger durch, quälte Cayms Arroganz mit Provokationen.

Er war kein eingeschüchterter Lakai, den man hinter sich herzerren konnte. Er war kein Stiefellecker, auch wenn der Dämon es längst von ihm verlangt hatte. Mit dem Ergebnis, dass beim ersten Ausspucken der Rotz auf dem Leder und beim zweiten in Cayms Gesicht gelandet war. Ein kurzer Triumph. Leider hatte er teuer dafür bezahlt.

Auf seine Frage, warum Galina nicht floh, hatte sie bloß gelacht und schließlich geweint. Caym wusste, wo ihre kleine Schwester wohnte. Kannte ihre Großmutter, ihre Tante. Er hatte ihr detailverliebt erklärt, was mit diesen Menschen geschah, sollte sie sich wider seine Erwartungen verhalten.

Noch ein Ruck, ein Schlag auf die Brust. Shem verbiss sich jeden Laut. Auf einer Skala von eins bis zehn war das eben eine Fünf gewesen. Bis sieben ertrug er die Hiebe schweigend.

Wenigstens hinterließen sie keine sichtbaren Spuren. Kränkten nur das Ego, nicht die Eitelkeit. Es wussten ohnehin alle Bewohner des Gutes, wer ihn knechtete.

Nachdem er wieder Luft bekam, stieg er aus dem Bett. Das Klirren begleitete ihn.

Erst nach Cayms Lieblingsdemütigung würde es verstummen. Sie wartete im Badezimmer auf ihn. Der Mistkerl genoss seinen Schmerz ebenso wie seine Lust. Die Verzweiflung kroch wie ein waidwundes Tier zu seinem Herz und umklammerte es. Shem trat sie weg. Es gab einen Weg, zu entkommen. Er musste ihn lediglich finden.

Eine Flucht auf Fees Rücken – nach anfänglichem Zögern vertraute ihm die Stute – war ebenso gescheitert wie hinter dem Steuer des schwarzen Kastenwagens. Kaum erreichte er die Grenze des Grundstückes, zog Caym die Kette stramm, bis ihm die Sinne schwanden.

Die ersten Wochen seiner Gefangenschaft hatte er öfter ohnmächtig als wach verbracht.

Shem rieb sich die Trostlosigkeit aus dem Gesicht.

Das fordernde Klirren erinnerte ihn an seine Pflicht.

Duschen. Ein Genuss, sinnlicher, als unter einem Wasserfall zu stehen. Das heiße Prickeln auf der Haut gehörte ihm jedoch nie allein.

Caym forderte seinen Anteil. Verweigerte er sich, spürte er zuerst den fremden Willen, dann die Kette.

*Ich lecke dir die Lust wie Eiter aus einer Wunde.* Der Dämon hatte ihn an seinem ersten Morgen als Gefangener ins Bad gezerrt. *Du gehörst mir und es gibt keinen Ort auf dieser Welt, wo du dich verbergen kannst.*

Zu hassen tat gut. Auch eine neue Erfahrung.

Auf dem Weg ins Badezimmer bereitete er sich auf das allmorgendliche Martyrium vor.

Draußen pfiff der Wind. Er wirbelte Schneeflocken um die Schornsteine der Gebäude. Galina hatte gelacht, als ihr klar wurde, dass Shem keinen Schnee kannte.

Er öffnete das Badezimmerfenster. Die eisige Luft strömte in seine Lungen. Weg mit der Kleidung. Die Kälte musste er auf der Haut spüren, bis sie ihn biss.

Er fuhr sich über die empfindliche Brust, gönnte Bauch und Leisten Zärtlichkeit. Vor allem dem kleinen Grübchen in seiner Mitte.

Shem umkreiste es mit der Fingerspitze. Es wurde immer sensibler.

Er liebte es, seinen neuen Körper zu berühren und das Aufstellen der Härchen zu genießen. Zu lange hatte er diese Empfindungen entbehrt. Caym wusste es. Und er nutzte es schamlos aus.

Wie er sich dafür hasste. Wie er sich verachtete, dass er, egal wie lang er durchhielt, irgendwann an den Punkt getrieben wurde, an dem er sich Cayms Willen beugen musste.

Der Druck um seine Kehle wuchs. Sein Peiniger wurde ungeduldig.

Kaum drehte Shem das heiße Wasser an, lockerte sich die unsichtbare Schlinge um seinen Hals.

Das warme Prasseln auf Gesicht und Schultern entspannte. Er legte den Kopf in den Nacken. Die harten Strahlen glitten wie Finger durchs Haar.

Die Haut begann zu kribbeln. Es lag nicht nur an der heißen Nässe.

Caym streckte die Sinne nach ihm aus. Die Sehnsucht nach Shems Empfindungen hing wie der Wasserdampf in der Luft.

Widerstand?

Eventuell.

Auch wenn er sich um das Gefühl, dass ihm die Kette das Fleisch von den Knochen schnitt, nicht riss. Er spürte es oft genug.

Shem verteilte Seife auf der Brust, ließ die Hände tiefer wandern. Kreise auf dem Bauch, Schaum auf den Lenden. Anfangs hatte er die Lust verweigert. Empörung und Scham, dabei beobachtet zu werden, waren zu groß gewesen. Caym hatte ihn eines Besseren belehrt. Halb ohnmächtig vor Schmerz vor der Dusche zu kauern, war zwar Boykott, ließ sich aber nicht täglich ertragen.

Er schloss die Augen, träumte sich in Jades Umarmung. Zärtlich wanderten ihre Hände über seinen Körper, erforschten sensible Stellen. Jede Nacht fantasierte er von der zierlichen blonden Frau.

Sie beschützte ihn vor der Finsternis seiner Träume.

Das fremde Bewusstsein aus seiner Wahrnehmung verdrängen. Lediglich sanfte Berührungen spüren.

Vergessen, dass Caym regelmäßig seinen Geist fickte.

Ein passendes Wort für das, was ihm ständig geschah. Wahrlich, Galina lehrte ihn vieles.

Außerhalb von ihm schnappte Cayms Gier nach dem Zittern seiner erregten Nerven. Shem lehnte die Stirn an die Kacheln. Das Wasser rann ihm an den Wangen entlang, tropfte ihm von Mund und Kinn. Sein Körper flehte nach einem schnellen, intensiven Rausch. Shem zwang ihn zur Ruhe. Seine Männlichkeit stand sehnsüchtig nach Zuwendung von ihm ab. Sie scherte sich nicht um den unsichtbaren Zuschauer.

Er kippte das Becken nach vorn, drückte es an die Kälte der Fliesen. Pochende Lust in ihm, jenseits des Wasserrauschens genießende Stille um ihn.

Sacht kreiste er mit dem Daumen über die Spitze. Mit dem Daumennagel fuhr er über die winzige Einkerbung. Fühlte Cayms Schaudern, schmeckte seine Erregung. Es jetzt zu Ende bringen. Shem biss die Zähne zusammen, als der Wunsch, genau das zu tun, übermächtig wurde. Nein, diesmal nicht. Zeit für den täglichen Widerstand. Cayms Wille steckte in ihm wie ein Dorn. Er befahl seinen Händen, manipulierte seine Wünsche. Shem konzentrierte sich auf den glühenden Punkt in seinem Inneren. Er musste weg. Raus aus seinem Geist.

Das Glühen gewann an Kraft. Verätzte seine Gedanken. Shem bot all seinen Willen auf. Kein endgültiger Triumph. Das duldete Caym nicht. Aber einen Sieg in der ersten Runde war er sich schuldig.

Nachher würde ihn der Dämon für diese Frechheiten leiden lassen. Er wischte die Angst davor beiseite, ließ sich los und drehte den Hahn zu. Er wrang das Wasser aus den Haaren und achtete nicht auf das drängende Pochen seiner Lenden.

Schon beim Verlassen der Duschkabine erklang das verhasste Geräusch der Kette.

*Bevor du mir die Lichter ausknipst, lass zu, dass ich mich anziehe.*

Das letzte Mal hatte ihn die Köchin gefunden. Ihre Wangen leuchteten noch rot, als er endlich wieder das Bewusstsein erlangt hatte.

Ein kräftiger Ruck zwang ihn in die Knie.

*Elender Scheißkerl!*

Das Klirren zerschnitt die Luft. Shem kauerte sich zusammen. Der Schlag traf auf den Rücken, streifte dabei den Hinterkopf. Das Zimmer drehte sich um ihn.

Standhalten.

Jeder Boykott zermürbte auch Caym.

Die Kette tanzte auf dem Rückgrat. Er hörte sein Keuchen, konnte es nicht verhindern.

Offenes Fleisch. Eine Illusion? Der Schmerz war real.

Diesmal schlug ihm die Kette ins Gesicht. Seine Nase knirschte, erst dann kam der Schmerz. Das Blut, das ihm über Kinn und Hals rann, sah niemand. Nur er, wenn er die Augen schloss.

~*~

Qual. Je intensiver, desto stärker zitterte das Ende Kette. Caym lehnte sich zurück. Gedankenfetzen, überquellend vor Wut und Verzweiflung. Bilder, randvoll mit Schmerz. Er kostete jede Nuance Leid, wie er eben noch jedes Quäntchen Lust mitempfunden hatte.

Die Spielarten der Lust ähnelten sich. Ebenso wie die Variationen des Leidens.

Caym rief ein Foto auf dem Handy auf. Eine Frau überquerte eine Straße. Sehr jung, sehr schön. Der zottelige Riese aus Levants Dunstkreis wartete an einem Wagen auf sie.

Jade Conway. Shemhazais Zuflucht.

Gedanklich und beinahe auch real.

Wieder hatte der Engel sein Herz einer Frau in den Rachen gestopft.

Nur sein Herz? Oder auch den neuen Schwanz, auf den er stolz wie ein Pfau auf sein Gefieder war?

»Keine Zuflucht, Heerführer.« Und keine Rettung.

Jade Conways Trost musste zu Gift werden.

Diesmal besaß er Stimmbänder. Er lachte, bis ihm der Atem versiegte.

Caym umklammerte die Kette. Süße Qual tropfte direkt in seinen Geist. Zeit für eine neue Spielart des Leidens.

Die Frau würde ihm dabei behilflich sein.

Ein perfekter, weil bereits gekosteter Köder.

Er würde sie Shem hinwerfen, warten, bis er sich an ihr ergötzte. Ihm Zeit geben, sich völlig in sie zu vernarren und ihm schließlich jegliche Freude an ihr vergiften.

In Grübeleien versunken holte er aus und traf einen Rücken, der sich in einer anderen Etage krümmte.

Sehnsucht nach dem Tod. Sie sickerte aus dem matt schimmernden Lichtgebilde.

»Deprimiert?«

Diesmal schwang er die Kette mit ganzer Kraft. »Dann werde ich dir Zerstreuung beschaffen.«

~*~

Der markerschütternde Schrei – nein, es war eher ein Brüllen – brach sich an der Innenwölbung ihrer Schädeldecke und echote leiser, aber nicht weniger verzweifelt in ihrem Hirn hin und her. Jade presste die Hände auf die Ohren. Umsonst. Das Geräusch existierte in ihrem Kopf. Ebenso wie Shemhazai, der die Hand nach ihr ausstreckte. Sie wollte sie ergreifen. Sie musste es. Er brauchte ihre Hilfe. Dringend. Sonst würde er sie nicht beim Teekochen mit seinem Leid überfallen.

Die imaginären Schmerzenslaute gingen im Pfeifen des Wasserkessels unter. Jade öffnete die Augen, riss das Küchenfenster auf. Feiner Regen sprühte ihr ins Gesicht. Wie sollte sie das aushalten? Ein Engel flehte um Beistand und sie wusste nicht, wo er war und wie sie ihm helfen konnte. Mit zitternden Händen goss sie Wasser über zwei Löffel einer Wildkräuter-Wiesenblumenmischung.

Das Schrillen der Türglocke ließ sie zusammenfahren. Sie flüchtete aus der Küche, kämpfte noch im Flur mit Herzstolpern.

»Elfe?« Roope pochte an die Tür, dass das Türblatt von der Zarge absprang. Eine beachtliche Leistung. Immerhin wurde sie von einem Riegel versperrt.

»Warte!« Sie schlängelte sich an der Patchworkkommode und dem Garderobenbaum vorbei.

»Elfe!« Roopes als Klopfen getarnte Faustschläge zersplitterten das Holz. Jade schob den Riegel zurück. Im letzten Moment schaffte sie es, zur Seite zu huschen, bevor ihr unter dem Einfluss finnischer Urkraft die Tür entgegenschlug.

»Alles klar?« Irgendwo in seinem mit flachsblondem Haar überwucherten Gesicht versteckte sich ein Lächeln.

»Geht so.« Wenigstens schrie es nicht mehr in ihr.

Roope duckte sich durch die Tür und eckte dabei auf beiden Seiten mit den Schultern an. Seufzend passierte er sie quer. »Du siehst nicht nach *geht so* aus, sondern nach *Roope rette mich!*«

Jade stellte sich auf die Zehenspitzen und lehnte die Stirn an seine Brust. Die Bartzöpfe kitzelten sie an der Nase. »Shem leidet und schreit – in mir.« Hoffentlich hielt sie der Finne nicht für durchgeknallt. »Ich werde irre, wenn ich ihm nicht helfen kann.«

»Was hast du in den letzten vierundzwanzig Stunden an Kräutern gegessen?« Roope legte den Finger an ihr Kinn und drückte ihren Kopf weit genug in den Nacken, dass ihr Genick knirschte. »Oder geraucht?«

»Keine berauschenden oder bewusstseinserweiterten Substanzen. Versprochen.« Jasmintee war harmlos.

Mit zusammengezogenen Brauen sah sich der Finne um, als erwartete er im Flur den Hinweis auf eine geheime Hanfplantage. Sie war nicht im Flur. Sie stand auf dem Fensterbrett im Wohnzimmer und diente ausschließlich zum Herstellen von Heilölen. In erster Linie jedenfalls.

Jade löste sich von der beruhigend breiten Brust und führte ihren Gast in eben jenes Zimmer. Er bemerkte die Miniplantage sofort. Seine Brauen schlossen sich über der Nasenwurzel. Bevor er nach dem Kilopreis fragen konnte, drückte sie ihn auf eines der Sitzkissen. »Ich bilde mir den Horror in meinem Kopf nicht ein, Roope.«

»Sicher?« Erneut schweifte sein Blick zu den gefächerten Pflanzen.

Jade suchte die Karten heraus, die sie vorhin gelegt hatte, und stellte das Blatt nach. »Um das Maß vollzumachen, ziehe ich mithilfe des Ringes auch noch die zehn Schwerter.«

»Und wenn du die zehn Elche ziehst, wäre es mir genauso egal.« Er drückte ihr den Papierkorb in die Hand, nahm ihr die Karten ab, sammelte den Rest vom Fußboden und schob Jade vor sich her zur Hintertür. Der zwischen Betonmauern eingekeilte Hof glänzte in nassem Grau.

»Regel Nummer eins: Glaube niemandem, der dir Angst macht.« Roope rückte den Papierkorb zurecht und warf die Karten hinein. Bis auf eine, die er sich in den Mundwinkel klemmte. »Erst recht keinem Engel.« Dass er nuschelte, raubte nichts von seiner Würde. Gelassen griff er in seine Jacke, zog eine kleine, flache Flasche hervor und goss den klaren Inhalt über die bunten Bilder. »Regel Nummer zwei: Scheiß auf die Zukunft. Im Zweifel erlebst du sie nicht.« Im Dämmerlicht des Regentages leuchtete die Feuerzeugflamme beruhigend hell. »Und Regel Nummer drei: Es gibt keine Magie. Einzige Ausnahme: Musik.«

»Und was ist mit meinen Visionen? Dank ihrer Hilfe entscheidet Daniel über Leben und Tod fremder Menschen.«

»Deine Letzte hat dir das Spatzenhirn zerschossen.« Roope hielt die Flamme an die letzte Karte und wartete, bis sie Feuer fing. Sie segelte brennend zum Rest ihrer Schwestern in den Papierkorb. »Dein Leben ist zu kurz, um es dir durch einen bösen Schmuck vermiesen zu lassen.« Er legte ihr den Arm um die Schultern. Jade sackte unter dem Gewicht zusammen. »Warum tust du dir den Hokuspokus an?«

Weil es ihr lag. Weil der Ring fantastisch war. Weil es berauschte, Einblicke in die fragile Welt hinter der Wirklichkeit zu nehmen.

*Du bespitzelst deine Mitmenschen.*

Ja. Zu einem höheren Zweck.

*Du stöberst in ihren Seelen und Sehnsüchten. Das nennt man Spannen und nicht magische Begabung.*

Verdammt. Konnte ihr Gewissen nicht den Mund halten? Die Situation war schwierig genug.

Aus dem Papierkorb knisterte es.

»Meine Freunde brennen.« Die erste Träne rollte.

»Das ist Papier«, brummte Roope.

»Aber ...«

»Kein aber. Oder willst du dir den Tag durch diese Bildchen versauen lassen?«

Sie erzählte ihm von ihren Träumen. Bei der Stelle mit der dunklen Straße grunzte er. »Schon klar, dass du dich verläufst. Bist 'ne Frau. Die tun so was.« Sein Daumen fuhr über ihre Wangen. Es kratzte, als würde er ihr Schmirgelpapier über die Haut ziehen. »Hör mit der Heulerei auf. Ich gebe auf dich acht. Du findest wieder zurück. Und nun: Zeit für Part zwei. Kamin und Bier.« Er schob sie am Genick zurück ins Warme und nahm den beißenden Rauchgeruch bis in ihr Wohnzimmer mit.

»Ich kann nur mit Tee und Kerzen aushelfen.«

Der Laut aus seiner Kehle konnte alles heißen.

Als Jade mit Teekanne und Bechern bestückt das Wohnzimmer betrat, leuchtete ihr ein Kerzenflammenmeer entgegen.

Sie kuschelte sich an Roopes Seite. »Hat Daniel etwas herausgefunden?«

»Nichts.« Der finnische Fluch klang kernig. »Und Kepheqiah scheint auch verschollen.«

Er summte eine martialisch schaurige Weise und schlürfte zwischen den Strophen den Tee.

Jades Lider wurden schwer. Kein Wunder bei den paar Stunden Schlaf jede Nacht. Die Flammen zuckten im Rhythmus der Melodie.

Bleischwer vor Behaglichkeit. Der Duft des Tees hüllte sie wie eine Bettdecke ein. Roopes Summen war das Kopfkissen.

Dämmerlicht.

Dunkelheit.

Das schwermütige Murmeln wurde leiser, die Flammen der Kerzen erloschen. Sie war zu träge, um aufzustehen und sie neu zu entzünden.

Roope schien fortgegangen zu sein. Es war plötzlich zu still.

Und dunkel.

Braune Iriden. Dicht an den Pupillen verteilten sich hellgraue Einsprengsel. Kälte durchdrang Wärme. Wärme umhüllte Kälte.

Was für ein unglaublich intensiver Blick. Er ging Jade bis in die Seele.

Shemhazai stand am anderen Ende einer Schlucht. Sein Atem ging schnell, als wäre er gerannt.

Hinter ihm ballte sich Finsternis. Sie reichte vom Innern der Erde bis weit über den Horizont.

Er blickte über die Schulter, bemerkte die Gefahr. Er duckte sich, nahm Anlauf.

Wollte er springen? Die Schlucht war zu breit. Er würde hinabstürzen.

Er rief ihr etwas zu, doch wegen des tosenden Windes, der aus der Tiefe brauste, verstand sie kein Wort.

Ihr Herz schlug bis zum Hals. Sie musste ihn auffangen. Er durfte nicht fallen.

»Spring!«

Warum brüllte sie ihm das zu? Niemals konnte sie ihn halten. »Spring! Ich fange dich auf!« *Nein!*, schrie ihr Verstand. *Ihr werdet beide in die Schlucht stürzen.* Jade hielt ihm den Mund zu. »Spring!« Die Dunkelheit verschlang ihn sonst.

Shem nickte. Gott! Er hatte sie verstanden! Verließ er sich auf sie? Dachte er wirklich, sie könnte ihn retten? Dann war er verrückter als sie.

In weiten Sätzen rannte er auf den Abgrund zu, stieß sich ab. Jade sprang im selben Moment. Ihr Herz flatterte im aufsteigenden Wind. Sie starben. Gleich. Schmerzte der Aufschlag auf dem Grund oder umhüllte sie vorher eine gnädige Ohnmacht? Wie Vögel flogen sie aufeinander zu. Ihre Hände berührten sich über der Mitte der Schlucht.

Nicht loslassen. Um nichts in der Welt.

Seine Finger verschränkten sich in ihren. Er forschte in ihren Augen nach etwas, das Jade noch nicht kannte.

Martialisches Kreischen, ein Brüllen, das die Welt erschütterte.

»Himmel noch mal!« Ihr Herz raste, als fiele sie immer noch.

»Tschuldigung.« Roope nahm den Arm von ihren Schultern und angelte nach seinem Handy. »Wie gefällt dir das Intro meines neuen Albums?«

Das akustische Inferno war ein Klingelton? Jade legte die Hand auf die Brust, aber ihr Puls donnerte jenseits aller Grenzen.

»Ich muss los. Ist schon spät.« Er steckte das Handy in den Abgrund seiner Brusttasche. »Hast dich wie ein Kätzchen in meinen Arm geschmiegt, da wollte ich dich nicht wecken. Schlaf weiter.« Er hob sie hoch, trug sie zum Sofa. Für einen Riesen unerwartet leise verließ er ihre Wohnung.

Was für ein Traum. Sie schloss die Augen. Vielleicht erwischte sie noch einen Zipfel. Sie musste wissen, wie er ausging.

~*~

»Ich habe es zu wild getrieben.« Caym hockte über ihm wie ein Geier. »Dein Schrei klang qualvoller als sonst.«

»Bist du hergekommen, weil du fürchtest, mir den Verstand herausgeprügelt zu haben?« Es war nah dran gewesen. Shem richtete sich auf. Bis zu den Knien. Mehr ließen seine zitternden Beine nicht zu.

Caym blies ihm über den Rücken. »Besser?«

Wurde sein Folterknecht sanft? Nein, so wie seine schwarzen Augen leuchteten, genoss er es, dass Shem schweißüberströmt vor ihm kniete.

»Ich habe ein Geschenk für dich.« Er spielte mit einer Haarsträhne, die Shem ins Gesicht gefallen war.

Ihm wie eine Viper in die Finger schnappen. Shem brachte die Motivation dazu nicht mehr auf.

»Ich muss es holen.« Der Dämon zog den Badezimmerhocker näher und nahm darauf Platz. »Für zwei Tage bist du mich los.«

»Fein. Hast du ein Problem damit, wenn ich fliehe?«

»Die Kette duldet keine Freiheit.«

»Willst du sie wieder um ein Heizungsrohr schlingen?«

Cayms Fingerspitzen strichen an Shems Wange hinunter. »Nein. Aber um Sofias Handgelenk. Dort wirst du zappeln, bis ich zurück bin.« Seine Augen verengten sich. Fadendünne Finsternis suchte in Shems Miene nach einer Reaktion. »Hüte dich, und hintergehe deine neue Wächterin. Sie hängt an ihrem Leben und fürchtet seinen qualvollen Verlust.«

»Du rührst sie nicht an!« Diese Frau hatte genug gelitten.

»Ich rühre dich an«, sagte Caym leise. »Den Heerführer der Grigori. Denkst du, ein Nephilimbalg wäre vor mir sicher?«

Nein, niemand war das. Shem kämpfte um Beherrschung. Für heute waren seine Nerven durchgeprügelt.

»Dein Mitgefühl lohnt sich nicht.« Der Dämon stand auf und sah auf ihn herab. »Ihr Herz ist kälter als meines.«

»Weil du es dazu gemacht hast.« Er hatte ihre Familie getötet.

»Nein.« Caym faltete die dick geäderten Hände. Sein vorheriger Wirt hatte um Längen besser ausgesehen. »Sie ist böse, wie die anderen auch. Es liegt in ihrer Natur.« Er wagte es, ihn zu tätscheln. »Sei nicht betrübt. Ich bringe dir aus London einen Trost mit.« Er zog den flachen kleinen Kasten aus seiner Gesäßtasche. Dafür gab es eine kurze und eine lange Bezeichnung. Shem tippte auf die noch dunkle Glasfläche. »Was mit S, oder?«

»Smartphone.« Caym rollte mit den Augen. »*Handy* tut's auch.«

Richtig. Und das, was gleich aufleuchten würde, hieß *Display*. War der Kasten größer und ließ sich aufklappen, sprach man von *Laptop* und *Bildschirm*. War er kleiner und spielte Musik, handelte es sich um einen iPod. Oder auch um ein Handy.

Steckte das Ganze in einem Auto, hieß es Boardcomputer und Navigation.

»Lass es leuchten.« Displays waren spannend.

Caym betrachtete ihn schweigend.

»Was ist los? Du wolltest mir etwas zeigen.«

»Begeistert dich die heutige Welt?«

»Hast du vor, mich die Kette spüren zu lassen, wenn ich ja sage?« Autos, Musik ohne Instrumente, Digitalanzeigen von Uhren. Uhren überhaupt. Heißes Wasser aus Leitungen und Kaffeemaschinen. Unendlich lange, fast schwebende Brücken. Häuser, die den Himmel berührten und Käfige, die einen in diesen Häusern von Stockwerk zu Stockwerk brachten.

Der Dämon zog einen Mundwinkel in die Höhe. »Ich frage mich, was ich mit dir mache, wenn mich deine Gesellschaft eines Tages langweilt.«

»Mich laufen lassen, warten, bis ich dich zum Kampf auffordere und töte.«

»In diesem Fall suche ich mir einen neuen Wirt und das Spiel beginnt von vorn. Immer wieder.«

Endlich tippte er auf den flachen Knopf.

Jade.

Shems Herz sank in die Tiefe.

Die Aufnahme war vor dem Haus gemacht worden, wo sie wohnte.

Mit schräg geneigtem Kopf betrachtete Caym das Foto. »Für die Zierlichen habe ich nichts übrig.« Sein Seufzen klang nach falschem Bedauern. »Sie zerbrechen zu schnell unter meinen Bedürfnissen.«

Shem kämpfte mit der Angst um die schönste Frau, die er jemals geküsst hatte.

»Du wirst uns vom Landeplatz abholen.« Lauernd erforschte Cayms Blick seine Reaktion. »Freust du dich?«

Jade durfte nicht herkommen. In Cayms grausamen Schatten würde sie verdorren.

Zeit für eine weitere Provokation. Seine Nerven flehten um Gnade, doch er war gut darin, Angst zu ignorieren.

»Weder bin ich dein Chauffeur, noch interessiert mich dein Geschenk.« Was für eine Lüge! Jade war genau das, was er wollte. »Spar dir die Reise.« Lieber ließ er sich täglich durchprügeln, als Jade unter dem dämonischen Willen leiden zu sehen.

»Du lehnst sie ab?« Nachtschwärze in kalten Augen. »Dann habe ich keine Verwendung für sie, nachdem ich ihr den Ring abgenommen habe.«

»Du brauchst ihn nicht.« Sein Herz galoppierte.

»Er steht ihr nicht zu.«

»Dir auch nicht!«

»Er gibt den Larven Kraft. Warum nicht auch den Vätern?« Sein Grinsen widerte Shem an. »Ich frage mich, welcher Bastard sie schmiedet.«

Shem biss sich auf die Zunge. Er musste Asasel finden. Übers Internet hätte er eine Chance. Galina behauptete, es wüsste alles, wenn man die richtigen Fragen stellt. Jedoch besaß keiner auf dem Gut bis auf Caym Zugang zum Computer oder dem Laptop.

Cayms Blick verschattete sich, als er erneut das Bild von Jade betrachtete. »Für mich der Brillant, für dich das Etui.«

Würde ihm das gierige Lächeln doch aus dem Gesicht faulen!

»Was ist? Willst du das Mädchen lebendig oder überlässt du sie mir?«

»Lass sie in Ruhe.« Sein Herz krampfte. »Ich hole euch ab. Schwöre, dass sie mir gehören wird.«

»Angst um die Menschenpuppe?«

*Mehr, als du dir vorstellen kannst.*

Caym neigte sich zu ihm, dass Shem die schwarzen Poren auf der fleischigen Nase erkannte. »Ich gebe dir mein Wort, Heerführer. Sie ist dein. Bei der Ehre der Grigori, ich werde es nicht brechen.«

Shem schloss die Augen. Kein Grigori hatte jemals einen Eid gebrochen. »Ich habe dein Wort.«

»Das hast du.« Der Dämon zog eine Fratze, die kaum an ein Lächeln erinnerte. »Behalte das Handy zum Zeitvertreib. Mit ihm kannst du nur eine Nummer anrufen – meine. Der Zugang zum Internet ist gesperrt.«

Statt endlich zu verschwinden, beobachtete Caym ihn mit geneigtem Kopf. »Weißt du, warum ich dir all das antue?«

Shems Nägel drückten sich in seine Handballen.

»Lass mich überlegen.« Mit spitzen Lippen legte Caym Daumen und Zeigefinger aneinander und starrte mit gerunzelter Stirn ins Leere, als müsse er einen kaum hörbaren Ton einfangen. »Ah! Ich hab's: Weil es mir Spaß macht.« Ein kurzes Auflachen, und er verließ das Badezimmer.

Shems Kehle brannte.

Erst als er keine Schritte mehr hörte, brüllte er den Druck aus seiner Brust.

~*~

Rußwolken in der Via del Banco di Santo Spirito.

Sie kamen aus dem Auspuff des Mofas vor ihm, aus dem des Mofas hinter ihm und aus dem seines eigenen Gefährts. Kepheqiah hupte sich den Weg frei. An Tagen wie diesem fielen ihm die Menschen zur Last. Die letzten sechs Monate hatte er in meditativer Versenkung nahe Norchia verbracht. Die Stille in den Etruskergräbern gemahnte ihn an den Tod; ein Geschenk des Lebens, das ihm bisher vorenthalten worden war. Alle paar Jahrzehnte gönnte er sich die Pause von seinen Pflichten in der Bruderschaft. Diesmal hatte sie ihm Mahawaj nur ungern gewährt. Der Oberste der Bruderschaft vermutete, dass Caym hinter Kolja Grigorjews Machenschaften steckte.

Shem hätte ihn damals zu Tode peitschen oder zumindest zum Kampf zwingen sollen. Caym war der Einzige, dem er mittlerweile die Verbannung aus tiefstem Herzen gönnte. Stattdessen verzweifelten die Anführer des Heeres in immerwährender Dunkelheit.

Wie so oft schämte er sich für das eigene Glück, von Mahawaj gerettet worden zu sein. Sein Platz wäre an Shems Seite gewesen. Auch wenn ihm bei dem Gedanken, ohne jegliches Licht existieren zu müssen, übel wurde.

Kepheqiah überholte eine hellblaue Isetta. Mit dem Lenker streifte er den Lack. Der Fahrer schien die ersten achtzig Jahre seines Lebens längst überschritten zu haben. Die Fläche aus Runzeln, in der der Stummel einer Zigarre steckte, blieb trotz des scharrenden Geräusches reglos.

Neben ihm ratterten die Jalousien eines Lebensmittelladens. Aus dem ruckelnd breiter werdenden Spalt winkte ihm Signoria Vidal zu. Auch wenn der Tag kaum angebrochen war, wirkte sie hellwach und bestens gelaunt. »Orangen?« Schon verschwand sie in der Dämmerung hinter dem Tresen. Kepheqiah parkte das Mofa neben dem rostigen Fahrradständer. Kein Aufenthalt in Rom, ohne ein paar Sätze mit ihr zu wechseln und ein Kilo Orangen zu kaufen. Das Ritual hatte sich vor Jahren eingebürgert. Der Grund war ihm entfallen.

»Sie waren lange Zeit fort.« Nebenbei füllte sie die duftenden Früchte in eine Papptüte. »Sie sind zu dünn. Sie sollten heiraten, Signore. Ein Mann wie Sie braucht eine Frau, die sich um ihn kümmert.« Mit einem Lächeln winkte er ab. »Ich weiß, das sage ich Ihnen immer, wenn Sie zu mir kommen. Aber warum halten Sie sich nicht daran? Mögen Sie keine Kinder?«

Er hütete sich, seinen Samen in einem Frauenschoß zu versenken und noch mehr größenwahnsinnige Monster zu erschaffen. Und kümmern musste sich um ihn niemand. Wenn sein Körper alt wurde, tauschte er ihn aus. Viel problemloser als es die Anonymen Meister taten, deren Seelen in neue Körper hineingeboren werden mussten. Daraus folgte ein immenser Zeitverlust von mindestens fünfzehn Jahren. Erst dann holten die Erinnerungen aus den vergangenen Leben die Wiedergeborenen ein.

Keph brauchte nur einen passablen Körper finden, solange sein alter noch halbwegs funktionierte. Ein Stich ins Herz, warten, bis die fremde Seele die Flucht antrat und anschließend ihre Hülle einnehmen. Zurück blieben ein verbrauchter Wirt und eine obdachlose Seele.

Er bezahlte die Orangen, plauderte mit Signoria Vidal über das hohe Verkehrs- und Touristenaufkommen in Rom und ließ sich von der Schönheit ihrer Töchter vorschwärmen.

Als er ging, lächelte sie ihm hinterher.

Menschen waren erstaunlich. Obwohl sie selbst zerbrechlich wie Glas waren, sorgten sie sich um Wesen wie ihn.

*Sie weiß nicht, was du bist.*

Das wusste nicht einmal Daniel.

Auf eine gewisse Weise war auch er zerbrechlich. In vielen seiner Leben hatte der Tod Daniel als jungen Mann geholt. Teils aus eigenem Verschulden, teils wegen der widrigen Umstände der Epochen. Die Zeit, bis er ihn fand, wurde ihm jedes Mal lang, obwohl Daniel ihn in den letzten Leben dafür gehasst hatte.

In diesem nicht.

Hoffentlich blieb es dabei.

Kepheqiah schleuste sich erneut in den Morgenverkehr.

Die Straße mündete auf der Piazza di Ponte Sant' Angelo. An der Ecke überragte das Hauptquartier der Bruderschaft die umstehenden Gebäude. Alle paar Jahrzehnte wechselte Mahawaj den Wohnsitz. Im Besitz der Bruderschaft befanden sich zahlreiche Gebäude über ganz Europa verteilt. Ein Leben als Zigeuner brachte Sicherheit und Anonymität. Den Schildern am Eingang nach beherbergte der Palazzo die Büros eines Notars, einer Versicherungsagentur und eines Steuerberaters.

Bevor er seine Räume aufsuchte, um die E-Mails und eingegangenen Telefonate zu checken, musste er sich bei Mahawaj zurückmelden. Kepheqiah seufzte bei dem Gedanken, seine Auszeit ohne Handy und Internet aufzugeben. Seit dem neunzehnten Jahrhundert war die Welt in eine Rastlosigkeit verfallen, die ihm zusetzte. Seine Wirte mochten von Mal zu Mal jünger werden, damit er lange in ihnen verweilen konnte. Sein Geist wurde es nicht. Er sehnte sich nach Ruhe und der Möglichkeit, sich aus den Belangen der Menschen zurückzuziehen.

Er wählte den Seiteneingang.

Bevor er eintrat, straffte er die Schultern und zwang sich die Haltung auf, die einem Meister des ersten Kreises gebührte. Bei der Gründung der Bruderschaft hatte sich Mahawaj an der hierarchischen Gliederung der Triaden orientiert. Nett von ihm, Kepheqiah in den ersten Kreis befördert zu haben. In seiner Aufteilung der Mächte konnten sie das sein, was ihnen in der Hierarchie der Chöre verwehrt geblieben war – Brüder.

Kepheqiah klopfte und der Gardist hinter der Pforte öffnete ihm. Als er ihn erkannte, schnippte er seine Zigarette weg und verneigte sich. »Es ist schön, dich wieder in Rom zu sehen.« Lächelnd nahm er ihm das Mofa ab. »Wie war dein Urlaub?«

»Zu kurz.« Wie jedes Mal.

Nach der Hektik in Roms Straßen erschien ihm der Innenhof des Palazzo unwirklich ruhig.

Rosensträucher, verblühter Lavendel und ein plätschernder Springbrunnen gaukelten Frieden vor.

Es hatte ihn nie gegeben – all den Bemühungen Mahawajs zum Trotz. Die Engelsbastarde breiteten sich wie eine Seuche unter den Menschen aus und stifteten Unfrieden, wann und wo immer sie konnten.

*Shem, du hättest gegen die fleischlichen Verlockungen härter ankämpfen müssen.*

Doch dann wäre es nicht Shemhazai gewesen. Das Charisma des Heerführers speiste sich aus seinen Stärken ebenso wie aus seinen Schwächen.

Es verging kein Tag, an dem er nicht an seinen Freund dachte.

Jedes Mal wurde sein Herz dabei schwer.

Kepheqiah betrat das Gebäude durch die mit Ranken verzierte Panzerglastür. Schönheit und Licht bildeten zwei der drei Säulen, auf die sich Mahawaj Baraq'els Leben stützte.

Das Oberhaupt der Bruderschaft residierte im dritten Stock mit Aussicht auf das Castel Sant' Angelo. Kepheqiah blieb an einem der breiten Fenster stehen und genoss die Aussicht. Früher diente die Festungsanlage über anderthalb Jahrhunderte als Hauptzentrale, bis Baraq'el den Launen und Ängsten der Kirchenfürsten weichen musste. Damit verlor die Engelsburg die zwei einzigen Engel, die sie jemals in ihrer Existenz bergen durfte.

Was geschah, wenn die Menschen eines Tages realisierten, wer sich in Wirklichkeit hinter ihren gepriesenen Heiligen und Rettern verbarg? Diese Frage hatte er sich oft gestellt.

Solange die ersten Triaden darauf verzichteten, die Flammenfinger ein zweites Mal nach den Seelen dieser Welt auszustrecken, war sie müßig. Was geschah, wenn es Mahawaj in ferner Zukunft gelang, die Erde von dem Erbe der Grigori zu befreien?

Im Korridor zu den Privatgemächern stellte sich ihm ein junger Gardist in den Weg – mit roten Ohren und entschlossener Miene.
»Weisen Sie sich aus.«

Der Pass mit der geliehenen Identität eines Leonardo Montebello würde ihn nicht an diesem engagierten Mann vorbeischleusen. Er diente nur der Sehnsucht der Menschen nach Information und Bürokratie.

»Das ist Kepheqiah, du Trottel!« Sein älterer Kollege schlug ihm die Hellebarde hinunter. »Die rechte Hand von Baraq'el. Und du verstellst ihm den Weg?«

»Ohne Scheiß?« Der Blick des Jungen huschte zwischen ihm und seinem Kollegen hin und her. »Warum sagt mir das keiner?«

»Tu ich doch«, brummte der Ältere und stieß ihn von der Tür weg. »Verzeih, Meister Kepheqiah. Wir haben ein Personalproblem. Die Kerle werden immer jünger und immer dümmer, aber wir müssen nehmen, was wir kriegen. Immerhin sind sie in der Lage, den Schwur der Verschwiegenheit zu leisten, ohne dass ihnen jemand soufflieren muss.«

»Weil du gesagt hast, dass mir Baraq'el sonst die Zunge herausreißt.« Der junge Mann sah seinen Kollegen grimmig an. »Und weil du gedroht hast, dass mich Meister Kepheqiah in jedem Leben aufspüren wird, wenn ich ungehorsam bin, und mir immer wieder die Zunge herausgerissen wird.«

Diese Variante schien in den Kanon möglicher Sanktionen neu aufgenommen worden zu sein.

Der ältere Gardist zuckte die Schultern. »Ein bisschen Druck ist gut für die Moral.« Er wandte sich zu Kepheqiah. »Die Seelen der Knirpse haben keine zehn Leben auf dem Buckel. Wie soll man mit diesem unreifen Material arbeiten?« Er drückte die Türflügel mit seinem gesamten Körpergewicht auf. »Bitte, Kepheqiah. Tritt ein. Mahawaj Baraq'el erwartet dich bereits.«

Das Entree hüllte ihn in helles Gelb und sanfte Töne. Die Melodie nahm für einen Moment die Schwere von ihm, die ihn von Leben zu Leben begleitete.

Kepheqiah klopfte an die Tür, bekam jedoch keine Antwort. Auch beim zweiten Mal nicht. Schlief Mahawaj noch? Leise öffnete er.

Nein, er schlief nicht. Er lag auf einer Frau und küsste zärtlich deren Hals. Sein makelloser Körper bewegte sich nur noch ein wenig auf ihr. Ihre Miene war verklärt, als wäre sie Zeuge eines Wunders geworden. Ganz ruhig lag sie unter dem Wesen, das sie zweifellos für den attraktivsten Mann des Universums hielt. Es sei denn, die fehlende Geburtsnarbe machte sie misstrauisch.

Ewig jung, für menschliche Augen unsagbar schön. Kepheqiah beneidete seinen Freund um die Unversehrtheit seiner ursprünglichen Hülle. Seine eigene war vor ewigen Zeiten einem Schwertstreich zum Opfer gefallen. Auch ein Grigori vermochte es nicht, einen abgetrennten Kopf zurück auf den Rumpf zu setzen.

Der Geruch zu vieler Körperflüssigkeiten schwängerte die Luft.

Er hasste es, Zeuge solcher Begattungsrituale zu sein. Keinen seiner Körper hatte er jemals dazu missbraucht.

»Du machst deinem Sohn alle Ehre, Mahawaj.«

»Daniel?« Baraq'els Lippen lächelten an der fremden Haut. »Ich ihm oder er mir?«

»Gehen dir die Meister aus, dass du neue Seelen ins Dasein rufen musst?«

»So ist es.« Sein Freund schmiegte sich zwischen die zugegeben hübschen Beine. Seine Wangen waren gerötet und sein Atem ging schnell. »Daniel lockt sie mit einem seltsamen Versprechen von mir fort – Freiheit.« Noch einmal kippte er sein Becken nach vorn. Die Frau legte den Kopf in den Nacken und stöhnte.

Kepheqiah nahm auf dem Sofa gegenüber des Bettes Platz. Ein Déjà-vu in abgemilderter Form und mit anderen Protagonisten. Alles auf der Welt war austauschbar.

»Früher hieltest du derlei Handlungen vor mir geheim. Was ist in dich gefahren? Stellst du mich auf die Probe?«

»Höre ich Stolz heraus, dass du entsagt hast, wo ich mich hingab?«

»Stolz steht mir nicht zu. Ebenso wenig wie dir Lust.« Oder einem anderen von ihnen. Doch diese Diskussion war müßig.

Mahawaj zog sich aus der Frau zurück.

Endlich begriff sie, dass sie mit ihrem Geliebten nicht mehr allein war. Sie stand auf, schlang die Decke um ihre Nacktheit und verabschiedete sich mit einem höflichen Nicken.

»Warte einen Moment.« Das Lächeln seines Freundes galt zuerst dem Rücken der Frau, dann ihm. »Ich muss mich reinigen.« Er ging ins Badezimmer und kam kurz darauf in einen Morgenmantel gehüllt wieder. »Gut, dass du da bist. Wir haben Wichtiges zu bereden.« Von seinem Schreibtisch nahm er einen Laptop und setzte sich damit aufs Bett.

Es kostete Kepheqiah einige Überwindung, sich neben ihm niederzulassen. Der Geruch nach Lust und Erschöpfung stieg von dem Laken auf.

»Wie so oft heißt eines unserer Probleme *Daniel*.« Zwischen den makellos geschwungenen Brauen Mahawajs bildete sich eine steile Falte. »Er nimmt Kontakt zu potenziellen Zielen auf. In den letzten Monaten hat er vier von ihnen untertauchen lassen. Kannst du dir vorstellen, was meine Auftraggeber dazu sagen?«

Daniel übertrieb es. Wie konnte er Mahawajs Gnade mit Provokation vergelten? »Woher bekommt er die Informationen?«

Mahawaj drehte den Laptop zu ihm. »Jemand aus seinem Team muss unsere Server gehackt haben.«

»Du sagtest, sie seien sicher.«

»Vor der Neugierde der Menschen ist nichts mehr sicher. Es sei denn, ich bewahre es unter meiner Matratze auf.«

Fotos von Daniels Freunden reihten sich untereinander.

Keph kannte sie, mochte sie teilweise auch.

Ahnte Mahawaj, dass er letztes Jahr mit ihnen zusammengearbeitet hatte? Auf Daniels Wunsch hin, hatte er Details in seinen Berichten verschwiegen.

»Lucinde Sorokin. Vollwaise, Straßenkind, Diebin und jetzt seine Freundin.« Mahawajs Seufzen kam aus tiefstem Herzen. »Hübsch und erschreckend geschickt, doch keine ausreichenden Kenntnisse, um diese Aufgabe zu bewältigen.« Er klickte das nächste Foto an. Roope Turunen posierte mit aufgerissenem Mund vor der Kamera. Ob er lachte, oder brüllte war nicht zu ersehen. Der Quelle nach stammte das Bild aus einem finnischen Onlinemagazin für Metal Bands. »Der hier ist ein wiedergeborenes Ärgernis der Bruderschaft, seit die Samen in Finnland siedelten. Sein Nationalstolz gekoppelt mit dem massiven Hang zum Boykott und die Perfektion im Umgang mit Schwert und Breitaxt prädestinieren ihn nicht zum Denker. Er scheidet als Hacker aus.«

Roope war Daniels Fels in der Brandung. In Kepheqiah mischte sich ein Hauch Eifersucht mit maßloser Erleichterung. Solange Roope an Daniels Seite stand, konnte ihm nichts geschehen.

»Susanna Miller.«

Die junge Frau mit der violetten Stachelfrisur saß auf der Lehne einer Parkbank. Sie blickte mürrisch unter sich, während sich ein Speichelfaden langsam von ihren schwarz geschminkten Lippen abseilte. Der Tropfen des unteren Endes war von dem Späher der Bruderschaft einen Fingerbreit über ihrem spitzen Knie eingefroren worden.

»Daniel denkt, wir wüssten nichts von ihr. Dabei habe ich sie nur deshalb nicht in die Bruderschaft gezwungen, weil ich den Hass meines Sohnes nicht schon wieder auflodern lassen will.« Sein Blick fiel auf die Tüte mit den Orangen. »Darf ich?«

Kepheqiah hielt sie ihm hin und nickte.

»Danke.« Mahawaj nahm sich eine der Früchte. »Sie kann ein bisschen programmieren, doch unter dem Strich ist ihr Wissen mager.« Nebenbei rollte er die Orange auf seinem Oberschenkel hin und her. »Mir ist schleierhaft, warum sich Daniel mit ihr belastet.«

Auf dem nächsten Bild lächelte Ives schüchtern in die Kamera. Eine Standardarchivaufnahme der Organisation.

»Ives Laval. Ein guter Lakai, aber zu talentlos, um im dritten Kreis Fuß zu fassen. Er war als Meister nie vorgesehen. Nun dient er Daniel statt Maurice Lacroix. Ich bin sicher, dass er auch in diesem Leben unter die Räder kommt.«

»Wann hast du das letzte Mal einem Menschen gesagt: Fürchte dich nicht?« Kepheqiah hatte es Ives versprochen. Dieses Mal musste es für den Jungen gut ausgehen.

Mahawaj runzelte die Stirn. »Daniels Mutter. Sie dachte, ein flammender Speer würde sich in sie versenken. Bevor ich auch nur zur Hälfte in ihr steckte, geriet sie in Ekstase. Lautstark. Ich habe mich in Grund und Boden geschämt, als die Wache in mein Zelt kam, um nach dem Rechten zu sehen.«

»Du hast sie trotzdem weitergevögelt.« Nach der Schlacht waren sie in den Westen geflohen. Auf dem Hügel, der mittlerweile Göbekli Tepe hieß, ließen sie sich nieder. Ihre Anwesenheit sprach sich herum. Bald kamen die ersten Siedler und baten um ihren Schutz. Sie erhofften sich in der Nähe zweier ungewöhnlich großer und machtvoller Krieger Schutz. Eine ihrer Töchter warb um Mahawajs Gunst. Er schenkte sie ihr nach viel zu kurzem Zögern.

»Weitergevögelt?« Mahawaj betrachtete ihn unter dem Schatten seiner langen Wimpern heraus. »Seit wann wirfst du mit derlei Begrifflichkeiten um dich?«

»Seitdem du meine Gefühle verletzt und es zulässt, dass ich dich mit deinem Schwanz in Frauen ertappe.« Pochende Wut stieg ihm in den Hals. »Kannst du dich nicht zügeln?« Er kannte seine Aversion allem Fleischlichen gegenüber. Dass ihm Daniel derlei Anblicke zumutete, war zu verzeihen. Daniel war Daniel. Er scherte sich nie um Befindlichkeiten anderer.

»Ein ziehender Schmerz in den Lenden.« Mit leicht geneigtem Kopf hielt sein Freund seinem Blick stand. »Erst nur ein wenig, dann plötzlich so stark, dass nichts anderes mehr eine Rolle spielt.«

»Behalt deine Empfindungen für dich.« Seine Wangen begannen zu glühen.

Mahawaj zuckte die Schultern. »Ich genieße es, wenn sich der Schmerz in meinem Unterleib zu einem einzigen glühenden Punkt zusammenzieht, um sich in einer ekstatischen Explosion in Lust zu verwandeln. Das Ausmaß meiner Schuld erkannte ich erst, als ich das Kind Monate später auf dem Arm hielt und in seine leuchtenden Augen sah. Ich wusste, dass ich es nicht würde töten können. Auch wollte ich nicht, dass es ein anderer tat. In diesem Moment begriff ich Shemhazais Befehlsverweigerung zum ersten Mal. Dennoch habe ich wie er und die anderen Grigori einen Titan gezeugt.«

»Deshalb hast du Daniel den Körper genommen.«

»Und damit die Bosheit.« Sein Freund lächelte. »Ohne die übermäßig starke Hülle, die allen anderen Wesen überlegen war, brauchte er weder grausam noch größenwahnsinnig zu werden. Die Lust zu unterdrücken und die Gier nach Macht hat er nie kennengelernt.«

Der Wind wehte Daniels Seele auf unsichtbaren Schwingen von Leben zu Leben und von Körper zu Körper. Alle menschlich. Alle verletzlich und damit erfüllt von Bescheidenheit und Demut.

Die Seelen der Wiedergeborenen trugen ausnahmslos Mahawajs Signatur. So fand er sie in ihren neuen Leben wieder – um sie mithilfe eines Amuletts an sich zu binden. Der silberne, fünffach verschlungene Knoten barg eine seraphische Kette. Mit ihrer Hilfe forderte Mahawaj Leben für Leben den Dienst der Anonymen Meister.

Jedes Mal oblag es Kepheqiah, Daniel das Amulett umzulegen. Eine Ehre, auf die er nicht stolz war. Seit jeher hatte Daniel unter dem Zwang gelitten.

»Die Bruderschaft ist dein persönlicher Kindergarten, den du als Armee gegen das Übel der Engelsbastarde einsetzt.« Das war der Grund für die Hurereien seines Freundes.

»So in etwa.« Mahawajs Fingernagel bohrte sich in die Schale der Orange. Stück für Stück pellte er ab. »Warum stört dich das plötzlich?«

Weil er mit den Seelen seiner Kinder wie mit Schachfiguren umging. Er zog sie ins Feld, platzierte sie und akzeptierte ihr Leid.

Der Saft der Orange rann an seiner Handkante hinab bis in den Ärmel des Morgenmantels. »Ich hätte die Bastarde in den Fluten ertrinken lassen sollen. Das Schiff war nur für dich und mich gedacht.«

Regen. Über Monate hinweg. Die Triaden wollten die Engelsbrut ersäufen und Mahawaj und ihm gebührte die bittere Aufgabe, den Völkermord zu überwachen.

Sie bauten ein Schiff, luden neben Vorräten die Siedler ein, die noch nicht vor den Wassermassen geflohen waren. Als die Flut das Plateau von Göbekli Tepe erreichte, schoben sie es ins Wasser. Tag für Tag in grauer Nässe. Die Schleusen des Himmels schlossen sich nicht.

Eines Morgens trafen sie auf ein Floß. Überfüllt mit halb verhungerten Engelskindern. Sie nagten den Verstorbenen das faulende Fleisch von den Knochen und sahen dabei selbst aus wie der Tod. Kaum bemerkten sie die nahe Rettung, stürzten sie sich ins Wasser und schwammen laut um Hilfe flehend zu ihnen. Sie klammerten sich an die Planken, blickten mit vor Hunger und Verzweiflung riesig wirkenden Augen zu ihnen auf. Kepheqiah brachte es nicht fertig, sie zurückzustoßen. Schließlich gab Mahawaj fluchend nach.

Alle paar Tage schickte er den Raben aus, der die Seele seines Sohnes trug, um nach Land zu suchen. Als er nicht mehr zurückkam, wussten sie, dass sie gerettet waren. Noch am Abend legten sie an dem Gipfel eines Vulkans an. Endlich ließ der Regen nach und in den darauffolgenden Monaten sank das Wasser. Als am Fuß des Berges die ersten Baumwipfel sichtbar wurden, zogen die Bastarde in die langsam wieder abtrocknende Welt.

Mahawaj bestand darauf, ihnen zu folgen, um ihr Treiben im Auge zu behalten. Je weiter sie in den Norden vordrangen, desto weniger hatte das Wasser die Landschaft verwüstet. Bis sie in ein Land kamen, das von der Flut noch nicht einmal Gerüchte kannte.

Doch fortan häuften sich Nachrichten von Überfällen und Gräueltaten.

Die Nephilim, wie die Menschen das übermächtige Volk nannte, begannen, ihre gierigen Hände nach den Siedlungen der Menschen auszustrecken.

»Was hättest du an meiner Stelle getan?« Mahawaj reichte ihm die Hälfte der Orange und schob sich selbst ein Stück in den Mund.

»Die Frage muss lauten, was hätte ich an Camaels Stelle getan, als er uns den Befehl zu dieser Mission erteilte.«

»Auch gut. Also sag schon.«

»Mich und jeden anderen Grigori kastriert.«

Mahawaj verschluckte sich. Sein Blick schwankte zwischen Hochachtung und Entsetzen. »Warum hat er nicht dich zum Anführer bestimmt?«, nuschelte er durch seinen vollen Mund. »Uns wäre jede Menge Ärger erspart geblieben.«

»Ich hatte es ihm vorgeschlagen.« Demütig, aber mit Nachdruck.

»Und?«

»Ich sei zu starr in meinen Ansichten und nicht offen genug für neue Herausforderungen.« Mit einem huldvollen Lächeln war er fortgeschickt worden.

Sein Freund starrte ihn fassungslos an. »Sollte ich jemals wieder die Heimat betreten, werde ich einen Antrag auf Amtsenthebung wegen Inkompetenz und Senilität stellen. Und wenn dem nicht stattgegeben wird, werde ich den Mistkerl stürzen.« Er tippte auf das nächste Foto und hinterließ einen feucht klebrigen Fleck auf dem Bildschirm. »Jade Conway. Ihre Eltern meditieren in Indien oder sabotieren Frackinganlagen in Colorado. Sie haben ihre Tochter nicht zum Technikfreak erzogen, wenn sie sie überhaupt erzogen haben.«

Jade war kein Hacker. Nach allem, was er von ihr wusste, fehlte ihr dazu die Rationalität.

Auch Ethan Scarborough schied aus. Dessen war er sich sicher.

»Demnach bleiben uns nur noch die übergelaufenen Cleaner.« Mahawaj wischte sich die Hand am Morgenmantel ab und öffnete eine weitere Datei. »Ruben, Philipp, Markus, Elija, José. Was fällt dir auf?« Ohne auf eine Antwort zu warten, tippte er auf Josés Abbild und neben diesem erschienen die Stichworte zu dem Leben des Spaniers.

Meister José Fernández Jiménez. Vor acht Jahren mit Seelenentzug sanktioniert. Bis dahin tadelloses Verhalten gegenüber seinen Vorgesetzten und seinen Kollegen. Galt als sensibel, humorvoll und human im Umgang mit seinen Opfern. Profunde Kenntnisse in Informatik, Physik, Mathematik.

Ein Gewinn für die Bruderschaft. Seit über neun Jahrhunderten. Und plötzlich rebellierte dieser Mann?

»Wenn überhaupt, besitzt er die nötigen Fähigkeiten, sich in die Administratorebene einzuschleichen. Sieh her!« Mit einem Klick öffnete Mahawaj einen Link. Chronologisch wurden Josés frühere Aufträge aufgelistet. Firmen aus Südostasien, Russland und den Emiraten beauftragten die Bruderschaft wegen Fällen von Industriespionage per Internet. Der zugewiesene Meister war jedes Mal Jiménez. Auch seinen letzten Job hatte er erfolgreich ausgeführt und die Verantwortlichen für ihren angerichteten Schaden eliminiert. Kein Vermerk, was er sich hatte zuschulden kommen lassen. Kein Grund, der einen Seelenentzug gerechtfertigt hätte.

»Opportuniert er weiterhin gegen mich, werde ich ihn vor seinem natürlichen Ableben ausschalten müssen. Daniel geht es nichts an, weshalb ich mich in das Schicksal dieser Welt einmische. Und nun zu einem weiteren Problem, das mit Jiménez eng zusammenhängt.« Statt das Stück Orange zu essen, das Mahawaj zwischen den Fingern hielt, zupfte er an der weißen Haut.

»Vor einer Höhle in Trigrad sind zwei Leichen gefunden worden. Ein Mönch und ...« Seine Augen verengten sich. »Kolja Grigorjew, beziehungsweise seine Hülle.«

»Grigorjew?« Dann schwebte Caym erneut als Schatten unter den Menschen.

»Ein Ritualmord.« Mahawaj rief die Aufzeichnung einer bulgarischen Nachrichtensendung auf. »Dem Mönch wurde das Herz herausgeschnitten und mit dessen Blut etwas Interessantes auf einen Felsen gemalt.«

Nach dem Interview eines Polizeibeamten erschien die Großaufnahme eines braunen Zeichens auf grauem Stein. Ein Siegel der Grigori. »Zoom ran!« Konnte es möglich sein? »Ich glaube, es ist Shemhazais.« Seine Brüder waren in der Welt der Menschen? Und er hatte nichts davon gewusst. Das Bett schwankte unter ihm. All die Jahrtausende waren verstrichen, ohne dass er sich um Hilfe für sie bemüht hatte. »Was ist das für ein Ritual?«

Sein Freund senkte die Lider. Lediglich ein dünner blauer Strich leuchtete unter den hellen Wimpern hervor. »Ich besitze es seit Langem. Hätte ich es bloß zerstört.«

»Du besitzt den Bannbrecher?« Kepheqiahs Finger wurden taub. Rauschen in den Ohren, durchdrungen von sinnlosen Fragen.

Mahawaj hob die Hand. »Bevor du mich hasst, höre mir zu.«

»Warum hast du sie nicht befreit?« Das Rauschen wurde lauter. »Warum hast du sie dort, in den Felsen, alleingelassen?«

»Warum?« Mahawaj ballte die Fäuste. »Hast du vergessen, was sie angerichtet haben? Hast du verdrängt, weshalb wir hier festsitzen und Tag für Tag Schadensbegrenzung betreiben?«

Darum ging es nicht. »Du lässt mich verzweifeln vor Reue und Hilflosigkeit und die ganze Zeit hockst du auf dem Wissen, das meine Brüder befreien kann?«

»Nicht nur ich hocke darauf«, fauchte Mahawaj. »Der, der meine Aufzeichnungen gefunden hat, ebenfalls. Ich hätte es nicht aufschreiben sollen. Doch ich verging vor Heimweh und musste mich ablenken.«

»Heimweh?«

»Oh ja. Es war groß genug, um mich alles notieren zu lassen, was ich von der Heimat und meinem Volk wusste. Ich dachte, eines

Tages würde ich es sonst vergessen, und dann wäre die Brücke zu unserer Welt endgültig zerstört.«

»Rührend!« Kepheqiah boxte die Matratze. Besser als das verlockend nahe Kinn seines angeblichen Freundes. »Warum kennt ein verdammter Bastard das Ritual? Hast du es in die Zeitung setzen lassen?«

»Ich habe es verloren«, kam es kleinlaut. »Erinnerst du dich, als wir für ein paar Jahre in Jerusalem festsaßen und uns Salomo als das erkannte, was wir waren?«

»Dich hat er erkannt. Nicht mich.« Dem König hatten sie das Engelserbe allerdings von Weitem angesehen. Nach einer Zeit des misstrauischen Beäugens auf beiden Seiten ließ er sie schließlich aus der Stadt vertreiben.

»Während des eiligen Aufbruchs habe ich eine meiner Schriftrollen liegen lassen. Neben Ach- und Wehklagen stand dort auch eine Anleitung des Bannbrechers, der Aufenthaltsort der gefangenen Grigori, und einiges mehr, was Salomo nie hätte erfahren dürfen. Drei Jahrtausende später wurden bei Ausgrabungsarbeiten Tontafeln gefunden. Abschriften meiner Papyrusrollen. Nicht alles, doch das Wesentliche.«

»Dein Gejammer hat Salomo sicher ausgelassen.«

»Mein Gejammer hätte beinahe unter dem mystisch klingenden Namen *Salomos Testament* Eingang in irgendein Museum gefunden. Im letzten Moment konnte es ein von mir beauftragter Meister verhindern, obwohl die Tafeln bereits gelistet worden waren.«

»Warum musst du auch immer alles herumliegen lassen?«

»Weil eine Horde Soldaten die Treppe zu unserem Haus stürmten und wir durch die Fenster fliehen mussten!«

Richtig, er erinnerte sich. Bis auf das, was sie am Leib trugen, hatten sie nichts mitnehmen können. Schon gar nicht Mahawajs sperrige Reisetruhe.

»Das war nicht das einzige Schriftstück, das mir auf unseren Reisen abhandengekommen ist.« Sein Freund seufzte. »Einige wurden berühmt und mit klangvollen Namen versehen. Allerdings nicht mit meinem. Als es die Technik hergab, begann ich, die für mich wichtigsten Dokumente einzuscannen und in einem nur von mir zu öffnenden Datenarchiv abzulegen. Die Originale zerfielen, doch ich wollte mich nicht von dem Inhalt trennen.« Er zeigte auf den Bildschirm. »Caym hat versucht, euren Heerführer zu befreien. Kurz nachdem Daniel begann, mir die Ziele vor der Nase wegzuschnappen. Zufall?« Er schnaubte. »Jiménez ist ein doppelter Verräter.«

»Er hat die Morde nicht begangen.« Ein Cleaner hinterließ nach solch einer Tat nicht die geringste Spur. Wer immer es getan hatte, musste in aller Eile und kopflos geflohen sein.

»Ich tippe auf ein Mitglied der alten Familien.« Mahawaj knetete seine Unterlippe. »Was ist, wenn der Nephilim nach und nach jeden von euch befreit?«

»Dann müssten meine Brüder nicht mehr leiden.« Vor Wut konnte Kepheqiah kaum seine Stimme beherrschen. Mahawaj hätte ihm von dem Ritual berichten müssen. Was verbarg er noch vor ihm?

»Die Grigori, ausgestattet mit Wirten, die sie wie du wechseln können, wie es ihnen beliebt.« Plötzlich wirkte das Blau in Mahawajs Augen kalt. »Nach all den Jahren in Finsternis, nach all der Qual, werden sie vor Rachsucht und Wahnsinn vergessen haben, wer sie sind. Sie werden alles vernichten, was ihren Weg kreuzt.«

»Woher willst du das wissen?« Kepheqiah rann es eisig durch die Adern. Über siebentausend Jahre Dunkelheit. Für Wesen, aus Licht und Feuer geboren, war das schlimmer als der Tod. »Ich muss Shem finden.« Gleichgültig, in welchem Zustand er sein mochte. »Er wird sich von mir beruhigen lassen. Er hat mir immer vertraut.«

»Er wird dich als das ansehen, was du bist – ein Verräter.«

»Nein. Er wird mir zuhören ... wird mir ...«

»Zuhören?« Mahawaj lachte auf. »Du wirst einen Rasenden vorfinden. Einen Dämon! Von dem stolzen Heerführer deines Chores ist nichts mehr übrig außer in den Geist gefressene Dunkelheit.«

»Ich werde ihn suchen.« Kepheqiah schluckte an den Tränen. Himmel, was hatte er sich wegen Mahawajs Schweigen für eine Schuld aufgeladen.

»Ich werde dir keine weiteren Hinweise zukommen lassen«, würgte Mahawaj seine unausgesprochene Bitte ab. »Forsche, wenn du willst. Aber von mir erwarte keine Hilfe. Fällt mir der Heerführer in die Hände, vernichte ich ihn.«

Das Pendant von Asasels Schwertern hütete Mahawaj wie einen Schatz. Selbst vor Kepheqiah verbarg er die Waffe.

Kepheqiah stand auf. »Unsere Wege trennen sich.« Er musste Shem finden und warnen. Es war seine Pflicht als Untergebener und Freund.

»Tu das nicht.« Mahawaj griff nach seiner Hand. »Unsere Freundschaft ist älter als diese verdammte Welt.«

»Alt genug, um zu sterben?« Sein Herz schmerzte unerträglich. Wenn ihn Shem als Verräter ansah und hasste, war das Mahawajs Schuld. Wie konnte ihn sein ältester Freund nur dermaßen hintergehen? Tränen stiegen ihm in die Augen. Schnell wandte er sich ab und ging zur Tür.

»Ich werde dich aufhalten«, erklang die sanfte Stimme hinter ihm, als er bereits die Klinke in der Hand hielt. »Du weißt, dass ich das muss.«

»Einen Vorsprung von einer Stunde. Das bist du mir schuldig.« In der Zeit räumte er sein Schließfach aus, versorgte sich mit Geld und war bereits auf dem Weg nach Bulgarien. Wenn er Informationen bekam, dann dort. In unmittelbarer Nähe zu seinen gefangenen Brüdern.

»Ich schenke dir zwei«, sagte Mahawaj leise.

Keph schloss die Tür zwischen sich und dem Mann, dem er niemals mehr vertrauen würde.

Sein Büro befand sich im ersten Stock. Dort lagen seine Papiere, sein Handy. Er rannte an den vor Schreck zurückweichenden Wachen vorbei, hetzte die Treppe hinab.

Abgestandene Luft schlug ihm entgegen, als er den Raum betrat, den er über ein halbes Jahr nicht vermisst hatte.

Er steckte sich drei Ausweise mit unterschiedlichen Identitäten in die Jackentasche, schaltete sein Handy an.

Eine lange Liste unbeantworteter Anrufe. Fast alle stammten von Daniel. Auch eine Nachricht hatte er ihm geschrieben.

Kepheqiah rief sie auf.

*Ein Freund von dir war kurzzeitig Gast bei uns. Shemhazai. Sagt dir der Name etwas? Wenn ja, sieh zu, dass du deinen himmlischen Arsch nach London bewegst. Du schuldest mir mehr als nur eine Erklärung.*

*Gruß,*

*Daniel*
Das Handy glitt ihm aus den Fingern. Fahrig hob er es auf, las die Sätze ein zweites und drittes Mal.
Er musste nach London. Sofort.

~*~

Der Anführer der Grigori auf freiem Fuß. Mahawaj starrte die Tür an, die sich eben zwischen ihm und Keph geschlossen hatte. Shemhazai war gefährlich. Er hatte ihn kämpfen sehen. Bis zum letzten Atemzug. Gnadenlos, entsetzlich in seiner Stärke. Bevor es den Kriegern gelungen war, ihn zur Strecke zu bringen, hatte er unzählige mit seinem Schwert in den Tod gestoßen.
Ein kurzes Aufglühen in der Nacht. Mehr blieb von den Männern nicht übrig.
Die Härchen in seinem Nacken stellten sich auf.
Eine Waffe solcher Macht durfte niemals wieder in die Hände des Grigori gelangen.
Wer hatte sie für ihn geschmiedet? Die Feuer Metatrons huschten über die Klinge.
Ein Schwert, eines ersten Triadenfürsten würdig.
Camael hatte es ihm überlassen. Mit dem Auftrag, jeden geflohenen Grigori zu töten.
Ein schwieriges Unterfangen. Die Dämonen verkrochen sich an finsteren Orten. Er fürchtete die Löcher aus Nebel und Morast.
Doch nun wendete sich sein Schicksal. Der Heerführer war Dutzende Dämonen wert. Brachte er ihn zur Strecke, gestattete ihm Camael vielleicht, diese trostlose Welt endlich zu verlassen. Mochten sich andere um die Vernichtung der Bastarde kümmern. Er hatte ihnen lange genug nachgestellt.
Müde.
Alt.
Die Jugend seines Körpers täuschte.
Allein zwischen Menschen. Ohne einen Freund.
Kepheqiah würde es niemals verstehen, dass er gar nicht anders hätte handeln können. Für die Ewigkeit gebannt. So lautete das Urteil für jeden der Verräter. Einen von ihnen hatte er gerettet, der

andere hatte sich vor langer Zeit freigekauft. Nur um wegen eines Missverständnisses dennoch auf der Todesliste der Bruderschaft zu landen. Asasel verstand es, sich bei den Menschen, den Nephilim und Seinesgleichen unbeliebt zu machen.

Allerdings er war wertvoll. Weil er käuflich war.

Ashton Walbrick. Die Internetseite seines Juweliergeschäftes fand Mahawaj nach wenigen Klicks. Keine Mail. Er wollte die Stimme seines langjährigen Söldners hören.

Kepheqiah hatte ihn damals nicht erkannt. Doch Mahawaj war nach einer Zeit lang stiller Beobachtung klar gewesen, welche Identität sich hinter dem Namen Salomo verbarg. Es war weise von Asasel gewesen, seine verräterische Hülle abzustreifen und sich in wechselnden Wirten zu verbergen. Mahawaj selbst graute davor. Sein Körper erinnerte ihn an sein wahres Selbst. Ihn aufzugeben, bedeutete einen weiteren Schritt weg von der Heimat.

Er wählte die Londoner Nummer und wartete. Eine Mrs. Smith meldete sich mit nasaler Stimme. Woher nahmen die Menschen den Sinn für ihre Banalität in der Namensgebung? Er stellte sich als Mr. Sextus Mights vor, der dringend mit dem Inhaber sprechen müsste. Sie sollte Mr. Walbrick ausrichten, er sei ein extrem alter Jugendfreund.

Keine Minute später teilte sie ihm mit, dass sie ihn nun mit Mr. Walbrick verbinden würde.

»Sextus Mights?« Die Stimme am anderen Ende kannte er nicht.

»Wohl eher Mahawaj Baraq'el, oder irre ich?«

»Wie geht es dir?« Ein wenig Höflichkeit stand auch einem Schmied zu.

Asasel lachte lustlos. »Das letzte Mal hast du mir einen hübschen Boten im Lendenschurz geschickt. Er teilte mir deinen Befehl mit, den Nazarener unverzüglich zum Sterben freizugeben. Soweit ich mich erinnere, habe ich dem Folge geleistet.«

»Und bist fürstlich dafür entlohnt worden.« Zweitausend Jahre Freiheit. Nach dem rüden Rausschmiss aus Jerusalem tausend Jahre zuvor war das mehr als großzügig.

»Der Weltverbesserer stammte aus meiner direkten Linie«, schnarrte der Grigori ins Telefon. »Es hat mich geschmerzt, ihn sterben zu sehen.«

»Dennoch nahmst du das Silber.«

»Um es im Bordell zu verprassen. Ich habe mir den Tod an diesem Abend schön gehurt. Dreißig Silberlinge sind schnell unters Volk gebracht.«

Ein primitiver Klotz. Wie alle seines Chores. Die einzige Ausnahme stapfte wutentbrannt durch die Welt und hasste ihn seit wenigen Minuten.

»Was willst du?« Ein wenig Angst klang in Asasels Frage.

»Eine Antwort und einen Gefallen.«

»Zu welchem Preis?«

»Weitere zweitausend Jahre Ruhe vor mir.«

»Dann ist der Gefallen groß.«

»Zur Frage: Hast du Shemhazai befreit?« Damit hätte er ihren Vertrag gebrochen.

»Nein«, kam es sofort. »Ich bin nicht scharf darauf, von dir gebannt zu werden. Und was soll ich mit dem Heerführer anfangen? Er würde mir nur den Einfluss auf die Engelskinder streitig machen.«

»Finde heraus, wer es getan hat.«

»Sind nicht viele von uns übrig. Die paar Schatten, die sich bei den Magiern anbiedern, taugen nicht zu einer solchen Tat.«

»Was ist mit Caym? Er trug die Hülle von Kolja Grigorjew und scheut nicht vor einem Mord an den Nachkommen zurück. Traust du es ihm zu?«

Am anderen Ende pfiff es leise. »Eventuell. Doch er wollte niemals Shemhazai.« Sein trockenes Lachen klang nach Bellen. »Er wollte mich und hat unsere Siegel verwechselt.«

»Sind alle Grigori dermaßen dämlich?« Wie konnte man die schlichten Siegel des zehnten Chores verwechseln?

Vom anderen Ende schlug ihm Stille entgegen. Ein Schmied mit verletzten Gefühlen. Mahawaj gab dem hochmütigen Stolz seines Söldners zwei Atemzüge Zeit, sich zu verflüchtigen.

»Nun?«

»Ich hätte Sofia niemals zeigen dürfen, wie man Dämonen ruft«, lenkte Asasel ein. »Aber sie besitzt, wie alle Callahans, eine nachtschwarze Seite, die ich schätze. Durch die Heirat mit Ramuell Grigorjew wurde diese Seite in ihr noch dunkler.« Er lachte leise. »Außerdem schlage ich meinen Nachkommen ungern einen Wunsch aus.«

Caym hatte in Ramuell Grigorjews Auftrag Blutbäder unter den Menschen angerichtet. Jack the Ripper war nie Fiktion gewesen.

»Warum hast du dich Caym nicht zu erkennen gegeben? Er ist einer deiner Männer.«

Asasel schnaubte. »Um damit mein Inkognito auffliegen zu lassen? Nein. Es ist gut, dass keiner der Nachkommen von mir weiß. Unerkannt lebt es sich sicherer unter ihnen.«

Der Grigori traute seiner eigenen Brut nicht über den Weg. Zurecht.

»Was hast du mit dem Heerführer vor?«, fragte der Schmied lauernd.

»Ich werde ihn töten.« Die Gefahr, dass er ein zweites Mal von dem Bann befreit wurde, war zu groß. »Dasselbe werde ich mit jedem von euch tun, der seiner Strafe entkommt.«

»Mich eingeschlossen?«

»Sei weiterhin von Nutzen für mich. Dann kannst du dir Leben und Freiheit erkaufen.«

Am anderen Ende wurde es still.

»Asasel?« Waren ihm zweitausend Jahre zu wenig?

»Ich muss mit Sofia in Kontakt treten«, sagte er endlich. »Es ist leicht, mit ihr ins Geschäft zu kommen. Wenn ich etwas erreicht habe, melde ich mich.« Er legte auf.

Mahawaj legte den Hörer aus der Hand. Wahrlich, Asasel war nützlich. Bis vor wenigen Minuten war es Keph ebenfalls gewesen. Aus reiner Loyalität.

Der Gedanke, sich ihn zum Feind gemacht zu haben, schmerzte. Aber nichts war es wert, länger als nötig in dieser dunklen, lauten Welt zu verweilen.

~*~

Dieser jämmerliche kleine Schurke! Wie konnte er es wagen, Sofia Grigorjewa zum Weinen zu bringen? Asasel starrte auf die Anzeige des Telefons, auf der eben noch eine russische Nummer geblinkt hatte.

Sofia Grigorjewa war außer sich gewesen.

Woher er von Caym wüsste, wie sehr sie litt, dass sie keine Ahnung habe, wie sie sich von dem Dämon befreien sollte. Den anderen Familien wollte sie sich nicht offenbaren. Sie fürchtete um ihren Ruf. Auch unter den Nachkommen der Nephilim galt es als schändlich, Dämonen zu beschwören. Jetzt, wo Kolja seinem Vater in den Tod gefolgt war, verlor die Familie Grigorjew ohnehin den Anspruch auf den ersten Sitz im Rat der alten Familien.

Er hatte lange gebraucht, um sie zu beruhigen.

Der Deal war simpel: Er erlöste Sofia von dem Plagegeist, dafür händigte sie Shemhazai aus. Dass er in der Hülle ihres jüngsten Sohnes steckte, machte es für sie nicht leichter. Der Heerführer schien sich anständig zu benehmen, wurde jedoch von Caym brutal traktiert. Er schien seine Rache zu genießen.

»Mrs. Smith! Einen Tee bitte!« Den brauchte er zum Denken.

Seine Mitarbeiterin betrat lächelnd das kleine Büro hinter dem Laden.

Bescheidenheit und Unauffälligkeit.

Praktische Eigenschaften, die er sich von Menschen wie seiner Sekretärin abgeguckt hatte und mittlerweile perfekt imitieren konnte – wenn es nötig war.

Das verhinderte aufkommenden Neid bei den Nachfahren der Bastarde und Nervereien der Behörden.

Asasel lehnte sich zurück und nahm die ihm dargebotene Tasse entgegen. »Ich werde demnächst für ein paar Tage verreisen. Ein befreundeter Edelsteinschleifer aus Moskau hat mich eingeladen.«

»Das riecht nach einem guten Geschäft.« Mrs. Smith zückte ihren Notizblock. »Für wann darf ich den Flug buchen?«

Er bedachte sie mit einem warmen Lächeln. Fleißig, ausreichend klug, an den richtigen Stellen genug Fleisch, um sich im Augenblick der Ekstase hineinzukrallen.

Interessanter wurde es für ihn, wenn sich das zarte Rosa der Schenkel bereits in schillerndes Graugrün gewandelt hatte und ein süßlicher Duft die ersten Fliegen anlockte.

Er schloss die Augen und wagte sich an einen Ort zurück, der ihn allzu oft in Träumen heimsuchte. Ein Floß, bedroht von schwarzen Wasserwänden. Als das erste Engelskind an Erschöpfung und Hunger starb, stürzten sich seine Brüder und Schwestern auf den mageren Körper und nagten das Fleisch von den Knochen. Mit einer Inbrunst, die sich tief in Asasels Bewusstsein gefressen hatte. Nie zuvor war er Zeuge solch maßloser Gier, solch rasender Hingabe geworden.

Lustvoll Todeshunger stillen. Die Königsdisziplin der fleischlichen Genüsse.

Dicht gefolgt von Schmerz.

Shemhazai durfte diesen Schmerz erdulden. Zur Belohnung führte er ihn in den Tod. »Ich werde dich verraten, Heerführer.« Für läppische zweitausend Jahre.

# ERZWUNGENE LUST

Wach? Nein. Oder doch? Ein lautes Brummen bohrte sich in ihr Hirn. Ihr war schlecht. Die Ursache schlüpfte an Jades Bewusstsein vorbei. Es war müde und wollte keine offenen Lider und keinen Lärm. Ein Klopfen an ihrer Tür. Ruben mit schwarzen Augen. Ein Lächeln, das ihr Blut in Eiswasser verwandelte. Warum lächelte er? Ohne Seele? Erst José, dann Ruben. Was war mit den Cleanern los? Er hatte ihr etwas gesagt. Was? Es hatte nichts mit dem Tuch zu tun, das er plötzlich in ihr Gesicht gedrückt hatte.

Schwere Dunkelheit. Gab es das? Ihr Körper fühlte sie.

Nicht weiterdenken. In ihr wartete die Angst darauf, endlich zuschlagen zu können.

Ein neuer Anlauf. Sie musste die Augen öffnen. Beige. Schreckliche Farbe. Auch für Polstersitze. Metall. Ein Rollwagen? Ovale Lampen mit grellem Licht. Keine Lampen. Fenster. Ein Flugzeug? Viel zu klein. Und der Rest der Passagiere? Weg. Sie war allein. Bis auf den Piloten, hoffentlich.

Auf die andere Seite drehen und das flaue Gefühl im Magen ignorieren. Übel. Schwindelig. Ihr Kopf dröhnte und ihre Glieder fühlten sich falsch an. Schwächer als sonst. Jade legte eine Hand auf den Bauch, die andere auf die Stirn. Manchmal half das. Heute nicht.

Das Wort *Entführung* pochte in ihren Schläfen.

Die Erkenntnis schlug ihr auf den Magen statt ins träge Gehirn. Ginge es ihr besser, wäre sie aufgesprungen vor Schreck.

Himmel, war ihr übel!

Hoch von dem beigefarbenen Sofa. Irgendwo musste eine Toilette sein. Jade taumelte die wenigen Schritte bis zum Cockpit. Links die erlösende schmale Tür.

In ihr blubberte es bereits.

Wo war Ruben?

Warum hatte er sie entführt?

Hatte es etwas mit Shemhazai zu tun?

Die Fragen ergossen sich unbeantwortet in das graue Metallbecken.

»Du bist wach?«

Jade hätte sich gerne erschreckt. Doch ihre Prioritäten setzten sich würgend von allein. Die kalte Stimme hinter ihr musste warten, bis sie sich zumindest den Mund ausgespült hatte.

Der saure Geschmack wollte nicht weichen, auch nicht das Brennen in der Kehle. Wann war ihr das letzte Mal dermaßen schlecht gewesen?

Ruben trat zur Seite, als sie auf ihn zuschwankte. Stöhnend sank sie auf einen der Handvoll Sitze. »Ein Privatjet?«, krächzte sie aus ihrem verätzten Hals. »Wo bringst du mich hin?« *Und was willst du von mir?*

»Du trägst einen Schmuck, der dir nicht gehört.« Ruben nahm ihr gegenüber Platz. »Ich weiß aus den Erinnerungen dieses Mannes, zu was dich dieser Ring befähigt.«

Welcher Mann? Sie waren allein.

»Zeig mir, was du kannst.«

Kein Ruben.

Ein anderes Wesen.

Dunkel, böse.

Der Blick aus abgrundtief schwarzen Augen riss die Realität in Stücke. Sie flatterten um Jade, sammelten sich zu ihren Füßen.

Was blieb war ...

Grauen.

~*~

Der Wind roch nach Schnee. Wo er auf die Haut traf, stach er wie Nadeln. Shem zog den Rollkragen bis über die Nase.

Er zügelte Fee, der weiße Schwaden aus den Nüstern quollen. Ein Morgenritt über eingefrorene Felder. Sofia ließ ihm die Leine lang. Wie von Caym prophezeit. Der Radius reichte bis an die Grenze eines kleinen Dorfes im Süden und knapp an die private Landebahn im Norden.

Nach einer durchwachten Nacht tat ihm die Kälte gut. Doch sie milderte kaum die Sorge um Jade. Er würde sie sehen, sie berühren. Sein Herz wollte vor Freude singen und die Angst vor Cayms Intrigen ignorieren.

Was bezweckte der Dämon mit dieser Großzügigkeit?

Umsonst verschaffte er ihm keine Gesellschaft.
Dunkle Gedanken quollen in ihm wie der gefrorene Atem vor Fees Nüstern.
Caym durfte ihr nichts antun. Er hatte Shem sein Wort gegeben.
In ihm lachte es laut. Fast schrill.
Cayms Wort?
Es galt nichts. Auch wenn sich seine Hoffnung an den Funken Ehrgefühl in dem Grigori krallte.
Der Wind frischte auf. Durchdrang die schäbige Jacke. Kalt und blau klammerten sich seine Finger um die Zügel. Er musste zurück, auch wenn sich alles in ihm dagegen sträubte.
Durch den Torbogen kam ihm Galina entgegen. »Ein Anruf für dich.« Sie hielt sein Handy hoch. »Warum trägst du es nicht bei dir? Die Dinger machen nur Sinn, wenn man sie klingeln hört.«
Er nahm es ihr ab. »Was hast du? Es ist ganz ruhig.«
»Check die Anrufliste.«
Zweifelsfrei versteckte sich diese Liste hinter einem der bunten Bildchen. Bis er sie in dem Gewimmel fand, war er auf dem Pferd erfroren.
»Überlasse Fee mir, ich kümmere mich um sie.« Zärtlich strich sie der Stute über die Schnauze.
Shem schwang sich aus dem Sattel.
Auf dem Weg zum Haupthaus blieb ihm die Kälte in den Gliedern treu. Er brauchte Wärme. Von innen und von außen. Seine feuchte Kammer schied aus.
Dann die Küche.
Die Köchin mochte ihn. An Cayms Anordnungen vorbei sorgte Gruschka ab und an für etwas Warmes zu essen. Ginge es nach den Wünschen seines Sklaventreibers, bekäme er bloß die klassische Gefangenenkost: Wasser und Brot.
Die Küche empfing ihn mit dem Duft frisch aufgebrühten Tees. Shem goss sich eine Tasse ein und hockte sich vor den Herd. Die Hitze der Fliesen strömte durch seine Jacke und wärmte seinen Rücken.
Bald würde Caym ankommen und sein *Geschenk* mitbringen.
Ahnte er, dass ihm Jade längst gehörte? Oder sollte sie eine andere Funktion erfüllen? Eine, die lediglich Caym kannte?

Trotz des Tees fühlte sich sein Magen kalt an. Wenn Caym ein zweites Ritual plante, brauchte er dafür kein Opfer aus dem weit entfernten London einzufliegen. Warum machte er sich die Mühe?

Fieberhaft jagten sich seine Gedanken. Was immer der Dämon plante, es musste eine Möglichkeit geben, Jade vor ihm zu schützen. Bis dahin teilte sie seine Nähe.

Der Gedanke sprengte seine Brust.

Aus seiner Jackentasche brummte es. Eine Nachricht.

Denk an dein Geschenk.

Sein Herz schlug höher, obwohl es ihm der Verstand verbot.

Es war egoistisch. Grausam. Aber er sehnte sich unendlich nach dieser Frau.

In den Lenden zog ein süßer Schmerz nur bei der Vorstellung, sie zu liebkosen. Er schloss die Augen, träumte sich wie so viele Male davor in Jades zarten Körper.

Das Handy brummte erneut.

Ein Bild.

Jade. Sie war verletzt. Auf ihrer blutenden Braue klebten Haarsträhnen. Die Augen waren geschlossen. Ihre Lippen verschloss ein breiter Streifen. Ihre Hände lagen gefesselt in ihrem Schoß.

Caym hatte sie geschlagen. Sein Wort gebrochen.

Das Handy an die Wand werfen und hoffen, dass Caym ebenso zersplitterte. Shem bezwang den Impuls.

Seine Finger zitterten, als sie auf die Buchstabenfelder tippten.

*Sie gehört mir. Rühr sie nicht an!*

Die Antwort kam nach wenigen schnellen Atemzügen.

*Dann hole sie dir. Landung: elf Uhr.*

Es folgte ein gelber Kreis mit Augen und Kussmund. Shem löschte die Nachricht. Es war kurz vor elf.

Draußen empfing ihn derselbe Eiswind, dem er eben erst entkommen war. Jade stand eine holprige Landung bevor. Shem hakte die Torflügel der Garage ein.

Der Hummer wartete auf ihn.

Die Landebahn lag an der Ostgrenze des Grundstücks. Shem fuhr zu schnell. Der Wagen schlitterte über die festgefrorene Schneedecke. Er fing ihn ab, die Räder drehten durch.

»Verdammt!« Er konnte es besser.

Hektisch nutzte er Jade nichts.

Langsam, bis die Reifen wieder griffen. Der Weg war kurz. Er würde es bis zur Landung schaffen.

Keine Sekunde zu lang durfte Jade allein in Cayms Gewalt bleiben.

Am Horizont riss der Wind Fetzen aus den Wolken. Er jagte sie über den grauen Himmel. Schatten, die gierig auf Beute waren. Wie Caym.

Die Landschaft zog weiß an ihm vorbei. Endlich erreichte er den Abzweig zum Rollfeld.

Er schaltete den Motor aus und öffnete das Fenster. Bei der dichten Wolkendecke tauchte das kleine Flugzeug erst kurz vor der Landung aus dem Grau auf. Die Sorge um Jade nistete in seinem Herz, verdrängte Angst und Hoffnung zusammen mit der Wut auf den Dämon.

Brummen über den Wolken. Langsam schob sich der silberne Vogel durch Grauweiß. Er kämpfte wackelnd mit dem Wind, setzte unsanft auf.

Shem ging ihm entgegen.

Caym erschien in der Luke. Er breitete die Arme aus und heuchelte Freude. Shem ballte die Fäuste vor Zorn.

Der Dämon griff hinter sich. »Hier! Für dich!«

Jade. Er fasste sie am Genick und stieß sie die Boardtreppe hinunter.

Sie stolperte. Caym sah grinsend zu.

Shem rannte zu ihr, fing sie auf.

Seidenweiches Haar an seiner Wange. Ein Duft nach Kräutern und Blumen. Er überdeckte den Geruch ihres geronnenen Blutes.

Ein fast vergessenes Gefühl flutete ihn. Sein Zentrum lag tief in seiner Brust. Es wärmte, entspannte.

Er schloss seine Arme fester um sie. Der Wunsch, sie nie mehr loszulassen, streifte sein Herz. Wie gern hätte er ihr Sicherheit versprochen, doch das wäre eine Lüge gewesen. Shem biss sich auf die Innenseite der Lippen. Der Satz: Fürchte dich nicht wartete sehnsüchtig darauf, ausgesprochen zu werden.

Er hob ihr Kinn an und streifte die Haare aus ihrem Gesicht. Es war blass wie frisch gefallener Schnee und ebenso schön. Unglaublich, wie faszinierend das Grün ihrer Augen schillerte. Läge nur keine Angst darin.

Ihre Pupillen weiteten sich. Sie versuchte, etwas zu sagen. Das Klebeband hinderte sie daran.

Der Klebestreifen musste weg, damit sie frei atmen konnte. Und reden. Er wollte ihre Stimme hören. Vorsichtig löste er die Ecken. Ganz langsam, damit es nicht wehtat.

Er verletzte sie dennoch. Mit dem Daumen fuhr er den Lippenschwung nach und verteilte helles Blut.

»Vorsicht, die Kleine ist eine Hexe.« Caym wagte es, die Finger nach ihrem Haar auszustrecken. »Schön wie eine wilde Blume. Und ebenso vergänglich.«

Shem hielt seine Hand auf.

»Jemand könnte sie pflücken.« Der dunkle Blick glühte vor Begehren. »Oder zertreten.«

Cayms Gelenk knirschte in seinem Griff. »Niemand zertritt, was mir gehört. Muss ich dich an dein Versprechen erinnern?«

»Sie ist dein.« Die verhasste Stimme schnarrte vor Hohn. »Die Verletzung hat sie sich selbst zuzuschreiben.« Caym verzog den Mund. »Sie hat sich gewehrt wie eine Furie.«

Tränen traten Jade in die Augen. Ihrem Blick nach entsprangen sie blanker Wut.

Ihre Wange berühren. Den zurückgebliebenen Tropfen mit der Fingerkuppe auffangen. In dem Halbrund spiegelte sich ihr Gesicht. Sie hob die Hände höher. »Schneide mich los.«

Das Klebeband schnürte die Haut an ihren Gelenken ein.

Caym lachte. Es klang blechern und falsch. »Wenn du kein Messer dabei hast, muss die kleine Hexe noch ein wenig aushalten.« Wieder war seine Hand auf dem Weg zu ihrem Haar. »Das kann sie gut. Viel besser, als es ihre Zierlichkeit vermuten lässt.«

Shem zog das Mädchen hinter sich. »Was hast du ihr angetan?« Die Wut klopfte in seinen Schläfen.

»Nicht das, was ich ihr gerne angetan hätte.« Die Arroganz verließ Cayms Miene. Gab es kalte Sehnsucht? Wenn, schimmerte sie in seinem Blick. »Auch so hatten wir unseren Spaß miteinander.«

Ein Schlag in die grinsende Visage und auf die Sanktionen scheißen. Seine Hand ballte sich zur Faust.

Caym sah es. »Wage es.«
»Lass es darauf ankommen.«
Kühle Finger verschränkten sich in seinen. »Hör auf.« Jade klang müde. »Wir müssen reden. Aber nicht hier.« Sie nickte zu Caym, der ihre Schönheit weiterhin mit gierigen Blicken besudelte.

~*~

Er war es. Kein Zweifel. Shemhazai. Anfangs hatte sie ihn nur an den Augen erkannt.

Er sah elend aus. Viel dünner als vor drei Monaten. Was machte er hier? Warum war sie zu ihm gebracht worden?

Zu viele Fragen. Hinter ihnen lauerte Panik. Jade blendete sie aus. Während des Fluges hatte sie genau das gelernt.

Ausblenden. All die entsetzlichen Visionen, die aus dem Kopf des Mannes krochen, der Ruben bloß äußerlich ähnelte.

Nachdem ihr Puls über Stunden gerast hatte und ihre Nerven lediglich noch ein verklumpter Haufen verätzten Irgendwas gewesen waren, kam die Erlösung in Form eines simplen Tricks.

Was sie umgab, war bloß ein Horrorfilm. Dummerweise in 3D. Sie mimte die Zuschauerin, musste die furchtbaren Szenen über sich ergehen lassen, doch letztendlich handelte es sich um Illusionen.

In ihr flatterte die Angst dennoch.

Shemhazai blickte auf sie hinab. »Was dir geschehen ist, tut mir unendlich leid.« Sein Zorn auf das Wesen in dem gestohlenen Körper war scharfkantig wie geschliffenes Glas. »Ich habe mich danach gesehnt, dich wiederzusehen, aber nicht auf diese Weise.«

Ich habe mich auch nach dir gesehnt. Tag für Tag. Sie biss sich auf die Lippen. Ihre Worte gingen den Mann mit den schwarzen Augen nichts an.

Ein feistes Grinsen entstellte sein Gesicht.

»Wir haben vergessen, einander vorzustellen.« Er hielt ihr die Hand hin. »Du kannst unser Geheimnis nicht mehr ausplaudern. Daher vertraue ich es dir an.« Jade ignorierte seine Hand. »Ich bin Caym. Wie Shemhazai bin ich einer der letzten noch lebenden Grigori.«

Caym.
Ihre Beine gaben nach.
Shemhazai schlang seinen Arm fest um ihre Taille.
Jade besaß keine Energie mehr, diese Berührung zu genießen. Die Gefangene eines Dämons. Was er Lucy zugefügt hatte, wusste sie noch zu genau.
Shemhazais Hand wanderte in ihren Nacken, stützte ihren plötzlich viel zu schweren Kopf. »Du bist blass.«
»Ich bin okay.« Seltsam. Müde ließ es sich leichter lügen als in wachem Zustand.
»Du wirst entführt, gefesselt und geknebelt und bist okay? Ich glaube dir kein Wort.«
Dass in einem winzigen Lächeln ein Meer aus Mitgefühl liegen konnte. Es tat gut wie ein heißes Bad nach einer durchtanzten Nacht – nackt unter einem sternklaren Winterhimmel.
»Lasst das Geschwafel!« Der Dämon schlug den Kragen der Jacke hoch. »Mir ist kalt. Fahr uns zum Gut.«
In Shems Miene zuckte es. »Wenn du nicht laufen willst, schlägst du besser einen anderen Ton an.«
Kalte Entschlossenheit gepaart mit Arroganz und einem Schuss gerechtem Zorn. Seine Gefühle konnte sie auf der Zunge schmecken.
»Vergiss nicht, was du bist.« Caym stellte sich breitbeinig vor ihn. »Ein jämmerlicher Sklave, der springen muss, wenn es sein Herr befiehlt.«
Der Griff um ihre Schulter wurde so fest, dass es wehtat.
Das Lächeln des Dämons zog sich in die Breite. »Vielleicht überrede ich dich, mich von meinem Eid zu entbinden und wir teilen uns das Mädchen. Du weißt, dass meine Macht über dich keine Grenzen kennt.«
»Nein!« Nicht das! Angst verschlang sie. Nahm ihr den Atem. Ihr Herz raste. In feinen Rinnsalen lief ihr kalter Schweiß über den Rücken.
Stopp! Ein Film. Ein elender, mieser, nicht enden wollender Film. Allerdings besaß sie keinen funktionierenden Nerv mehr, um ihn zu ertragen.

»Sie ist mein«, presste Shemhazai durch die Zähne. »Ich habe dein Wort.«

Ich bin kein Ding! Ich gehöre niemandem. Auch diese Worte blieben in ihrem Mund.

Caym fletschte die Zähne. Finsternis rann an ihm hinab wie flüssiges Pech. Sie bildete Lachen um seine Füße.

»Dann pass gut auf sie auf, dass sie nicht in deinen Kopf sieht.« Langsam kam er auf Shem zu. »Denn sonst erkennt sie, was du bist: Ein jaulender Köter, der an seiner Kette zerrt.«

Eisschollen tanzten auf sturmgepeitschten Wogen. Versanken in Dunkelheit, zogen Cayms hämisches Grinsen in die Tiefe.

Shem ballte die Faust. Holte aus.

»Wage es«, zischte der Dämon »und du verfluchst jede Sekunde deines Lebens.«

»Nein!« Gott, klang ihre Stimme piepsig. »Bitte! Lass ihn in Ruhe.« Die Visionen, in denen sich Shem vor Schmerzen wand, fluteten sie.

Der Dämon warf den Kopf in den Nacken und lachte. »Die Kleine tut das, was du mir verwehrst: Sie fleht mich an. Für dich!«

Shemhazais Blick über die Schulter schlug jegliche Entschlossenheit in ihr in die Flucht. Er war nicht dunkel wie Cayms, aber ebenso hart. Und er gebot ihr nur eines: zu schweigen.

Ihr Herz vergaß den nächsten Schlag. Dafür wurde ihre Kehle eng. So eng, dass sie weder schlucken noch atmen konnte.

Seine Finger hoben ihr Kinn. Doch auch ohne sie hätte Jade nirgends anders hinsehen können als in seine Augen.

Der Mann am Abgrund. Er sprang in den sicheren Tod. Mit ihr.

»Du zitterst.«

Der Sturm legte sich. Das Eis schmolz.

Er beugte sich zu ihr hinab. Seine Wange lag warm und kratzig an ihrer. Wo war die Strenge in seinem Blick? Fort, als hätte es sie nie gegeben. »Jade.« Ein kaum wahrnehmbares Wispern. »Halte dich aus meinem Kopf heraus. Versprich es.«

»Vorsichtig.« Caym klang schal im Vergleich zu dem dunklen Schwingen, das Shemhazais Stimme trug. »Du bist dabei, dir eine zweite Kette um den Hals zu binden.«

Lachen von irgendwoher. Unwichtig. Ihr verschwamm die Sicht. Müdigkeit. Schwere. Nur noch ausgefranste Konturen vor einem grauen Hintergrund. Jade stürzte. Tiefer und tiefer.

~*~

Sie sank zusammen. Shem fing sie auf und hob sie auf den Arm. Ihr Kopf fiel nach hinten, auf ihrer Stirn perlte Schweiß.

Jade brauchte Wärme und einen Platz zum Ausruhen. Was hatte Caym ihr zugemutet?

Shem trug sie zum Wagen, bettete sie auf den Beifahrersitz und schnallte sie an. Die Lehne stellte er so weit es ging zurück. Sie sollte es bequem haben.

Er zog seine Jacke aus und deckte Jade damit zu.

Ihr Haar glänzte. Ihre Haut schimmerte zart wie Seide. Behutsam strich er über ihre Wange. »Schlaf. Wenn du erwachst ...«

»... realisiert sie, dass sie die Gefangene überirdischer Wesen ist.« Der Dämon schwang sich auf die Rückbank. Die Tür schlug er unnötig laut zu. »Du spielst vor der Kleinen den Helden?«

»Nein.« Er war der Held. Spätestens seit er zappelnd in Cayms Fängen hing.

»Für die Frechheit, mich nach hinten zu verbannen, werde ich dich büßen lassen.« Seiner Miene nach freute er sich darauf. Shem verdrängte die aufsteigende Angst. »Tu das.« Jades Nähe war es ihm wert.

»Du denkst, du seist stark, weil nachsichtige Hände das Ende deiner Ketten halten.« Im Innenspiegel erschien das breite Gesicht. »In wenigen Minuten ändert sich das.«

»Ist mir bewusst.«

In Cayms Mundwinkeln zuckte es. Langsam leckte er sich über die Lippen.

Während der Fahrt konzentrierte sich Shem nur auf den Duft, der von Jade ausging. Er nahm das einschnürende Gefühl von seinem Herz, ließ es trotz der Wut ruhiger schlagen.

Wildblumen im Sommerwind. Kräuter zwischen sonnendurchwärmten Felsen. Ihr Parfum? Ihr Shampoo?

Die Nase in die blonden Wellen drücken, sich an den schlanken Körper schmiegen, seine Wärme, seine Zartheit unter sich spüren. Ihn umschließen und dabei den Duft inhalieren, bis er sich in ihm auflöste.

»Hey!«

Ein herber Stoß gegen die Nackenstütze.

»Fahre geradeaus! Du kommst von der Straße ab.«

Der Graben, verdammt! Im letzten Moment riss Shem das Steuer herum. Im Rückspiegel strafte ihn Cayms Blick. »Sie bezirzt dich.«

»Was sie tut oder lässt, geht dich nichts an.« Bezirzen? Nein, verführen. Auf eine sanfte, betörende Weise. Allein ihre Gegenwart genügte.

Wieder zog es seine Finger in die Weichheit ihrer Haare. Er schob eine Strähne nach hinten, streifte dabei das Ohrläppchen. Samtig. Weich. Er streichelte den Duft an seine Fingerspitzen.

Einen Weg, sie zu schützen. Stumm sandte er sein Flehen in die kalte Welt.

Sofia wartete bereits vor dem Haus und blickte ihnen mit regloser Miene entgegen. Kaum war Caym ausgestiegen, hielt sie ihm ihr Handgelenk hin.

Shem umklammerte das Lenkrad. Am liebsten hätte er es herausgerissen und Caym damit erschlagen.

Flink wie ein Schlangenschwanz wechselte die Kette ihren Platz.

Die friedlichen Stunden waren vorbei.

Wenn sich der Dämon wenigstens in Jades Gegenwart zügelte. Sei nicht naiv. Er wird es genießen, dich vor ihr zu demütigen. Nicht daran denken.

Gleichgültig, was ihn erwartete, Jade musste ins Warme.

Unter seiner Jacke zuckte sie zusammen, als er den Gurt löste und sie auf den Arm hob.

»Lust auf einen Tanz?« Caym wirbelte das Kettenende im Kreis. »Du bist es mir schuldig.«

Verdammt! Shem zwang sich, ruhig zu atmen und dem Dämon gelassen ins Gesicht zu sehen. »Später. Sie braucht ein Bett und etwas zu essen.«

»Die Räume deines Wirtes.« Caym wies auf zwei Fenster weit oben im Haupthaus. »Es sei denn, du willst ihr deine Kammer zumuten.«

Sicherlich nicht. Auch wenn der Gedanke ihn beunruhigte, sie dort, wenn auch nur vorübergehend, allein zu lassen.

Jade stöhnte leise. Sie schmiegte ihre Wange an seine Brust.

»Fürchte dich nicht.« Er sagte es zu ihr und zu sich selbst.

~*~

Sanft. Dennoch schwang untergründig Härte in der Stimme. Und Wut. Sie stach in Jades Magen, glühte in ihrem Kopf.

Zu müde, um die Augen zu öffnen.

Shemhazai hielt sie fest im Arm. Sein Herz schlug stark und schnell. Sie spürte das Pochen an der Wange. Sein Duft mischte sich mit einem Hauch Pferdestall und Staub.

Ein staubiger Engel. Sie sollte sich nicht fürchten. Sie tat es nicht. Nicht jetzt.

Hallende Schritte. Gedämpfte Schritte. Treppenstufen, ein Geruch nach altem Holz und noch älterem Stein. Ein Luftzug, das Klappen einer Tür.

»Ruh dich aus.« Diesmal war die Härte aus seiner Stimme beinahe verschwunden. »Wenn du wach wirst, bringe ich dir etwas zu essen.«

Sie war wach. Und wieder nicht.

Kühle Glätte in ihrem Nacken. Shemhazai zog ihr die Schuhe aus, deckte sie mit etwas Weichem zu. Ein Bett. Endlich schlafen. Nicht dieser Taumel zwischen Angst und Erschöpfung.

Ein Schnitt und ihre Hände waren frei.

Eine sanfte Berührung an ihrer Wange, ein flüchtiges Streicheln über ihr Haar. Seine Hände fühlten sich an, als hätten sie nie Schmerzen zugefügt. Die Wut in seinem Herz passte nicht zu ihnen.

Er stand auf. Wasser rauschte. Nach einer Weile setzte er sich wieder zu ihr.

Ein feuchtes Tuch auf ihrer Schläfe. Die Kälte stach in ihre Braue.

»Ich bin wach.« Liebe Güte, klang ihre Stimme kratzig. »Bloß meine Augen nicht.«
»Wie bedauerlich.« Behutsam tupfte er über ihre Lippen. Sie waren wund und aufgesprungen. Jade schmeckte Blut, als sie mit der Zunge darüberfuhr.
»Sie erinnern mich an ...«
»Jade. Ich weiß.« Ein Zufallstreffer ihrer Mutter bei der Namensgebung.
»Wir reden später, wenn es dir besser geht.«
Zarte Berührungen.
Sie begleiteten Jade in die Schwere.
Warm. Keine Gedanken, keine Angst.

~*~

Ihr Atem strömte gleichmäßig über seine Hand. Shem beugte sich über sie, bis seine Nase in ihrem Haar verschwand. Jade gehörte ihm. Dieser Gedanke tat unendlich gut.

Auf ihrer Braue hatte sich Schorf gebildet. Er berührte die Wunde mit den Lippen.

Der Anblick ihrer wunden Handgelenke schürte seine Wut auf Caym. Die Verlockung, ihren Pullover nach oben zu streifen, milderte sie wieder. Auf ihrem rechten Beckenknochen saß ein Leberfleck. Der tiefe Bund der Jeans verdeckte ihn nur zur Hälfte. Der Knopf ließ sich leicht öffnen.

Warm und süß stieg der Duft von ihrem Bauch auf. Mit den Lippen berührte er den dunklen Fleck, mit der Zunge tippte er an die vorstehenden Hüftknochen.

Unter ihrem Pullover nahm die Wärme zu. Zarte Spitze auf einer festen Brust.

Shem streichelte sich abwärts zum Bauch, bis der raue Jeansstoff seine Finger streifte. Der Hosenbund saß eng. Eng wie sie? Zwischen seinen Beinen zuckte es, als er das Hindernis überwand. Seidiger Stoff. Darunter Haut. Seine Finger wagten sich weiter, tiefer.

Herzklopfen, als hätte er noch nie eine Frau berührt.

Nässe an seiner Fingerkuppe. Jade stöhnte leise.

»Jade.« Wie weich sich ihr Name sprach. Sein Atem stellte die Härchen um ihren Bauchnabel auf.

Ihr Mund öffnete sich. Ganz leicht. Das leise Seufzen, das er entließ, war kaum zu hören. Ihre Lippen bluteten nicht mehr, doch sie rochen nach dem Klebeband.

Shem leckte den künstlichen Geschmack fort. Seine Hand wollte zurück in die Wärme zwischen ihren Schenkeln. Seine Nase auch. Und seine Zunge. Die am drängendsten. Langsam küsste er sich zum Bauch, neckte den Nabel.

Auch hier der betörende Duft.

Je näher er mit der Nasenspitze zum Reißverschluss vorstieß, desto intensiver wurde es. Das leise Ratschen hörte sie nicht.

Eine schmale Wellenlinie zog sich über den kleinen Hügel und verschwand unter dem dunklen Stoff der Jeans. Süße Rasur. In London hatte er sie kaum wahrgenommen.

Nicht kahl wie bei Galina, nicht von einer Klinge verschont wie bei Anath.

Shem schmiegte sein Gesicht an die kurzen Härchen.

Leise klirrte die Kette.

»Nein.« Nicht jetzt.

Caym. Er war nah. Sein Wille kroch durch die Kettenglieder. Ein stechender Schmerz in der Stirn, ein Pochen in den Schläfen.

Diesmal nicht. Jade schlief. Wusste nichts von der Gefahr.

Der fremde Wille wuchs in ihm. Stärker, schneller als sonst. Shem flüchtete vom Bett. Er musste raus aus diesem Raum. Weit weg von ihr.

Rauschen und Flüstern in seinem Kopf. Bilder zwängten sich auf. Wünsche. Dunkel und grausam.

Seine Beine gehorchten ihm nicht.

Schweißtropfen auf dem Laken. Sie stammten von ihm. Er hörte seinen Zähnen beim Knirschen zu. Sah seine zitternden Fäuste.

Nein!

Tu es mir nicht an, Caym.

Lachen. Tief in seinem Kopf.

Tu es ihr nicht an!

~*~

Er wehrte sich?
*Gib es auf, Shem.*
Caym lehnte sich zurück, legte die Füße auf den Schreibtisch. *Du kannst mir nicht standhalten. Nimm sie dir! Du willst es.*
Die Sehnsucht nach der Frau schmeckte süß und bitter zugleich. Sie schmolz auf der Zunge, sammelte sich in seinem Speichel. Caym schluckte ihn hinunter. Mehr!
Ein dumpfer Schmerz hinter seiner Stirn. Er breitete sich aus – zusammen mit Shems Widerstand.
Caym holte aus, schlug zu.
Keine Reaktion.
Er schleuderte die Kette mit ganzer Kraft, lauschte auf den Schrei. Er blieb aus.
Genug! Er wollte das Spiel. Er würde es bekommen.
Caym rannte durch die Korridore, übersprang Treppenstufen. Endlich stand er vor der Tür zu Grigorjews Appartement. Vor den Augen der Frau würde er Shem zum Gehorsam zwingen. Und wenn sie das komplette Haus zusammenbrüllte.
Der Heerführer stand am Bett, die Hände zu Fäusten geballt. Schweiß lief ihm in Strömen übers Gesicht. Es war verzerrt vor Anstrengung. Die Frau schlief. Naive Menschen! Im Auge der Gefahr sich dem Schlummer hinzugeben, vermochten nur sie.
All seinen Willen lenkte er über das silberne Glimmen. *Nimm sie!*
Shem keuchte, verkrampfte sich stärker. »Nein«, presste er durch die Zähne. »Diesmal nicht.«
»Ich will diese Frau. Durch dich.« Damit blieb der Eid unversehrt.
Kopfschütteln antwortete ihm.
»Ich will dein Entsetzen über deine eigene frevelhafte Tat zwischen meinen Kiefern zermalmen. Will deine Verzweiflung.«
Die Kette sauste auf den gebeugten Rücken. Shem entwich kein Ton.
War es möglich?
Caym ballte die Faust um den Bannspruch aus Licht. Sein Wille quoll dickflüssig wie Blei durch die Glieder. Zu langsam. Zu schwach. Woher nahm sein Sklave die Kraft, ihn abzuwehren?

Bohrender Schmerz. Er sprengte seinen Kopf. Caym presste die Handballen an die Schläfen. Er musste siegen. Musste Shem in die Knie zwingen.
Die Kette vibrierte zwischen seinen Fingern. Schweiß trat ihm aus den Poren. Mit solcher Kraft hatte sich ihm Shem niemals zuvor entgegengestellt. Es würde ihm nichts nützen.
*Ich ficke deinen Geist, bis du deine Blume zertrittst.*
Läge die Frau unter Caym, was würde er mit ihr tun?

~*~

Keine Kraft mehr. Dröhnen im Kopf, ein rasendes Pochen zwischen den Beinen. Sprang ihm das Herz aus der Brust? Nein, diesen Gefallen tat es ihm nicht. Unmöglich, Jade zu beschützen. Caym war zu stark. Gott! Warum?
Sein Kopf explodierte vor Schmerz.
*Wach auf. Flieh!*
Leere Wünsche. Ohne Macht.
Den Händen dabei zusehen, wie sie Jades Pullover bis über ihre Brust streiften. Ihr Beben mit den Blicken verfolgen, als sie in Schubladen wühlten. Ein Brieföffner. Scharf und spitz.
Übelkeit. Angst vor den Taten, die er nicht mehr kontrollieren konnte.
Seine Hände zitterten stärker. Er verlor die Waffe, die keine sein durfte. Hob sie auf. Verfluchte sich dafür.
Die Klinge nah an der makellosen Haut des Mädchens.
*Nein!*
Sie näherte sich.
Galle rollte seine Kehle hinauf.
Eiskaltes Herz. Würde es doch aufhören zu schlagen. Jetzt, solange noch Zeit war und nicht Jades Blut an diesen Händen klebte. Sie waren ihm fremd. Wie die Erektion zwischen seinen Beinen. Trotz seiner Angst ragte sie von ihm auf. Prall gefüllt mit Cayms Lust. Wann hatte er sich der Hose entledigt? Keine Erinnerung.
Ein Schnitt ins Fleisch, nah an der Brust.
*Nein!*
Blut quoll hervor. Rann hinab bis zur Achsel.

Er beugte sich über sie. Seine Lippen berührten ihre Haut, fühlten das warme, süße Blut.

Gier. Sie brannte. Schmerzte in seinem Kopf stärker als in seinem Schritt.

Er drückte die Schenkel des Mädchens auseinander und schob sich in ihren Schoß. Ein Widerstand, ein Stöhnen. Es klang nicht nach Lust. Nur nach Schmerz und der Angst, nicht aufwachen zu können.

Harte, schnelle Stöße.

Seine Zunge leckte über die Wunde, wollte mehr. Er presste seinen Mund auf den Schnitt, rammte sich gleichzeitig in die enge Tiefe.

Jade stöhnte lauter. Ihre schlaftrunkenen Hände versuchten, ihn abzuwehren. Ihre Miene verzerrte sich, ihre Augen blieben geschlossen.

Schneller.

Gröber.

Nässe auf seinen Wangen. Sie tropfte auf Jades Brust, ließ ihr Blut heller und dünner fließen.

Kein Wille, um aufzuhören.

Grenzenlose Scham.

Verzweiflung, die sich nach der Klinge in seinem Herzen sehnte.

Dann wäre es vorbei.

Seine Hand klammerte sich um den Marmorgriff, bis er bebte.

Unmöglich, sich ihn in die eigene Brust zu stoßen.

Caym diktierte diesen Albtraum. Nur er vermochte es, ihn zu beenden.

Schwarze Wellen türmten sich auf. Ließen seinen Körper erzittern, begruben ihn unter sich.

Schreien vor sich erfüllender Gier.

Es klang nicht nach ihm.

Nicht sein Rausch fraß sich glühend aus seiner Mitte. Nicht seine Lust strömte in den geschundenen Körper unter ihm.

Er zuckte, bebte. Sein Keuchen widerte ihn an. Er wollte es aus der Kehle reißen. Wann hörte es auf?

Endlos.

Wie die Ekstase, die ihm schwer und klebrig den Atem abschnürte.

~*~

Caym sank auf die Knie. Sein Herzschlag erschütterte den schwächlichen Wirt. Shemhazai stand vor dem Bett. Die Fäuste geballt, das Gesicht verzerrt. Er hatte das Weib verschont. Gegen Cayms Willen. Keine Berührung, kein Schnitt, kein verdammtes Pflügen des engen Ackers.

Dennoch war der Heerführer in dunklen Wogen haltloser Ekstase ertrunken. Hatte Blut geleckt, sich gehasst für Taten, die er nicht begangen hatte.

Caym wischte sich über die Lippen. Sie waren blutig gebissen. Vor Anstrengung. Vor Gier. Seine Hände zitterten. Was war geschehen?

Die Bilder von Blut, von einer schmalen Klinge, er hatte sie mit seinem Opfer geteilt. Doch unversehrt lag die Frau im Bett. Schlief, ahnte nichts von dem Kampf.

Er hatte ihn verloren.

Rasende Wut. Sie flammte auf, wurde von Erschöpfung erstickt. Mühsam kroch er zu einem der Sessel. Zog sich hoch, sank in Kissen. Shem stand reglos vor der Frau. In Schweiß gebadet wie er. Niemals durfte der Heerführer erfahren, dass er es vermocht hatte, sich seinem Willen zu widersetzen. Niemals!

*Nimm meine Gedanken für deine Taten und verzweifle daran.*

Er schleppte sich zum Schreibtisch. Ein Brieföffner. Verflucht sei der Eid. Ein Schnitt in zartes Fleisch.

Das Weib verzog das Gesicht. Die Augen blieben geschlossen.

Bis zur Kraftlosigkeit hatte er sie allein durch seine Gedanken erschöpft.

Shemhazai stöhnte. Langsam löste er die geballten Fäuste.

*Glaube, was du siehst.*

Caym zog die Hose der Frau herunter, verschmierte ihr Blut zwischen den Beinen.

Noch waren die Augen des Heerführers geschlossen. Träge, ziellose Bewegungen seiner Hände. Gestammelte Silben der Reue. Caym öffnete Shems Gürtel, dann den Reißverschluss.

Nässe, ein Rest Härte.

Der gedankliche Rausch hatte Spuren hinterlassen. Tief sog er den Duft bitterer Lust in die Lungen.

Er legte den Brieföffner neben die Frau. Der erste Blick des Heerführers musste das Blut an der Klinge bemerken.

Caym flüchtete zurück, bis der Abstand zwischen ihm und Jade groß genug war. Der Heerführer sollte ihn nicht neben seinem vermeintlichen Opfer erwischen und misstrauisch werden.

Langsam krümmte sich Shemhazai zusammen, riss an seinen Haaren.

Schein wurde zu Sein, sobald er die flatternden Lider hob.

~*~

Bleich wie eine Tote. Blutend aus den Wunden, die er ihr zugefügt hatte.

Shem raufte sich die Haare. Was hatte er getan? Die Erinnerung steckte wie ein Dorn in seinem Kopf. Wie hatte ihn Caym dazu zwingen können? Er hatte sich gewehrt. Mehr als jemals zuvor. Noch jetzt raste sein Herz. Es war wund vor Scham.

*Heuchler!*, dröhnte es in ihm. *Du wolltest, zu was er dich zwang. Seit dem ersten Augenblick, als du ihr begegnet bist.*

Ja, er wollte sie. Aber nicht so.

»Du hast meine Wünsche übertroffen.«

Caym stand in der Tür. Sein Gesicht war fahl, die Augen glasig. Langsam leckte er sich über die Lippen. »Ihre Schreie haben mich angelockt. Leider war ich zu spät. Sie erschlaffte bereits unter deinem Wüten.«

Sie hatte geschrien?

Der Raum schwankte.

»Eine Ohnmacht kann gnädig sein«, wisperte Caym. »Sie währt nicht ewig.«

Dieses Monster durfte sich nicht in ihrem Leid suhlen. Shem sprang auf ihn zu. Kein Messer, bloß ein Brieföffner. Er würde genügen.

»Idiot«, fauchte der Dämon und wischte ihn aus der Luft wie ein Insekt. »Lerne endlich, dass ich dein Herr bin.« Er streckte ihm die Faust entgegen. Sie krallte sich um Licht.

Nein. Nein! Keinen Augenblick länger! Shem rappelte sich auf, rannte gegen Caym an. Ein Schlenker mit der Hand schleuderte ihn zu Boden. Ein Tritt gegen sein Gelenk und der Brieföffner schlitterte unters Bett.

»Deine Kraft steckt in ihr.« Mit ausgestrecktem Arm zeigte der Dämon zu Jade. »Sie wird dich für das, was du ihr angetan hast, hassen. Und diesen Hass wirst du in ihren Augen sehen, kommst du auch nur in ihre Nähe.«

Nein!

»Ich kann dir nicht sagen, wie sehr mich diese Tatsache berauscht.«

Kein Gedanke. Zittern vor Wut. Übelkeit vor dem, was er war, was vor ihm stand.

Caym fasste ihn an den Haaren, riss den Kopf in den Nacken. Shem spürte den Ruck, nicht den Schmerz.

»Hass ist ein Schwert. Es schneidet dir das Herz heraus.«

Eisige Kälte. Sie gefror jedes Gefühl.

»Gewöhne dich daran, Heerführer.«

Die Worte des Dämons gingen in Shems Würgen unter. Der Schwall klatschte vor glänzende Stiefelspitzen.

Caym packte ihn im Genick, stieß ihn in die stinkende Pfütze. »Gib nicht mir die Schuld. Du selbst hast dein Geschenk zertreten.«

Lachen.

Schritte.

Eine Tür schlug zu.

~*~

Hinter ihren Lidern schimmerte mattes Licht. Zu mild, um wach zu werden. Jade ließ sie, wo sie waren – unten. Auch wenn sie sich vor ihren Träumen fürchtete. Sie lauerten auf sie. Zwischen Wach-

sein und Schlaf, in einer finsteren Ecke. Wie ein Ungeheuer waren sie über sie hergefallen. Hatten an ihr gezerrt, ihr wehgetan.
Ein Schatten mit starren, braunen Augen. Sie waren aus Eis.
Ihr Herz duckte sich unter der Angst. Sie stammte aus einem Traum. Jade legte die Hand auf die Brust, aber ihr Herz galoppierte weiter.
    Aufstehen und alles Unheimliche abschütteln. Sich einen Tee kochen und den Traum vergessen. Ihre Lider waren schwer wie Blei. Ihr Körper ebenso.
    Wurde sie krank? Alles an ihr schmerzte. Sie kroch tiefer unter die warme Decke.
    Sie roch fremd.
    Auch das Kopfkissen.
    Und warum trug sie Pullover und Jeans statt ihr Schlafshirt?
    Die Erinnerungen huschten hin und her.
    Sie war nicht zu Hause.
    Ruben, der Flug, die fremden, furchtbaren Gedanken. Shemhazai, der sie im Arm hielt, Caym, der ihr drohte.
    Engel. Dämonen.
    Aus der Stille um sie her kroch Angst näher. Sie hakte sich in ihrem Herz fest. Ließ sich nicht abschütteln.
    Doch da war noch mehr.
    Shemhazai.
    Sein Blick lag auf ihr wie die Decke. Schwer. Überall spürbar.
    »Ich weiß, dass du wach bist. Sieh mich an.«
    Sanft und hart.
    Befehlend und bittend.
    Gegensätze wie das warme Braun und das splittrige Eis seiner Iriden.
    Schlichte Möbel aus dunklem Holz. Leere Flächen. Ein Stapel Zeitschriften auf dem Boden, die Konturen eines Bücherregals. Fenster, hinter denen es finster wurde. Eine Lampenkonstruktion aus Metallschienen und Papier. Ihr Licht war zu schwach. Alles, was weiter als zwei Schritte von dem Bett entfernt stand, wurde von Dämmerung geschluckt.
    Auch Shemhazais Oberkörper. Lediglich die Beine drangen in den Lichtkreis.

»Steh auf und sieh dich an.« Unter der Härte seiner Stimme versteckte sich Angst. Wovor?

»Tu es.«

Jade schlug die Decke zurück. Auf dem Laken war Blut. Bereits angetrocknet.

Ihre Jeans war aufgeknöpft. Auf ihrem Bauch bröselten hellrote Schlieren. Ein wunder Schmerz auf ihrer Brust. Sie zerrte den Pullover von sich. Auf ihrem Dekolleté klaffte die Haut.

Wer hatte sie verletzt?

Das Zimmer drehte sich um sie.

Ihre Hände zitterten. Sie konnte den Pullover nicht richten, konnte ihn nicht anziehen. Er war auf links gedreht. Nein, nur ein Ärmel. Warum wollte sie ihn anziehen? Sie war dreckig. Musste duschen. Das Blut von sich abwaschen.

*Du hast es gewollt. Hast du es vergessen?*

Sie durfte es ihren Eltern nicht sagen. Wo waren sie?

Weg. Schon lange.

Ihr wurde schlecht.

Verdammter Pullover!

Aus dem Bett. Weg von hier. Fliehen. Wohin? Wo war sie?

Shemhazai war ein Engel. Engel schützten. Er hatte es ihr gesagt: *Fürchte dich nicht.*

»Was soll das?« Stammte die hysterisch kreischende Stimme von ihr? Da der Mann im Schatten schwieg, musste es so sein.

»Ich dachte ...« *du schützt mich*. Gott, wie naiv.

»Es tut mir leid.« In der dunklen Ecke regte es sich. »Ich wünschte, ich könnte es rückgängig machen.«

Jade wollte schreien. Kein Ton kam über ihre Lippen.

»Ich wünschte, ich könnte dir schwören, es nie mehr zu tun. Aber auch das kann ich nicht.«

Übelkeit stieg in ihr hoch, verätzte ihre Kehle.

»Soll das heißen, du verletzt mich wieder?« Was hatte er ihr noch angetan?

Oh Gott!

Nein, sie würde nicht das Bett vollkotzen. Sie würde ihm nicht die Genugtuung geben zusammenzubrechen. Gleichgültig, wie sie zitterte und würgte. Sie zerrte die Jeans hinunter. Die Innenseiten ihrer Schenkel waren schmierig rot.

Ihre Panik kreischte vor Lachen.

*Du hast es gewollt.*

Kalter Schweiß brach ihr aus, strömte über ihr Gesicht, floss zwischen ihren Brüsten. Ihre Wunde brannte stärker.

Keine Erinnerung, nur ihre dunklen Träumen.

Keine Luft. Wie ging atmen? Sie hatte es vergessen, wie das, was geschehen war.

Ihr Herz raste.

»Jade.«

Wie konnte er es wagen, zu ihr zu kommen?

Keine Luft, verdammt!

»Atme ganz ruhig.«

Er fasste sie an. Jade schlug ihn. Traf seine Nase. Gutes Gefühl. Noch ein Schlag. Auf seine Wange. Lautes Klatschen, Brennen in der Hand. Die Faust, die durch die Luft auf das fremde Kinn zuflog, gehörte ihr.

Ein harter Aufschlag. Ein stechender Schmerz bis hoch in den Arm.

Das Zimmer wurde schwarz. Sie fiel. Jemand fing sie auf.

Geborgenheit. Eine Hand auf ihrem Herz. Es beruhigte sich. Glaubte die Lüge. Wo blieb die Angst? Sie verkroch sich hinter den sanften Berührungen.

Nein. Nein, nein!

Ihre Sinne spielten verrückt. Wer so etwas tat, konnte nicht schützen.

Schuld. Schwer wie ein Fels lastete dieses Gefühl auf dem Mann, der eine Decke um sie wickelte und sie sacht in seinem Arm wiegte.

Weglaufen. Ihn töten, schreien.

*Du wolltest es. Beunruhige deine Eltern nicht mit dieser Lappalie.*

Welche Eltern? Sie scherten sich nicht um sie.

Ihr Kopf an seiner Brust. Sein Herzschlag, schnell wie ihrer. Und Wärme. Überall Wärme.

Sie war zu müde, um sich dagegen zu wehren. Getragen von Wasser. Treiben in einem Fluss. Das Wasser säuselte ihr zu, dass es gut war, zu schlafen. Und die Träume? Sie lauerten am Grund. Jade fischte sie aus der Tiefe. Sie glänzten silbern und glitten ihr durch die Finger.

Shemhazai nahm ihre Hand, führte sie an seine Stirn. Er senkte den Blick, verharrte in dieser Haltung, ohne dass sie sein Atmen wahrnehmen konnte.

Träume atmeten nicht. Das hatte sie vergessen.

Um seinen Hals schlang sich die Kette. Durchsichtig, von einem hellen Silberglanz umgeben. Sie klirrte. Ein hoher, schriller Ton, der ihr durch die Nerven fuhr. Über Shemhazais Lippen kam ein gequältes Stöhnen. Das Klirren wurde lauter, die Kette zog sich stramm.

Caym hielt ihr anderes Ende. »Du gehörst ihm«, wisperte er. »Doch er gehört mir.«

~*~

*Seliges Jauchzen erstickt im Grab.*
*Schmatzend fressen die Dunklen das Licht.*
*Der Silberstreif, der eben noch glomm, fällt hinab mit verfaultem Gesicht.*

Oha! Ives zog die Kopfhörer ab. Im linken Ohr piepste es laut, im rechten rauschte es. Wer hatte ihn auch gezwungen, in Susannas Lieblingsliste hineinzuhören? Roopes Band schien es ihr angetan zu haben. Jeder zweite Titel stammte von dem Finnen. Wenn er wenigstens ansatzweise singen könnte. Aber es klang, als kaue er während der Aufnahme an dem Mikrophon.

»Roope Turunen.« Susanna rekelte sich auf ihrem Bett, streckte die langen Beine in die Luft und angelte mit den Fingern nach ihren Zehen. »Er ist ein Gott!«

Rein optisch entsprach er durchaus dem Archetyp eines nordischen Asen.

»Diese düstere, ins All gebrüllte Poesie.« Susanna seufzte. »So morbid, so zart.«

»Zart?« Er hatte in einige verfaulte Gesichter blicken müssen. Mit Zartheit hatte das nichts zu tun. »Der Kerl ist ein Berserker. Musikalisch und auch physisch. Seine Texte sind ...« Ihm fiel kein passendes Wort ein. »Und seine Kompositionen klingen wie ...«

Erneut musste er passen. »Das ist keine Musik. Das ist ...« Okay, heute war nicht sein hellster Tag.

Hinter der Wand polterte es.

»Wer nimmt denn da die Feuerleiter?« Susanna setzte sich auf und starrte auf die Fluchttür, vor der sinnigerweise ihr Schreibtisch stand. Sie wurde aufgestoßen, der Tisch schlitterte aufs Bett zu. In dem Loch in der Wand stand Roope. »Los! Kommt!«

Ives heftete seine Mundwinkel an die Ohren. Hoffentlich wirkte es freudig motiviert. »Ich hatte gerade das Vergnügen, ein paar deiner Meisterwerke ...« Der Finne packte ihn am Kragen. »Schleim dich später ein. Jade ist verschwunden.«

»Das hat nichts zu sagen.« Susanna hüpfte von der Matratze. »Es ist Vollmond. Sie wird im Battersea Park ...«

»Dort war ich längst.« Roope entlud seine Gefühle am Fahrstuhlknopf, der nach dem Schlag stecken blieb, statt herauszuspringen. »Sie ist weg.« Er stopfte Susanna und ihn in die Kabine. Beim Schlag auf dem Innenknopf nach oben flackerte das Licht. »Diese seelenlosen Pfuscher sollen mir Rede und Antwort stehen. Wozu nisten die Halbleichen hier? Einer nach dem anderen von uns verschwindet!«

»Ruben und der Engelknilch zählen nicht.« Der eine war ein Verräter und der andere ein Hochstapler.

Roope strafte ihn mit einem Blick, der Ives winzig und sinnlos erscheinen ließ. Aus dem Inneren seiner Kehle räusperte der Hüne etwas zweifelsfrei Grünes in die Mundhöhle, entschied sich zum Glück aber dazu, es hinunterzuschlucken. Was widerlicher war, als hätte er es an die Wand gerotzt.

Susanna schüttelte sich. Ihr musikalischer Held verlor offenbar seinen schwarz leuchtenden Glorienschein.

»Kepheqiah ist vorhin angekommen.« Grimmig starrte er auf den Lichtstreifen, der von oben in den Schacht fiel und ständig größer wurde. »In seinem Interesse hoffe ich, dass er Klarheit ins Dunkle bringt.«

Der Meister des ersten Kreises hatte sie lange nicht mehr beehrt. Ives strich sein Shirt glatt. Seinen Lebensretter konnte er kaum knittrig begrüßen.

Roope schob die Gitter auseinander und marschierte auf Elija zu, der gelassen, da ohne Seele, mit einem ernsten Kepheqiah und einem vor Wut weißglühenden Daniel redete. Der Name *Shemhazai* fiel, also ging es nicht um Jade, sondern um den Pseudoengel. Sofort fühlte sich Ives schuldig. Er hätte Ruben ansehen müssen, dass etwas nicht mit ihm stimmte.

Kepheqiah saß mit übereinandergeschlagenen Beinen in Daniels Sessel. Wie immer trug er seine dunklen Haare zu einem Bramanenknoten geschlungen. Die ungewöhnliche Frisur verlieh seinem schmalen Gesicht eine zusätzliche Strenge. Sein Fuß wippte, sein Mund war ein Strich.

Als er Ives bemerkte, nickte er ihm zu. Ives bekam ein breites Lächeln hin. Im letzten Moment mischte er noch Respekt unter. Der stand Kepheqiah zu.

Trotz der Aufregung und der Sorge um Jade freute er sich, den Meister zu treffen. Auf eine höfliche, distanzierte Weise war er freundlich und Ives fühlte sich in seiner Nähe sicher. Trotz seines miesen Schicksals.

»Es kann nur während eines Schichtwechsels geschehen sein«, traute sich Elija den Gemeinschaftsfehler auch noch zu erklären. »Ruben besaß ein Zeitfenster von höchstens drei Minuten.«

»Zeitfenster interessieren mich nicht.« Daniel sprach zu ruhig. »Ich will wissen, warum meine Leute verschwinden!«

Da Elija es unterließ, zog Ives an seiner Stelle den Kopf ein.

»Normalerweise guckt der so, wenn er kurz davor steht, dir liebevoll, aber endgültig einen Dolch ins Herz zu rammen«, flüsterte Roope. »Der Zombie hätte es verdient. Ob ich Daniel etwas von meinen Werkzeugen leihe?«

Das nervöse Gemurmel im Raum ging in erneutem Rattern unter.

Diesmal traten Ethan und José aus dem Fahrstuhl. Der schwarzhaarige Cleaner nickte in die Runde und ließ sich von Elija den Stand der Dinge erklären. Sein Gesicht war ungewöhnlich blass und seine Augen zierten rote Äderchen. Daniel würdigte ihn lediglich eines knappen Blickes.

All die besorgten Gesichter um ihn her weckten auch in ihm Angst um Jade. Verrückt genug, wegen eines ihrer komischen Projekte über Nacht unterzutauchen, war sie allemal. Sie würde einfach wiederkommen, wann es ihr passte und lächelnd von den Ergebnissen ihres Vollmondpendelns oder mitternächtlichen Rübensammelns berichten.

Einer aus Rubens Team – Markus – klopfte von außen ans Fenster. Benutzte heute jeder die Feuerleiter?

Elija öffnete ihm.

»Wir haben keine Spuren gefunden.« Markus rang nach Atem und sprang ins Zimmer. »Jade ist wie vom Erdboden verschluckt.« Der Mann rieb sich die Hände gegen die Kälte. »Absolute Profis, oder die Kleine hat sich freiwillig aus dem Staub gemacht.«

»Sie ist bei Caym.« Daniel lief auf und ab. »Er hat sie entführt. Vielleicht sogar im Auftrag des Engels.«

Gütiger! Hörte das Drama nie auf?

»Ich vermute Folgendes.« Kepheqiah faltete die Hände und blickte von einem zum anderen. »Nachdem José Cayms Wirt getötet hat, ist Caym den beiden gefolgt. Er fand Shemhazai als Gefangenen vor und besetzte Ruben, um handeln zu können. Für einen von uns ist es leicht, eine seelenlose Hülle zu übernehmen.«

»Und Jade?« Daniel sah Kepheqiah finster an.

Der zuckte die Schulter. »Was macht dich so sicher, dass ihr Verschwinden etwas mit Caym und Shemhazai zu tun hat?«

»Weil es so ist.« Roope plumpste auf einen Stuhl und schwang die Beine auf den Tisch. »Die Elfe hat es geahnt. Sie hat mir von bösen Träumen und dunklen Vorahnungen erzählt.« So, wie der Stuhl unter dem Finnen knirschte, waren die Tage des Möbels gezählt.

Roope erzählte detailverliebt von blutenden Pferden und erstochenen Männern. Jades Visionen schienen ihn zu inspirieren. Klar, wie sein nächstes Album heißen würde: Blutpferde. Schon trommelten seine Finger einen Rhythmus auf die Tischplatte.

»Wir müssen herausbekommen, wo dieser Engel steckt.« Daniel klemmte sich den zweiten Stuhl zwischen die Beine und setzte sich rittlings darauf. »Sie ist bei ihm. Ich bin mir sicher. Sie schien sich in ihn verliebt zu haben. Was, wenn es ihm ähnlich ging und er will sie als ...« seine Mundwinkel bogen sich nach unten. »Gespielin?«

»Oder sie hat sich im Hyde Park beim Löwenzahnpflücken verlaufen.« So wie Ethan Daniels Blick konterte, hielt er diese Möglichkeit für realistisch. »Allerdings ...« Er sah betreten zu Boden. »Wenn dieser Caym mit dem anderen Kerl unter einer Decke steckt – immerhin sind sie Kumpel von früher – dann schließt keine Wetten auf Jade ab. Wie soll sie mit zwei Dämonen klarkommen?«

Daniel starrte Ethan an, als wäre er das Höllenwesen. »Scheiße!« Er wirbelte zu dem Finnen herum. »Roope, halte mich. Ich suche sie.«

Nein, nicht diese Nummer. Es war gruselig, wenn Daniel seinen Körper verließ, um seinen Geist einem Raben aufzudrängen. Während er mit ihm durch die Gegend flog, zuckte sein zurückgelassener Körper wie unter Strom. Damit er sich nicht alle Knochen brach, band sich Daniel entweder vorher irgendwo fest, oder jemand musste ihn halten.

Jemand extrem Starkes.

Roope hatte den Job oft übernommen.

Nun schien er allerdings weniger begeistert davon zu sein.

»Du willst sie suchen?«

Der Finne baute sich vor Daniel auf. »Und wo, Klugscheißer? Wir haben keinen Anhaltspunkt. Es sei denn, Jades Sinne verfügen über einen Peilsender, der mit Rabenhirnen kommunizieren kann.«

»Ich werde sie suchen!« Daniel knurrte, was den Hünen kalt ließ.

»Aber nicht mit der Vogelnummer und erst recht nicht ins Blaue hinein.« Er packte Daniel und schleuderte ihn an die Wand. Mit dem Unterarm drückte er ihn dagegen. »Wage es nicht, dich aus deinem Körper zu schleichen. Du weißt, dass du mit deinem Leben spielst.«

Die beiden musterten sich an, als ob sie sich gegenseitig die Köpfe abreißen wollten.

»Ich muss sie finden.« Daniel kämpfte gegen Roopes Griff. »Wenn sie bei Caym ist ...«

»... ist sie eventuell noch bei den Grigorjews.«

Wie kam der spanische Cleaner auf diese Schnapsidee?

»Der Dämon hat es dort bequem und sicher. Die Leute auf dem Gut sind ihm hörig. Warum sollte er sein Nest aufgeben, nur weil er in einer neuen Hülle steckt?«

»Und wo ist das?« blaffte Roope.

Kepheqiah seufzte. »Mahawaj gewährt mir mit Sicherheit keine Akteneinsicht mehr. Und die Server der Bruderschaft sind offline, seit er weiß, dass sie gehackt wurden.«

Der Spanier fluchte. »Über die russischen Behörden komme ich von jetzt auf gleich an keine Informationen. Deren Firewalls sind ein echtes Problem.«

»Du warst dort.« Lucy klang, als sei sie den Tränen nahe. »Irgendeinen Anhaltspunkt muss es geben!«

José zuckte die Schultern. »Ich kann euch sagen, wie lange der Flug von Heathrow zu der Landebahn dauerte. Oder von dort nach Sofia. Mehr nicht.«

»Was ist mit den Flugplänen?«, fragte der Finne. »Auch Privatjets müssen so was einreichen.«

»Als Privatperson bekomme ich keine Auskunft.«

»Und hacken?«

»Dauert zu lang. Bis dahin ...«

»Stopp!« Lucy sprang auf und übernahm das hin und her Tigern für Daniel. »Du kennst die Richtung?«

»Osten«, kam es prompt.

»Du musst die Wetterverhältnisse in deinen Berechnungen berücksichtigen und in etwa die Geschwindigkeit des Jets miteinbeziehen. Welcher Typ war es? Wir brauchen die Motorleistung. Letztendlich müsst ihr bloß in die Nähe kommen, damit Daniel seine Rabennummer starten kann.«

Wow. Lucy war clever.

»Vergiss es«, knurrte Roope gefährlich tief statt erleichtert. »Denkst du, ich vertraue einem Kerl, der seine Freunde an Dämonen verrät?« Sein Blick heftete sich auf den Spanier.

Der stand mit zwei Schritten vor dem Finnen. Nah genug, dass sich ihre Nasen berührt hätten, wäre José nicht zwei Köpfe zu klein.

»Wenn du keine Seele hast, hast du keine Freunde«, zischte der Cleaner dem sehr viel größeren und stärkeren Mann entgegen. »Du hast nichts, Roope Turunen. Weißt du, wie das ist? Keine Gefühle, nur leere Gedanken und Reflexe. Du spürst die Hand deines Geliebten an deinem Schwanz, spritzt ab, aber empfindest nicht mehr als ein schales Prickeln. Du blickst jemandem in die Augen, der dir sagt, dass er dich liebt. Bemerkst das Leuchten, die Wärme, kannst es jedoch weder erwidern noch begreifen. Bloß eine vage Erinnerung, dass du all das früher ebenfalls besessen hast, flattert wie eine Motte in deinem Hirn. Du kannst sie nicht einfangen, bloß erschlagen.«

Aus dem Wust an blonden Haaren brummte es.

»Du warst stets frei, Roope Turunen. Hast jedem, der dir seinen Willen aufzwingen wollte, vor die Füße geschissen. Das konntest du, weil du eine Seele besitzt, die dich treu durch deine Leben begleitet.« Seine Hand sank. »Du hast kein Recht, mich zu verurteilen. Das hat keiner von euch.«

Kein Atemzug, kein Lufthauch, nicht das kleinste Rascheln.

»Womit hast du diese Strafe verdient?« Roopes Stimme klang wesentlich sanfter als sonst.

José presste die Lippen zusammen.

»Komm schon, Ex-Zombie. Pack es dir von der Seele.«

Der Finne wartete. Alle anderen auch.

»Über viele Leben war Meister Yusaku mein Gefährte«, erzählte der Cleaner endlich. »Er war stolz, hinterfragte die Aufträge und verweigerte sich eines Tages. Baraq'el ließ ihn gefangen nehmen und verurteilte ihn. Die Prozedur misslang. Das Schwert tötete nicht nur seine Seele, auch seinen Körper.« Er schloss die Augen. In Ethans Umarmung wirkte er schmächtig und klein. »Niemand hielt es für nötig, mich darüber zu informieren. Weder über die Verurteilung noch über Yusakus Tod. Ich suchte ihn, starb ohne ihn, wurde ohne ihn geboren und fand ihn auch in diesem Leben nicht. Schließlich verschaffte ich mir Zugang zu den Personalakten. Ich brauchte ewig, um die Sicherheitsvorkehrungen zu umgehen. Ich las, was vorgefallen war und tötete den Cleaner, der die Bestrafung an Yusaku durchgeführt hatte. Seine Kollegen ergriffen mich wenige Stunden später. Den Rest kennt Daniel.«

»Rührende Geschichte«, brummte der Finne. Er stopfte die Hände in die Taschen und beobachtete den Spanier, der nach wie vor in Ethans Umklammerung steckte. »Spürst du es jetzt?« Er nickte in Richtung Josés Körpermitte.

»Ja.« Der Cleaner legte die Hand aufs Herz. »Aber viel wichtiger ist das, was ich hier spüren kann.«

»Fühlende Golems, dämonische Engel, verschwundene Elfen.« Mit beiden Händen fasste sich der Finne an die Bartzöpfe und zog daran. »Ich rede mir ein, dass das alles Schwachsinn ist. Dann schlafe ich ruhiger.«

»Wir haben all die Jahrtausende unsere Existenz geheim gehalten.« Kepheqiah stand auf. Dass er nicht ansatzweise an Roopes Kinn heranreichte, tat seiner machtvollen Ausstrahlung keinen Abbruch. »Auch vor den Meistern. Mahawaj und ich sind nicht freiwillig in eurer Welt. Wir haben versucht, das Übel auszurotten, das durch Shemhazais Leichtsinn in eurer Welt Fuß gefasst hat. Dennoch war er ein guter Heerführer und treuer Freund, den ich, wenn auch nicht aus eigenem Verschulden, im Stich gelassen habe.« Er wandte sich an Daniel. »Bitte hilf mir, ihn zu finden. Er bedeutet mir ebenso viel wie dir dieser Barbar.« Mit einer lässigen Geste wies er zu Roope.

»Schnulz Daniel nicht voll!« Der Finne packte Kepheqiah am Kragen. »Du willst ihn für deine Zwecke vor die Karre spannen. Dasselbe hat Mahawaj mit ihm gemacht. Es wird Zeit, dass ihr ihn in Ruhe lasst, oder ich ...«

»Lass ihn los.« Daniel hob die Hand. »Was ist, wenn der Engel Caym beauftragt hat, Jade für ihn zu entführen? Sie haben einander geküsst. Wenn wir ...«

»Was?« Von der Nasenspitze beginnend, breitete sich fahle Blässe auf Kepheqiahs Gesicht aus. »Wie konnte das geschehen?«

Daniel fasste ihm in wenigen Worten Jades Aufgabenbereich zusammen und erwähnte sehr sachlich einige Geschehnisse, die Ives Magenschmerzen bereiteten.

Er hatte nicht die geringste Chance bei der blonden Elfe. Sie stand auf Engel. Exklusiver Geschmack, das musste er ihr lassen. Bevor er ein weiteres Mal mit seinem Schicksal hadern konnte, schlug Kepheqiah Roopes Pranken weg. »Helft mir, ihn zu finden. Wenn Shem Frauen küsst, führt das traditionell zu Katastrophen.«

Daniel verschränkte die Arme vor der Brust. Seine Lider senkten sich auf Halbmast. »Ich helfe dir bei der Suche. Doch wenn er Jade etwas angetan hat, töte ich ihn.«

Seufzend ließ Kepheqiah die Schultern hängen. »Das wird dir nicht gelingen, mein Freund.« »Und was ist mit mir?« Ives wollte dabei sein, Jade retten. Auch wenn er bloß einen Freundschaftskuss dafür bekam.

Daniel musterte ihn von oben bis unten. »Roope, Keph und ich. Ihr anderen bleibt hier.«

»Aber ...«

»Raus jetzt. Alle.«

Ives wollte protestieren, als Elija ihn und Lucy Richtung Aufzug schob. Die anderen folgten.

»Ich hasse es, wenn er den Boss raushängt«, zischte Lucy. »Und ich habe entsetzliche Angst um Jade.«

In ihren Augen glitzerte es. Fahrig wischte sie mit der Hand darüber. »Wenn ihr der dämonische Mistsack etwas antut, lernt der mich kennen.«

»Wird er nicht. Kein Wesen auf der Welt, egal wie fies, kann einer Fee wie Jade etwas Böses antun wollen.« Blöderweise hatte er zu oft gelebt, um an dieses Märchen zu glauben.

Musste er auch nicht.

Hauptsache Lucy tat es.

~*~

Ein Engel hatte sie vergewaltigt.

Der Schreck packte sie vor dem ersten tiefen Atemzug.

Jade schlug die Augen auf, streifte dunkle Träume und einen zerrissenen Schlaf von sich.

*Fürchte dich nicht.*

Etwas in ihr wollte lachen.

Jade kämpfte die aufsteigende Panik nieder. Das Herzrasen blieb. Der Kloß im Hals auch. Aber sie konnte denken. Wenigstens etwas.

Bestandsaufnahme.

Sie war allein, lebte. Draußen wurde es hell.

Alles Fakten, die sie beruhigen sollten. Sie taten es nur bedingt. Die Knöchel ihrer Hand färbten sich blau. Ein definitiv beunruhigender Fakt. Jade schloss die Finger zu einer Faust. Es tat höllisch weh.

Sie hatte Shemhazai geschlagen.
Schreck und Stolz fuhren ihr gleichzeitig in die Knochen.
Stopp! Nicht auf das Negative konzentrieren. Eine Panikattacke war kontraproduktiv.
Das Bett war frisch bezogen worden. Positiv.
Sie selbst ebenso. Auch positiv?
Statt Jeans und Pullover trug sie eine zu weite Herren-Boxershorts und ein T-Shirt, dessen Ärmel ihr bis über die Ellbogen reichten. Auf ihrer Wunde klebte eine Kompresse und der Rest von ihr war sauber.
Jade tippte mit dem Finger auf den Mullverband. Die Stelle darunter fühlte sich empfindlich an und brannte.
Zwischen ihren Beinen brannte nichts. Sie betastete vorsichtig den weiblichsten Teil ihres Körpers. Alles normal.
Kein Schmerz, keine blauen Flecke, keine Spermareste. Shemhazai hatte sie offenbar sehr gründlich und tief gehend gewaschen.
Ein fürsorglicher Vergewaltiger? Ein Irrer, der sich einbildete, ein Engel zu sein? Was hatte er noch mit ihr vor?
Ihr Herz holperte.
Falsche Gedanken. Sie machten Angst. So viel, dass sie nicht mehr handeln konnte und das musste sie.
Wo steckte der Fehler? Er war da. Wie das nervende Summen einer Mücke schwirrte er um sie herum.
Ihre Visionen. Ihre Träume.
Shemhazais Verhalten passte nicht zu ihnen.
Ihr Verstand schlug die Stirn auf eine imaginäre Tischplatte. *Du bist krank*, wimmerte er. *Du bist unfähig, einen offensichtlich Wahnsinnigen zu hassen. Stattdessen willst du ihn entschuldigen. Ihn zu töten wäre die sinnvollere Option.*
Ihr Magen verknotete sich. Sie konnte nicht töten. Nicht einmal Rosalie. Statt auf die Spinne zu treten, gewährte sie ihr Obdach und lebte mit der Angst, dass sie ihr eines Tages, während sie schlief, übers Gesicht krabbelte.
Eine Gänsehaut überzog sie von oben bis unten. Vielleicht war sie wirklich krank.
Und panisch.
Eingeschüchtert.

Unfähig, einen vernünftigen Gedanken zu denken. Was gestern geschehen war, hielt sie umklammert und schnürte ihr die Luft ab. Sie durfte ihren Träumen nicht vertrauen. Sie führten sie in die Irre. Zum ersten Mal in ihrem Leben verrieten sie sie. Dabei hatte sie ihnen zu jedem Zeitpunkt ihres Lebens mehr vertraut als der Realität.

Tränen brannten in ihren Augen, tropften ihr vom Kinn. Sinnlos, sie abzuwischen. Neue flossen nach.

Was sollte sie tun?

*Weglaufen*, japste ihr Verstand tonlos. *Flieh, du Närrin!*

Gandalf?

*Du bist nicht Frodo! Deine Leidensbereitschaft ist begrenzt und was willst du noch? Eine zweite Vergewaltigung? Denn das ist es gewesen, was dir dein dunkler, leidender Held angetan hat.*

Gandalf verwandelte sich in das, was er war. Eine Lichtspiegelung in der Fensterscheibe.

Ihr Verstand packte die Koffer und verabschiedete sich auf Nimmerwiedersehen. Sie nahm es ihm nicht übel. An seiner Stelle würde sie dasselbe tun.

Die Tränen flossen weiterhin und durchnässten das Shirt.

In welchen Albtraum war sie bloß geraten?

Schloss sie die Augen, sah sie Shemhazai unter der Dunkelheit kauern, hörte das Sirren der Kette und sein Keuchen.

Sie war nicht umsonst bei ihm. Sie musste den Dingen auf den Grund gehen. Das hier war Schicksal. Finster und bedrohlich, aber es gehörte ihr.

*Du musst fliehen*, kreischte die Stimme in ihrem Kopf, die sie längst auf der Flucht wähnte. *Scheiß auf deine Träume! Sie verarschen dich!*

Fliehen. Wann?

*Jetzt!*

Gut, doch vorher brauchte sie eine Toilette und einen Blick in den Spiegel. War sie noch Jade Conway? Oder nur ein elender, kleiner, missbrauchter Haufen Elend?

Sie stieg aus dem Bett. Die Shorts rutschten ihr in die Knie. Hektisch zog sie sie hoch und krempelte den Bund um, bis sie hielt.

Ein großes Zimmer. Eher ein Appartement. Hinter einem Durchlass war eine kleine Küche. Sehr modern, sehr schlicht, sehr aufgeräumt. Das einzig Verschnörkelte war ein Samowar auf dem Küchentresen. Kalt und leer.

Neben der Küche befand sich eine Rauchglastür. Wenn dahinter nicht das Badezimmer lag, würde sie in den Blumentopf pissen.

Musste sie nicht.

Dunkle Kacheln. Eine offene Dusche, daneben die Toilette.

Wenn zwei das Bad gleichzeitig benutzten, wurde der auf dem Klo nass, wenn der andere duschte. Blöder Gedanke, aber er beruhigte seltsamerweise. Ihr Spiegelbild sah Jade blass entgegen. Ihre Nerven gaben einen Teil der unerträglichen Spannung auf.

Nachdem sie sich erleichtert und kaltes Wasser in ihr Gesicht gespritzt hatte, blieb ihr nichts anderes zu tun, als diesen Ort zu verlassen. Wieder sprang sie Panik an.

Falsches Gefühl. Sie musste handeln, nicht heulen.

Und wenn Shemhazai sie eingesperrt hatte?

Jade rannte zur Tür. Der Schlüssel steckte innen.

Für einen Moment konnte sie ihr Glück nicht fassen. Was war er für ein Entführer, dass er sein Opfer frei herumlaufen ließ?

Nein, entführt hatte sie Caym. Shem war es, der sie ... keine Panik!

Ob Engel oder Dämon, sie wartete nicht tatenlos auf die nächste Katastrophe. Wenn ihre Peiniger das wollten, hätten sie die Tür zuschließen sollen.

Sie lauschte in den dämmrigen Flur.

Ein gedämpftes Klappern, ein dumpfes Brummen. Konnte die Heizung oder eine Küchenmaschine sein. Sonst war alles still.

Ein tiefes, viel zu lautes Knurren drang aus ihrem Magen. Wann hatte sie zuletzt etwas gegessen? Ein paar Cashewkerne. Gestern? Vorgestern? Schwach vor Hunger konnte sie dieser Situation unmöglich die Stirn bieten. Wenn keiner ihrer Entführer auf die Idee kam, ihr Essen zu bringen, musste sie sich selbst versorgen. Und danach fliehen.

Mutiger Plan. Viel mutiger als seine Schöpferin.

Vor ihr lief ein Geländer um eine Galerie, von der Türen und zwei Korridore in die Seitenflügel des Gebäudes abzweigten. Auf dem Boden reihten sich bunte Teppiche aneinander. Dick genug, um ihre Schritte bis zur Lautlosigkeit zu dämpfen.

Ein Prachtbau. Zu edel für Jades Geschmack. Zu wuchtig und zu viel dunkles Holz, aber auf jeden Fall beeindruckend.

Von unten erklang ein lautes Klirren und Scheppern. Es folgten gebrüllte Silben in einer ihr unbekannten Sprache.

Wer auch immer seine Wut herausfluchte, hatte es anscheinend bitter nötig. Trotzdem das relativ sichere Zimmer verlassen und nach Essbarem suchen?

*Geh!*, motivierte sie sich. *Jede schwachsinnige Tat ist besser als keine.*

Sie schlich bis zur Treppe, huschte leise hinunter. Der Läufer war ähnlich dick wie die Teppiche. Als ob sie über Moos lief.

Ein Duft nach Kaffee, der von dem Geruch eines fettigen Eintopfs gestört wurde, zog durchs Haus. Jade ging ihm nach.

Gott, hatte sie eine Angst. Ihre Beine fühlten sich schwach an, als sie dem intensiven Geruch folgend durch einen Torbogen in den Korridor zum Westflügel trat.

Eine offene Tür?

Das Licht des Raumes dahinter fiel auf den gefliesten Boden.

Umdrehen und wegrennen.

In Shirt und Shorts? Draußen lag Schnee.

Jade ging weiter. Panik? Und wie!

Nur noch einen Schritt. Aus der Küche drang kein Laut. Jade drückte sich an die Wand, riskierte einen schnellen Blick in den Raum.

Geblümte Scherben auf dem Fußboden. Vor Fett glänzende Möhren- und Lauchstückchen. Eine einsame Kartoffel weichte in einer Suppenpfütze auf. Der größte Fleck schillerte an der Wand neben dem Herd. Darunter lagen die meisten Scherben.

Shemhazai stand mit dem Rücken zu ihr am Küchentresen, presste die Fäuste auf die Arbeitsplatte. Seine Schultern bebten.

Sein angestrengtes Atmen war das einzige Geräusch.

Er hatte die Schüssel an die Wand geschmettert.

Aus Zorn, Verzweiflung. Beide Gefühle umwaberten ihn wie der Geruch der Suppe.

Eine Faust löste sich, fuhr über seine Augen. Plötzlich schlug sie auf die Küchenplatte ein, dass das Besteck in den Schubladen klirrte.

Jade erstarrte zur Salzsäule. Sie musste fliehen. Zurück auf das Zimmer. Vorerst. Weg aus der Nähe dieses Mannes.

Und dann? Abwarten.
Nein. Warten? Auf was? Sie hielt sich den Mund zu. Kein Würgen, kein Schluchzen. Der Engel durfte sie nicht bemerken.
Aus dem Korridor kamen Schritte näher. Ihr Herz krampfte, dass ihr die Luft wegblieb.
Auf zittrigen Beinen huschte sie hinter die Tür.
»Shem?«
Caym!
Er redete in einer seltsamen Sprache. Jade hatte sie noch nie gehört. Bis auf Shemhazais Namen verstand sie kein Wort. Es klang höhnisch, böse. Voll triefenden Spotts. Lediglich das Türblatt trennte ihn von ihr. Wieder sprach er. Der Engel reagierte nicht. Caym betrat die Küche. Jade hielt den Atem an und lugte durch den Spalt. Er baute sich hinter Shemhazai auf, der sich mit hängendem Kopf nach wie vor am Tresen abstützte.

Mit der Stiefelspitze stieß er eine der Scherben an. Sie schlitterte über den Boden.

Shemhazai hob den Kopf, drehte sich langsam um. Er sah furchtbar erschöpft aus. Seine Augen lagen in tiefen Höhlen, waren gerötet. Seine Haare hingen in Strähnen im Gesicht und seine Nase war geschwollen und blau. Er fragte etwas. Sehr leise und kalt genug, um die nach Suppe riechende Luft einzufrieren. Caym zuckte mit den Schultern. Was immer er erwiderte, Shem wurde blass. Mit starrem Blick beobachtete er den Dämon, wie er sich eine Tasse nahm und Kaffee eingoss.

Shem nannte ihren Namen. Wie weich er ihn aussprach. Er fragte Caym etwas. Es musste mit ihr zu tun haben. Aber sie verstand nichts! Am liebsten hätte Jade vor Frustration geschrien.

Das kurze Auflachen des Dämons ließ sie zusammenzucken. Die beiden hassten einander. Abgrundtief.

Caym schlenderte um die Suppenpfützen, verschwand aus ihrem Blickfeld, tauchte auf der anderen Seite neben Shem wieder auf. Er lehnte sich an die Arbeitsplatte. Auch wenn sie die Worte nicht verstand, sie hörte den Hass heraus. Er vergiftete den Raum, kroch bis zu ihr. Kalt und scharf wie Klingen.

Shem fegte die Kaffeemaschine samt Kanne vom Tresen. Zischte Silben, die die Luft schnitten.

Jade biss sich auf die Zunge, schmeckte Blut. Sie musste still sein. Ganz still.

Langsam stellte Caym die Tasse ab, ging einen Schritt näher zu Shemhazai. Unter seinen Sohlen knirschte Glas. Wenige Worte. Sie genügten, um den Engel erstarren zu lassen.

Mit geballten Fäusten stand er da. Ewigkeiten, in denen keiner von ihnen etwas sagte.

Plötzlich stieß sich Shemhazai vom Tresen ab, eilte zur Tür. Jade drückte sich zurück an die Wand. Aus der Küche drang Cayms Lachen, als der Engel mit ausgreifenden Schritten an ihr vorbeiging.

Könnte sie bloß mit der Wand verschmelzen!

Shem blieb erstarrte.

So wie ihr Herz.

Er drehte sich um. Sein Blick durchdrang den Schatten hinter der Tür. Er sah sie.

Seine Augen weiteten sich. Vor Erstaunen? Vor Angst? Jades Knie wurden weich.

Er legte den Finger auf die Lippen, winkte sie zu sich. War er verrückt? Sie konnte unmöglich den Schutz der Tür verlassen. Schritte hinter ihr, sie wurden lauter. Shemhazai stand plötzlich vor ihr. Viel zu nah. Er schob sie mit dem Rücken an die Wand, presste seine Hand auf ihren Mund. »Still!«, formten seine Lippen.

Er starrte durch den Türspalt, wie sie zuvor. Seine Kiefermuskeln traten aus den Wangen. Jade hörte es leise knirschen.

Caym musste sich direkt neben ihnen befinden. Sie bildete sich ein, ihn atmen zu hören.

Eine Schlange kroch durch das Holz, als wäre es Nebel. Sie witterte, leckte an Jades Angst.

Jade blinzelte, die Schlange verschwand. Verflixte Visionen! Mussten sie ohne Vorwarnung über sie herfallen?

Lautlos drückte sich Shem dichter an sie. Sein Herz schlug langsamer als ihres, dafür härter.

Sie sollte vor Panik ersticken. Doch wie in der Nacht beruhigte sie seine Nähe. Eine Lüge? Sie tat gut. Jade schloss die Augen.

Caym durfte sie nicht finden. Sie beide nicht. Shems Angst war so real wie ihre. Auch seine Stärke. Sie fühlte sie auf ihrem Mund, an ihrem Körper.

*Er war es nicht.*
Was war er nicht?
*Er hat dir nichts getan.*
Grässlich, wenn sich innere Stimmen widersprachen.
Ein Knarren.
Shem erstickte mit der Hand ihr erschrecktes Keuchen.
Sie selbst hätte es nicht mehr gekonnt. Butterweiche Knie, ein Zittern in den Gliedern, das außer Kontrolle geriet.
»Du lässt ihn dicht an dich ran, Hexe.« Cayms Stimme nahm ihr die letzte Kraft aus den Beinen. »Wo ist deine Angst?« Er schlug die Tür zu. Kein Schatten. Kein Ort mehr, um sich vor ihm zu verbergen.
Die Finger des Engels trennten sich von ihren Lippen. Mit regloser Miene stand er zwischen ihr und dem Dämon.
»Ich sagte dir: Pass auf sie auf.« Caym ging um Shem herum. »Du lässt sie durchs Haus laufen. Lässt sie schnüffeln und lauschen.« Er packte ihr Kinn, drückte ihren Kopf in den Nacken.
Jade konnte ihm nicht in die Augen sehen. Die Schwärze würde ihr den Rest geben. Auch so spielten ihre Nerven verrückt. Stattdessen konzentrierte sie sich auf Shem. Er erwiderte ihren stummen Hilferuf mit tiefstem Ernst.
»Lass sie los, Caym.« Er legte seine Hand auf die des Dämons. »Es ist meine Schuld. Ich vergaß, die Tür zuzuschließen.«
Caym neigte den Kopf. Sie spürte seinen Blick wie Nadelstiche auf der Haut. »Der Vogel will fliegen. Wenn ihn der Käfig nicht hält, wird er festgebunden.«
»Nein!« Shem zog Cayms Hand aus ihrem Gesicht. »Keine seraphische ...«
Der Dämon lachte. So laut, dass Jade zusammenzuckte.
»Sie ist ein Mensch!« Sein Zeigefinger bohrte sich in ihre Brust. »Ihr Geist ist schwach. Nur ein Hauch. Mehr nicht. Was soll die Kette greifen?« Wieder das Lachen, das ihre Nackenhaare aufstellte. »Schlichte Materie genügt. Bring sie auf ihr Zimmer. Verlässt sie es noch einmal ohne meine Erlaubnis, kette ich sie wie einen Hund an.«

Shem zog sie hinter sich. Ohne ein weiteres Wort nahm er ihre Hand, ging mit ihr den Weg zurück, den sie eben gekommen war. Aus dem Gang dröhnte Cayms Lachen.

»Bleib in dem Zimmer«, beschwor sie der Engel, während sie die Treppe hochhasteten. »Ich will nicht, dass dir Caym etwas antut.«

»Und dann?« Sollte sie dort oben verrotten? »Warum wurde ich entführt? Was ist gestern Nacht geschehen?« Sie hasste das Beben in ihrer Stimme. »Warum hast du mich verletzt?« Sie zog den Ausschnitt des T-Shirts hinunter. Shemhazai starrte auf den Verband.

Er wich zurück, nahm seine Wärme mit. Jade schauderte.

Dieser Blick. Ihr Herz zog sich zusammen. In Romanen wirkten leidende Helden romantisch in ihrem Elend. Shems Leid war dafür zu real. Es tat weh.

Nicht aufgeben. Sie musste ihn zum Reden zwingen. Reden war gut, nahm ihr die Angst, lieferte Informationen.

»Von welcher Kette hat Caym gesprochen?«

Shem schüttelte den Kopf.

»Die aus meinen Träumen? Sie schlingt sich um deinen Hals. Caym hält sie, schlägt dich damit.«

Eisaugen. Langsam senkten sich die Lider. »Ich bat dich, dich aus meinem Kopf herauszuhalten.«

»Es sind Träume!« Blumenwiesen wären ihr auch lieber, aber sie hatte keine Wahl.

»Caym sagt, du seist eine Hexe.«

»Er ist ein Scheusal!« Jade verkniff sich den Biss auf die Zunge. Sie hatte seine Gedanken ertragen müssen. Sie wusste, von was sie sprach.

Shem nickte »Das bin ich auch.«

»Sag mir, dass es nicht so ist.« *Bitte!*

»Dann würde ich lügen.«

Gott! Der Kerl ertrank in seiner Schuld. Sah er nicht, dass sie ihn brauchte?

*Krank, krank, krank*, lamentierte ihre Vernunft. *Nicht er, sondern du!* Ja. Das war sie. Aus Angst. Und wenn sie mit ihr allein blieb, verlor sie nicht nur jeden Nerv, sondern auch sich selbst.

»Das ist meine erste Entführung.« Sie schluckte gegen die Enge in ihrem Hals an. »Tut mir leid, wenn ich mich als Opfer dämlich anstelle. Mir fehlt die Übung.« Sie war allein, in einer furchtbaren Situation. Benahm sich völlig falsch. Versuchte sich und ihren Peiniger gleichzeitig zu retten und fürchtete sich, dass die düstere Stimme in ihr, die ständig etwas von *Tod* und *grauenhaft* wimmerte, recht haben könnte.

Gleich sprang ihr Herz aus der Brust. Wie sie diese Angstschübe verabscheute.

»Ich weiß nicht, warum ich hier bin.« Ihre Stimme überschlug sich. »Ich fürchte mich vor der nächsten Nacht, fürchte mich vor dir und dem, was du tun könntest. Aber außer dir gibt es niemanden, an den ich mich wenden kann.« Verdammte Tränen! Verdammtes Zittern! »Hilf mir!« Zu spät. Alles war verloren.

Sie schlug die Hände vors Gesicht. Es war demütigend, vor Shemhazai die Nerven zu verlieren.

Ihr Schluchzen und das eintönige Ticken einer Uhr. Für mehr reichte ihre Wahrnehmung nicht mehr. Was für ein Albtraum. Und nirgends war ein Ausgang.

Eine Hand an ihrem Kopf. Sehr sacht. »Es tut mir leid.«

So leise. Wie kam es, dass sie ihn trotzdem verstand?

Er hob sie auf den Arm, trug sie die letzten Stufen nach oben. Vor der Tür ihres Gefängnisses setzte er sie ab.

»Erkläre es mir.« Vorher ließ sie ihn nicht gehen. »Ich kann nicht glauben, dass du derselbe Mann bist, der mir in London ...« ... *Gefühle geschenkt hat, von deren Existenz ich keine Ahnung hatte.*

Langsam schüttelte er den Kopf. »Du vergisst, dass ich kein Mensch bin. Für mich gelten andere Regeln.«

»Blödsinn!« Vor Wut bebte ihre Stimme. »Ich kann deine Schuldgefühle greifen, so dicht umlagern sie dich. Rede mit mir!«

Der Schmerz der Welt sammelte sich in seinen Augen. Shem senkte den Blick. »Galina wird dir etwas zu essen bringen. Vor ihr musst du dich nicht fürchten.« Er öffnete die Tür, wartete, bis sie eingetreten war. Ohne sie anzusehen, zog er den Schlüssel aus dem Schloss.

Er ging. Ließ sie allein. Mit ihrer Angst. Ohne Antworten.

~*~

Dünne Risse im Lack. Sie zogen haarfeine Linien um das Türschloss. Shem drehte den Schlüssel herum, hörte es knacken, wusste, dass Jade es auch hören musste. Er sperrte sie ein, statt mit ihr zu fliehen. Der Griff an seinen Hals blieb ohne Ergebnis. Seine Gefangenschaft ließ sich nicht abstreifen wie ein Hundehalsband. Zu viel Wut. Gedanklich zerriss er Cayms Hülle in Fetzen.
*Sie ist dein. Ich werde sie nicht anrühren.*
Deshalb das hämische Grinsen in dem fleischigen Gesicht. Schlichte Schmerzen genügten dem Dämon nicht mehr.
Das einzige Licht in seinem Leben sollte er selbst löschen.
Sollte? Shem presste die Stirn gegen das kühle Holz.
Er hatte es bereits getan. Jade fürchtete ihn. Flüchtete nur in seinen Arm, weil sie verzweifelt war und keinen Ausweg wusste. So wie er. Menschen zerbrachen zu schnell. Innen und außen.
Sie mussten behütet werden. Geschützt.
*Ich werde dich in Leid ertränken, Jade Conway.*
Seine Nägel kratzen über das Holz.
Kein Ausweg. Den letzten hatte ihm Caym verwehrt. Mit eigener Hand die Hülle abstreifen und als Geist zwischen den Menschen die Ewigkeit ertragen.
*Solltest du das wagen, werde ich das Mädchen bei lebendigem Leib in Stücke reißen.*
Cayms Stimme zerschnitt seine Gedanken. Der Dämon hatte recht gehabt. Mit seinen Gefühlen für Jade hatte er sich eine zweite Kette umgebunden. Doch beide Enden liefen zu Cayms Hand.
Hätte sie nie den stinkenden Raum betreten. Wäre er ihr bloß nie in die kleine Wohnung gefolgt. Caym hätte nichts von ihrer Existenz erfahren und sie könnte ein unbeschwertes Leben genießen.
Jetzt war sie bei ihm und ohne ihn verloren. Was der Dämon in den Krallen hielt, ließ er nicht entkommen.
Shem musste ihm einen Handel vorschlagen. Musste ihn um sein wertvolles Pfand betrügen. Wie? Bis auf seine Emotionen besaß er nichts, was er dem Dämon anbieten konnte.
Shem trennte sich von der Tür. Sie schützte Jade vor ihm. Ein gallebitterer Gedanke. Er fraß sich in sein Herz. Mit jedem Schritt näher zur Bibliothek, worin die Lichtfessel führte, tiefer.

Caym saß mit der Lehne nach vorn vor dem Laptop. Der triumphierende Ausdruck hatte sein Gesicht verlassen.

Shem schlug die Tür hinter sich zu. »Sag mir, was du willst. Ich beschaffe es dir und im Gegenzug lässt du Jade gehen.« Er war bereit, alles für das Mädchen zu tun.

Träge sah der Dämon auf. »Was ich will, besitze ich bereits.«

»Caym!« Er klappte den Laptop zu. Im letzten Moment zog der Dämon die Finger heraus. »Du hattest deine Rache. Hast dich ausgiebig an mir ausgetobt. Ich bitte nicht für mich. Also denk dir ein anderes mieses Spiel aus und schenke Jade die Freiheit.«

Freiheit. Das Wort löste ein Ziehen in seiner Brust aus.

»Bete, dass ich Asasel finde.« Die breiten Finger schlossen sich um die Kette. Shem rang nach Atem. »Dann gebe ich deiner kleinen Hure die Freiheit.« Cayms Knöchel schimmerten weiß durch die Haut. Vor Shems Augen flackerten Lichtblitze. »Auch dir, Heerführer.« Cayms grinsende Visage zerfranste sich in Schwärze.

~*~

Jade starrte auf die Tür, die längst zugefallen war. Langsam bis fünf zählen, das Aufschluchzen im Hals ersticken, bis die Schritte außerhalb verhallten.

Sie war nicht die einzige Gefangene. Shemhazai teilte ihr Los.

Er hatte sie vor Caym beschützt. Zum zweiten Mal. Seine Nähe dimmte ihre Angst, statt sie zu entfachen. Obwohl sie wusste, was er ihr angetan hatte.

Wusste sie das?

Keine Schmerzen. Nicht das kleinste Brennen. Kein wundes Gefühl. Aber warum waren die Innenseiten ihrer Schenkel blutig gewesen? Weder war sie eine Jungfrau, noch hatte sie ihre Regel.

Das ergab keinen Sinn.

Tausend Fragen jagten sich gegenseitig aus ihrem Kopf.

Wo lag der Fehler?

Shemhazai benahm sich nicht wie ein Frauenschänder.

Nein? Was wusste sie schon von Psychopathen? Ihre Erfahrungswerte beruhten allein auf einer vergessenen Nacht mit Lester Mills.

Dennoch: Sie kannte Shems Gedanken, spürte seine Gefühle.
Shem war kein Vergewaltiger.
Außerdem hätte er sie nur wecken brauchen. Sie hätte sich ihm freiwillig hingegeben. Wusste er das? Ja. Sie hatte ihren Rausch mit ihm geteilt. Weil er es gewollt hatte. Weil er ihr in die Augen gesehen hatte, als sie verglühte.
Wegen ihm.
Die Erleichterung traf sie härter als ihre Angst. Jade ballte die Fäuste. Nicht den Überblick in diesem Irrsinn verlieren.
Was immer auch geschehen war, Shem glaubte, es getan zu haben.
Caym bestärkte ihn darin.
Sie sollte es ebenfalls glauben.
Doch war es wirklich geschehen?
Sie presste die Hände an die Schläfen. Ihre Gedanken blieben chaotisch.
Wie lange sie brauchte, um sich zu beruhigen, wusste sie nicht. Irgendwann klopfte es. Eine Frau mit hellen Haaren balancierte ein Tablett mit einer abgedeckten Schüssel und einer Kanne darauf. Unter ihrem Arm klemmte ein Bündel.
Kein Lächeln, kein Wort. Sie stellte alles auf einen Tisch und ging wieder.
Das Bündel waren Jades Kleider. Frisch gewaschen und sorgfältig zusammengelegt.
Aus der Kanne duftete es nach schwarzem Tee. Aus der Schüssel roch es nach Butter und heißer Milch. Jade hob den Deckel an. Ein dampfender Brei.
Noch im Stehen tauchte sie den Löffel in den Pamps. Er schmeckte besser als er roch und ihr Hunger verbot ihr, darüber nachzudenken, dass sie weder Milch noch Butter mochte.
Wenn sie ihr Handy noch hätte und Daniel anrufen könnte. Caym hatte es ihr im Flugzeug abgenommen. Ihr Protest war in seinen dunklen Gedanken untergegangen.
Sie wusste nicht einmal, wo sie sich befand. Russland. Schon klar. Doch Russland war groß.
Um nicht sinnlos herumzutigern und sich von ihren Sorgen auffressen zu lassen, durchstöberte sie das Appartement. Zuerst wid-

mete sie sich dem Fenster. Sie öffnete es und riskierte einen Blick auf den viel zu tief liegenden Innenhof. Würde sie Daniels Talente besitzen, hätte sie eine Chance, lebend unten anzukommen. Leider besaß sie keinerlei Erfahrung im Fassadenklettern.

Keine Simse, kein Balkon und die Regenrinne war bloß ein dünner Streifen weit weg auf der Außenmauer.

Eine Flucht auf diesem Weg war höchstens Plan Z. Und das auch nur mit massivem Todeswunsch.

Sie durchsuchte eine Kommode, fand Unterlagen und Ordner mit technischen Zeichnungen und seitenlangen Texten.

Der Schreibtisch bot mehr Ablenkung. Zirkel, Lineale, viele CDs. Buntstifte in allen Farben, Bleistifte in allen Härtegraden.

Eine Schere, ein Brieföffner.

Der Marmorgriff war schwer. Die Klinge lang, sehr spitz. Jade fuhr mit dem Finger über die Schneide. In ihrer Haut klaffte ein winziger Schnitt.

Eine Waffe.

Bevor sie darüber nachdachte, schob sie den Brieföffner in ihre hintere Jeanstasche.

Neben dem Durchgang zur Küche stand ein breiter Schrank.

Jeans, Pullover, Shirts in den Fächern, Anzüge und Jacken auf den Kleiderbügeln.

Am Boden lag eine Reisetasche. Jade zog den Reißverschluss auf. Ein Chaos an Socken, Pullovern und Papieren quoll hervor. Wer immer sie gepackt hatte, hatte es eilig gehabt. In einer Brieftasche steckte ein Bündel Rubel. Auch das verschwand in einer ihrer Taschen.

Ihr erster Diebstahl. Sie war zu nervös, um sich darüber Gedanken zu machen.

Wenn ihr die Flucht gelang, würde sie das Geld bitter brauchen.

Abwarten, bis wieder die Tür geöffnet wurde. Angreifen. Rennen.

Der Plan war zu simpel und sein Gelingen zu unwahrscheinlich. Jedoch war es ihr einziger Plan.

~*~

Hübsch, das grüne Schillern auf dem Fliegenkörper. Lucy verabschiedete sich von ihrem Tee. Dafür tunkte das Insekt seinen Rüssel in einen feuchten braunen Fleck am Tassenrand.

Zwei Uhr nachts und sie fand keinen Schlaf. Schloss sie die Augen, überfielen sie die Sorgen um ihre Freundin zusammen mit den Ängsten, die sie in Tintagel ausgestanden hatte. Doch damals war Daniel bei ihr gewesen, hatte sie beschützt und umsorgt. Wenn sie gestorben wäre, wäre es in seinem Arm geschehen. Tränen tropften auf ihren Handrücken. Lucy schüttelte sie weg. Jade wurde von niemandem beschützt. Sie war allein. Mit einem Dämon. Gott, sie war längst tot. Lucy klammerte sich an die Tasse, verschüttete den Tee, weil ihre Hände zitterten. Sie musste sich an irgendetwas festhalten.

Egal, was Daniel und Kepheqiah auf die Beine stellten, wie schnell sie auch herausfanden, wo Jade steckte, es wäre zu spät. Für was genau ein Dämon eine Frau wie Jade wollte, durfte sie sich nicht vorstellen.

»Kindchen, von deinem Heulen wird es nicht besser.« Wann war Ethan in ihr Zimmer gekommen? Er stellte eine frische Tasse Tee vor sie und nahm ihr die alte aus den Händen. »Daniel hat einen Grund, dich bei mir zu parken. Er will dich von den Sorgen und Aufregungen fernhalten.«

»Und wenn ich helfen könnte?«

»Willst du die verrückte Elfe aus Cayms Hosentasche stehlen?«

»Ich will ...« Verdammt, es war ohnehin alles zu spät. Sie versank hinter ihren Händen.

»Du brauchst eine kreative Ablenkung.« Ethan pflückte ihre Hände von ihrem Gesicht. »Ich habe José ein wenig ausgehorcht. Über den Leichenfledderer, meine ich.«

»Walbrick?« Den hatte sie schon fast vergessen.

»Er sammelt antike Schwerter?« Ein gieriges Irgendwas glomm unter den Buschelbrauen hervor. »Und er ist ein Juwelier?« Langsam fuhr seine Zungenspitze über die Unterlippe. »Also ich finde, der Typ hat sich einen Denkzettel verdient. Zumal er ein elender Nephilim ist und ohnehin die Radieschen von unten zählen sollte. Und!« Sein Zeigefinger schoss vor ihrer Nase in die Höhe. »Arbeit ist Therapie. Sie wird dich von deinen Sorgen ablenken. Immerhin liegt das

Elfenschicksal nicht in deinen, sondern in Daniels Händen. Da ist es gut aufgehoben.«

Lucy kämpfte sich aus ihren dunklen Grübeleien. »Was willst du mir damit sagen?« Laut zog sie die Nase hoch.

»Dass du was für mich stehlen sollst.« Hinter seinem Rücken zauberte er eine Papierrolle her. »Ich habe alles, was du brauchst.« Schwungvoll schob er die Tassen beiseite. »Meine kleine Liebschaft mit dem Typen vom Bauamt hat sich ausgezahlt.« Er setzte sich auf die Kante des Schreibtisches und entrollte den Bauplan eines zweistöckigen Gebäudes. »Walbrick lebt in einem netten Haus mit Vorgarten und Balkonen in der Aubrey Walk. Ganz normal, etwas elitär spießig, aber nun ja.«

»Und warum freut dich das?« Das Gebäude wurde garantiert mit einer Alarmanlage gesichert.

»Deshalb.« Ethan tippte mit dem Finger auf den Grundriss. »Ein Panikraum. Verstärkte Wände, der Hinweis auf bruchsicheres Glas in den Kellerfenstern und eine separate Telefonleitung.«

Die Schrift neben den hauchdünnen Linien war winzig.

»Wenn ich ein Juwelier wäre, hätte ich wahrscheinlich auch einen.«

»So groß?« Ihr Mentor musterte sie über den Brillenrand. »Der umfasst den kompletten Keller. Was dieser Kerl auch versteckt, er lagert es dort unten.«

»Und er trägt den Schlüssel um den Hals.« Das Ding wurde von einem elektronischen Codesicherheitsschloss versperrt. Darauf ging sie jede Wette ein.

»Nicht, wenn er zu der altmodischen Sorte gehört.« Ethan rieb sich die Hände. Das trocken scharrende Geräusch, das dabei entstand, weckte auf ihrem gesamten Körper eine Gänsehaut. »Ich bewahre meine wichtigsten Dinge ...«

»... im Rohr des alten Bollerofens. Ich weiß.«

»Wagst du dich ran?«

»An Walbrick?« Der Kerl hatte Jade Albträume verursacht und wurde von der Bruderschaft trotz Nennung auf einer Todeslist verschont. Grundlos war beides nicht geschehen.

»Eine Herausforderung.« Ihr Mentor neigte sich näher zu ihr. »Eine therapeutische Ablenkung.«

Eine tröstende Verlockung.

»Er steht auf Prügel«, soufflierte ihr Ethan den Beginn seines Planes.

»Und Tote.« Das schien er verdrängt zu haben.

Ethan schüttelte mit geschürzten Lippen den Kopf. »Vergiss die Toten. Konzentriere dich auf Latex und Peitsche.«

Trotz ihres schweren Herzens kitzelte sie ein Lachen in der Kehle. »Soll ich klingeln und ihm eine rüberziehen?« Amüsante Vorstellung. »Er kennt dummerweise mein Gesicht.«

»Mit Maske?« In seinen Augen blitze es. »Auch aus Latex. Passend dazu brauchst du ein Kostüm.«

»Und dann?« Ein Mann, dessen Keller ein einziger Panikraum war, bat keine fremden maskierten Frauen ins Haus.

Ethan strich sich übers Kinn. »Walbrick ist sicherlich ein gut zahlender Kunde einer exquisiten Agentur, deren Mitarbeiterinnen über ein reiches Repertoire zum Erfüllen für ausgefallene Wünsche verfügen. Finde heraus, welche es ist, und gib dich als Werbegeschenk für besondere Klienten aus.«

Die Visitenkarte des Clubs. Lucy fischte sie aus ihrem Portemonnaie und zeigte sie ihm.

Ethan pfiff leise. »Na bitte, die halbe Miete hast du schon.«

»Und wenn Walbrick misstrauisch wird und im Club nachfragt?«

»Warum sollte er das tun, wenn ihn eine sympathische Dame eben jenes Clubs telefonisch von seinem Geschenk in Kenntnis setzt?«

»Die Dame bin ich?«

»Deine Stimme am Telefon ist ungeheuer sexy.« Ethan googelte schmunzelnd auf ihrem Laptop nach dem Etablissement und rief die Seite auf. »Lies dich durch das Angebot.« Beim Anblick einer Gerte mit rosa Puschel trat ein diffuses Leuchten in seine Augen. »Ich besorge dir das nötige Equipment.« Er räusperte sich, starrte weiter auf das Bild. »Je professioneller du rüberkommst, desto besser.« Mit dem Zeigefinger tippte er auf ein Foto von einem weiblichen Model in enger schwarzer Hose, hohen Stiefeln und einschnürender Weste. Über den Augen trug es eine breite Maske, die nur den Mund und die Nasenspitze aussparte. »Jetzt noch Ohren dran und du bist Catwoman.«

»Das Zeug willst du kaufen?«

Mit dem Daumen fuhr er sich über die Unterlippe. »Man weiß nie, wozu man so was noch brauchen kann.«

»Kein Scherz?«

Ein geseufztes Ja und ein glasig werdender Blick antworteten ihr. Endlich riss er sich von dem Bildschirm los. »Ich besorge dir alle Informationen, die José über den Juwelier gesammelt hat. Ich wette, die befinden sich auf einem seiner USB-Sticks.« Er zwinkerte. »José beschriftet sie.«

Ordnung war funktionell. Ein Cleaner ebenso.

»Kommst du unbemerkt ran?« Das letzte, was sie wollte war, dass José den Datendiebstahl bemerkte und Daniel informierte. Der sollte seine Zeit nicht mit Sorgen wegen ihres Hobbys verschwenden, sondern Jade finden.

»Liebes. Ich komme an jeden Stick, den José zu bieten hat.« Eine Mischung aus Besitzerstolz und in Gier getränkter Vorfreude vibrierte in seiner Stimme. Er glitt von der Tischkante, schritt geschmeidig zur Tür. »Gib mir eine Stunde und studiere in dieser Zeit die Gepflogenheiten einer Domina und den verdammten Bauplan.«

Kein Problem. Ihre Finger rasten über die Tastatur des Laptops. Sie brauchte eine Ablenkung? Sie hatte eine.

~*~

Zum Verrücktwerden!

Jade durchquerte zum gefühlt tausendsten Mal das Appartement. Mitternacht war längst vorbei, aber an Schlaf war nicht zu denken.

Seit zwei Tagen saß sie fest. Starrte auf dieselben Wände, bekam Essen von einer Unbekannten.

Jedes Mal nahm sie sich vor, zuzustechen. Lauerte hinter der Tür, den Brieföffner fest in der Hand. Bis jetzt hatte sie jede Gelegenheit ungenutzt vorübergehen lassen.

Der Gedanke, die Klinge in den Körper eines anderen Menschen zu bohren, stellte ihr die Haare auf. Wenn es wenigstens Caym wäre. Bei ihm würden ihre Skrupel auf ein Minimum zusammenschnurren. Doch er zeigte sich nicht. Auch nicht Shemhazai.

Als ob sie sie vergessen hätten.

Keine Erleichterung. Es trieb sie in den Wahnsinn. Warten. Auf was? Es machte mürbe. Nahm ihr den Mut, der sich ohnehin nur für Sekundenbruchteile an ihrer Angst vorbeitraute.
Jade drehte immer hektischer eine Haarsträhne um den Finger.
Wenn ihr die Flucht aus ihrem Gefängnis gelang, war sie immer noch gefangen in einem fremden Land, in dem sie sich nicht auskannte. Vom Fenster aus sah sie weder andere Häuser noch Dörfer. Wie lange musste sie durch die Kälte laufen, um jemanden zu finden, der ihr half?
Nein, wenn sie floh, dann mit Shem. Er lebte hier. Kannte sich aus. Hatte sie bereits zwei Mal vor Caym beschützt.
Und war ein Gefangener wie sie.
Wie sollte er mit fliehen können?
Dennoch musste sie ihn finden. Vielleicht existierte eine Möglichkeit, die sie übersah?
Der Traum, in dem er ihr über dem Abgrund entgegensprang, überlagerte den entsetzten Aufschrei ihrer Vernunft.
Aber dass sie bei ihm war, ergab einen Sinn. Ihre Träume und Visionen hatten sie genau an diesen Ort geführt.
Um einen Engel zu retten. Oder um sich von ihm retten zu lassen. Das entschied ihr Schicksal.
So verrückt dieser Gedanke auch war, er tröstete.
Das Gebäude war groß. Sie konnte ihn nicht stundenlang suchen. Bis dahin hätte sie Caym oder die Frau oder wer auch immer längst wieder eingefangen.
*Wo bist du?*
Sie brauchte einen Hinweis.
Und ein Pendel.
Angst und Hoffnung tauschten ihren Platz.
Das Gebäude bestand aus einem Mittelteil und zwei Seitenflügeln. Jeder Trakt besaß zwei Stockwerke plus Erdgeschoss.
Ein Stift! Papier? Nicht zwingend. Sie durchwühlte die Schreibtischschubladen. Ein weißer Edding fiel ihr in die Hände. Der genügte völlig.
Sie wischte alles Überflüssige von der Tischplatte und setzte den Stift an.

Drei Flächen, jede davon zweimal unterteilte. Wie viel Zimmer darin untergebracht waren, spielte keine Rolle. Das Stockwerk und der Flügel mussten genügen, um ihr einen Hinweis auf Shems Aufenthalt zu geben.

Sie zupfte sich ein Haar aus, knotete vorsichtig den Smaragdring daran.

*Zeig mir den Weg zu Shemhazai.*

Jade konzentrierte sich ausschließlich auf die Frage. Sie durchdrang ihre Angst, ignorierte ihre Anspannung.

*Zeig mir ...*

Sie hielt das Pendel über die erste Zeichnung.

*... den Weg ...*

Der Ring schwang ruhig hin und her.

*... zu Shem.*

Es schlug aus. Kräftig nach rechts und links. Das Erdgeschoss. Jade zwang sich zu Ruhe. Wo dort?

Die Eingangshalle, der Gang zum Westflügel. Nichts. Der Korridor zum Ostflügel. Wieder schwang das Pendel aus der Spur.

In ihr kribbelte es vor Nervosität.

Nun musste sie nur noch ihre Hemmungen überwinden und Galina ausschalten.

Kurz vor zwei. Die roten Punkte der Digitalanzeige der Stereoanlage blinkten bedeutend langsamer als ihr Herz schlug.

Vor morgen früh würde die Frau nicht kommen.

Ein Klicken im Schloss. Langsam bewegte sich die Klinke.

Jade verbiss einen Aufschrei.

Caym? Shem?

Der Marmorgriff drückte in ihre Handflächen, so fest umklammerte sie ihn. Sie hielt die Klinge hinter den Rücken.

Zustechen. Ohne Rücksicht. Scheiß auf das miese Karma, das sie damit auf sich lud.

Die Tür schwang auf. Im Schatten des Flurs stand Caym.

Sein rechter Mundwinkel zog sich nach oben. Sein Blick glitt über sie hinweg und hinterließ das Gefühl, schmutzig zu sein. »Ich bringe dich zu Shemhazai.«

Der Brieföffner versank in ihrer Hosentasche. »Warum jetzt?« Hoffentlich überhörte er das Flattern in ihrer Stimme.

Er trat näher. »Ich hole dich, wann immer ich will.« Keine Ähnlichkeit mehr mit dem gelassenen Cleaner. Die schwarze Bosheit in seinen Augen wischte sie fort. Er packte sie in den Haaren, zerrte sie mit sich. Tausend Nadelstiche in ihrer Kopfhaut.

Erstaunlich, man konnte Schmerzensschreie denken.

Der Flur, die Treppe. Jade stolperte über die Stufen, klammerte sich ans Geländer. Der Dämon hetzte mit ihr durch die Gänge. Sie krallte sich an die Hand, die ihr fast die Haare ausriss, doch Caym ließ nicht nach.

Quer durch die Eingangshalle, hinein in die Dunkelheit des Ostkorridors. Endlich wurden seine Schritte langsamer. Er schleuderte sie von sich, wie etwas Ekliges.

»Unser Engel ist trübsinnig.« Mit der rechten Hand griff er in die Luft und presste sie zur Faust zusammen. Aus dem Zimmer neben ihr klang dumpf ein erstickter Schrei. Caym ballte auch die Linke zur Faust und schloss für einen Moment die Augen.

Jade bildete sich ein, ein leises Keuchen zu hören.

Seufzend hob er die Lider. »Komm mit.« Seine Faust bewegte sich schneller. Das Keuchen wurde lauter. Es klang nach Shemhazai. Wo eben noch ihr Magen gegen den Zorn rebelliert hatte, lag ein kalter Klumpen.

Caym öffnete die Tür.

Das Zimmer war dämmrig, roch nach Kälte und Feuchtigkeit. Neben dem Fenster stand jemand.

Ein muskulöser Rücken, breite Schultern. Die Haare fielen in verschwitzten Strähnen darüber.

Shem.

Warum war er nackt?

Er sah sich nicht um. Hörte er sie nicht?

Caym legte den Finger auf seine Lippen. Er nickte zu Shem, der sich mit einer Hand an der Mauer abstützte. Die andere umschloss sein steifes Glied.

Leise betrat Jade den Raum. Der Engel beachtete sie nicht. Sein Kopf lag weit im Nacken. Das Wenige, was sie von seinem Gesicht erkannte, war verzerrt. Auf dem Boden verstreute sich seine Kleidung. Jeans, Shorts, Hemd, einzelne Knöpfe. Als hätte er sie sich vom Leib gerissen.

»Du hast Besuch«, durchbrach Caym die Stille. Shemhazai zuckte zusammen. Sein Blick flackerte zu Jade. »Nein«, keuchte er. »Nicht vor ihr.« Seine Wangen glühten. Der Laut aus seiner Kehle klang nach Verzweiflung. Er wandte sich taumelnd um, fiel mit dem Rücken gegen die Wand. Er ließ sich nicht los. Starrte auf Cayms geballte Faust.

Der Dämon bewegte sie auf und ab. Im selben Moment, im selben Rhythmus glitt Shemhazai über seine Erektion. »Caym, bitte!«

»Du flehst?« Der Dämon schnaubte. »Monatelang versuche ich es aus dir herauszupressen und kaum steht ein Weib neben mir, tust du es freiwillig?« Seine Gesten in der Luft wurden schneller. »Lass mich dein Winseln hören.«

Shem passte sich dem neuen Rhythmus an, begann zu keuchen. »Caym!«

Das war keine Lust. Das war Zwang. Zu einem Zweck: Shem vor ihr zu demütigen. Sein Körper verkrampfte sich, stöhnend ging er auf die Knie. Mit der freien Hand versuchte er, die andere aufzuhalten.

Caym lachte. Leise und boshaft. »Du weißt, wie dein Widerstand enden wird.« Er schleuderte seine Linke durch die Luft. Shem verbiss sich einen Schrei.

Wieder holte der Dämon aus.

Der Engel krümmte sich.

»Shem!« Mit einem Satz war Jade bei ihm. Um sein Gesicht erkennen zu können, musste sie sich vor ihn knien. Schweiß strömte über seine Schläfen.

Jade berührte die nasse Wange.

Shemhazai sah sie an. Vollkommen erstaunt. Dann zuckte er erneut zusammen. Er tastete über ihre Schulter, krallte sich in ihre Haare.

Keine Angst. Nur das starke Bedürfnis, ihm beizustehen.

»Rührend«, spottete Caym. Nach wie vor flog seine Faust durch die Luft.

Keuchend warf Shem den Kopf in den Nacken, griff sich an seinen Hals. Mit durchgebogenem Rücken wand er sich und kämpfte mit einem Schmerz, der keine Ursache zu haben schien.

Sein Gesicht wurde blau. Röchelnd brach er zusammen.

»Caym! Er stirbt!« Ihr Skrupel zu töten löste sich in Nichts auf. Sie griff in ihre Tasche. Sie war leer.

Ihre Waffe hing zwischen Cayms Daumen und Zeigefinger. »Du brauchst mehr, um mich zur Strecke zu bringen.« Er schleuderte den Öffner in die Dämmerung des Ganges.

»Er lebt.« Der Dämon nickte zu Shem. »Und das werde ich auch nicht ändern können. Aber ihn kann ich verändern.« Er verzerrte seine Miene zu einer Fratze. »Ich kann ihn biegen, bis er bricht. Ihm den Stolz aus den Knochen prügeln, ihn in seinem Leid verzweifeln lassen.«

Jade hatte bisher noch nie in ihrem Leben gehasst.

Es fühlte sich hart und furchtbar kalt an.

Ächzend richtete sich Shem auf. Er war leichenblass. »Geh.« Sein Kopf blieb gesenkt. »Lass mich allein.«

Kein Mitleid. Nicht jetzt.

Um ihm zu helfen, musste sie sehen, was mit ihm geschah.

Sie entspannte sich, so gut es ging, ließ zu, dass sich die Realität auflöste.

Wie aus dem Nichts sauste eine Kette auf ihn hinab, traf seine Schultern. Sie bluteten längst. Auch der Rücken. Wieder blitzte die Kette. Ihr helles Klirren durchschnitt die Luft.

Shem stand aufrecht in einem Meer aus Sand und Felsen. Wogen aus Finsternis türmten sich um ihn auf. In einem ohrenbetäubenden Tosen gingen sie auf ihn nieder, versuchten, ihn unter sich zu begraben. Shemhazai bohrte die Füße in den Sand, blieb stehen. Ein Kreischen und Zischen erfüllte die Luft. Jedes Mal lauter, wenn sich neue Wellen erhoben. Worte. Jade verstand sie nicht. Doch sie krochen in seinen Mund, in seine Augen, seine Ohren. Er packte sie, riss sie aus sich heraus, brüllte gegen das Tosen an, das lauter und lauter anschwoll.

Die Kette aus Gleißen und Schmerz warf Schleifen, durchtrennte die Dunkelheit, dann Shemhazais Fleisch. Eines ihrer Enden verschwand in Cayms linker Faust, das andere schlang sich um den Hals des Engels.

Jade berührte sie. Ein Zittern im Licht.

Eiskalt und grausam. Der Wille, der die Kette befehligte, glomm in jedem einzelnen Glied. Ihre Finger glitten hindurch.

Wieder stürzten sich schwarze Worte auf Shemhazai.
Wie wütende Schlangen.
»Was kann ich tun?« Ihr Schreien übertönte kaum den Lärm.
»Liebe ihn.« Das Flüstern des Dämons huschte durch ihren Kopf. »Verwandle Schmerz in Lust, und du beendest sein Leid.«
»Lust ist keine Liebe!« Wenn es so einfach wäre!
»Mach sie dazu«, sagte die kalte Stimme.
Liebe ihn! Ihr Herz verschluckte sich an der zu großen Aufgabe.
Sie ertrug den Anblick des blutüberströmten, von Dunkelheit umschlungenen Mannes nicht mehr. Ein Blinzeln, und die Wunden verschwanden. Kein Tropfen Blut. Doch es war da. Augen konnten täuschen.
Shemhazai fasste sich an die Kehle, schnappte nach Luft. »Ich will nicht ...«
Seine Faust glitt in dem vorgegebenen Takt über seine Härte.
Jade stiegen Tränen in die Augen. Sie war nie Zeugin einer solch furchtbaren Demütigung geworden.
Um dieses Drama zu beenden, brauchte sie Mut. Gerade löste er sich in den dunklen Ecken des Zimmers auf. Sie war im Begriff, sich mit einem Dämon anzulegen.
Deshalb bist du hier. Denk an deine Vision. Vertraue deinen Träumen!
Jade räusperte ihre Stimme frei. Ihre Angst brauchte Caym nicht hören. »Lass ihn in Ruhe.«
Der Dämon ächzte. »Niemals.« Auch sein Gesicht glänzte nass.
Er griff sich in den Schritt und stöhnte übertrieben laut. »Seine Lust ist meine Lust. Ich höre erst auf, wenn sie aus mir herausspritzt.«
»Caym!«, brüllte Shemhazai. »Lass Jade gehen!«
Der Dämon schwankte, stützte sich an der Tür ab. »Ein Spiel, Heerführer. Du bist es mir schuldig.« Er schloss die Augen, seine Kiefermuskeln traten hervor. Was er Shem antat, kostete ihn selbst unglaublich viel Kraft. Dennoch peitschte seine Hand durch die Luft.
Wie der Zauber funktionierte oder wie stark er war, spielte keine Rolle. Auch nicht, dass sie ihn nicht beenden konnte. Shem durfte nicht von der Schwärze verschluckt werden.

»Du willst, dass ich ihm Lust verschaffe?«

Der Dämon nickte. Träge öffneten sich seine Lider.

»Dann geh. Wenn du uns beobachtest, erfährst du nie, wozu ich imstande bin.« Die Sätze gingen ihr entspannt über die Lippen. Keine Lüge. Sie kannte ihre Qualitäten.

Fast wurde Cayms angestrengte Miene zu einem Grinsen. »Du bist wahrhaftig eine Hexe. Doch wenn du versagst ...«

»Ich bin gut.« Die jahrelange Tantraausbildung hatte sich schon oft ausgezahlt. Sie musste die Massage lediglich variieren, da sie unter Zeitdruck stand und kein Öl zur Verfügung hatte. Am besten, sie konzentrierte sich auf den Kernteil und straffte das Vorglühen. Improvisation war ihre Stärke.

Langsam schob sich Caym rückwärts aus der Kammer. »Versage und du stirbst.«

So heiser, wie er klang, schrammte er am Rand seiner Kräfte. Tröstend, dass auch Dämonen ihre Grenzen hatten. Zumindest wenn sie mit Engeln kämpften.

»Ich versage nicht. Aber deine Gegenwart lenkt mich ab. Wenn dir fühlen genügt, geh.« Wahnsinn. Sie schaffte es, ihm direkt in die Augen zu sehen. Das Quäntchen Stolz tat ihr unendlich gut.

Caym mutete ihr einen letzten Blick zu, schloss die Tür zwischen ihnen.

»Ich will das nicht.« Shemhazai versuchte, ein Keuchen zu unterdrücken. »Geh, er wird mich ...«

»Mach es einfach«, wisperte sie. »Gib ihm deine Lust.« Ihre Lippen streiften über seine Wange. Sie war nass und kratzig. »Ich will nicht, dass du gegen ihn verlierst. Doch das wirst du.« Die Wellen brandeten zu hoch, die Wunden klafften zu tief. »Ich helfe dir, den Konflikt zu beenden. Ohne Sieger, ohne Verlierer. Vertrau mir.«

»Warum tust du das?« Seine Stimme war rau, als hätte er wirklich gegen die Wogen angebrüllt. »Ich habe dich ...«

Jade legte ihm den Finger auf den Mund. »Nein, hast du nicht.« Sie würde es ihm später erklären. Zu was Caym fähig war, hatte sie gesehen.

Noch ein Kuss. Zart, ohne zu viel zu fordern. Sie streichelte über seinen Nacken, spürte die harten Muskeln.

Shem entspannte sich, kaum dass ihre Lippen seine berührten. Sie waren fest, wollten kaum nachgeben. Jade küsste sie sanfter, spielte mit der Zungenspitze an ihren Rändern. Es fühlte sich unsagbar gut an. Wie mit Köstlichkeiten gefüttert zu werden nach einer endlosen Hungerzeit.

Sie streichelte über die verkrampfte Faust, berührte dabei behutsam das, was sie umschloss. »Lass mich das für dich tun.« Sie würde ihn erlösen. Würde ihm Empfindungen schenken, die ihn die Schwärze in sich vergessen ließen. In ihrer Mitte breitete sich ein heißes Prickeln aus. Caym, ihre Angst, alles löste sich darin auf. Nur ein diffuses Gefühl von Gefahr blieb übrig. Sie durfte sich nicht gehen lassen. Musste die Kontrolle behalten. Dann beherrschte sie die Situation und mit ihr Shemhazais anschwellende Lust. Sie schmiegte sich glühend in ihre Hand.

Der Engel stöhnte. Es klang erleichtert, dankbar.

Seine Lippen gaben nach, nahmen ihre Liebkosungen an. Hungrig wie ihre.

Duft und Geschmack vermischten sich. Würzig herb. Schwer. Sinnlich auf eine Weise, die ihr Herz auf die doppelte Größe wachsen ließ.

Ihr Verstand ballte die Fäuste und schrie ihr Warnungen zu. Unnötig. Sie kontrollierte die Lage.

Shemhazai nahm sie am Kinn und beendete damit den Kuss. »Du musst das nicht tun.« Sacht strich er über ihre Wange. Seine Finger zitterten. »Ich weiß, wie furchtbar die Situation für dich sein muss.« Er wollte aufstehen. Jade drückte ihn zurück.

Sein Duft legte sich wie Nebel auf ihre Sinne. Umschmeichelte sie, drang in ihren Körper und brachte ihn zum Erzittern. Ihr Mund wollte mehr. Ihre Finger ebenso. Vor ihr saß ihr Schicksal. Sinnlicher, betörender in seinem Schmerz, als alles, was sie jemals erlebt hatte.

»Ich kann dir helfen«, wisperte sie an seine Lippen. »Du musst dich Caym nicht allein stellen.«

Shem seufzte. Es klang unendlich erleichtert. Er fasste in ihr Haar, drängte sie auf seinen Schoß. Seine Küsse wurden fest, gierig. Der Druck auf die Lippen grenzte an Schmerz. Sie öffnete den Mund für seine Zunge, genoss ihren wilden Tanz.

Hochschlagende Gefühle. Ein Ozean davon. Ihr Herz pochte im gesamten Körper.

Der fremde Duft, der fremde Geschmack, wurde zu ihrem. Shem nahm ihr Gesicht in die Hände, fuhr mit den Daumen über ihren Mund. Sein Atem ging laut. »Woher nimmst du den Mut?«

»Mich mit einem Dämon anzulegen?« Sie besaß ihn nicht.

Langsam schüttelte er den Kopf. »Mir nah zu sein.« Sein Blick, Jade versank in ihm.

Mit beiden Händen griff sie ihm ins Haar. Lust. Allein für ihn. Caym verschwand in Bedeutungslosigkeit.

Sie zog seinen Kopf in den Nacken, ließ ihre Lippen über seine Kehle wandern. Dort, wo ihm die Kette eben die Luft abgeschnürt hatte. Ein herber Duft in der Nase, ein salziger Geschmack auf der Zunge. Sie neckte den Kehlkopf, saugte die zarte Haut in den Mund.

Shem stöhnte. Der tiefe, sehnsüchtige Laut brachte ihre Nerven zum Vibrieren.

Sie streichelte über den Rücken, den der Schweiß zu kühlen begann. Unter ihren Fingern zog sich die Haut zusammen.

Ihn berühren, ihn an sensiblen, prallen Stellen küssen. Über den Duft lecken, der ihr längst den Atem verschlug. Ihr Herz schlug bei jedem Schlag gegen die Rippen. Lust? Angst? Ihr sicherer Pfad wurde unter ihren Füßen zu einer wackligen Brücke. Darunter toste ein Fluss. Wenn sie fiel, war sie verloren.

~*~

Flüstern zwischen sinnlichen Schaudern. Liebkosungen auf seiner nass geschwitzten Haut. Jade war kein Mensch. Sie war seine Erlösung.

Ihre Lippen umschlossen seine Brustwarze, ihre Finger tanzten sacht über seinen Körper. Sie streichelte den Schmerz weg, als hätte es ihn nie gegeben.

Der Duft von Blumen und Kräutern hüllte ihn ein. Langsam drückte ihn Jade zurück. »Vergiss, dass wir belauscht werden.«

Das hatte er längst.

Ihre Zunge spielte an den Härchen auf seinem Unterbauch. »Nur für dich«, liebkosten ihre Lippen auf seine Lenden. Shem spürte die Wärme ihres Atems auf empfindlicher Haut.

Sollte Caym mit ihm machen, was er wollte. Und wenn er ihm den Schwanz abriss. Jade kannte die Wahrheit. Verzieh ihm. Allein diese Tatsache verhinderte, dass sich der dämonische Wille durch seinen Geist fraß. Das Pochen zwischen seinen Beinen gehörte ihm. Die Lust, die heiß in ihm pulsierte, gehörte ihm. Auch der Schmerz, den ihm Caym aufzwang, war sein.

Das Klirren verstummte. Der glühende Dorn in seinem Geist löste sich auf.

Seit Monaten fühlte sich Shem zum ersten Mal frei. Auch wenn er wusste, dass der Dämon hinter ihm lauerte.

Zarte Berührungen zwischen seinen Schenkeln, sanftes Massieren seiner prallen Lust. Feuchte, samtige Wärme an seiner Spitze.

Jade nahm sich von ihm, was sie wollte. Verwöhnte es, liebkoste es.

Shem fiel in ihre Zärtlichkeit. Ließ sich treiben.

~*~

Der Heerführer bog den Rücken durch, keuchte heiser und laut. Caym drückte die Tür weiter auf. Noch zitterten seine Nerven vor fremden Qualen. Noch waren seine Sinne geschwächt von Shems Gegenwehr.

Die Kraft des Heerführers wuchs mit der Nähe zu der Hexe.

Er musste das Spiel beenden, bevor ihn Shemhazai in den Staub schmetterte.

Wie hatte er die Kette auf dem Rücken tanzen lassen. Dennoch hatte Shem standgehalten.

Und jetzt das.

Lust – in unbekannten Nuancen.

Nicht wild und verzweifelt wie sonst. Nein, stiller, hingebungsvoller, doch unglaublich intensiv. Nur zu fühlen war zu wenig. Er musste es sehen.

Deshalb stand er hier, im Schatten des Korridors.

Wie geschickt die Zunge der Hexe mit Shems Männlichkeit spielte, wie gekonnt sie ihre Hände einsetzte. Sie lockte tiefes Stöhnen und leises Flehen gleichermaßen aus Shems Kehle.

Welch ein atemberaubender Anblick.

Caym umschlang das Ende der Kette. Shems Sehnen nach Erlösung flutete ihn. Heiße Erregung pochte in seinen Lenden, wurde geleckt und gekühlt von der blonden Frau.

Sie an den Haaren packen und zu sich zerren. Ihren Mund aufdrücken und sich in ihm versenken. Sie zwingen, seine Gier zu schlucken.

Caym presste die Faust gegen seinen pochenden Schritt. Er biss seine Lippen wund, um still zu bleiben.

Wie Shemhazai sein vergängliches Geschenk genoss. Wie er sich hingab und nicht aufhören könnte, in der Flut blonder Haare zu wühlen.

Noch wenige Augenblicke, dann verschlangen ihn Flammen, die von zarter Hand genährt wurden.

Gleich. Caym fühlte das Flehen nach Erlösung in seiner eigenen Mitte. Lautlos lehnte er sich an den Türrahmen, spreizte die Beine, um sich Platz zu verschaffen.

Shem bäumte sich auf. Sein heiseres Keuchen hallte bis in Cayms Gedärm. Caym presste die Hüfte gegen das Holz, biss sich in die Faust. Die Welle rollte über ihn hinweg, nahm ihm den Atem.

Lust gepaart mit schäumender Wut ergoss sich in seine Hose.

Er hatte versagt. Das Weib schenkte dem Heerführer ihre Liebe, statt ihn für seine Taten abgrundtief zu hassen. Durchschaute sie die Trugbilder, misstraute sie ihren Augen? Sie musste das Blut zwischen ihren Schenkeln bemerkt haben.

Ignorierte sie Shemhazais Reue? Sie musste sie spüren, sie vielleicht sogar sehen. Ihr Hexenblick drang tief.

Dennoch saugte sie aus seiner Härte flüssige Lust.

Streichelte über den Körper, den sie verachten sollte.

Die Niederlage schmerzte mehr als es die Stunden am Büßerpfahl getan hatten.

*Ich vernichte dich, Heerführer. Dich und deine Hure.*
Bald.

Dazu brauchte er Verbündete. Sie mussten seine schwindende Macht über den Engel kompensieren.

Caym schleppte sich zurück, erklomm die Treppe. Sofias Räume befanden sich im Westflügel. Sie verkroch sich darin, seit er Ramuell erstochen hatte.

Sie hasste ihn. Ein guter Boden für ein Abkommen.

~*~

Glut floss seine Wirbelsäule entlang, sammelte sich in den Lenden. Nicht nötig, Schmerz und Lust zu unterdrücken. Er vertraute beides Jade an. Keuchte es ihr zu, schrie, als es sengend in ihm explodierte und heiß in ihren Mund floss. Ihr Schlucken, ihre Hände, die ihn fest massierten, trieben ihn weiter.

Über jedes Maß, über alle Grenzen. Er trudelte im Vergessen, gehalten nur von Jades betörender Nähe.

Wie lange er bebend und keuchend unter ihr lag, entzog sich seinem Gefühl. Sehr langsam ebbte der Rausch ab.

Jade legte sich zu ihm. Er fühlte ihr Zittern wie sein eigenes.

»Als ob du stirbst«, flüsterte sie gegen seinen Hals. »Und es weißt, und es liebst.« Sie legte ihre Hand auf sein Herz. Es schlug so hart, dass er es im ganzen Körper spürte. »Ich habe solch einen intensiven Ausdruck noch nie in den Augen eines Menschen gesehen.« Sie küsste seinen Kehlkopf. So zärtlich, dass er vergaß, wer ihn Tag für Tag einschnürte.

»Caym ist fort.« Sie lächelte ihn an wie eine Vertraute. »Ich bleibe bei dir, wenn du willst. Aber erzähl mir, warum du der Gefangene eines Dämons bist.«

Dazu brauchte er Atem, den er nicht besaß. Der Kampf gegen Cayms Willen, als Jade plötzlich vor ihm stand, der eben erst überstandene Rausch. Beides hatte seine Kraft aufgebraucht. Das weiche Gefühl in den Knien blieb. Auch das Zittern der Muskeln. Doch es war nicht schlimm, vor Jade schwach zu sein. Nichts war in ihrer Nähe schlimm.

Wie sanft sie seine Wange berührte. Das Prickeln unter ihren Fingerspitzen breitete sich über den Rest seines Körpers aus. Ihm fielen die Augen zu. Jade half ihm auf, führte ihn zum Bett.

Sein Körper war schwer wie nie zuvor.
Füße tappten leise über den Boden. Wasser rauschte. Dass ein feuchtes Tuch sein Gesicht kühlte, bekam er kaum noch mit.

~*~

Bei jedem Atemzug flatterte eine hellbraune Strähne an Shems Nase. Jade strich sie vorsichtig beiseite. Er brummte, wischte sich mit der Hand übers Gesicht und schlief weiter. Wie friedlich er aussah. Die Mischung aus Scham und Wut, die seine Miene in wachem Zustand beherrschte, war verschwunden.

Jade unterdrückte ein Gähnen. Kopf und Herz waren zu voll, um zu schlafen.

Sie massierte ihre Schläfen, um den ziehenden Schmerz zu vertreiben. Ununterbrochenes Grübeln malträtierte ihr Hirn seit Stunden.

Wie befreite man einen Engel von unsichtbaren Fesseln?

Wie konnten sie vor Caym fliehen?

Ihr Hirn brütete nur schwachsinnige Antworten aus. Sie war schlichtweg zu müde zum Denken. Sie brauchte Wasser. Zum Trinken und zum Frischmachen.

In dem kleinen Zimmer gab es bloß ein Waschbecken an der Wand. Aus dem angelaufenen Hahn rann es kalt. Jade schöpfte sich Wasser ins Gesicht, bis sie sich zumindest einbilden konnte, wach zu sein. Das Handtuch roch muffig. Jade hängte es unbenutzt zurück und nahm stattdessen ihren Pullover zum Abtrocknen.

Shemhazai schlief nach wie vor. Sie setzte sich zu ihm, strich mit dem Finger behutsam über die Haut seiner Wange. Dort, wo der Wangenknochen eine markante Linie ins Gesicht zeichnete. Konstantin Grigorjew hatte einen schönen Körper besessen. Hätte er ihr ebenso gut gefallen, wenn kein Engel, sondern der Nephilim drinsteckte?

Sie schlug vorsichtig die Decke zurück. Der muskulöse Körper verriet nichts über seinen ungewöhnlichen Inhalt. »Ich würde in deiner Nähe auch Herzklopfen bekommen, wenn du kein Engel wärst.« Schon wegen der faszinierenden Augen.

Auch der Rest des scharf geschnittenen Gesichtes entlockte ihr ein Seufzen.

Ein winziger Höcker auf der Nase, geschwungene Lippen, stopplige Haut am Kinn. Ihr Finger wollte weiter über Shemhazai streichen. Hinunter über den Kehlkopf, zwischen den Schlüsselbeinen entlang, um die Brustwarzen kreisen. Sie zogen sich zusammen. Jade beugte sich hinab, stippte sie mit der Zungenspitze an. Der Duft, der von der warmen Haut aufstieg, weckte eine seltsame Komposition von Gefühlen in ihr. Begehren. Das zuerst. Dann Sehnsucht, schließlich Traurigkeit.

Eine Hand legte sich sacht auf ihren Kopf. »Mach das mit meinem Nabel.«

Kein Lächeln, nicht einmal ein Zucken in den Mundwinkeln.

»Bitte«, sagte Shemhazai leise. »Ich habe ihn noch nicht lange und mag ihn sehr.«

Ihr Herz dehnte sich aus, bis es ihr gegen die Rippen drückte. Ganz leicht veränderte sich der Druck seiner Hand, dirigierte sie nach unten. In seinem Blick stand nur eines: Sehnsucht.

Jade verabschiedete sich mit zwei sanften Küssen von den erigierten Brustwarzen. Sein leises Seufzen begleitete sie über den Rippenbogen hinweg bis zu dem muskulösen Bauch. Hellbraune Härchen kitzelten ihre Lippen, bevor sie mit der Zungenspitze in den Nabel stippte.

~*~

Sie war hier. Bei ihm. Nicht entsetzt in das Appartement geflohen, um sich hinter der verschlossenen Tür zu Tode zu fürchten. Nein, sie war bei ihm geblieben – nach dem intensivsten Rausch seines Lebens. Shem legte den Kopf zurück und genoss die sanften Berührungen. Jade ließ sich Zeit. Lippen und Finger erforschten seinen Körper mit einer Zärtlichkeit, die sie ihm schon einmal geschenkt hatte.

Verzieh sie ihm, dass er sie verletzt hatte? Verzieh sie ihm alles, was er ihr angetan hatte? Was, wenn Caym ihn erneut dazu zwang? Jetzt, in diesem wundervollen Moment?

*Bitte nicht. Lass mir diesen Augenblick.*

Kein Klirren, kein dumpfer Schmerz in seiner Stirn. Dennoch war es leichtsinnig, so zu tun, als sei Jade vor ihm sicher. Er schlang ihre Strähnen um seine Hände, wollte sie von sich wegziehen. Ihr sagen, dass sie gehen musste.

Sacht zog eine feuchte Zungenspitze Kreise um seinen Bauchnabel. Sie erforschte das Grübchen, leckte über die Härchen.

»Warum hast du keine Angst vor mir?« Die Angst vor der Antwort dimmte seine Erregung.

Jade blies über die feuchte Haut. Der Schauer drang bis tief in ihn hinein. »Du hast gesagt: Fürchte dich nicht.«

»Ich habe gelogen.« Er hasste sich dafür.

»Hast du nicht.« Sie setzte sich auf. »Wie oft musst du es noch hören, um mir glauben zu können?«

»Und warum trägst du das da?« Er legte vorsichtig seine Hand auf die Stelle, unter der sich die Kompresse verbarg.

Jade streichelte über seine Finger. »Ich kenne meinen Körper sehr gut. Auch vertraue ich auf meine Intuition. Beide sagen mir, dass Caym das Scheusal ist. Wenn er dir seinen Willen aufzwingen kann, kann er auch deine Gedanken manipulieren. Du musst diese Kette loswerden.« Sie strich über seinen Hals. »Schnell.«

~*~

Shems Pupillen wurden zu Punkten. Er starrte hinter sie. Aus seinem Gesicht wich sämtliche Farbe.

»Du willst mir meinen Lakaien stehlen?«

Jade fuhr zusammen. Caym stand in der offenen Tür.

»Ich muss dich enttäuschen. Meine Pläne für ihn sind anderer Natur.« Ein Griff in ihre Haare, und er riss sie vom Bett. Sie prallte an die Wand neben der Tür. Für einen Augenblick wurde ihr schwarz vor Augen. Shems Wutgebrüll hörte sie blind. Sie hielt sich fest, versuchte sich durch ihren Schreck auf das zu konzentrieren, was um sie herum geschah.

»Komm mit.« Ein russischer Akzent. Sie kannte die Stimme nicht. »Ich bringe dich in Sicherheit.« Die Frau führte sie hinaus.

»Ich muss zurück!« Caym durfte Shem nichts antun.

Mit unglaublicher Kraft packte sie die Frau und schleifte sie mit sich. Jade trat nach ihr, versuchte, sie zu schlagen. »Ich muss zurück!«
Eine dicke Holztür. Dunkelheit dahinter. Sie führte tief nach unten. Ein Stoß in ihren Rücken. Jade stürzte in die Finsternis.

~*~

Er sei entzückt über die Überraschung und das Entgegenkommen der Agentur. Gerade an diesem Abend habe er nichts vor. Er erwarte Madame Shania gegen elf.
Das war vor einer halben Stunde gewesen. Seitdem plagte sich Lucy mit einem demütigen Nephilim herum. Zum Glück fehlten ihr Jades Talente. Walbricks Gedanken blieben ihr somit erspart. Oh nein. An Jade zu denken war ein Fehler. Schon brannte es in ihren Augen. Lucy blinzelte die Tränen weg. Leider funktionierte das nicht mit dem steinschweren Gefühl in ihrer Brust.
*Sei am Leben. Alles andere kriegen wir wieder hin.*
Seit sie in Daniels Leben gestolpert war, umgab sie Mysteriöses und Gefährliches. Im Prinzip entsprach das ihren Vorstellungen von einem spannenden und erfüllten Leben. Aber nur dann, wenn nicht andere darunter leiden mussten.
Sie wischte sich rasch über die Augen. Die einsame Träne vermischte sich mit Schweiß.
In dünnen Rinnsalen lief er zwischen ihren Brüsten hinab, wurde am Bauch von dem zu eng sitzenden Catsuit gestoppt und bildete dort eine Pfütze. Lucy kämpfte gegen den Wunsch an, sich diese bei jeder Bewegung knirschende Latex-Ganzkörper-Maske in breiten Streifen vom Körper zu schneiden. Dummerweise durfte Walbrick sie nicht erkennen. Die Stimme hielt sie tiefer und mühte sich um einen heiser-verruchten Tonfall.
*Ein Kinderspiel*, hatte Ethan gesagt und ihr die Informationen über ihr Opfer gezeigt. Bis jetzt verlief alles problemlos und wie von ihm vorhergesagt. Seine Prophezeiung schloss ein Lederband mit Schlüssel ein, das Walbrick um den Hals trug und zusammen mit Weste und Hemd auf dem Bett abgelegt hatte.

Ein Sicherheitsschlüssel. Unauffällig, mit kreisförmigen Ausbuchtungen versehen, altmodisch. Wie Ethan schien er einem Übermaß an Technik in elementaren Bereichen zu misstrauen. Wäre ihr diebisches Schicksal weniger entgegenkommend gewesen, hätte sie das Schloss der Kellertür fotografiert und Ethan weiter über das Problem brüten lassen. Sein Bekanntenkreis war weitläufig und barg interessante Leute mit nützlichen Talenten. Irgendwer hätte den Zugang zum Panikraum schon aufbekommen. Im Extremfall hätte sich auch José daran austoben können.

*Du machst es mir fast zu leicht, Ashton. Noch spüre ich kein Kribbeln im Magen.*

Spätestens, wenn sie ihren Raubzug begann, würde sich das ändern.

Walbrick rackelte auf seinen Knien hin und her und flehte ergeben um Schmerz, und dass er ihn mehr als verdient hätte.

Ohne Frage. Als Nachfahre eines Nephilim hatte er sicher ausreichend auf dem Kerbholz.

Die Gerte klatschte ihm zwischen die Beine. Verflixt. Strafe? Er wollte es doch. War eine Strafe noch eine Strafe, wenn sie die Bitte des Bestraften erfüllte? Ihre Gedanken trudelten durcheinander. Kein Wunder. Unter der Maske musste ihr Gehirn schmoren.

Ihr Opfer stöhnte dankbar auf. Die Ausbuchtung in seiner Lederhose wuchs.

Lucy beneidete ihn um seine Begeisterung.

Ihr ganzer Körper, von der Stirn bis zu den Fußknöcheln, juckte erbärmlich. Der Schweiß machte es schlimmer. Sie selbst hätte sich für Leder entschieden, aber Tierhäute zu tragen konnte sie vor Jade nicht verantworten.

Jade. Wieder schlich sich ihre viel zu zerbrechliche Freundin in ihren Kopf. Sie war dafür geschaffen, über Frühlingswiesen zu tanzen und sich mit Blumen zu schmücken, nicht um in den Klauen eines Dämons zu zappeln.

Wenn sie noch zappelte.

Lucys Herz zuckte unter der Angst.

Walbrick beobachtete sie unter Halbmast-Lidern hervor. Langsam schoben sich zwischen seinen Brauen Hautfalten zu kleinen Gebirgen zusammen. Erkannte er sie? Oder bemerkte er ihre Sorgen? Lucy ließ sie wie reifes Obst von sich abfallen und touchierte Walbrick erneut. Der Schlag ging diesmal unters Kinn und zwang ihn, sie direkt anzusehen. Hoffentlich überzeugend dominant spulte sie die Litanei von dem bösen Jungen hinunter. Seine Augen glänzten.

Ebenso wie sein mit rosa Streifen überzogener Rücken. Nicht dass es ihr viel ausgemacht hätte, ihn ein wenig weichzuklopfen, aber mit der Zeit wurde es langweilig. Ihre Finger wollten aus den engen Handschuhen hinaus und testen, ob der Schlüssel ins Schloss der Kellertür passte.

Bald setzte sie Walbrick schachmatt. Was sie dazu brauchte, klemmte unter dem breiten Gummiband, das ihre Haare zu einem strengen Knoten zusammenhielt. Bald würde er in das süße Reich lang anhaltender Träume sinken.

Lucy strich mit dem rosa Fellpuschel, das am Ende der Gerte wie ein Minipompon klebte, über Walbricks stark gewölbte Stirn, hinunter über den Nasenrücken, den kaum geschwungenen Mund bis zum Kinn.

Als er unaufgefordert nach vorne kippte und ihre Stiefel zu lecken begann, war der Zeitpunkt überschritten, diesem Spiel ein Ende zu setzen. Der Anblick der glibberigen Spuckefäden auf dem glänzenden Lack ließ es in ihrem Magen rumoren.

»Habe ich dir das erlaubt?« Sie packte seinen Pferdeschwanz und zog ihn daran zurück in die Ausgangsposition. »Ohne meinen Befehl darfst du nur atmen.« Und Schlucken, dann wären ihr die Schlieren auf den Stiefeln erspart geblieben. Sie ging um ihn herum, als sie hinter ihm stand, drückte sie ihm den Kopf in den Nacken. Ein Griff unter ihr Haarband, ein leises Knacken und der Glasverschluss des Röhrchens brach ab. Durch das überdehnte Genick war Walbricks Mund ohnehin leicht geöffnet. Lucy flößte ihm ihre Komposition an KO-Tropfen ein. »Du darfst schlucken, böser Junge.«

Ob aus Reflex oder Gehorsam, er tat es.

Eins, zwei ...

Seine Lider flatterten, schlossen sich und er kippte zur Seite. Bis morgen früh war sie vor ihm sicher.

Für den Bruchteil einer Sekunde verlockte es sie, ihm den Rubin vom Finger zu stehlen. Die schlechte Erfahrung mit Nephilimringen hielt sie davon ab.

Sie zog das Band mit dem Schlüssel unter dem Kleiderhaufen hervor, schnappte sich ihre Handtasche und rannte so schnell wie es ihre Stiefelabsätze ermöglichten ins Erdgeschoss.

Gästeklo, Küche, ein kleiner Salon. Wo war der Eingang zum Keller? Unter der Treppe! Eine Stahltür, in dezentem Oliv gestrichen. Der Schlüssel passte. Lucy stieß mit der Faust in die Luft.

Eine Betontreppe führte in einen Raum mit Bar, Sesseln und einem schokoladenbraunen Flügel. Panikraum? Eher Partykeller.

An den Wänden hingen Gemälde.

Blasse, ins Grün tendierende Haut, abgetrennte Füße und Arme. Schädel und Knochen, wohin sie sah. Zwei Bilder fesselten sie, allein durch ihre alles durchdringende Trostlosigkeit.

Eine dunkle Gestalt beugte sich über eine Tote, die zur Hälfte auf einem Sarg lag. Die Hände krallten sich in ihr Kleid. Gier? Besessenheit? Oder gar Liebe?

Auf einem anderen trieben bleiche Gestalten auf einem Floß zwischen meterhohen Wellen. Zwischen ihren Beinen starrten zwei Leichname mit gebrochenen Blicken in den schwarz-violetten Himmel. Er schien die Schiffbrüchigen ebenso verschlingen zu wollen wie das noch dunklere Wasser.

Gewagter Wandschmuck.

Lucy atmete gegen das flaue Gefühl in ihrem Magen an. Da half nur Konzentration auf das Wesentliche. Beute.

Von dem Zimmer gingen zwei Türen ab. Hinter der Ersten verbarg sich ein Waschraum. Eine offene Dusche, weiße Fliesen, ein Metalltisch an der Wand und ein überdimensioniertes Spülbecken. Von der Decke baumelten Gurte mit Schlaufen, befestigt an Seilwinden.

Lucys Hände wurden klamm. Lud Walbrick seine verstorbenen Dates nach Hause ein, um sie vom Leichenwagen direkt an die Decke zu hängen? Oder frönte er ab und an seiner devoten Lust hier unten?

In dem kalten Licht der Deckenbeleuchtung musste sein blasser Körper ähnlich gesund aussehen wie die Leichen auf den Bildern.

In der Luft hing ein penetranter Geruch nach Putzmitteln. Lucy schluckte trocken. Der Raum war unheimlich und für ihre Zwecke unbedeutend. Sie atmete auf, als die Tür hinter ihr ins Schloss fiel und sie wieder von Clubsesseln und Totenkunst umgeben war.

Hinter dem Flügel versteckte sich die letzte Tür. Wehe, sie verbarg etwas anderes als aus Truhen und Kisten quellende Geschmeide. Mit klammen Fingern drückte sie die Klinke.

Endlich.

Ein Tisch mit einer halbkreisförmigen Ausbuchtung, in der eine Art Leinensack hing, ächzte unter Mengen an Werkzeugen, Schachteln, Silberdrahtrollen und Goldblechen.

Mehrere begonnene Arbeiten warteten auf einem Samttuch auf ihre Vervollkommnung. Für Insekten schien Walbrick ein Faible zu haben. Spinnen, Mistkäfer, eine bezaubernde Libelle mit hauchdünnen, in Silber gefassten, rosa schimmernden Flügeln.

Rechts und links an den Wänden präsentierten sich die fertigen Stücke in Vitrinen. Sofort vergaß sie ihr Unbehagen. Was hinter Glas auf Samtkissen ruhte, rechtfertigte ein Risiko auf erhöhtem Anforderungsniveau.

Ganz ruhig. Lucy ließ ihre Finger knacken. Erst dann griff sie nach einem Ring.

Filigrane Mottenflügel neben einem Rubin, zierliche Spinnenbeine, die einen Saphir umschlossen. Ein Schädel auf einem wuchtigen Goldring, eine skelettierte Hand, die sich als Armreif am eigenen Stumpf hielt.

Die skurrilsten Stücke wanderten in ihrer Handtasche.

In dem Glasschrank daneben prangten drei Schwerter. Roope wäre vor ihnen auf die Knie gesunken. Sehr schmale, mit Ornamenten geschmückte Klingen und prächtig verzierte Griffe. Im Handstück des Mittleren leuchtete ein Brillant. Auch wenn die Waffen wie frisch poliert glänzten, an den Heften und Schneiden fanden sich Gebrauchsspuren. Wie alt mochten sie sein?

Die Waffen unter dem Mantel verstecken und so schnell wie möglich zum Wagen rennen?

Welcher Mantel? Der, der neben Walbricks Weste auf dem Bett lag? Sie musste noch einmal zurück. Wie hatte sie ihn dort vergessen können?

Gott, waren die Schwerter schön. Verglichen mit ihnen war alles, was in Ethans Laden vor sich hin staubte, Plunder.

Der Glasschrank war verschlossen. Stahlbänder fassten die zentimeterdicken Glasflächen ein. Ein gläserner Safe? Oder ein mit Panzerglas verstärkter Schaukasten. Oberhalb des Knaufs war ein rechteckiges Feld in den Beschlag eingelassen. Keine Zahlen. Ein Fingerprintschloss?

Nur für eine Nanosekunde überdachte sie – rein in der Theorie – die Möglichkeit, Walbrick von seinem Daumen zu trennen. Die Waffen waren es wert.

Diese feine Gravur auf den Klingen. Aufgefiederter Farn. Nein. Federn. Aufeinandergelegt und hochgeschwungen.

»Ich komme wieder.« Mit einer besseren Ausrüstung. Ob sich einer der Cleaner dazu bereiterklärte, ihr mit der Alarmanlage zur Hand zu gehen, ohne darüber mit Daniel zu sprechen? Dann würde sie Walbricks Heim bei hellem Tageslicht einen Besuch abstatten, während er in seinem Juweliergeschäft Schmuck an den Mann brachte, der sicher meilenweit von der grotesken Schönheit dieser Stücke entfernt war.

Sie fotografierte die Vitrine samt Inhalt und Schloss.

Die Nachricht ließ sich nicht senden. Zu dicke Wände schotteten sie von der Außenwelt ab.

Himmel, fiel es schwer, die Prachtstücke zurückzulassen.

Doch es wurde Zeit.

Wenn Walbrick morgen erwachte, erinnerte er sich mit ein wenig Glück kaum noch an sie. Die vierte Generation ihrer KO-Tropfen überboten ihre Vorgänger an Intensität um Längen.

~*~

»Sie ist deine Freundin.« Ives Fingerspitzen trommelten auf dem Lenkrad. »Ziele darf man observieren. Untreue Gattinnen ebenfalls, aber niemals eine Frau wie Lucy.«

Wenn sie sich Ashton Walbrick als Opfer auserkoren hatte, schon. Daniel zog sich eine dünne, schwarze Mütze auf und streifte die Handschuhe über. Er würde sich über die Rückseite des Gebäudes zum zweiten Stock vorarbeiten und sich durch eines der Fenster schneiden.

Ives legte ihm ein Pick-Set in den Schoß. »Für den Notfall.«

Unnötig. Was störte Walbrick eine zerschnittene Scheibe? Spätestens morgen früh wusste er ohnehin, dass er einem Diebstahl zum Opfer gefallen war.

»Boss.« Ives klang sanft. Beinahe mitleidig. »Lucy hat ein Recht auf ihr Privatleben. Sie liebt ihr Hobby und im Augenblick ist jede Ablenkung gut für sie. Sie leidet. Ich übrigens auch. Das interessiert hier bloß niemanden.«

Der Einzige, der gleich litt, war der Nephilim.

»Daniel, dir verbietet sie deine Vergnügungen auch nicht.«

»Weil meine Vergnügungen ihre Vergnügungen sind.« Nächte im Schein einer Kerze. Seide auf ihrer Haut, die er sacht beiseiteschob, um zuerst mit der Zunge und schließlich mit seiner Männlichkeit Lucys feuchte, verheißungsvolle Wärme zu erobern.

In seinem Schritt spannte die Jeans. Schlechte Idee, ausgerechnet jetzt an Lucys Samthaut, an ihren köstlichen Schoß und ihre innigen Küsse zu denken.

Ives' Blick heftete sich für eine Sekunde zwischen Daniels Beine, bevor er aufstöhnend die Augen rollte. »Wird das nie besser?«

»Nein.« Er war dieser Frau verfallen. Umso unerträglicher wütete die Vorstellung in ihm, dass sie, wenn auch wegen geschäftlicher Zwecke, einem Kerl wie Walbrick um den Bart ging.

Als ob nicht genug Ärger auf seiner Schwelle stand.

Gut, dass José Ethan beim Zurückbringen des Speichersticks erwischt hatte. Der Spanier hatte ihn sofort informiert.

»Warum hast du nicht einfach mit Lucy geredet und sie gebeten, diesen Typen in ihrer Sammlung auszulassen?« Ives Unschuldsblick war rührend.

Lucy erzählte ihm nie, wer als Nächstes auf ihrer Liste stand. Angeblich, um ihn nicht zu beunruhigen. Genau das beunruhigte ihn umso mehr. Auf eine geradezu beschämende Weise.

»Deine Sicht auf Frauen ist antiquiert.« Sein Chauffeur ließ das Wagenfenster bis zur Hälfte hinunterfahren und griff nach der Zigarettenschachtel im Handschuhfach. »Du darfst Lucy nicht als dein Eigentum betrachten oder gar so behandeln.« Er zündete eine Zigarette an und steckte sie Daniel zwischen die verspannten Lippen.

»Das verbietet das Gesetz.«

»Meines nicht.« Er inhalierte tief, doch seine Nerven ignorierten das beruhigende Gift. Lucy gehörte ihm. Sie hatten einander gefunden, einander geliebt und einander gerettet. Eine stabile Grundlage für gegenseitigen Besitz.

Und Walbrick besudelte sie allein durch seine Nähe zu ihr.

Sehr viel länger hielt er das Warten nicht aus.

In seinen Fingern zuckte der Wunsch, sich um Walbricks Hals zu legen und dem Mistkerl den Kehlkopf bis zum Atemstillstand einzudrücken.

Ein leiser Piepton riss ihn aus befriedigenden Mordplänen.

»Es ist José.« Ives nahm das Gespräch an. »Daniel sitzt neben mir. Kannst loslegen.«

»Daniel?« Er klang gehetzt. »Walbrick ist Asasel. Hol Lucy da raus! Sofort!«

»Woher ...?« Was?

»Ich habe mit Meister Kepheqiah zusammen seine Daten ausgewertet. Er ist es. Komm, und ich erkläre es dir.«

Daniel biss sich in die Fingerknöchel vor Nervosität. »Der Kerl ist so gut wie tot.« Egal, was Keph über die Sterbebereitschaft von Engeln gesagt hatte.

Ives sah ihn irritiert an. »Hattest du deiner Mordlust nicht abgeschworen?«

Ein wenig Training schadete nicht.

Angesichts seiner zahlreichen Leben und der darin gemachten Erfahrungen hätte er diesen Schwur niemals ablegen dürfen. Vor allem nicht vor Zeugen. Daniel schnippte die Zigarette aus dem Fenster. Zuerst musste er zu Lucy. Ging es ihr gut und beherrschte sie die Situation, konnte er eventuell Gnade walten lassen. Doch wehe Walbrick streckte einen einzigen Finger nach ihr aus. Auf welche Weise ließen sich Engel am effizientesten töten?

Ives berührte ihn am Arm. »Pass auf dich auf.«

»Angst um deinen monatlichen Scheck?«

Der Junge blähte die Wangen. »Seit wann interessiert mich Mammon? Ich habe Angst um dich. Du bist der erste Meister, bei dem ich mich wohlfühle und dessen Sache ich nachvollziehen kann.

Aber du hast es noch nie mit einem Engel aufgenommen.« Fluchend schlug er sich vor die Stirn. »Mann, das kann bloß ein Witz sein. Engel?«

»Mit ihren missratenen Blagen haben wir es schon länger zu tun. Mit Dämonen ebenfalls.« Ein Engel hatte in der Sammlung noch gefehlt. »Rufe Elija an und sag ihm, er soll sich für einen außergewöhnlichen Einsatz bereithalten.«

Die Aubrey Walk lag still im Schein der Laternen. Walbricks Haus stach durch zwei Balkone aus dem viktorianischen, überadretten Einerlei. Gepflegte, winzige Vorgärten, schwere Gardinen, flache Erker. Keine neugierige Silhouette hinter den wenigen schwach beleuchteten Fenstern. Daniel zog die Mütze tiefer ins Gesicht. Von oben bis unten schwarz angezogen glich er für jeden zufälligen Zeugen einem Schatten.

Eine gestutzte Thujahecke hinter einem in einer halbhohen Ziegelmauer eingefassten Lanzettzaun.

Kameras?

Keine.

Alarmanlage? Sicher. Wo?

Das Gartentor war abgeschlossen. Kurz spielte er mit dem Gedanken, auf den Klingelknopf zu drücken und sich höflich als das vorzustellen, was er war: ein Killer.

Er flankte über die gusseisernen Spitzen des Zaunes und duckte sich in den Schatten der Hecke. Hinter den Fensterscheiben der Reihenhäuser gegenüber rührte sich nichts. Auch Walbricks Haus lag still in einem geheuchelten Frieden.

Aus einem der Fenster im ersten Stock schimmerte gedimmtes Licht. Daniel schwang sich auf den untersten Sims. Bis zum Fensterbrett im ersten Stock schlug sein Herz kaum schneller.

Walbrick, nur mit einer Lederhose bekleidet, lag mit angewinkelten Beinen auf dem Rücken mitten im Zimmer. Der Kerl sollte ein Engel sein? Er wirkte wie ein groß gewachsener, schmieriger Klunkerverkäufer mit kranken Fantasien.

Ein Schatten huschte durch den Raum. Gertenschlank, dunkel und glänzend.

Lucy.

Hautenge Schwärze umschloss jedes Detail ihres Körpers mit inniger Nähe. Katzengleiche Bewegungen, ein stolzes Kinn, einzelne Strähnen zierten den Nacken. Auch hier glänzendes Latex. Hochgeschlossen und streng. Dadurch umso verlockender.

Welche Spiele hatte sie mit Walbrick gespielt? Wie weit hatte sie ihn gehen lassen? Wie weit war sie gegangen?

Musste der Engel sich unter die sexy Stiefel kauern?

Sie umhüllten Lucys Beine bis zu den Knien.

Die zweite Haut auf seiner eigenen spüren, sich an ihr reiben, über die Wölbungen lecken in dem Bewusstsein, dass Lucy es durch das Latex doppelt intensiv spürte.

Daniel klopfte an die Scheibe. Verdammt, er wollte zu dieser Frau.

~*~

Ein Schatten am Fenster. Er bewegte sich.

Ihr Herz donnerte laut genug, um Walbrick zu wecken.

Langsam näherte sie sich der spiegelnden Scheibe.

Der Schatten nahm Kontur an.

Daniel!

Wie konnte er es wagen, ihr hinterher zu schleichen? Was war mit den Absprachen, die sie getroffen hatten und an die sie sich halten wollten? Freiraum. Ohne ihn erstickte jede Kreativität. Auch beim Stehlen.

Wie eine Erscheinung hockte er vor dem Fenster. Ihre Wut verflog. Zorn? Empörung? Es brodelte unter seiner bewegungslosen Miene.

Ihre Hand zitterte, als sie den Knauf drehte. Nicht vor Angst. Oder doch?

Daniel blieb, wo er war. Sein Blick löste sich widerwillig von ihrem, glitt an ihr hinab.

Lucy stand wie festgewachsen. Ihre Kehle wurde trocken. Den Mann, der sie nur mit den Augen verschlang, kannte und liebte sie.

Dennoch wurden ihre Knie weich. »Sieh mich nicht so an. Ich weiß, dass Walbrick gefährlich ist. Aber jemand muss ihm eine Lek-

tion verpassen. Warum nicht ich?« Es klang nicht nach Verteidigung, sondern nach Entschuldigung.
Endlich kletterte Daniel geschmeidig ins Zimmer. »Wie sehe ich dich denn an?«
Gott, wie rau seine Stimme klang. Er fasste in ihr Haar, löste in einer einzigen Bewegung das Band aus ihren Strähnen.
Eine Hand an ihrem Kinn, ein Blick, der ihr wie Strom durch den Körper floss. Langsam drängte er sie zurück, bis sie mit dem Rücken an die Wand stieß. Ihr Herz raste.
Seine Hände glitten über ihre Schultern, ihre Brüste. Sehr langsam, nicht sanft. Unter der straff gespannten Latexhaut erzitterte jeder ihrer Nerven.
Seine Jacke fiel auf den Boden, sein T-Shirt folgte. Ein Haufen Schwarzer Kleider, darüber Daniel mit seiner drahtigen, sehnigen Kraft.
Walbrick wurde von ihm ignoriert, obwohl er keine zwei Schritte von ihnen entfernt immer noch schlief.
Daniels Finger fuhren in ihre Haaren, er zog ihren Kopf in den Nacken. Seine Wärme, sein Duft. So nah. Fordernd küsste er sie, ließ ihr kaum Atem. Er presste sie an sich, sie fühlte seine Muskeln, seine harte Erregung.
Bisse durch falsche Haut, Küsse an ihrem Hals, saugend und gierig. Eine Zunge, die ihren Mund nahm, wie sie überall genommen werden wollte.
»Wie lange haben wir Zeit?« Seine Stimme war tief. Glich einem Knurren. Lucy fand keine Worte. Walbrick? Wen interessierte dieser Mann? Erwachte er zu früh, würde sich Daniel schnell und präzise um ihn kümmern.
Sie schnappte mit ihrem Mund nach sinnlichen Lippen und wünschte sich wenigstens stellenweise aus dem Latex befreit.
Daniel erriet ihre Wünsche.
Ein Ruck, und sie lag auf dem Bauch. Schon das leise Ratschen des Reißverschlusses brachte ihre Nerven zum Vibrieren. Jedes bisschen befreite Haut hieß er mit festen Küssen willkommen, während seine Hände weiter über ihren eingesperrten Körper glitten. Lucy stöhnte die Erregung aus der Enge, die sie noch fast überall umgab. Sie wand sich unter Daniel, wollte ihn umarmen, ihn an sich

drücken. Die Lust von seinen Lippen kosten, über den dünnen Schweißfilm seiner Brust lecken.
Er ließ es nicht zu. Hielt sie unten. Seine Bisse in ihren Nacken – kaum zu ertragen.
Endlich schälte er sie aus dem Oberteil. Es machte ihm Mühe. Er fluchte vor Ungeduld. Gierig zerrte er an ihrer Hose, biss in ihren Schenkel. Gott, es musste an diesem Anzug liegen. Warum war sie nicht früher auf die Idee gekommen?
Seine Zunge in ihrer Kniekehle, ihre Stiefel flogen durch die Luft. Noch ein letztes Zerren an den Hosenbeinen und sie war bis auf einen Hauch Seide befreit.
Daniel zog einen mit Samt bezogenen Schemel heran, und legte sie bäuchlings darauf.
Er nahm sich keine Zeit, die Jeans auszuziehen. Sie hörte das leise Ploppen der Knöpfe, spürte Daniel hart und groß an sich.
Keine Zärtlichkeit.
Nur ungezügelte Lust.
Lucy biss sich in den Handballen.
Als die erste heiße Welle über sie schwappte, spürte sie den Schmerz nicht mehr.
Daniel zog ihr an den Haaren den Kopf in den Nacken. Sie spürte seine Zähne, seine Zunge an ihrem Hals. Sein stoßweises Atmen, sein fester Griff um ihre Hüfte.
Sie ließ sich fallen. Lust. Kein ohnmächtiger Mann, dem die Spucke aus dem Mundwinkel lief, kein Gedanke an die Beute in ihrer Tasche.
Schneller und schneller drängte er sie in die Glut, die ihre Sinne zerschmolz.
Sie verging in ihr. Hörte ihr Stöhnen, fühlte Daniels Kraft.
Der erlösende Laut aus seiner Kehle ließ sie erschaudern. Er sank auf sie nieder. Sein Herzschlag klopfte an ihrem Rücken, schürte das Nachbeben.
Seine Lippen küssten sanfter, seine Finger glitten zärtlicher über ihre Schultern.
»Wir müssen gehen«, sagte er nach einer Weile – immer noch atemlos. »Bevor dein Opfer aufwacht.«

»Nicht vor morgen früh.« Die Konzentration hätte einen Elefanten ausgeknockt.

Daniel zog sie in seinen Arm. »Ich sollte dir mit dieser Puschelgerte dort drüben den Hintern versohlen.« Sein Blick war ernst. Dennoch hatte ihn die Lust nicht vollständig verlassen. Lucy liebte das Glimmen tief in den dunklen Augen.

»Pack deine Sachen zusammen. Walbrick ist kein Spielzeug. Er ist gefährlich.«

»Das weiß ich. Aber er verdiente eine Lektion.« Und sie fette Beute.

»Nicht von dir.« Daniel half ihr in den Mantel, sammelte ihr Kostüm und die Gerte ein und drängte sie zur Tür. »Hat es sich wenigstens gelohnt?«

Ihre Stiefel! Lucy rannte unter Daniels Arm hindurch zurück und klemmte sich die lackierten Beweise unter den Arm. »Ja, hat es.« Bei Ethan würde sie ihm ihre Schätze zeigen.

Daniel kniete sich neben den Ohnmächtigen und legte zwei Finger an dessen Handgelenk. Langsam zog er die Stirn in Falten.

»Alles klar?«

»Nein.« Er schlug dem Mann derb auf die Wange, prüfte den Puls erneut. »Er ist tot.«

»Verdammt!« Die KO-Tropfen. Sie hätte mit der Dosierung der Barbiturate vorsichtiger sein sollen.

Ihr erster Mord. Nein, wohl eher Totschlag aus Versehen. Dasselbe hatte sie damals bei Kolja empfunden, als sie ihn ausgeknockt und bestohlen hatte. Im Nachhinein wäre es besser gewesen, wenn es funktioniert hätte.

Misstrauisch blickte sich Daniel um. »Das hier ist seine Hülle. Mir gefällt der Gedanke nicht, dass sein Geist um uns herumschwebt.«

Nacken, Rücken, Arme, zum Schluss die Beine. Überall wuchs eine Gänsehaut. »Lass uns verschwinden.« Sie wollte nicht dasselbe Zimmer mit einem Geist teilen, dessen Körper sie eben noch geschlagen hatte und der ganz genau wusste, wer dessen Mörderin war.

Daniel fischte sein Handy aus der Hosentasche. Er wählte eine Nummer. »Elija? Ich habe ein Problem. Du musst eine Leiche bergen und sämtliche Spuren von Lucy und mir entsorgen.« Sein Blick blieb an einem glibbrigen Fleck auf dem Teppich hängen. Direkt vor dem Hocker. Lucy biss die Zähne zusammen und zog zumindest ihren Slip an. Duschen konnte sie später.

»Wir fahren zu Ethan«, sagte Daniel und beendete das Gespräch. »Ich hoffe, dass dem Mistkerl die Knie weich werden, wenn er erfährt, in welche Gefahr er dich gebracht hat.«

»Woher hätte er wissen sollen, dass Walbrick ein Engel ist?« Sie konnte es selbst nicht glauben.

Er verschloss ihren Mund mit einem festen Kuss. »Seine Gier hat dich in Gefahr gebracht. Erwarte nicht, dass ich ihm das verzeihe.«

Ob sie ihm von unterwegs heimlich eine warnende SMS schicken konnte?

~*~

Lucy schmiegte sich an ihn. Ihre Nacktheit unter dem Mantel lockte sein Begehren erneut. Daniel verbot seinen sehnsüchtigen Fingern, unter den glatten Stoff zu gleiten. Lucy hatte für einen Nervenkitzel ihr Leben riskiert, dafür gehörte sie nicht belohnt. Er nahm sie an der Hand, eilte mit ihr zu Ives' Wagen. Der Junge hob nur schweigend die Brauen.

»Zu Scarborough.«

»Alles klar.« Ives sah durch den Innenspiegel. »Und? Was ist mit Walbrick.«

»Tot.«

Ives blähte die Wangen. Sein Blick huschte zu Lucy. Spielte er auf den Schwur an? »Ich war es nicht.«

Ives nickte. »Schon klar, stand sicher eine Schlange zum Töten ausgebildeter Wiedergeborener vor seiner Tür. Wer hat das Los gezogen?«

»Ich.« Lucy kramte in ihrer Handtasche. »Ein Missgeschick.«

Ives pfiff leise aber respektvoll, während Lucy versuchte, heimlich eine SMS für Scarborough zu schreiben. Daniel nahm ihr das Handy weg und drückte auf Abbrechen. Ihr wütendes Schnauben brach er ebenfalls ab. Mit einem Kuss. Er brachte ihm einen zu festen Biss in die Unterlippe ein.

Scarboroughs Antiquitätenladen war trotz der fortgeschrittenen Stunde noch beleuchtet. Daniel wischte sich das Blut vom Mund. Entspannte Entschlossenheit breitete sich in ihm aus. Wie kurz vor der Erledigung eines Auftrags. Eigentlich ein wirklich gutes Gefühl. Ives parkte und lächelte nach hinten. »Ich bleibe im Wagen.« Sein Finger war auf dem Weg zum Radio. »Mit aufgedrehter Musik höre ich Ethans Schmerzensschreie nicht, wenn du ihn in die Mangel nimmst.«

Ethan. Dieser grauschläfige, distinguierte Bastard! Daniel vergaß, dass er den Mann mochte, der Lucy in ihrer Kindheit ein Zuhause gegeben und sich um sie gekümmert hatte. »Fahr nach Hause, Ives.« Die Diskussion mit dem Antiquar würde länger dauern.

Er half Lucy aus dem Wagen, knöpfte ihren Mantel von oben bis unten zu.

Scarborough ging im Laden auf und ab. Den Kopf gesenkt, die Hände hinter dem Rücken verschränkt. José saß auf der Ladentheke und hielt seinen Laptop auf dem Schoß. Kaum stand Daniel vor der Tür, blickte er auf.

Ethan fuhr herum. In seiner Miene leuchtete die Erleichterung wie blinkende Weihnachtssterne. Er eilte zur Tür, um ihnen aufzuschließen.

»Lucy! Gott sei Dank bist du da.« Er wollte Daniel ignorieren und Lucy in seinen Arm ziehen, doch Daniel packte ihn am Kragen und schob ihn rückwärts gegen den Verkaufstresen. José rutschte zur Seite. »Ich habe ihn bereits informiert, Boss. Es ist unnötig, dass du ihm die Knochen brichst.«

Ethan nickte keuchend und versuchte Daniels Hand von seiner Kehle zu lösen. »Wie hätte ich ahnen sollen, dass der Kerl ein Engel ist?«, würgte er hervor.

»Eher Dämon«, korrigierte José. »Per Definition sind gefallene ...«

Ethans Würgen unterbrach den Redefluss. »Lass mich los!«

Geröcheltes Flehen. Musik in Daniels Ohren. »Ehrlich, ich wusste es nicht!«

»Dann hast du schlampig recherchiert, alter Mann.«

Scarboroughs Gesichtsfarbe wechselte von Blau zu Rot. »Alter Mann?« Er zwang Luft in seine zugedrückte Kehle. »Ich habe noch mehr Saft in den Knochen als manch junger Schnösel!«

»Nicht in den Knochen, Ethan.« José legte seine Hand auf Daniels und schüttelte den Kopf. Daniel lockerte seinen Griff und Ethan schnappte nach Luft.

»Aber da wo du ihn hast, fließt er üppig und oft.« Er hielt Daniels Hand nach wie vor fest. »Und weil das so ist, Boss, bitte ich dich, ihn unversehrt zu lassen.«

Seine Finger sträubten sich, die Kehle des Alten preiszugeben.

»Fünfundvierzig«, keuchte Ethan. »Was ist daran alt?«

Der Spanier wandte sich dem Laptop zu, tippte und drehte den Bildschirm zu Ethan.

Der starrte darauf, schob in Zeitlupe die Brauen übereinander. »Wie kommst du an die Daten meines Reisepasses?«

Ein Schulterzucken antwortete ihm.

Scarborough reckte das Kinn und verschränkte die Arme vor der Brust. »Und wenn schon«, brummte er. »Zehn Jahre mehr oder weniger, was spielt das für eine Rolle?«

»Keine.« Statt einen Schlag ins Gesicht, wie es der Alte verdient hatte, hauchte der Cleaner ihm einen Kuss auf die Lippen. »Nicht bei einem Mann wie dir.«

Ethans Erröten, Josés minimalistisches Lächeln und Lucys Grinsen. All das ging Daniel gegen den Strich. Um einem Ex-Seelenlosen beim Flirten zuzusehen, war er nicht hier. Erstaunlich, dass er es überhaupt hinbekam. »Informationen«, erinnerte er den Spanier an seine angestammte Aufgabe.

José lehnte sich zurück, griff hinter den Tresen und pflückte einen dünnen Stapel Papier aus dem Drucker. »Namen, Geburts- und Sterbedaten der Walbrick-Dynastie seit den letzten zweihundert Jahren. Die Daten vor dem neunzehnten Jahrhundert sind leider lückenreich und unzuverlässig.«

»Weiter.«

»Jeder jemals in dieser Familie gezeugte Sohn trat in die Fußstapfen seines Vaters. Allein das ist ungewöhnlich. Noch interessanter ist die Tatsache, dass stets zum Zeitpunkt der Firmenübernahme des Sohnes der betreffende Vater verschwand oder starb. Meine Theorie: Asasel schlüpft von Generation zu Generation in die Hüllen seiner Söhne.«

»Gewagte Theorie.« Ethan betrachtete die Druckstellen an seinem Hals mit einem antiken Handspiegel. Dem Preisetikett nach war er eine Kostbarkeit. »Doch das macht ihn nicht zu einem Engel.«

»Walbrick ist der Schmied der Nephilimringe.« Josés Stimme klang gepresst. »Ich habe Auszüge aus seiner Kundendatei und Kopien seines Mailverkehrs. Ein E. Orszulok und eine N. Navarrete kauften zum siebzehnten Geburtstag ihrer Kinder einen Ring bei ihm.« Er hob die Brauen. »Klingelt's? Das sind Namen der alten Familien. Außerdem bestätigt Kepheqiah meinen Verdacht. Asasel war ein begnadeter Goldschmied und den Nephilim stets zugetan. Als die Triadenkrieger die Engelskinder vernichten wollten, ist er mit ihnen geflohen, um sie in Sicherheit zu bringen.«

»Aber einen endgültigen Beweis besitze ich nicht.« Kepheqiah trat aus der Teeküche, die sich neben dem Treppenaufgang befand. Ein Hauch Earl Grey umwehte ihn. »Ich wüsste nicht einmal, ob ich Shemhazai in einem anderen Körper auf Anhieb erkennen könnte. Geschweige denn den Schmied.«

»Walbrick, oder das, was von ihm übrig war, ist tot.«

Neben ihm zog Lucy den Kopf ein.

»Erkennst du Asasel als Geist?«

Kepheqiahs Brauen hoben sich träge Richtung Haaransatz. »Hier? In dieser groben Atmosphäre eurer Welt? Ich würde bloß ein helles Flimmern in der Luft sehen.« Er wirkte erschöpft, wie er mit blassem Gesicht und hängenden Schultern vor ihm stand. Der Konflikt mit Mahawaj machte ihm sichtbar zu schaffen.

»Asasel hat sich all die Jahre vor uns verborgen. In seinen Augen bin ich ein Verräter, der mit dem Feind gemeinsame Sache macht. Und genau das bin ich auch.« Seufzend fuhr er sich übers Gesicht.

»Dabei wäre er für uns eine unschätzbare Hilfe. Er vermag es, Schwerter zu schmieden, die Dämonen vernichten können. Spontan fällt mir Caym ein.«

»Schwerter?« Lucy wühlte in ihrer Handtasche und zog ihr Handy aus deren klimpernder Tiefe. »Welche wie die hier?« Sie reichte es Keph. Langsam senkte sich seine Kinnlade.

»Ich habe sie in Walbricks Panikkeller gefunden. In einem Glassafe, wenn es so etwas gibt.«

»Er ist es«, brachte Keph endlich über die Lippen. »Eine Waffe wie diese hat er für Shemhazai geschmiedet. Ich spottete damals darüber.« Ehrfürchtig strich er mit dem Finger über das Display. »Dieselben filigranen Muster.«

José wurde blass. »Das Schwert, das ich nach meiner Bestrafung polieren musste, sah fast genauso aus.«

Keph hob die Brauen. In knappen Sätzen berichtete der Spanier seine Leidensgeschichte. Kepheqiahs Miene gefror. »Mahawaj tötet Seelen?«

»Was hast du denn gedacht?« Aus dem Weiß in Josés Gesicht wurde Rot. »Dass er sie sammelt?«

Ein zögerndes Nicken antwortete ihm. »Mein Gott.« Keph fuhr sich über den Mund. Wangen und Kinn zierten Stoppeln. Er hatte es versäumt, sich zu rasieren? Zu derlei Nachlässigkeiten hatte er sich früher nie hinreißen lassen.

»Es tut mir leid.« Kephs Stimme klang belegt. »Ich hatte keine Ahnung.« Er ballte die Fäuste. »Mahawajs Reisetruhe.« Der arabische Fluch bezeichnete den Obersten der Bruderschaft zwar nicht als das, was er war, er schien Keph trotzdem zu erleichtern. »Während der Schlacht muss er Shem das Schwert abgenommen haben.« Er schloss die Augen, schüttelte den Kopf. »Wenn er Shem überwältigt hat, ist er der nächste Engel, der sterben wird.«

»Und nun?« Lucy zupfte das Handy aus der verkrampften Hand. »Wie gehen wir vor?«

Kepheqiah starrte ein Loch in die Luft. »Es war nie Shem, den Caym befreien wollte.« Mit lautem Klatschen schlug er sich vor die Stirn. »Es war Asasel, sein Herr. Und er war zu dämlich, um das Siegel korrekt zu zeichnen.«

»Welches Siegel?«, fragten Ethan und Lucy gleichzeitig.

Keph raufte sich die Haare. »Asasels Geist ist nach Walbricks Tod ungebunden. Sollte Caym das Beschwörungsritual wiederholen und sich geschickter anstellen, ist es möglich, dass es ihm diesmal gelingt. Er braucht bloß einen neuen Wirt für Asasel.«

»Nein!« Jade umzingelt von dämonischen Engeln? »Bevor das geschieht, müssen wir die Elfe retten.«

»Für eine langfristige Lösung brauchen wir die Schwerter.«
Kephs Stimme klang tiefer als sonst. »Caym hat die längste Zeit Unheil angerichtet. Und wenn mir die Hand abfault, weil ich einen Bruder aus meinem Chor töte, ich werde es tun.«

»Die Schwerter töten Dämonen?« Dann brauchten sie die Waffen unbedingt.

»Seelentöter. Dämonentöter. Engelsschwerter.« Ethan pfiff durch die Zähne. »Wenn ihr sie nicht mehr braucht, gebt mir eines davon ab.« Der Krämer wagte es, sich die Hände zu reiben. In Daniels Faust wuchs der Wunsch, ihm zumindest die Brille aus dem Gesicht zu schlagen.

»Bevor wir etwas unternehmen können, müssen wir Shemhazai und Jade finden.« José schob sich vor seinen Liebsten und blockierte damit die Schlaglinie. »Unseren Berechnungen nach liegt der Wohnsitz der Grigorjews nicht weit hinter Moskau. Auch wenn Caym nicht mehr dort sein sollte, erhalten wir möglicherweise wichtige Hinweise.«

»Wir fliegen sofort los.« Daniel schickte Roope eine Nachricht. Er brauchte ihn bei dieser Mission.

# FEUER UND ASCHE

Graues Licht. Es fiel durch dreckige Fenster. Unter ihm raschelte es. Stroh. Zwei Pferdeohren zuckten nach vorn. Das Schnauben klang vertraut. Hinter seiner Stirn pochte die Erinnerung an explodierenden Schmerz und kreischendes Lachen. Shem wischte über sein Gesicht. Schleimig und nass.

Aufstehen, sich den Rotz abwaschen. Seine Kleidung wechseln. Sie stank vor Schweiß. Leises Tröpfeln aus einem Loch im Dach. Seine Haare waren nass. Vom Regen? Kein Blut. Nicht von außen. Er musste die Augen offen halten. Schloss er sie, sah er Wunden, blaue Beulen, Knochen. Das machte es ihm schwer, den Schmerz zu ertragen. Caym war rasend vor Wut gewesen. Hatte sich endlos an ihm ausgetobt.

Shem drehte den Kopf zur Seite. Fee sah ihn mit ihren großen, sanften Augen an. Wie er in den Pferdestall gekommen war, wusste er nicht mehr. Aber da Caym ihm keine Pause gegönnt hatte, musste er der Stute einen erschreckenden Anblick geboten haben.

»Schscht.« Er hob den Arm. Er war mit Bisswunden übersät. Kein Flehen um Gnade. Es war ihm entsetzlich schwergefallen. Fee neigte den Kopf über die Boxentür. Schnupperte.

»Keine Angst.« Seine Kehle war trocken und wund. »Ich bin es. Auch wenn ich mich nicht so anhöre.« So heiser, wie er klang, musste er geschrien haben. Verdammt!

Kein Klirren. War Caym endlich eingeschlafen? Ein paar Stunden Ruhe. Bitte.

Shem streckte sich vorsichtig aus. Muskeln, Haut, alles fühlte sich roh an.

Wie lange hatte er reglos im Stroh gelegen? Bis auf seine Nerven, die in Flammen standen, war der Rest von ihm eiskalt.

Jades Liebkosungen lagen Ewigkeiten zurück. Vielleicht auch nur einen Tag. Doch er spürte ihren köstlichen Mund auf seinen trockenen Lippen.

Wo war sie? Der Schreck fegte jedes warme Gefühl aus seinem Herz.

Die Stalltür knarrte.

»Shemhazai?«

Ein eisiger Luftzug berührte sein vor Kälte starres Gesicht. Sofia kniete sich neben ihn. »Caym will dich sprechen.« Sie strich über seine Stirn. »Er wartet in seinen Privaträumen auf dich. Weißt du, wo das ist?«

»Woher?« Ihm war nie das Bedürfnis gekommen, dem Dämon freiwillig nah zu sein.

»Im obersten Stockwerk des Mitteltraktes findest du ihn.« Die Andeutung eines Lächelns streifte ihre Lippen. »Früher zog sich Ramuell dorthin zurück, wenn ihn die Bürde seines langen Lebens plagte.«

»Wo ist Jade?« Seine Lippen wollten sich nicht bewegen. Er benetzte sie, versuchte deutlicher zu sprechen. »Sie war bei mir, als er uns überfiel.« Er hatte sie an die Wand geschleudert. Vor seinem inneren Auge sah er Jades entsetzten Blick. »Geht es ihr gut?«

»Du wirst sie bald sehen.« Sie lächelte an ihm vorbei. »Geh duschen und zieh dich um. Angesichts der außergewöhnlichen Situation gestattet dir Caym den Luxus frischer Kleidung.«

Erst jetzt bemerkte er den Wäschestapel im Stroh.

»Das gehörte meinem Sohn Kostja.« Ihre Augen röteten sich. »Es fällt mir schwer, dich anzusehen und mir klarzumachen, dass du ein anderer bist.«

»Es tut mir leid.« Er griff nach ihrer Hand. »Bitte, sag mir, dass er Jade nichts getan hat.«

»Sie ist unversehrt.« Langsam zog sie ihre Finger aus seiner Hand. »In der Küche steht etwas zu Essen für dich. Tu dir selbst einen Gefallen und stärke dich.« Sie erhob sich, verließ mit gesenktem Kopf den Pferdestall.

Warum wollte ihn Caym sprechen? Um ihn erneut in die Ohnmacht zu quälen? Sein Innerstes verkrampfte sich vor Angst.

Er setzte sich auf, zog sich an der Boxentür hoch und wartete, bis der Schwindel nachließ. Wann hatte er die letzte Mahlzeit zu sich genommen? Das Gefühl von Schwäche, das ihn im Griff hielt, war demütigend. Fee schnaubte und begann an seinen Haaren zu knabbern.

»Du vermisst deinen Herrn ebenso wie Sofia ihre Söhne, hm?« Er wickelte sich die Mähne um seine klammen Finger. »Caym will mich sprechen.« Sein Lachen missglückte völlig. »Aber ich ihn nicht.« Er schleppte sich aus dem Stall. Die Sonne ging unter. Wie spät mochte es sein? Nicht einmal beim Datum war er sich sicher. Wenn es nur Jade gut ging. Er sah sie. Noch heute. Sofia hatte es ihm versichert.

Das kleine Badezimmer im Gesindetrakt empfing ihn mit feuchter Kälte. Shem schaltete das Heißluftgebläse an.

Jacke, Hemd und Jeans landeten auf dem Weg zur Dusche auf dem Boden. Er drehte den Hebel auf heiß.

Er trennte sich erst von der Hitze, als sein Bedürfnis nach Wärme bis zum Anschlag gestillt war. Vor dem Spiegel strich er einem hageren, blassen Mann über das stoppelige Kinn. Jeder Landstreicher machte eine bessere Figur als er. Zähneputzen, Rasieren, anziehen. Der Mann im Rollkragenpullover ähnelte ihm schon eher.

Immer noch blass und hohlwangig, aber wenigstens gepflegt und mit sauberer Kleidung. Bevor sich sein Peiniger meldete, brauchte er etwas zu essen. Der Korridor zog sich in die Länge.

In der Küche duftete es nach frisch gebrühtem Tee und Bohneneintopf.

Shem schnitt sich ein paar Scheiben Brot ab und aß direkt aus dem Topf. Seine Nerven regenerierten bei jedem Bissen.

Mit dem letzten Stück Brot kratzte er den Topf aus.

1

Er aß es. Sofia trat lautlos einen Schritt zurück. Was sie durch den Türspalt sah, genügte. Sie versenkte das Briefchen in ihrer Hosentasche. Sein Inhalt befand sich im Eintopf.

*Schwäche seinen Geist, hatte Walbrick gebeten. Vernebel seine Sinne. Wenn ich es mit einem Dämon aufnehmen soll, dürfen mich die Allüren eines Engels nicht ablenken.*

Seine Sinne vernebeln. Nichts leichter als das. Mit einer schlichten Suppe hatte sie dafür gesorgt, dass sich für Shemhazai heute Nacht Traum und Realität vermischte. Den mentalen Einbruch des Engels würde sich ohne Zweifel Caym auf die eigenen Fahnen schreiben. Doch sie, Sofia Grigorjewa, Tochter des Aiden Callahan, Witwe von Ramuell Grigorjew, Nichte zweiten Grades des Ring-

schmiedes Ashton Walbrick, war es, die ihrem Vorfahren Gift ins Essen gemischt hatte. Ashton wollte ihn. Sie verbot sich die Frage, wozu. Heute Nacht trennte sie sich von dem Letzten, das sie an ihre Söhne erinnerte. Konstantins Körper gehörte weder ihr, noch ihm. Geschichte. Wie vieles aus ihrem langen Leben.
*Du hast zu oft nach der Dunkelheit verlangt.*
Die Stimme in ihrem Kopf gehörte Ramuell.
*Alles hat seinen Preis. Auch dein Blutdurst.*
Die Huren in der schmutzigen Gasse. Irgendwo in London. Ihr Tod war Ramuells Hochzeitsgeschenk gewesen. Dass er den beauftragten Meister durch einen Dämon besetzen ließ, der das Arrangement nach seinem Gutdünken verfeinerte, war ein Zeichen seiner Liebe zu ihr gewesen.

Caym. Schon damals hatten sich ihre Wege gekreuzt.

Nun hing er ihr am Hals wie eine Zecke. Saugte mit Ramuell, Kolja und Konstantin das Leben aus ihr.

Doch Ashton würde sie von dem Übel erlösen.

Er wollte den Grigori. Dafür tötete er den Dämon.

Heute Nacht.

Leise zog sich Sofia zurück, ging lautlos den Korridor bis zum Gesindetrakt. Caym verlangte nach der blonden Frau. Das war der letzte Dienst, den sie dem Dämon erbrachte.

Bald tauchte das silberne Licht des vollen Mondes ihr Leben in einsamen Frieden. Magie glich Wasser. Mit dem Mond erstarkte sie, mit ihm schmolz sie. Walbrick wusste das. Der Dämon offensichtlich auch, sonst hätte er nicht Vorbereitungen für ein Beschwörungsritual getroffen. Bildete er sich ein, sie sei blind? Auch wenn er sich als Herrscher im Anwesen der Grigorjews aufspielte, sie wusste, was unter ihrem Dach vor sich ging. Das Siegel, das er auf jeden Fetzen blanken Papieres schmierte, gehörte Asasel. Dem Vorvater der Callahans. Fürchtete er, es zum rechten Zeitpunkt nicht exakt ausführen zu können?

Als sie Ashton ihre Beobachtungen mitgeteilt hatte, hatte er am Telefon gelacht. Zweifellos sei Asasel zu klug, um sich von einem Lakaien rufen zu lassen.

Zum ersten Mal seit langer Zeit spürte sie ein Gefühl grimmiger Gerechtigkeit. Caym sollte für die Grausamkeiten büßen, die er ihr und ihrer Familie angetan hatte. Tötete Walbrick den Dämon, wollte sie dabei sein.

~*~

Verdammte Scheißangst! Die einem Hundenapf ähnliche Schüssel mit den klebrigen Resten des ungenießbaren Breis schepperte gegen eine vor sich hin modernde Werkbank. Jade ballte die Fäuste und presste sie sich gegen die Schläfen. Wollte sie Caym hier unten zermürben? Ohne Uhr und Handy konnte sie bloß ahnen, wie lange sie in muffiger Kälte festsaß. Vorhin hatte sich die Tür einen Spalt geöffnet und eine Flasche Wasser war zusammen mit dem Brei auf die oberste Stufe gestellt worden. Bevor sie die Treppe hochrennen konnte, war die Tür bereits wieder versperrt gewesen.

Essen? Wie sollte das gehen, mit einem Angstkloß im Hals? Kein Ausgang. Keine Kellerfenster.

»Hilf mir!«, schluchzte sie die nackte Glühlampe an der Decke an. Den Schalter hatte sie nach einer Ewigkeit gefunden, in der sie blind an den Wänden entlang getastet hatte.

Wenigstens konnte sie nun die handgroßen Spinnen erkennen und musste sich nicht mehr von ihnen im Dunklen überraschen lassen.

Nur zwei durch einen gemauerten Bogen verbundene Räume. Den Rest des Kellers versperrten Eisengitter. Demnach gab es mindestens noch einen weiteren Zugang zu dem Gewölbe unter dem Gutshaus. Jade umfasste die Gitterstangen und spähte in die Dunkelheit eines Ganges. Führte er zu einer Tür, einem Ausgang, der ausnahmsweise nicht verschlossen war? Selbst wenn, was half ihr das? Sie saß zwischen Gerümpel und schimmligen Sätteln fest. Morsche Stühle, ein altmodisches Sofa mit riesigen Mottenlöchern, Kisten mit sich auflösendem Inhalt. Sie wagte es nicht, sie genauer zu untersuchen. Klappte sie die Deckel auf, huschte und raschelte es.

Eine Maus tippelte hinter einem Leimtopf hervor und näherte sich schnuppernd der Breischüssel.

»Guten Appetit.« Jade sank an den Gittern hinab und umschlang ihre Knie. Keine Option außer abwarten, was als Nächstes geschah. Da sie gefüttert wurde, plante Caym anscheinend nicht, sie hier unten verrotten zu lassen. Die Frage war, ob ihr die dämonische Alternative besser gefiel.

Irgendwann musste jemand kommen. Musste sie rauslassen. Und dann? Sollte sie ihm wie ein Lamm zur Schlachtbank folgen?

Eine Waffe. Damit würde sie sich weniger hilflos fühlen. Ein Stock? Die Stuhlbeine sahen zu morsch aus.

Die Maus kletterte in die Blechschüssel. Die kippte mit ihr nach vorn, schlug gegen den Hebel des Schraubstocks. Er rutschte in der Halterung nach unten. Sacht rieselten Holzspäne auf den Boden.

Der Hebel war aus Eisen. Die Halterung aus Holz. Sie bröselte! Jade sprang auf die Beine. Erschrocken fiepend flitzte das Tier über die Werkbank und verschwand in einer Mauernische.

Mit beiden Händen griff Jade das untere Ende der Eisenstange. Sie war etwa zwei Spannen lang. Dafür aber dick und sicherlich schwer. Ein kräftiger Ruck und noch mehr Späne segelten nach unten. Der Hebel schlackerte in der ausgeleierten Führung. Immer wieder ruckelte sie ihn hin und her.

Der Knauf glitt durch das Loch. Endlich!

Ein Schlagstock. Sie biss sich auf die Lippen. Ausgerechnet sie freute sich darüber? »Das hast du aus mir gemacht, Caym.« Allein dafür verdiente er einen Schlag über den Schädel.

Nun kam das Schlimmste. Sie musste das Licht löschen. Mehrere Schauder rannen zeitgleich über ihren Rücken, als sie den Schalter herumdrehte.

Finsternis. Diesmal zu ihren Gunsten. Wehe, eine Spinne wagte sich in ihre Nähe.

Jade tastete sich die Treppe hinauf, hockte sich, dicht an die Wand gedrückt, neben die Tür. Wer sie auch öffnete, er war dran.

Der Ring klackte gegen die Eisenstange.

Jade konzentrierte sich auf die Wärme, die ihren Daumen umschloss, und blendete alles Quicken und Rascheln um sie herum aus. Sie bildete sich ein, dass der Smaragd funkelte. Ein tröstendes, lebendiges Licht. Langsam beruhigte sich ihr Herzschlag. Was auch geschah, sie fand den Mut, zu handeln. Sobald sich der Riegel zurückschob. Sie lauschte auf die andere Seite der Tür. Keine Schritte. Keine Geräusche.

*Ich schaffe das.*

*Bestimmt.*
*Nicht zögern, kein Mitleid, zuschlagen.*
Ihr Magen schrumpfte zu etwas Kleinem, Klumpigem zusammen.

Tief atmen. Ganz ruhig.
Ruhig.

~*~

Das schwache Gefühl in den Beinen blieb. Auch nach einer Tasse Kaffee. Shem warf den Zuckerlöffel in die Spüle. Der Raum schwankte. Er drehte sich herum, ging zur Tür. Er musste zu Caym. Im Moment konnte er einem provozierten Angriff nichts entgegensetzen. Außerdem musste er wissen, wie es Jade ging.
Sein Lachen klang fremd in der leeren Küche.
Wie sollte es ihr in der Gefangenschaft eines Dämons gehen? Sofias Worten nach lebte sie. Sein verkrampftes Herz schlug schneller vor Erleichterung. Sie allein treffen, mit ihr zusammen unbelauscht einen Fluchtplan erstellen. Hoffnung schöpfen. Auf Freiheit.
Endlich Freiheit.
Die Klinke sprang zur Seite. Shem blinzelte. Nein, sie befand sich dort, wo sie hingehörte. Seine Hand fühlte sich ungewohnt schwer an. Er legte sie auf den Messinggriff, drückte ihn hinunter.
Der Korridor verschwamm vor seinen Augen. Wo wohnte der Dämon? Irgendwo oben.
Alle paar Schritte schrammte er mit der Schulter an der Wand entlang. Vor ihm schwang sich die Treppe nach oben. Er hangelte sich am Geländer von Stufe zu Stufe. Auf einer lag Sand, bei der anderen trat er in Wasserpfützen. Die Gesichter auf den Gemälden zogen Fratzen. Grigorjews, die ihn auslachten. »Ich bin euer Vorfahre, verdammt!« Konnten sie keinen Respekt zeigen? Ein Edelmann im Wams stach mit einem dünnen Schwert nach ihm. Die Waffe besaß einen bestimmten Namen, er fiel ihm nicht ein.
Shem wich einer Horde Kinder aus, die aus einem Goldrahmen auf ihn zustürmten. Fast wäre er gestürzt.

Efeu rankte sich um klobige Holzpfosten, schlängelte sich bis zu einer Tür. Wie schnell es wuchs. Er bückte sich, um ein Blatt davon zu pflücken. Sein Griff ging ins Leere.
Ein Duft von Wildblumen. Jade. Sie wartete auf ihn.
Shem klopfte. »Caym?«
Es blieb still.
»Caym!« Die Klinke wuchs sich zu einem schuppigen, lang gestreckten Reptil aus. Es schlängelte sich um seine Hand, biss in die leuchtende Kette. Shem schüttelte es ab und trat ein.
Der Flur und das Wohnzimmer waren leer. Galinas schweres Parfum hing in der Luft. Shem schnupperte durch die Duftwolken. Kein Hauch Wildblumen. Wo war Jade? Aus dem hinteren Ende, wo sich das Badezimmer zwischen Glaswänden erstreckte, rauschte Wasser, aber das war nicht das einzige Geräusch.
Lustvolles Stöhnen von Caym, aufreizendes Lachen von Galina. Über die Schwelle flossen dunkle Fluten, spülten ihn fort.
Shem fuhr sich über die Augen. Der Boden war trocken. Verlor er den Verstand?
Die Laute aus dem Bad wurden eindeutiger.
Caym wollte ihn sehen. Dann sollte es so sein.
Hinter der Glaswand drangen Schwaden hervor. Geisterhaft umflossen sie ihn, erhitzten sein ohnehin bereits glühendes Gesicht.
»Caym!« Das Zimmer drehte sich. Shem stützte sich an der beschlagenen Wand ab.
Der Dämon lag ausgestreckt auf dem Rücken. Galina hockte auf ihm, ritt ihn wild unter dem heißen Wasserstrahl. Ihr Kopf lag weit im Nacken, die Tropfen prasselten auf ihre Brust. Ihre Augen waren geschlossen. Ihre Gesichtszüge verrieten die Nähe zum Rausch. Ihre nassen Haare flossen schlangengleich über ihre üppige Brust. Rhythmisches Wippen weichen, zartrosa Fleisches. Es lenkte ihn ab.
Caym griff in die Luft. Zwischen seinen Fingern glänzte Licht durch die Wasserperlen. »Berühre dich.« Sein Wille stach in Shems Kopf. Seine Gier schoss ihm zwischen die Beine.
Härte. Pulsieren. Schmerz, der gut tat und dennoch beseitigt werden musste.
Mit dem Daumennagel fuhr er über prall ausgefüllten Jeansstoff. Das Zucken darunter spürten sie beide.

»Shem?« Caym wandte den Kopf, die Lust seiner Lenden spiegelte sich in seinem Blick. »Komm her.« Er ließ die dralle Hüfte los und streckte die Hand nach ihm aus. »Ganz nah.« Sein Stöhnen trieb Shem die Hitze in den Körper. »Teile das Vergnügen mit mir.«

Shem streifte Schuhe und Pullover von sich, kniete sich unter den Wasserstrahl. Galina wollte aufstehen, doch Caym hielt sie fest. Erstaunt lächelnd sah sie zuerst ihn, dann Shem an.

»Er ist mein Bruder.« Der Dämon zwang ihr einen Kuss auf, der ihre Lippe bluten ließ. »Ich teile mit ihm Freud und Leid.« Er griff in ihr Haar und schob sie näher zu Shem.

Das Wasser durchtränkte seine Kleidung, wärmte seine Haut für die Frau vor, die seine Zunge mit einem Seufzen empfing.

Die falsche Zunge. Die falsche Frau. Lust. Sie wirbelte ihn in einen Abgrund. Wenn er aufschlug, starb er. Ein Lächeln aus grünen Augen, eine ausgestreckte Hand. »Jade?«

Nur Galinas blutende Lippen.

Parfum und der Eisengeschmack mischten sich in seinem Mund. Galina küsste ihn wild.

Ihr Ritt begann von Neuem. Stimuliert von seinem Kuss, angetrieben von Cayms Keuchen.

»Berühre dich«, befahl der Dämon durch das Plätschern des Wassers. »Ich will sehen, wie es dir kommt.«

Galina stöhnte auf. Biss ihn in die Zunge.

Packende Lust. Er fühlte sich anschwellen, spürte dem ziehenden Schmerz nach.

Er zerrte am Verschluss seiner Jeans. Galina griff ihm in den Schritt. Fest genug, um ihm ein heiseres Stöhnen zu entlocken. Bevor sie ihn aus heißer Enge befreite, kratzte sie mit den Fingernägeln über die Schwellung.

Cayms Lachen brach sich an den Fliesen. »Quäle ihn nicht, Galina. Gib ihm, was er will.«

Shem konnte nicht mehr warten. Ein Ruck, der Knopf sprang ab und der Druck ließ nach. Dreihändig zogen sie den Hosenbund unter seine Leisten.

Hektische Küsse zwischen zittrigem Auf und Ab. Cayms Blicke störten nicht. Nicht mehr.

Als der Lustschmerz in seinen Unterleib biss, erlöste er sich mit wenigen harten Stößen in die Faust.

Sein Schrei krümmte den vor Erregung zitternden Leib des Dämons, ließ Galina hilflos wimmern. Die Ekstase ergriff sie gleichzeitig, vereinte sie für wenige Augenblicke.

Sie hallte nach. Hinterließ ein wundes Gefühl in seinem Herz. Falsch. Wie der Blick des Dämons.

Caym packte Shems Fußgelenk. »Du bist frei, Heerführer.« Er stieß Galina von sich. Mit einem erschrockenen Keuchen fiel sie gegen die Fliesen.

Mit einem Ruck zog er ihren Kopf in den Nacken, griff mit der anderen Hand hinter die Glaswand.

Wasser perlte auf eine Klinge. Galinas Fleisch wischte es ab. Bis zum Griff steckte der Dolch unter ihrem Brustbein.

»Ich brauche dein Herz«, wisperte Caym der Frau zu, die mit weit aufgerissenen Augen an sich hinabblickte. »Da du es mir nicht schenkst, nehme ich es mir.« Seine Finger trennten sich von dem Griff, Galina sackte zusammen. Der Wasserstrahl traf ihr Gesicht, spülte ihren brechenden Blick.

Shem zog den leblosen Körper zurück und schloss die Lider. »Warum?« Ihm war speiübel.

»Du fragst noch?« Caym zog die Klinge unter Galinas Rippenbogen entlang und versenkte seine Hand in dem Brustkorb. »Ich beschwöre Asasel. Ein letztes Mal. Der Mond steht voll am Himmel. Wenn sein Geist ungebunden ist, wird er kommen. Wenn nicht, wird er meinen Ruf dennoch hören, nach mir Ausschau halten.« Mit der Zungenspitze zwischen den Lippen wühlte er in der Toten. Er schloss die Augen und versenkte seine Hand tiefer in der Wunde. Mit einem Schmatzen und triefend vor Blut hielt er das Herz vor sich. Er kappte die Adern wie Nabelschnüre.

~*~

Flimmern in der Dunkelheit.
Keine Angst. Nur Einbildung.
Schnee.
Weite.

Abgeerntete Felder. Ein Grabstein aus Granit. Monströs und wuchtig. Häuser, Ställe, ein Torbogen aus verwitternden Steinen. Eine Treppe nach oben. Aus einem Türspalt drang Licht. Dunkle Nässe auf poliertem Holz. Sie tropfte gleichmäßig vor nackte Zehen. Caym. Schwärze im Blick und ein Herz in der Hand. Es zuckte nicht mehr. Sein Leben dämmerte in dem Raum, floss durch einen Siphon.

Wasserperlen in hellen Haaren. Stoff klebte nass auf kalter Haut. Um die Füße bildeten sich Pfützen.

Sanftes Tröpfeln, der Geruch nach Blut.

Gemurmelte Worte. Welche Sprache? Jade wollte es nicht wissen. Sie riefen jemanden. Er war nah. Glich dem Mondlicht, das Streifen auf den Teppich malte.

»Komm.«

Die Vision zerfranste zitternd in der Dunkelheit.

Im Kellereingang stand die blonde Frau. Ihre Hand ausgestreckt, ihre Miene hart.

Jetzt.

Jade sprang auf, stieß mit der Stange nach vorn, traf den Bauch. Aufgerissene Augen, Unglauben im Blick. Ausholen, Nachschlagen. Tränen brannten in ihren Augen. Sie war ein Monster, das sie die Frau blutig schlug.

Sie brach zusammen, blieb reglos liegen.

Jade umklammerte die Eisenstange. Würgte.

War sie tot? Sie stieß den schlaffen Körper mit dem Fuß an. Die Frau reagierte nicht.

Zu spät. Sie war eine Mörderin.

Hassen konnte sie sich später. Vorher musste sie zu Shem.

Seine Kammer – leer.

Die Küche – leer.

Jade hetzte in die Eingangshalle. Von oben drangen laute Stimmen zu ihr. Eine fremde Sprache. Doch sie hörte Shem heraus.

Ihr war, als flöge sie die Stufen hoch. Ein kaltes Lachen hinter einer Tür. Jade stieß sie auf.

Shem, klatschnass, halb nackt, starrte auf etwas, das Caym in der Hand hielt. Blutig, so groß wie eine Mango. Jade presste eine Hand auf den Mund, duckte sich hinter eine Kommode. Ihre Finger krampften, so fest umschloss sie die Stange.

~*~

Caym schritt den Kreis ab.
Wie dickes Pech tropften die Worte über seine Lippen. Dunkel und stinkend vermischten sie sich mit Galinas Blut.
Suchend glitt der Blick aus schwarzen Augen zur Tür. Steile Falten gruben sich in die Stirn des Dämons.
Ein Gefühl, als ginge er im Nebel verloren. Shem schüttelte den Kopf. Keine Stärke. Keine Klarheit.
In der Mitte des Siegels sammelten sich Schlieren. Grausilbern, träge wabernd. Sie krochen aus den Dielenritzen, rankte sich um Cayms Fußknöchel. Seine Stimme ließ den Raum vibrieren.
Caym warf das Herz von sich. Mit flackerndem Blick starrte er ihn an. »Du willst frei sein?« Der Dolch bebte in seiner Faust. »Dann sei es!«
»Shem!«
Blonde Wellen, Angst im Blick. Eine Frau, schön wie eine sternenklare Nacht, rannte zwischen ihn und den Dämon. Sie breitete die Arme aus.
Jade. Sie schützte ihn.
Der Dolch zischte durch die Luft.
Jade an sich ziehen, zur Seite springen. Sie prallten an die Glaswand, fingen sich gegenseitig.
»Lauf!« Sie musste weg aus Cayms Nähe.
»Nicht ohne dich.«
Angst und Trotz. Liebe. Ein schneller, fester Kuss für zitternde Lippen.
»Nein!«, brüllte der Dämon. Er hielt seine linke Faust in die Luft. »Du bist mein!«
Es war leicht, ihn anzuspringen und von den Füßen zu reißen. Shem holte aus, traf krachend das Kinn. Cayms Hände an seinem Hals. Oder zog er die Kette zu? Fremde Gedanken, ätzend vor Hass. Sie würgten ihn, zerrten entsetzliche Bilder vor seine Augen.

Er umschlang den wuchtigen Körper. Sie rollten durch Wasser und Blut.

»Gib auf!«

Zischende Versuchung.

»Du kannst nicht gewinnen.«

Gelbe Zähne zwischen geifernden Lippen.

»Deinen Widerstand wird die Hure büßen.« Keuchen, Lachen.

»Sie ist tot!« Cayms Kreischen schrillte in seinen Ohren. »Ich werde ...«

Jade. Licht. Geborgenheit. Leben.

Sein Leben. Sie trug es in ihren sanften Händen, behütete es in ihrem Lächeln.

Der Dämon durfte es ihr nicht nehmen.

Shem brüllte seine Wut in die Fratze unter ihm. Explodierendes Licht. Es zerriss sein Herz.

~*~

Flammen zuckten um schweißnasse Muskeln. Versengten Haut, Haare. Der Gestank stach in ihre Nase. Der Qualm biss in ihre Augen.

Jade flüchtete kriechend vor dem Inferno.

Wesen aus Feuer und Hitze stürzten sich aufeinander. Glühender Wahnsinn, hochschlagende Wut. Gleißendes Licht aus Shemhazais Blick.

Sie kannte diesen Mann?

Ihr Lachen erstickte zwischen Angst und Fassungslosigkeit.

Shemhazais Brüllen erschütterte den Raum. Cayms hasserfülltes Knurren ging darin unter.

Wirbel aus Glutrot und staubigem Schwarz.

Glas zersprang. An den Gardinen leckten Flammen.

Splitter in ihrer Haut. Dünne Rinnsale ohne Schmerz.

Flüchten. Wohin? Das Chaos fraß sich durch ihre gesamte Existenz. Kein Ort, der verschont blieb.

Tosendes Kreischen. Überall Hitze. Staub, der ihre Lungen verätzte. Sie schützte ihr Gesicht hinter blutenden Armen. Spürte Scherben ihre Haut zerkratzen.

Peitschende Lichtgeißeln, ein Lodern, das sie blendete. Sie sah es durch geschlossene Lider.

Das wahre Gesicht der Engel. Zornentbrannt, zerstörend in ihrer Gewalt.

Ihr Herz raste. Ihre Nerven verglühten.

Shemhazais Schrei zerschnitt ihre Seele.

Ein Sprung wie ein Flug mit Feuerschwingen. Noch in der Luft ballte er die Fäuste. Krachend schmetterte er sie dem Dämon ins Genick.

Zischende Hitze. Glut, die erlosch.

Ein letztes Kreischen aus verbrannten Lippen.

Klumpendes Fleisch. Nässe in Ruß.

Jade schrie. Hörte es. Schrie lauter. Eine Hand schlug ihr auf den Mund, drängte sich zwischen ihre Zähne. Sie biss zu. Der Schmerz brachte Schweigen.

Shemhazai starrte auf den rauchenden Körper. Flammen zuckten an ihm empor. Plötzlich warf er den Kopf in den Nacken, stieß die Fäuste in die Luft. Er brüllte, dass der Boden bebte.

Jade kauerte sich zusammen. Sie starb. Gleich. Danach wäre alles gut. Still und friedlich. Ohne verbrennendes Fleisch, ohne versengende Glut.

Ein Ort ohne Angst, ohne Schreie.

Zeitlos.

Nur atmen und warten, dass es aufhörte.

»Befreie mich.« Tief und heißer drang die Stimme des Engels zu ihr. Jade zwang sich, die Augen zu öffnen.

Shemhazai stand vor ihr. Unendlich groß, zu machtvoll für diese Welt.

»Nimm ihm meine Fessel ab.« Er wies zu dem verkohlten Haufen.

Jade schüttelte den Kopf, würgte ein Schluchzen zurück in die Kehle. Er hatte sich seine Freiheit erkämpft. Sie wollte sie ihm nicht wieder wegnehmen.

»Bitte.« Langsam kam er näher. Sie roch das Blut, das an ihm klebte. »Ich bleibe sein Gefangener, wenn du es nicht tust.«
»Er ist tot!« Rauchende Asche. Der Wind wehte durch die zertrümmerten Scheiben. Und blies hinein. Die Hälfte von Caym verteilte sich sacht wirbelnd im Zimmer.
»Er lebt.« Shemhazais Worte lösten einen Krampf in ihrem Magen aus. »Wir müssen fliehen, solange er körperlos ist.«
Es war nicht vorbei. Jade lachte, bis die Tränen liefen. Es würde wieder geschehen, und wieder. Caym lauerte in der verrußten Nacht und eines Tages trat er erneut als Katastrophe in ihr Leben. Sie wischte sich über die Augen, um durch den Rauch wenigstens etwas sehen zu können.
Auf allen Vieren kroch sie zu dem Dämon. Ein kurzes Starren, und sie erkannte flirrendes helles Licht in der dunklen Glut. »Was muss ich tun?«
»Lass die Kette zu dir kommen.« Shemhazai nahm ihre Hand, führte sie nah an den rauchenden Haufen.
Zu heiß. Sie versengte sich den Arm.
Ein Zucken ging durch das Lichtgebilde. Es wand sich um ihr Gelenk.
»Halte sie nicht fest«, bat der Engel. »Ich will nicht, dass du jetzt meinen Gefühlen ausgesetzt bist.« Sein Lächeln flammte auf, erlosch. Er kniete sich zu ihr. Strich mit dem Daumen über ihre Wange. Die Tränen verschmierten den Ruß. »Danke.« Das unnatürliche Glühen verließ seinen Blick. Warmes Braun. Kaltes Grau. Das Wesen vor ihr wurde zu Shem.
»Danke? Ich habe nichts getan, als dich wieder zu binden.« Shem neigte sich zu ihr.
Der Geruch nach verbrannten Haaren wurde beißender. Seine Augen füllten ihr Sichtfeld aus. »Ohne dich bei mir zu wissen, hätte ich Caym niemals die Stirn bieten können.« Selbst sein Atem roch nach Rauch. »Ich wusste in jedem Moment, wofür ich kämpfe.«
»Um deine Freiheit!« Jade hielt ihm ihr Gelenk entgegen. »Die ich dir wieder nehme.« Wie sie Ketten hasste! Licht oder Eisen. Was spielte es für eine Rolle?
In der zarten Haut der geschwärzten Lippen bildeten sich kleine, blutende Risse, als Shem lächelte. »Freiheit ist ein guter Grund, um

zu kämpfen.« Sacht legte er seinen Mund auf ihren. Jade schmeckte Eisen und Asche. Erleichterung und etwas Tiefes, sehr Heißes, das dennoch nicht brannte. Es breitete in ihrem Herz seine Schwingen aus, ließ es fliegen.

»Dafür habe ich gekämpft.« Streichelnde Worte. Abgekämpft und dennoch glücklich. »Nur dafür.« Er schlang seine Arme um sie, barg sie darin. Angst, Hitze, Gestank, der Aschehaufen, der tot sein sollte, und es nicht war, alles versank in Bedeutungslosigkeit.

Shem hob sie hoch, bettete ihren Kopf an seine Brust. Seine nackte, heiße Haut schmeckte wund an ihren Lippen. Jade hielt die Augen geschlossen.

Die Flucht aus dem Zimmer, aus dem Haus, fühlte sie als Wärme, die zu beißender Kälte wurde. Das Quietschen eines Tores, das Klappen einer Autotür. Shem setzte sie ab, legte ihr den Gurt um. »Ich bringe dich in Sicherheit.«

Der Motor jaulte auf. »Wo immer das auch sein mag.«

Einer der Torflügel schwang zurück. Shem störte es nicht. Fahrend stieß er ihn mit der Motorhaube auf.

Er schlitterte über den Hof, rammte den Pfosten der Mauer. Statt das Gas wegzunehmen, fuhr er schneller. Den Blick starr geradeaus gerichtet, schien er all seine Kraft nach vorn zu richten – weg von Caym, weg von dem Ort, an dem er zu lange gequält worden war.

Die Nacht wehte ihnen Schneeflocken entgegen. Sie tanzten im Scheinwerferlicht, versprachen Jade, dass alles gut würde, wenn sie in Shems Nähe blieb.

Schneewehen, Eisflächen. Wirbelndes Weiß, das die Sicht auf die Straße nahm.

Shem umklammerte das Lenkrad. Die Anstrengung der vergangenen Wochen stand ihm im Gesicht. »Sobald ich einen sicheren Ort gefunden habe, kümmere ich mich um dich.« Sein Blick wanderte über die Blasen an ihrem Unterarm, heftete sich auf die dünnen Schnitte der Glassplitter auf ihrem Handrücken.

»Es ist nicht schlimm.« Den Schmerz spürte sie, ohne ihn wirklich wahrnehmen zu können. Zu viele Gefühle drängten sich in ihr.

Shem nickte knapp. »Ich weiß, was du gesehen hast.«

Flammen und Wut. Ihr Herz zuckte jetzt noch zusammen vor Schreck.

»Bitte, fürchte dich nicht vor mir.« Seine Hand näherte sich ihrem Bein, zögerte. Cayms Blut klebte an ihr. Jade nahm sie, küsste die aufgeschlagenen Knöchel.

Fürchte dich nicht.

Sie hatten den Zorn eines Dämons auf sich gezogen. Caym würde sich erholen, ihnen nachstellen, bis er sich rächen konnte.

Sie scheuchte jeden Gedanken davon. Nur fahren. Immer weiter durch die Dunkelheit.

Minuten wurden zu Stunden, in denen keiner von ihnen etwas sagte.

Um von ihrer Angst nicht gefressen zu werden, versuchte sie zu erraten, welche Bedeutungen sich hinter den Buchstaben auf den Verkehrsschildern verbargen. Sie häuften sich. Wie der Verkehr um sie her.

Shems Miene wurde immer angespannter. »Moskau. Mit dieser Stadt komme ich nicht zurecht. Zu viele Autos, zu viele Menschen.«

»Ist nicht schlimm.« Sie kam mit vielen Dingen nicht zurecht.

»Ich suche in einem Vorort ein ...« Er schnippte mit den Fingern. »Haus zum Schlafen.«

»Hotel.«

»Genau.« Für einen Augenblick gruben sich die Fältchen um seine Augen tiefer. »Dort kannst du dich ausruhen.«

»Die werden uns nicht reinlassen.« Shem war halb nackt und barfuß. Blut und Ruß klebte auf fast jedem Zentimeter Haut. Seine Haare rochen verbrannt, und sein einziges Kleidungsstück – eine Jeans – bestand aus Fetzen und Brandflecken.

Unter der Kruste aus Dreck verbargen sich unter Garantie schmerzhafte Verletzungen. Sobald sie an einem sicheren Ort waren, musste sie ihn versorgen. »Tut es sehr weh?« Jade jammerte bereits bei einer Brandblase.

Shem sah an sich hinunter. Das Zischen, das seine Lippen verließ, klang nach einem deftigen Fluch. »Ach was«, murmelte er. »Geht schon.« Er schüttelte sich, als spürte er die Kälte erst jetzt.

»Wir brauchen Geld.« Seine Zähne klapperten. »Dafür machen Menschen alles.«

Geld. »Haben wir!« In ihrer Hosentasche. Jade zog das Bund heraus.

Verwirrt starrte Shem auf die Scheine. »Woher hast du das?«

»Gestohlen.« Das Grinsen konnte sie nicht verkneifen.

Shem nickte. »Gut gemacht.« Diesmal blieb sein Lächeln länger. Kurz vor Moskau fuhr er von der Autobahn ab. Neben einer Tankstelle stand ein schmuckloses Gebäude, dessen Neonschrift durch die Nacht blinkte.

»Auf dem Schild steht *Motel*. Geht das auch?«

Jade nickte. Hauptsache sie fanden endlich einen warmen, ruhigen Ort. Shem warf ihr einen besorgten Blick zu. Sie lächelte. Für ihn. Ihr war nach Haareraufen und Kopf-gegen-das-Handschuhfach schlagen.

Eine Welt mit Engeln und Dämonen. Mit herausgeschnittenen Herzen und gebannten Geistern. Ihr wurde schlecht.

Shem parkte, stopfte die Geldscheine in seine Jeanstasche. »Was muss ich sagen? Dass ich ein Zimmer für uns will?«

»Im Prinzip reicht das.« Es gab lediglich dann ein Problem, wenn der Portier ihre Ausweise sehen wollte oder wegen Shems Äußeren sofort die Polizei rief.

Von Nahem wirkte das Motel schäbig. Vielleicht gehörte es zu der Sorte, bei dem Ausweise aus Prinzip unnötig waren.

Auf der Straßenlaterne vor dem Eingang hockte ein Rabe und verlieh der morbiden Szene die passende Dramaturgie. Krächzend breitete er die Schwingen aus und stieß sich in den grauschwarzen Himmel ab.

»Können sich Dämonen in Raben verstecken?« Plötzlich wurde ihr furchtbar kalt. Shem runzelte die Stirn. »Ich weiß es nicht. Ich selbst hatte noch keine Gelegenheit, es auszuprobieren.«

Hoffentlich sah sie das blöde Vieh nie wieder. Das ungute Gefühl, beobachtet zu werden, klebte ihr noch im Nacken, als sich die Tür zwischen ihnen und der Nacht schloss.

Der Portier saß hinter der Rezeption, den Kopf auf die Arme gelegt und schlief. Neben seinem Ohr stand eine altmodische Klingel mit Druckknopf. Shem schlug darauf. Der Mann fuhr hoch und starrte ihn aus glasigen Augen an. Sein Mund ging auf, sein Blick flackerte über den Mann hinweg, den er sicherlich für knapp der Hölle entsprungen hielt.

Ein ruppiger Wortwechsel, der damit endete, dass Shem ein Bündel Rubel auf den Tresen knallte. Der Portier leckte sich über den zitternden Daumen und zählte die Scheine. Endlich schob er einen Zimmerschlüssel über den Tresen.

»Zweiter Stock.« Shem legte ihr den Arm um die Schulter. »Keine Angst, ich passe auf dich auf, während du schläfst.«

»Du siehst aus, als bräuchtest du den Schlaf dringender als ich.«

»Das täuscht.«

Von Stufe zu Stufe wurden ihre Beine schwerer. Als ob die Angst ihr erst jetzt in die Glieder fuhr.

»Warte.« Er hob sie sich auf den Arm.

»Das brauchst du nicht. Ich kann allein gehen.«

»Ich halte dich gern.« Er vergrub sein Gesicht in ihrem Haar, sog tief die Luft ein. »So gern, dass ich dich nie wieder loslassen will.«

*Das brauchst du auch nicht.*

Sie gehörte ihm. Plötzlich war der Gedanke kaum noch erschreckend.

Tapete mit braunen Blumen, ein fleckiger Teppich. In der Luft hing eine Mischung aus Zigarettenrauch und überwürztem Eintopf.

Schäbig.

Egal.

Sie waren in Sicherheit.

Jade spürte Shems kalte Muskeln an sich, die ihre Wärme nicht annehmen wollten.

Erst vor der Tür setzte er sie ab, schloss auf. Das Zimmer entsprach dem Rest des Motels.

Der rostige Heizkörper war kaum lauwarm und unter den Fenstern zog es hindurch.

Shem zitterte. Unglücklich betrachtete er sich in einem angelaufenen Spiegel. »Du bist noch mutiger, als ich dachte.« Mit spitzem Finger tippte er in seine krustigen Haare. »Dass du es stundenlang neben mir ausgehalten hast, ist bewundernswert.«

»Ich bin einfach nur froh, dass du da bist. Ist mir egal, was alles an dir klebt.«

Sein Blick senkte sich tief in ihr Herz. »Ihr glaubt, dass Engel euch beschützen.«

*Fürchte dich nicht.* Dieser Satz besaß eine besondere Bedeutung, seit sie Shem kannte.

»Sie tun es nicht.« Er sprach leise, dennoch hallte seine Stimme in dem heruntergekommenen Zimmer seltsam laut. »Wir wurden zu euch gesandt, um eure Seelen zu stehlen.«

So wie bei José? Ein Schwert im Rachen und dann ... Gleichmut. Wie viele Menschen sehnten sich nach diesem Zustand? Frei von Hass, von Panik, von zu viel Leidenschaft. Sie meditierten, beteten.

Jade schauderte. Tief in Chaos und Angst hatte sie sich inneren Frieden innig gewünscht. Aber keinen inneren Tod.

Zum ersten Mal seit langer Zeit war sie für jede Sekunde Angst und Unsicherheit dankbar. »Ich habe mich für ein Stück Land und eine Frau widersetzt.« Shem senkte den Kopf. »Doch ich habe das Prinzip nie hinterfragt. Ich wollte bloß mein Eigentum schützen.«

War sie schön gewesen? Was war mit ihr geschehen? Shem in den Armen einer anderen. Jade verbot dem stechenden Gefühl, sich in ihr festzusetzen.

»Und nach unzähligen Jahren wurde ich zum Eigentum.« Er sah auf. Die Ewigkeit in der Gefangenschaft lag in seinem Blick, ebenso wie die Knechtschaft unter Caym.

Jade umfasste ihr Handgelenk. Wenn sie das Licht von sich reißen könnte! Shem nahm ihre Hände in seine. Sie waren eiskalt. »Es macht mir nichts aus, dir zu gehören.« Langsam führte er sie zum Mund, küsste die Fingerspitzen. »Lass mich nur im Licht.«

Ihre Kehle wurde eng. Was bedeutete es für ein Wesen wie ihn, in vollkommener Finsternis eingesperrt zu werden? Über Jahrtausende. Sie selbst fürchtete sich vor jedem noch so kurzen Stromausfall.

Mit dem Daumennagel fing er eine Träne von ihren Wimpern. Er betrachtete sie, während er sprach. »Wir bewohnen unterschiedliche Welten. Selbst wenn wir uns nah sind. So wie jetzt.«

»Wie meinst du das?« Was er sagte, weckte Traurigkeit in ihr.

»Du lebst in der Zeit. Hast einen Anfang und ein Ende.« Sein Lächeln legte sich sacht auf sie. »Ich lebe im Licht. Solange es existiert, existiere auch ich.«

Kopfschütteln gegen die Wahrheit. Sie ließ sich nicht verscheuchen. Auch nicht mit Worten. Die blieben im Hals stecken. Sie besaßen den Moment. Für sie währte er ein ganzes Leben. Für Shem einen Augenblick.

»Sieh hin.« Die Hand des Engels glitt an ihrem Gelenk hinab. Jade löste sich von der Realität, bis sie das flimmernde Licht sah. Er nahm die Kette, legte sie in ihre Handfläche.

Jade versiegte der Atem. Ihr Herz verstummte, um lauschen zu können.

Wärme, absolute Geborgenheit. Ein Sehnen, das schmerzte. Glück. Glitzernd wie Sonnenstrahlen in einem Bach.

Zu viele Gefühle. Zu intensiv.

Shem streifte den Pullover über Jades Kopf. Er kniete sich vor sie, knöpfte die Jeans auf. Seine rauen Lippen liebkosten ihren Bauch.

Er streichelte ihr Stück für Stück die Kleidung vom Körper, befreite sich danach von seiner Jeans. An der Hand führte er sie ins Badezimmer.

Es dauerte lange, bis warmes Wasser aus dem Duschkopf rauschte. Shem zog sie in seinen Arm. Hob sie über die niedrige Schwelle. Eng umschlungen von seiner Nähe, getränkt in seinen Gefühlen, spürte sie die harten Tropfen nicht.

Nur ihn. Tief in ihrer Seele. Sein Zweifeln, sein Warten. Sein Verlorensein, sein Gefundenwerden.

Liebe. Genug, um darin zu ertrinken. Ein guter Tod. Jade atmete ihn ein, füllte sich vollständig damit aus.

Sein Blick durch rinnende Nässe.

Seine Hand in ihrem Nacken.

Kein zartes Kosten, kein zögerndes Berühren ihrer Lippen. Seine Zunge eroberte ihren Mund tief und wild. Er nahm sie hoch, griff unter ihre Schenkel.

»Ertrage meine Kälte.« Seine Stimme klang rau. Er drückte sie mit dem Rücken gegen die Fliesen. So fest, dass Jade ein Keuchen entwich. »Aber ich kann keinen Augenblick länger auf dich warten.«

Kälte? Da war bloß Hitze. Sie schob sich in ihren Mund, in ihren Schoß. Bisse in ihre Lippen, brennende Lust zwischen ihren Schenkeln. Jade klammerte sich mit ihren Beinen um Shems Hüfte. Seine

Stöße wurden tiefer, erschütterten sie. Kein Platz für Angst. Nicht der kleinste Raum für Zweifel. Hart und heiß füllte Shems Lust sie aus. Glühte in ihrer Mitte, entfachte ein Feuer, dessen Flammen hochschlugen und ihr Herz versengten.

Shem keuchte ihren Namen, presste seine Lippen wieder auf ihre, verschlang sie. Verschlang alles von ihr. Schmelzen in seiner Glut. Versinken in einem Gefühl, das sich aus ihrem innersten Punkt bis über die Grenzen ihrer Existenz ausbreitete. Sie ging darin verloren. Wurde von Shem gehalten, versank erneut.

~*~

Jades Beine rutschten aus der Umklammerung. Ihre vor erfüllter Lust glänzenden Augen schlossen sich. Auch ihn hatte der Rausch mit einer Intensität gepackt, die ihn kraftlos und zitternd zurückließ. Sein Herz hämmerte, war übervoll mit Liebe für die Frau in seinem Arm.

Wasser rann über ihre Körper. Spülte seinen Samen zusammen mit dem Schmerz seiner wunden Haut und Jades Tränen fort. Shem streichelte über die kurzen Härchen zwischen Jades Beinen. Ihre Weiblichkeit fühlte sich heiß und geschwollen an.

Jade lächelte. »Ich habe die Kette kein einziges Mal losgelassen.« Tropfen perlten von ihrer Haut. »Caym tut mir leid. Ich weiß jetzt, auf was er verzichten muss.«

Seine Welt blieb stehen, versank in grünen Augen. Zeit zerrann in Strudeln aus Licht. Licht schöpfte Zeit aus dem Nichts.

Verlorengehen und gefunden werden. Alles im selben Augenblick. Er hielt ihr Gesicht in den Händen und vergaß, dass Finsternis existierte.

Perlen in ihren Haaren. Wasserschleier auf ihrer Brust.

Shem hätte sie ewig halten können.

Irgendwann wurde das Wasser kalt. Shem drehte es ab, beendete einen der schönsten Momente seines Lebens.

Er wickelte Jade in ein Handtuch, trug sie zum Bett. Sanft küsste er ihren Hals. Dort, wo er den Rhythmus ihres hart schlagenden Pulses an den Lippen spürte.

Jade lächelte verträumt, schlang die Arme um ihn. Shem zog die Decke über sie beide. Er legte seinen Arm unter ihren Kopf und wartete, bis sie sich an ihn geschmiegt hatte.

»Ist dir noch kalt?«, fragte sie leise. Es klang, als schliefe sie fast.

»Nein.« Ihre Wärme umschloss ihn. Kein Winter dieser Welt konnte das verhindern.

Die Lider fielen ihm zu.

Eng ineinander verschlungen überfiel ihn eine Schwere, die er lange nicht mehr gespürt hatte. Schlafen und wissen, dass er am Morgen statt Cayms kaltem Willen Jades schlafwarmen Körper fühlen würde.

»Ich werde von dir träumen«, murmelte sie. »Dass ich dich auf einer Waldlichtung verführe, während die Sonnenstrahlen Streifen in die Luft malen.«

»Ich kenne nur Wüsten und Berghänge.« Und Felder, Landstraßen, ein bisschen Moskau, eine Rollbahn, die er am liebsten sprengen wollte.

»Weiches Moos unter dir«, wisperte sie in seinen beginnenden Traum. »Kühl und feucht. Du liegst ausgestreckt vor mir, ein Grashalm kitzelt dich an der Wange.«

Leise erzählte sie von Blumen, Vogelgesang und den letzten Nebelstreifen der Nacht. Shem sah das Glitzern der einzelnen Tautropfen. Über Blumenkissen aus weiß und blau führte ihre Stimme ihn tiefer in den Wald. Tiefer in geborgene Schwere. Ein Duft nach Harz und altem Herbstlaub, nach nasser Erde und Pilzen. Sein Frösteln, wenn er im Schatten eines Baumes stand, die Wärme auf seinem Gesicht, wenn er es in die Sonne hielt.

Ein Kreis aus Blüten und Steinen. Dazwischen Knochen. Jades Lachen, als sie über den Tod hinwegtanzte. Nur ihre Haare berührten die nackten Schultern, die feste Brust.

Shem blinzelte in sie Sonne.

Grell stach sie ihm in die Augen, wurde zu einem Punkt aus weißem Licht.

»Ein Laut und dein Genick verliert jeden Bezug zum Hirn«, knurrte eine tiefe Stimme. Sie kam ihm bekannt vor. »Bete, dass es der Elfe gut geht, wenn sie erwacht.«

Jade verschwand. Auch der Wald.

Eine Hand presste sich auf seinen Mund. Ein Arm umklammerte seinen Brustkorb, drückte ihm die Luft aus den Lungen.

Vor seinen Augen tanzten bunte Flecken.

Jemand zog ihn aus dem Bett, keine Möglichkeit, sich in dem Klammergriff zu wehren.

Der Kerl musste ein Hüne sein. Er schleppte Shem aus dem Zimmer, über den Flur, in einen anderen Raum. Ein Mann stand am Fenster. Shem blinzelte die Lichtblitze weg.

Seine dunklen Haare waren zu einem Knoten geschlungen. Er drehte sich zu ihm herum. Sein Blick wanderte an ihm hinab, blieb an seiner Mitte hängen. Missbilligend zuckte er die Brauen. »Du bist nackt.«

Der Riese grunzte. Er war derselbe, der ihn in dem Keller in London gefangen gehalten hatte. »Hab ihn so gefunden. Neben Jade im Bett.«

Der Mann mit dem Knoten nickte mit zusammengepressten Lippen. Kepheqiah hatte seine Haare auf diese Weise getragen. Kephs Gedanken waren in Chaos und Dunkelheit der Gefangenschaft untergegangen. Zu keiner Zeit hatte er sie vernommen. Shem hatte sich nach dem Trost seines Freundes gesehnt.

»Dein Name ist Shemhazai?« Die Strenge in der Stimme passte nicht zu der Milde im Blick.

Shem nickte.

Was wollte der andere von ihm? Seine Miene blieb undurchschaubar.

Mit langsamen Schritten umrundete er Shem. »Beweise es mir.«

Einem Fremden die eigene Existenz beweisen? Zwischenzeitlich hatte Shem selbst an ihr gezweifelt.

Der Mann blieb vor ihm stehen. Hoch aufgerichtet, die Hände vor dem Körper verschränkt. Unter der Maske aus Ruhe und Konzentration versteckte sich eine ungeheure Anspannung. Sie elektrisierte die Luft. Was fürchtete er?

Die Art, wie er sich bewegte, wie er sich gab, kam Shem vertraut vor.

»Was ist Tigris?« Unter den langen Wimpern glomm Hoffnung. »Rede!«

Der Nachmittag bei Jade. Die Weltkarte mit Flüssen und Bergen. Das Zweistromland.

»Ein Fluss.«

Die Hoffnung erstarb in dem fremden Blick. Der Mann wandte sich ab. Sein Kopf war gesenkt. »Er ist es nicht«, sagte er leise zu dem blonden Riesen. »Prügel die Wahrheit aus ihm heraus, wenn du willst.« Träge steckte er sich eine Strähne zurück in den Knoten. »Ich werde weiter nach meinem Heerführer suchen. Gleichgültig, wie viele Körper ich verschleiße.«

Er kannte diesen Mann.

Die Geste, die Haare. Die Art, wie er sich bewegte.

Kepheqiah.

»Ein Hund!« Es war Keph. Er lebte. Das Zimmer verschwamm vor seinen Augen.

Auch der Mann, der sich langsam zu ihm herumdrehte. »Shem?« Er kam zögernd einen Schritt näher, musterte ihn eindringlich, als wollte er unter die Hülle aus Fleisch und Haut sehen.

»Das Tier ist mir zugelaufen.« Er musste ihm glauben! »Du wolltest es verscheuchen. Ich habe es mit Anath in die Berge geschickt, als uns das feindliche Heer angriff.«

»Lass ihn los, Roope.« Keph hob die Arme, während die des Riesen ihn freigaben.

»Du kannst dir nicht vorstellen, wie ich ...« Kepheqiah biss sich auf die Lippen. Er umarmte Shem so fest, das die Rippen knackten. Keph lebte. Hatte sich nicht kreischend in den Felsen verloren.

Worte in ihrer Sprache baten um Vergebung, erklärten Dinge, die Shem nicht wissen wollte. Was scherte ihn Mahawaj? Was kümmerten ihn seine Machenschaften? Keph hatte ihn gefunden. Ihn traf keine Schuld. Er hatte seinem Freund vertraut und war verraten worden.

Als sich Keph aus der Umarmung löste, schimmerten seine Wangen vor Nässe. Er zog seinen Mantel aus, hing ihn ihm über die Schultern. »Wir haben Asasel ausfindig gemacht.« Er streckte seine Hand aus und der Blonde legte ihm ein Schwert hinein.

»Meines?« Es glich der Waffe, die ihm der Schmied überlassen hatte, aufs Haar. Keph schüttelte den Kopf. »Deines besitzt

Baraq'el.« Zwischen seinen Brauen wuchs ein Krater. »Doch wir hoffen, dass dieses hier ebenso tauglich ist, einen Dämon zu töten.«

»Wo ist Asasel?«

»Er hat sich hinter wechselnden Identitäten verborgen und sich als ein Nachfahre der Nephilim ausgegeben.« Keph steckte sich eine lose Strähne hinters Ohr. Selbst diese unbedeutende Geste strotzte vor Anmut. Sein Freund hatte sich in der Ewigkeit, in der sie sich nicht gesehen hatten, kaum verändert. Shems Herz schwoll vor Glück, Keph wieder bei sich zu haben.

»Als Daniels Freundin Asasel ausraubte, fand sie nicht nur die Schwerter, sie tötete aus Versehen auch den Wirt des Schmieds.«

Dieser Daniel umgab sich mit beeindruckenden Frauen. Eine davon gehörte nun Shem. Niemand sollte es wagen, sie ihm wegzunehmen.

Keph neigte den Kopf. Um die Mundwinkel spielte Spott. »Du hast dich in die Kleine verguckt.«

»Nein.« Mit Jade verband ihn unendlich viel mehr – Liebe. Das intensivste Gefühl seiner Existenz ließ ihn keinen Augenblick los.

Keph seufzte. »Kaum bist du frei, schon hängst du dein Herz an die Menschenfrauen. Hat dich die Gefangenschaft nichts gelehrt?«

»Ich bin nicht frei.« Shem berührte seinen Hals. »Nach wie vor fesselt mich die seraphische Kette. Ich verdanke sie Camael persönlich.«

»Und Jade hält ihr anderes Ende?«

Shem nickte. »Sie lässt mich die Gefangenschaft nicht spüren.«

»Dennoch muss sie dich loslassen.« Keph wechselte einen Blick mit dem Riesen. »Einer von uns wird dich an sich binden. Wir müssen zu dem Wohnsitz der Grigorjews.«

»Dort tummeln sich zwei Dämonen.« Caym und sein Herr. Beide ungebunden, noch machtlos. Doch wie lange? Um in dieser Welt etwas ausrichten zu können, brauchten sie Hüllen. Sie würde sich welche beschaffen. »Dieses Mal ist das Beschwörungsritual für Asasel beinahe gelungen.«

»Er ist dort?« Keph zog laut die Luft ein. »Umso schneller sollten wir es auch sein.«

»Inwieweit können wir Asasel vertrauen?« Immerhin hatte er sich damals der Kinder angenommen.

»Im Zweifel gar nicht.« Der Blonde schob die Hände in die Taschen. »Er päppelt mit seinen verdammten Ringen die Nephilimbastarde. Wenn ihr mich fragt, löschen wir ihn aus.«

»Dazu müssen wir ihn kriegen.« Als Geist war das unmöglich. Es sei denn, sie beschworen ihn ebenfalls. Shem stellten sich die Härchen auf.

»Wir könnten warten, bis er einen Wirt gefunden hat.« Kepheqiah klang wenig begeistert. »Die Frage ist nur, ob er sich ein zweites Mal zu erkennen gibt.«

»Sofia Grigorjewa. Sie befindet sich auf dem Gut.« Was hinderte Caym oder gar Asasel, ihren Körper zu besetzten? Die Tatsache, dass Ramuell Grigorjews Witwe lebendig war. Ein Dämon konnte diesen Zustand nicht ändern.

Dennoch mussten sie zurück. Wenn sich Asasel nicht offenbart hatte, irrte Caym noch zwischen den Flammen umher, um nach ihm zu suchen. Nach all dem Leid, das Shem dem Dämon verdankte, war es möglich, dass er dessen Anwesenheit spürte, ihn eventuell trotz des Feuers und Rauches als Flirren in der Luft bemerkte. Eine minimale Chance. Sie durften sie nicht verstreichen lassen.

»Notwendiges soll man am Schopf packen.« Der Blonde hielt ihm die Hand hin. »Roope Turunen. Ob wir Freunde werden, wird die Zeit zeigen.«

Ein Grinsen zog das ohnehin schon beeindruckende Gesicht in die Breite. »Lasst uns Dämonen jagen.«

1

»Darf ich?« Roope wühlte in Kepheqiahs Tasche. »Meine Klamotten schlabbern an dem Engel.« Er warf Shem nacheinander Unterwäsche, Socken, Jeans, Shirt und einen dicken Pullover zu. »Anziehen. Nackt kommst du nicht mit.«

Kepheqiah kämpfte mit seinen Gefühlen. Er hatte die Hoffnung längst aufgegeben, seinen Freund jemals wiederzusehen. Wäre Mahawaj ehrlich gewesen, hätte er Shem Jahrhunderte früher befreien können und Cayms Rachsucht wäre ihm erspart geblieben.

Der Dämon hatte seine Spuren hinterlassen.

Blasse Haut, wunde Stellen im Gesicht, auf der Brust und vor allem den Armen. Einige warfen Blasen. Die Augen lagen tief in den Höhlen, an den Schultern standen die Knochen heraus.

Was hatte Caym seinem Heerführer angetan?

Kepheqiah rang mit seiner Wut auf den widerlichsten Wurm des Grigori-Heeres. Hätte er ihn doch im Staub zertreten, als er die Gelegenheit dazu gehabt hatte! Kepheqiah versuchte, den hellen Schimmer um Shemhazais Hals zu ignorieren.

»Wisch dir die Sorgen aus dem Gesicht.« Shem zwinkerte ihm zu, während er sich eilig anzog. »Lass dich von meinem Äußeren nicht täuschen. Mir geht es hervorragend.«

»Wenn du das sagst.« Sollten sie Caym aufspüren, gehörte er ihm. Als Stellvertreter des Heerführers stand es Kepheqiah zu, Shemhazai zu rächen.

»Ich sagte: Lasst uns Dämonen jagen.« Roope zog die Brauen unter das strubbelige Pony und wies zur Tür. »Ihr könnt später triefelig vor Wiedersehensfreude voreinander rumstehen und euch anstarren.«

»Was ist mit Jade?« Shem knöpfte die Hose zu. Sie saß zu locker. »Jemand muss sie beschützen während wir fort sind.«

»Daniel ist bei ihr.« Roope sah skeptisch auf Shems nackte Füße. »So wie es scheint, musst du auch noch mal rüber.«

Ohne Schuhe konnte es Shem weder mit Caym noch mit dem russischen Winter aufnehmen.

»Daniel?« Shem runzelte die Stirn. »Er ist die Hälfte von dir.« Energisch schüttelte er den Kopf. »Nein. Du wirst auf sie aufpassen.« Er packte Roope an der Jacke und zog ihn mit sich bis vor Jades Zimmertür. Mit einem zischenden Laut legte er den Finger auf die Lippen und trat leise ein. Daniel saß auf einem Stuhl neben ihrem Bett, die Füße auf der Matratze, den Kopf auf der Brust. Langsam und gleichmäßig hob und senkte sich sein Brustkorb.

»Der Kerl schläft«, wisperte Shem. Wütend stieß er Roope in die Seite. »Und so jemand soll Jade beschützen?«

Verdammt! Musste Daniel sich ausgerechnet von Shemhazai beim Schlafen erwischen lassen? Kepheqiah räusperte sich. Daniel reagierte nicht.

»Er hat seinen Geist einem Raben aufgezwängt.« Mit sorgenvollem Blick ging Roope zu Daniel. »So was strengt an.« Er verpasste ihm eine schallende Ohrfeige.

Jade zuckte im Schlaf zusammen, Daniel fiel beinahe vom Stuhl. »Wer hat dir ins Hirn gesch... ?« Weiter kam Daniel nicht. Roopes Hand legte sich fest auf seinen Mund. »Die Elfe schläft«, flüsterte er. »Das soll auch so bleiben.« Er stellte seinen Boss auf die Beine, schob ihn Richtung Tür. »Ich löse dich ab und überlasse dir den Spaß mit Caym.« Er klang beinahe schwermütig.

Unmöglich, einen Mann wie den Finnen zu verstehen. Kampf schien für ihn ein Sport zu sein.

War es klug, jemanden wie Roope zurückzulassen?

Nicht, wenn sich Asasel und Caym bereits in starken Wirten befanden. Kepheqiah schüttelte den Gedanken aus seinem Kopf.

Unwahrscheinlich.

»Du fährst, Keph.« Daniel gähnte, musterte dabei Shem. »Während du mir haarklein deine Geschichte erzählst, Engel.«

„Warte." Shem trat an das Bett des Mädchens und winkte Kepheqiah zu sich. „Du musst ihr die Kette abnehmen." Er nahm Kepheqiahs Hand und hielt sie dicht über Jades. Auf Kepheqiahs Haut begann es zu prickeln, als sich der Lichtschimmer um sein Gelenk schmiegte.

Der Horizont wurde grau, als sie Moskau hinter sich ließen. Keph achtete kaum auf den Verkehr aus Angst, ein Wort von Shem könnte ihm entgehen. Er saß allein auf der Rückbank, blickte aus dem Fenster und erzählte, was ihm seit der Flucht aus dem Heizungskeller widerfahren war.

Manchmal stockte er. Dann sprach wieder so leise, dass Daniel entnervt nachfragen musste.

Einen Kampf zwischen ihm und Caym erwähnte Shem nur kurz.

Stammten daher die Verbrennungen? Keph schauderte. Ihm war nie bewusst gewesen, dass sich das wahre Wesen eines Engels durch eine menschliche Hülle sengen konnte.

Vor seinem geistigen Auge schlugen Flammen aus dem dünnen Körper, den Shem nun bewohnte.

»Was weißt du über Mahawaj Baraq'el?«, fragte Daniel durch den Innenspiegel.

»Nicht viel.« Shem lehnte seine Stirn an die Scheibe. »Er ist Kephs Freund. Nicht meiner.«

»Er war mein Freund.« Kepheqiah biss die Zähne zusammen. Der Verrat würde ihn noch lange schmerzen. Kurz umriss er die Funktion der Bruderschaft, Mahawajs Ziel, die Nachkommen der Engelskinder auszumerzen.

Aus den Augenwinkeln sah er, wie sich Shem gerade hinsetzte. Den Blick seines Freundes spürte er wie Nadelstiche.

»Du hast ihm geholfen, die Kinder auszurotten?«

»Kinder?« Monster!

»Wie konntest du es wagen!« Shem schlug mit der Faust an Kepheqiahs Nackenstütze. »Wir haben für sie gekämpft, haben unsere Freiheit ...«

»Das war ein Fehler!« Unmöglich, gemäßigt zu reden. Die Wut pochte in Kepheqiahs Hals.

»Ihre Brut ist kaum besser, als sie es waren. Von Beginn an hielten sie diese Welt umklammert und drückten jeder Epoche ihr blutiges Siegel auf.« Auch wenn er Mahawaj den Verrat an Shemhazai niemals verzeihen konnte, sein Vorhaben, das Engelsblut von dieser Welt zu waschen, war über jeden Zweifel erhaben. »Du hast es nicht erlebt, Shem. Hast die Kriege und deren bittere Folgen für die Menschen weder erleiden noch mitansehen müssen.« Wie oft hatte Kepheqiah tiefstes Mitleid für die Menschen empfunden.

»Ich wusste nicht, dass dir die Menschen jemals etwas bedeutet haben.« Auf Daniels Mund entstand ein schmales Lächeln. »Ich erinnere mich an Sätze wie: ‚Wir arbeiten für sie, wir töten sie, aber wir besudeln uns nicht mit ihnen.'«

»Damals hing dein Schwanz halb aus der Hose und tropfte von der Nässe einer Frau!« Kepheqiah schauderte. Erschreckend, wie sehr sich Vater und Sohn in dieser Hinsicht glichen.

»Jasmina«, seufzte Daniel. »Eine von vielen, die mir finstere Nächte versüßt haben.«

Am liebsten hätte Kepheqiah den Kopf aufs Lenkrad geschlagen. Die Grigori hätten niemals in Körper gekleidet werden dürfen. Ihre Fleischeslust zog sich bis in die entferntesten Spitzen ihres Stammbaums.

Diese Schwäche hatte ihn offensichtlich verschont. Dafür war er dankbar.

»Die Grigorjews sind Nachfahren eurer Kinder.« Daniel wandte sich nach hinten, so gut es der Gurt zuließ. »Ich gebe Keph selten Recht. Aber jetzt stehe ich auf seiner Seite. Die Nephilim sind eine Plage.«

Shem presste die Lippen aufeinander und starrte aus dem Fenster.

Kepheqiah konzentrierte sich auf den stärker werdenden Verkehr. Er musste mit Shem in einer ruhigen Minute darüber reden. Im Moment waren sie beide zu aufgewühlt.

Die Konversation beschränkte sich auf Shems Wegbeschreibung.

Als Kepheqiah auf eine Seitenstraße abbog, die zum Gut führte, stieg die Anspannung im Wagen.

Daniel spähte aus dem Fenster, als ob er hoffte, einen Geist beim Vorbeischweben zu ertappen. Shem ballte immer wieder die Fäuste.

Sie fuhren durch ein Dorf, ließen es hinter sich zurück. Felder und ab und zu eine Ansammlung von Bäumen.

Minuten verstrichen.

»Wie lange noch?«, frage Daniel nach einer knappen halben Stunde.

»Hinter dem flachen Hügel dort am Horizont.« Shem murmelte Flüche in der Sprache der Grigori. »Das Anwesen liegt in der Senke.«

Kepheqiahs Herz schlug schneller.

*Lass dich finden, Caym. Und vernichten.*

»Ach du Scheiße.« Daniel wies nach vorn. Hinter einer Baumreihe quoll Rauch hervor. »Da brennt was!«

»Das war ich«, kam es von hinten. »Wir werden trotzdem nachsehen.«

Kepheqiah trat aufs Gas. Je näher sie kamen, umso dichter wurde der Qualm.

»Sofia«, murmelte Shem. »Sie und die Köchin waren noch auf dem Gut. Hoffentlich konnten sie fliehen.«

»Hast du sie nicht gewarnt?« Die Antwort interessierte Kepheqiah lediglich am Rande. Sofia Grigorjewa trauerte er keine Träne nach.

»Unsere Flucht war hektisch«, fauchte Shem. »Ich war froh, dass Jade nichts passiert war.«

»Das hat eine Flucht so an sich.« Daniel verzog den Mund. »Ich schätze, einer von euch hat kein Problem mit ein bisschen Feuer.«

»Nicht, wenn er körperlos ist.« Shem lehnte sich nach vorn, bis sein Kopf neben Kepheqiahs war. »Caym gehört mir.«

»Er gehört dem, der ihn zuerst wahrnimmt.« Tot war tot.

»Und wenn wir diesen Asasel erwischen?«, fragte Daniel. »Erledigen wir ihn auch?«

»Nein.« Shem schüttelte den Kopf. »Nur Caym.«

Die Bäume gaben den Blick auf den Brandherd frei.

Schwarze Balken, ein Rest vom Dach, Fenster ohne Scheiben, aus denen dicker Rauch und Flammen quollen.

Keine Feuerwehr weit und breit. Entweder waren die Bewohner tot oder sie scherten sich nicht um das Schicksal ihres Zuhauses.

Kepheqiah durchquerte einen Torbogen. Das Knistern und Rauschen des Feuers dröhnte durch die geschlossenen Fensterscheiben.

Shem sprang aus dem Wagen, noch bevor Kepheqiah den Motor ausgeschaltet hatte. Mit erhobenem Schwert näherte er sich der brennenden Ruine.

Daniel folgte ihm.

Kepheqiah angelte in dem Fußraum des Fonds, wo die zwei letzten Klingen lagen, und eilte den beiden nach. »Daniel!« Er warf ihm eine davon zu. Der fing sie am Heft. Locker aus dem Handgelenk schwang er sie hin und her. »Ist erstaunlich leicht.«

»Durchbohre damit jeden Schatten, den du meinst zu sehen.« In dem Rauch war das wahrscheinlich aussichtslos. Kepheqiah zog den Rollkragen über Mund und Nase. Der beißende Gestank stach ihm dennoch in der Nase.

Shem hatte sein Gesicht zur Hälfte in der Armbeuge verborgen. Er machte Anstalten, die Tür einzutreten.

»Idiot!« Daniel zog ihn zurück. »Vergiss es! Du kannst da nicht rein und wer immer sich dort aufgehalten hat, ist längst gegrillt oder geflohen.«

Shem befreite sich aus seinem Griff, rannte zu einem der Nebengelasse. Es stand weit genug weg, um noch kein Flammenfraß zu sein.

Shem verschwand darin, tauchte nach wenigen Augenblicken wieder auf. »Fee ist fort.«

»Und wer ist das?« Genügte ihm die blonde Elfe nicht?

»Ein Pferd«, keuchte Shem. »Die Box steht offen.«

»Ist doch gut.« Auch Daniel zog den Kragen über die Hälfte seines Gesichtes. »Das Tier wäre vor Angst eingegangen, noch bevor sein Stall verbrannt wäre.«

»Vielleicht hat es Sofia Grigorjewa befreit und ist mit ihm davongeritten?« Mochte der Gaul sie hinter der nächsten Ecke abwerfen!

»Ohne Hilfe zu rufen?« Shem fuhr sich übers Gesicht. »Ich werde mich umsehen.« Er trabte los. Daniel folgte ihm fluchend.

Kepheqiah versuchte, die Nummer der Feuerwehr zu googeln.

Keine Internetverbindung.

Verdammt!

Wohnte niemand in der Nähe, der den Rauch bemerkte?

Er steckte das Handy zurück und rannte den beiden anderen hinterher.

Sie suchten jeden Winkel des Grundstückes ab. Auch den Friedhof.

Wuchtige Grabmale erinnerten an Generationen von Grigorjews. Mit etwas Glück kamen keine mehr dazu.

Kepheqiah ballte die Fäuste. Wegen diesen Larven hatten sich die Grigori in einen aussichtslosen Kampf geworfen. Gegen ihr eigenes Volk!

Nein, nicht nur wegen der Engelsbastarde.

Freiheit, Land, ein Leben im Licht der Ebene.

Vier von ihnen waren übriggeblieben und einer davon stand auf Kepheqiahs persönlicher Abschussliste.

»Wir verschwenden hier unsere Zeit.« Daniel musterte finster eines der Gräber.

Es gehörte Ramuell Grigorjew.

»Lasst uns fahren.« Er sah zu Kepheqiah. »Ein mieses Gefühl sagt mir, dass Caym früher oder später erneut unsere Wege kreuzen wird.« Er balancierte die Waffe auf zwei Fingern. »Doch dann werden wir sein Treiben nicht billigen müssen.« Mit finsterem Grinsen schleuderte er die Klinge in die Luft und fing sie wieder auf. »Fast beginne ich, Walbrick zu mögen.«

»Asasel.« Kepheqiah stieß Shem an, dessen Blick nach wie vor die Gegend absuchte. »Es ist besser, du gewöhnst dich gleich an seinen richtigen Namen.« Auch er wäre nicht aus der Welt.

»Mir egal, wie der Kerl heißt.« Daniel klemmte sich das Schwert unter den Arm und versenkte die Hände in den Taschen. »Ich will nach Hause.« Mit hochgezogenen Schultern stapfte er durch den Schnee zurück.

Shem sah ihm nach. »Du vertraust ihm?«, fragte er Kepheqiah. »Bis zu einem gewissen Punkt.« Ihre Freundschaft trug tiefe Narben. Sie gingen auf sein Konto. Kepheqiah biss die Zähne zusammen. Für Mahawaj hatte er Daniel immer wieder in die Bruderschaft und damit zum Töten gezwungen. »Er ist Baraq'els Sohn.«

Shem pfiff leise. »Ein Engelsbastard?«

»Einer mit einer geretteten Seele.« Eine lange Geschichte. Er würde sie Shem während des Rückfluges erklären.

Shem starrte Daniel weiterhin nach. „Das Schwert", murmelte er. „Wie konnte ich das vergessen?" Er hob sein eigenes hoch, hielt die Klinge in die Sonne. „Weißt du, mit was Asasel geprahlt hat, als er mir die Waffe zum ersten Mal zeigte?"

„Mit ihrer Schönheit?" Die Arroganz des Schmiedes war ohne gleichen.

Shem schüttelte den Kopf. „Er behauptete, sie könne Licht schneiden." Er sah ihn an, in den hellen Augen lag ein Glühen. „Das, was mich bindet, ist Licht."

~*~

Kaffee. Er roch bitter. Zweifelsfrei würde ein Löffel bewegungslos aufrecht darin stehen können. Jades Magen rebellierte, noch bevor sie es schaffte, die Augen zu öffnen.

»Endlich wach?« Daniel saß im Schneidersitz auf dem Bett. Er lächelte verdächtig erleichtert. Jade setzte sich auf. Ihre Gedanken

sortierten sich langsam und mühsam. Das schäbige Hotelzimmer, Sonnenstrahlen vor dem streifigen Fenster, kein Dämon.
Gut.
Kein Engel.
Schlecht.
»Wo ist Shem?« Ihre gute alte Freundin Panik sprang ihr ohne Vorwarnung ins Genick. »Er hat mich vor Caym gerettet.« Was guckte Daniel so komisch? Sein Zeigefinger löste sich von der Tasse und wies auf sie. »Was ist das für eine Narbe?«
Jade sah an sich herunter. Ihr Andenken an die erste Nacht ihrer Entführung leuchtete rot auf ihrer weißen Haut. »Shem war das nicht.« Das durfte Daniel auf keinen Fall denken. »Was hast du mit ihm gemacht?« Jade sprang aus dem Bett. »Wo ist der Heizungskeller?«
»Ist dir kalt?« Daniels Braue zuckte. »Wundert mich nicht.«
Sie war nackt.
Daniel betrachtete sie unter halb gesenkten Lidern hervor. »Ich kann den Kerl verstehen.«
»Dann sag mir, wo er ist!« Sie rupfte die Decke vom Bett und wickelte sich darin ein. »Sofort!«
Sie war auf seine Hilfe nicht angewiesen. Alles was sie tun musste war, der leuchtenden Kette zu folgen.
Wo war sie? Jade konzentrierte sich, versuchte, durch die Realität hindurchzusehen. Vergebens. Kein Lichtschimmer. Weder um ihr Handgelenk noch irgendwo in der Nähe.
»Wie wäre es mit einer angemessenen Begrüßung und einem schlichten *Danke, dass du hier bist und mich nach Hause holst?*«
»Danke, dass du hier bist und mich nach Hause holst.« Moment. »Woher wusstest du ...?« Der Rabe vor dem Motel!
Daniel interpretierte ihr Seufzen richtig und nickte. »Ist nicht leicht, eine ausgeflogene Elfe wieder einzufangen.« Er erhob sich, stellte die Tasse beiseite und zog sie in den Arm. »Wir hatten verdammte Angst um dich.«
»Es tut mir leid.« Sicher war sie die Einzige aus dem Team, die dämlich genug war, sich von einem Dämon entführen zu lassen. Daniel hielt sie ein Stück weit von sich weg. Sein Blick suchte in ihren Augen nach den seelischen Katastrophen der letzten Tage.

Jade ließ ihn gewähren. Um sie vor ihm zu verbergen, fehlte ihr die Energie. Seine ohnehin sehr dunklen Iriden wurden nachtschwarz.

»Ich wünschte, ich könnte dir sagen, dass wir Caym zur Strecke gebracht hätten. Aber er ist verschwunden.«

»Du warst dort?«

Daniel nickte. »Ein paar Mauern und rauchende Balken. Mehr ist von dem Anwesen nicht übrig.«

Jade atmete auf. Auch wenn ihre Erinnerungen dort leider nicht verbrannt waren, beruhigte es sie, dass dieser furchtbare Ort von Shems Flammen gefressen worden war.

Zusammen mit der blonden Frau.

Jades erster und bitte, bitte einziger Mord.

Für einen Augenblick wurde ihr schwindelig.

»Alles klar?« Daniel strich sanft über ihre Wange.

»Ich bin mir nicht sicher.« Wie gestand man einem Freund, eine Mörderin zu sein? Wenn Daniel kein Verständnis für sie aufbrachte, dann niemand. Immerhin war er von ihnen beiden der Ex-Killer.

»Ich habe jemanden umgebracht.« Gott, fühlten sich die Worte grässlich in ihrem Mund an. »Eine Frau. Sie hat mich in einen Keller eingesperrt, ich wollte fliehen und habe ihr eine Eisenstange an den Kopf geschlagen.«

Daniels Unterkiefer klappte hinunter.

»Ich weiß, das ist furchtbar, aber ich musste zu Shem. Caym wollte ihn töten und ...«

»Du hast ...?« Daniel sah sie mit hochgezogenen Brauen an. »Beeindruckend.«

»Nein, ist es nicht!« Sie hatte ein Leben ausgelöscht. Gut, es hatte sich nicht ändern lassen, aber dennoch.

»Beruhige dich.« Daniel reichte ihr die dunkle Brühe, die zwar nach Kaffee roch, aber Jade wahrscheinlich die Magenwände verätzen würde. »Wahrscheinlich hast du die Frau bloß schachmatt gesetzt. Nimm es mir nicht übel, aber du bist kein Herkules.«

Warum grinste er? Das Thema war tragisch!

»Ich wundere mich, dass du eine Eisenstange überhaupt anheben kannst. Sie mit Gewalt jemandem über den Schädel zu ziehen ...« Er spitze die Lippen und betrachtete sie von oben bis unten. »Dafür bist du nicht der richtige Typ.«

»Sie war klein. Etwa so lang wie eine Elle.« Nahm sie Daniel nicht ernst? Sie nippte an dem Kaffee. Mehr aus einem instinktiven Übersprungverhalten heraus. Die Reue folgte sofort. Das Zeug war gallebitter. Jade schüttelte sich.

»Es spielt keine Rolle mehr, Jade.« Daniel nahm ihr die Tasse ab, bevor sie alles verschüttete. »Im Zweifel war das Feuer der Mörder dieser Frau. Nicht du.«

»Aber ...«

Er legte ihr den Finger auf den Mund.

Wie sie diese Geste hasste!

»Du hast richtig gehandelt«, sagte er streng. »Sonst wärst du jetzt vermutlich tot. Und dein Engel würde unsichtbar durch die Gegend schweben.«

Kurz, bevor sie ernsthaft daran dachte, Daniel in den Zeigefinger zu beißen, nahm er ihn fort. »Zerfleische dir nicht dein Gewissen, verstanden?«

Das würde die Zeit zeigen. Jedoch war Shem den ein oder anderen Mord wert. »Wo ist er?«

»Dein Engel?«

»Geht es ihm gut?«

»Ziemlich, wenn man bedenkt, was er hinter sich hat.«

Ein heftiges Pochen ließ sie synchron zusammenfahren.

»Roope«, seufzte Daniel. »Er blieb bei dir, falls Caym auf dumme Gedanken gekommen wäre.«

Ein zotteliger Kopf erschien in der Tür. »Und? Geht's gut?«

»Nein!« Erst wenn sie Shemhazai gesehen hatte. Was verstand Daniel unter *ziemlich*?

Sie raffte die Decke zusammen, drängte sich an Roope vorbei. »Was du suchst, ist zwei Türen weiter.« Er zeigte mit dem Daumen über die Schulter. »Er und Kepheqiah werten die letzten paar tausend Jahre aus unterschiedlichen Perspek...«

Ihr Herzschlag übertönte jedes weitere Wort.

Zwei Türen weiter.

Klopfen? Nein.

Sie drückte die Klinke. Holz und Wände verschwanden. Schroffe Berghänge, eine Felswand, in der sich ein Loch wie ein Rachen öffnete. Shem kniete davor. In den Händen hielt er die Kette aus Licht. Vor ihm stand Kepheqiah, ein Schwert über den Kopf erhoben.

Wieder war sie in eine Vision hineingestolpert. Jade versuchte erst gar nicht, sie wegzublinzeln. Sie war wirklicher als die Realität.

Shemhazai sah zu ihr. »Fürchte dich nicht.« Seine Augen strahlten unnatürlich hell aus dunklen Schatten hervor. »Er will mir helfen.«

Hatte Kepheqiah vor, die Kette zu durchtrennen? Warum schlang ihr Ende um sein Handgelenk?

»Lass mich das tun.« Niemand außer ihr besaß das Recht, Shem die Freiheit zurückzugeben.

Kepheqiah nickte. Mit ernstem Blick reichte er ihr die Waffe. Sie war sehr leicht, sehr schmal. »Sei vorsichtig. Geht der Hieb zu tief, tötest du ihn.«

»Vertraue ihr.« Die Fältchen in Shems Augenwinkeln gruben sich tiefer. Er stand auf, nahm ihr Gesicht in die Hände. Sacht legten sich seine Lippen auf ihre, küssten ein sanftes Prickeln in ihre Seele.

»Bist du bereit?« Das Eis in seinen Augen stach durch das Braun.

Jade nickte. Ihr Mund war zu trocken, um zu reden.

Nicht zu stark zuschlagen. Sonst würde sie ihm den Kopf abtrennen.

Himmel, was hatte sie sich dabei gedacht?

*Lass mich das tun.*

War sie von Sinnen?

Kepheqiah war ein Engel. Ein Krieger. Im Umgang mit Schwertern sicher mehr als versiert.

Ihr selbst gelang es kaum, einen Ball geradeaus zu werfen. Wie sollte sie den Hieb einer Klinge abschätzen, die scharf genug war, Licht zu schneiden?

Er kniete sich vor sie, neigte den Kopf.

Jade umklammerte das Heft des Schwertes, bis die Schneide im selben Takt ihrer Hände zitterte.

Kepheqiah strich sich nervös übers Kinn. »Einatmen, konzentrieren und beim Ausatmen das Schwert führen.« Sein Nicken wirkte eher panisch als zuversichtlich. »Oder soll ich es lieber ...?«

„Nein."

Das hier war ihre Aufgabe.

In Shems Nacken schlangen sich helle Ovale. Sie flirrten in jedem noch so kleinen Lufthauch.

Jade konzentrierte sich auf sie.

Griff das Heft mit beiden Händen. Die Decke rutschte an ihr hinunter.

Der seltsame Laut, den Kepheqiah ausstieß, interessierte sie nicht.

Einatmen.

Ausholen.

*Für dich.*

Die Klinge traf. Licht spritzte gleißend gegen die Schneide.

Jades Herz setzte für eine Sekunde aus.

Kein Blut.

Aus Shems Kehle drang dennoch ein raues Keuchen. Er fasste sich an den Hals.

»Shem?« Hatte sie zu tief geschnitten?

Die Felsen versanken hinter fleckigen Wänden.

Ein Bett, eine abgestoßene Kommode.

Kepheqiah, der sich hastig über die Augen fuhr. Shem, der sich langsam erhob.

Es ging ihm gut.

Gott! Es ging ihm gut!

Sie ließ das Schwert los.

Sein helles Klirren beim Aufprall bescherte ihr eine Gänsehaut.

Shem legte eine Hand in ihren Nacken, zog Jade an sich, bis sein Herz an ihrer Wange pochte.

Es schlug schnell und hart. Verriet ihr Shems Gefühle besser, als es Worte vermocht hätten.

»Ich sage Daniel Bescheid.« Kepheqiahs Stimme klang belegt. »Wenn ihr soweit seid, können wir nach London aufbrechen.«

Shem nickte, machte jedoch keinerlei Anstalten, Jade loszulassen.

Die Tür klappte, sie waren allein.

»Danke.« Shem streichelte Tropfen von ihrem Gesicht. »Für jeden einzelnen Moment, in dem du bei mir warst.«

Jade schlang die Arme um ihn. Irgendwann würde sie dies alles verdaut haben. Bis dahin sortierte sie dieses neue Chaos einfach zu ihrem alten dazu. »Und jetzt?« Ihr Kopf war zu leer, um sich eine

Zukunft vorzustellen. Auch wenn sie nur wenige Tage in die Zeit reichte.

»Wir fahren zu dem Haus mit dem Heizungskeller.« Shem drehte sich eine ihrer Strähnen um den Finger. »Dann versuche ich, mit Mahawaj Baraq'el Kontakt aufzunehmen und überlege mir davor ernsthaft, ob mich eines von Asasels Schwertern zu diesem Besuch unter alten Bekannten begleitet.«

»Schiebe das so lange wie möglich vor dir her.« Der Oberste der Bruderschaft war gefährlich. Der Kampf zwischen Shem und Caym stand ihr noch bis ins Detail vor Augen.

Jade fror.

Shem durfte sich dieser Situation kein zweites Mal aussetzen.

»Wir werden sehen.« Er drückte sie fest an sich. »Bis es so weit ist, will ich jeden Moment mit dir genießen.« Er strich mit den Fingernägeln über ihren Rücken hinab bis zu ihrem Steißbein.

Die Berührung löste ein Schaudern in ihr aus, das bis in ihr Innerstes drang.

»Kepheqiah wartet.« Sie hörte ihre Worte und ignorierte sie im selben Augenblick. Shems Liebkosungen erreichten ihre Leiste, streichelten sich langsam zwischen ihre Beine.

»Das hat er Ewigkeiten getan.« Shems Wispern wärmte ihren Hals. »Ein wenig mehr wird ihn kaum stören.« Er führte sie zum Bett, legte sie aufs kalte Laken.

»Du frierst?« Er küsste über die Gänsehaut auf ihrer Brust. »Lass mich das ändern.«

Die fleckige Zimmerdecke löste sich wie Nebel auf.

Eine sengende Sonne verwandelte den Himmel in helles Gleißen.

Kein Bett, kein Laken.

Sand und ein leuchtend roter Umhang, der Jade vor dessen Hitze schützte.

Shem schob sich auf sie.

Sie liebte diesen Moment, wenn seine Wärme und Schwere ihr den Atem nahmen.

Die Hitze des Sandes drang durch den Stoff, eroberte ihren Körper wie Shems Küsse ihren Mund.

Jade ließ sich treiben.

Die Zeit verwehte mit den Körnchen im Wind, legte sich auf ihre geschwitzte Haut, perlte von Shemhazais Stirn.

Hier, an diesem Ort in seine Erinnerungen, waren sie sicher. Keine Dämonen, keine Kämpfe.

»Ich will hierbleiben.« Weit weg von einem Leben, das zu kompliziert war.

»In meinem Kopf?« Shems leises, raues Lachen schwang durch ihre Nervenbahnen. »Dann sei willkommen.«

Ein tiefer Kuss.

Hitze, die ihren Schoß ausfüllte.

Dieser Ort war der Himmel.

Real oder nicht

# EPILOG

»Sei fair.«
»Das war ich. Kepheqiah bekam einen Vorsprung.«
»Er ist dein Freund.«
»Und ein Anonymer Meister und mir damit zum Gehorsam verpflichtet.«
»Er hat sich von der Bruderschaft losgesagt.«
»Niemand sagt sich los. Ich gewähre ihm höchstens eine Pause.«
»Sollte ich Shemhazai allein erwischen, ist unsere Unterhaltung müßig.«
»Wenn sich Kepheqiah zwischen dich und seinen Heerführer stellt, weißt du, was du zu tun hast.«
»Kennst du keine Skrupel?«
»Nicht, wenn er seine Loyalität mir gegenüber vergisst. Brauchst du ein Schwert?«
Rotgeschminkte Lippen zogen sich in die Breite. »Willst du Eulen nach Athen tragen?«
»Ich erfuhr von deinem Verlust.«
»Er ist zu verschmerzen.«
»Nachdem du den Job erledigt hast, liefere mir einen Beweis.«
»Sein Herz? Seine Leber?« Das Lachen war zu schroff für eine Frau. »Oder seinen Kopf? Bedenke, dass es nicht seiner ist. Was willst du mit der Hülle?«
»Ohne Beweis bis du der Nächste.«
Die Mundwinkel änderten die Richtung. »Verstehe. Wann?«
»Wenn er sich in Sicherheit wähnt und unvorsichtig wird.«
»Reden wir von zwei Wochen oder zwei Jahrhunderten?«
»Zwei Monate.«
Ein leiser Pfiff drang an sein Ohr. »Was ist mit der Frau?«
»Mich interessiert nur der Grigori.«
»Auch ich habe zur Zeit keine Verwendung für sie.«
»Das kann sich ändern.«
»Caym?«

»Das Problem habe ich im Griff.«
»Endgültig?«
»Endgültig ist nur der Tod.«

# DANKE

An alle Leser, die sich durch den nicht ganz einfachen zweiten Teil der Bündnis-Trilogie gekämpft und ihn dabei auch genossen haben.

Zum schlichten Nebenherlesen eignet er sich weniger. Das habe ich bereits beim Schreiben und Recherchieren bemerkt. Dennoch hat es mir ungeheuren Spaß gemacht, mich tief in eine theoretische Entstehungsvariante unserer Zivilisation zu graben. Sowohl von der Recherche her, als auch von meinen daraus resultierenden Ideen.

Bei speziellen Problemen standen mir Martin Weidner und Karsten Schmidt zur Seite.

Martin klärte mich in Sachen Internetsicherheit auf, mit dem Ergebnis, dass ich mir eingestehen musste, keine Leuchte auf diesem Gebiet zu sein. Ich schrieb die Szenen nach seinen Anweisungen und er hat sie gegengelesen. Danke Martin! Ich weiß zwar immer noch nicht, was ein buffer overflow ist, aber es klingt professionell. Garantiert werde ich noch oft auf deine Hilfe zurückgreifen.

An dieser Stelle möchte ich auch seine Frau Nadja umarmen. Als meine Russisch-Expertin unterstützte sie mich bereits bei einem anderen Roman und lieferte mir dafür wundervoll zerfallene Settings in Moskau per Link. Ich glaube, liebe Nadja, ich habe mich dafür noch gar nicht richtig bedankt. Daher hole ich das jetzt nach.

Karsten, der wunderbarerweise nicht nur ein Facebookfreund, sondern auch Hauptbrandmeister unserer Feuerwehr ist, verhinderte quasi einen Flash Over in einer der letzten Szenen.

Danke dir ganz herzlich dafür. Du hast meinen Helden gerettet!

So, und nun komme ich zu meiner lieben Kollegin und Lektorin Sandra Gernt, die ich tüchtig mit meinem Manuskript gequält habe, da sie, ohne Band eins zu kennen, mutig in die Bresche sprang und sich bereit erklärte, das Lektorat zu übernehmen. Sandra, mir war unsere Zusammenarbeit ein Vergnügen. Ich hoffe auf viele weitere.

Dasselbe gilt für Ingrid Kunantz, die ich mir schon für ein anderes Projekt als Korrektorin geangelt hatte. Ebenfalls auf den letzten hundert Metern und wie immer von jetzt auf gleich im Dauerstress.

Ingrid, ich lasse dich so schnell nicht mehr von der Leine.

Auch Karin Wühr-Gschwind möge sich umarmt fühlen. Sie hat ihren professionellen Blick über mein Cover schweifen lassen und mir den ein oder anderen Tipp gegeben.

Und zum Schluss! Ganz wichtig!

Liebe Andrea! Ich schulde dir einen kurzhaarigen Helden. Ich weiß das. Doch Shem wollte einfach keiner werden. Aber im dritten Teil klappt es ganz bestimmt. Versprochen.

Von mir aus war's das erst einmal bis zum dritten Teil.

An euch alle liebe Grüße,

Swantje Berndt